Sangre y hueso

Nora Roberts, la autora número 1 en ventas de *The New York Times* y «la escritora favorita de Estados Unidos», como la describió la revista *The New Yorker*, comentó en una ocasión: «Yo no escribo sobre Cenicientas que esperan sentadas a que venga a salvarlas su príncipe azul. Ellas se bastan y se sobran para salir adelante solas. El "príncipe" es como la paga extra, un complemento, algo más..., pero no la única respuesta a sus problemas». Más de quinientos millones de ejemplares impresos de sus libros avalan la complicidad que Nora Roberts consigue establecer con mujeres de todo el mundo.

Su éxito es incuestionable; quienes la leen una vez repiten. Sabe hablar a las mujeres de hoy sobre sí mismas y sus historias llegan a un público femenino muy amplio porque son mucho más que novelas románticas. Nora Roberts ha escrito más de 215 libros que se han publicado en 34 países. Se venden unas 27 novelas suyas cada minuto y 60 han llegado al codiciado número 1 de *The New York Times* en la primera semana de ventas.

Para más información, visita la página web de la autora: www.noraroberts.com

También puedes seguir a Nora Roberts en Facebook o en Instagram:
 Nora Roberts
 noraroberts author

Biblioteca

NORA ROBERTS

Sangre y hueso

Traducción de
Nieves Calvino Gutiérrez

DEBOLS!LLO

Papel certificado por el Forest Stewardship Council®

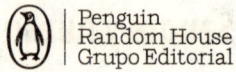
Penguin
Random House
Grupo Editorial

Título original: *Of Blood and Bone*

Primera edición en Debolsillo: julio de 2024

Printed in Spain – Impreso en España

ISBN: 978-84-663-5492-9
Depósito legal: B-9.109-2024

Compuesto en Comptex & Ass., S.L.
Impreso en Black Print CPI Ibérica
Sant Andreu de la Barca (Barcelona)

P 354929

Para Kayla, que está creciendo
como una chica lista y fuerte

LA ELECCIÓN

Cerca está la grandeza de nuestro ocaso,
cerca está Dios del hombre,
cuando el deber te susurra: Debes.
El joven responde: Puedo.

RALPH WALDO EMERSON

PRÓLOGO

Dijeron que un virus acabó con el mundo, pero fue la magia, negra como una noche sin luna. El virus fue su arma, un torrente de flechas volantes, balas silenciosas, un puñal dentado y bien afilado. Y, sin embargo, la inocencia —el tacto de una mano, el beso de buenas noches de una madre— fue la culpable de propagar el Juicio Final, llevando la repentina, dolorosa y desagradable muerte a millones de personas.

Muchos de los que sobrevivieron a ese primer ataque sorpresa murieron por su propia mano o por la de otros cuando los espinosos zarcillos de la locura, la pena y el miedo estrangularon el mundo. Aun así, otros, incapaces de hallar refugio, comida, agua potable y medicinas, se marchitaron sin más y fallecieron mientras esperaban una ayuda y una esperanza que jamás llegaron.

La columna vertebral de la tecnología se quebró, lo que trajo consigo la oscuridad, el silencio. Los gobiernos fueron derribados de sus pedestales de poder.

El Juicio Final no tuvo piedad con la democracia, los dictadores, los parlamentos ni con los reinos. Devoró a presidentes y campesinos con igual voracidad.

En medio de la oscuridad, las luces atenuadas durante milenios fueron despertando. Y la magia, blanca y negra, surgió del caos. Los poderes avivados ofrecían la posibilidad de elegir entre el bien y el mal, la luz y la oscuridad.

Algunos escogían siempre la oscuridad.

Los sobrenaturales compartieron lo que quedaba del mundo con los hombres. Y aquellos —hombres y seres mágicos— que aceptaron la oscuridad, atacaron y redujeron a escombros las grandes urbes, persiguiendo a aquellos que se ocultaban de ellos o les plantaban cara a fin de destruir, esclavizar, recrearse con la sangre mientras los cadáveres pavimentaban el suelo.

Los gobiernos, presas del pánico, ordenaron a sus ejércitos que reunieran a los supervivientes y que «contuvieran» a los sobrenaturales. Así pues, una niña que hubiera descubierto sus alas podría acabar atada en la mesa de un laboratorio en nombre de la ciencia.

Los dementes clamaban a un Dios cruel y recto, y sembraron el miedo y el odio para construir sus propios ejércitos con los que purgar a «los otros». Predicaban que la magia provenía del diablo y que cualquiera que la poseyera era un demonio que había que enviar de vuelta al infierno.

Los saqueadores recorrían las ciudades en ruinas, las autopistas y las carreteras secundarias para incendiar y matar solo porque disfrutaban haciéndolo. El hombre siempre encontraba formas de someter al hombre a la crueldad.

En un mundo tan desolado, ¿quién los detendría?

Corrieron rumores entre los seres de luz, murmuraciones entre los entes oscuros, que llegaron a oídos de los hombres. Hablaban de la llegada de una guerrera. Ella, hija de los Tuatha de Danann, permanecería oculta hasta que levantara su espada y su escudo. Hasta que ella, la Elegida, condujera la luz contra la oscuridad.

Pero los meses se convirtieron en años, y el mundo seguía desgarrado. Continuaron las cacerías, los ataques y las batidas.

Algunos se escondieron, y salían a hurtadillas por las noches a rebuscar comida o a robar lo suficiente para sobrevivir otro día. Otros optaron por echarse a la carretera en una migración interminable a ninguna parte. Hubo quienes se dirigieron a los bosques para cazar, o a los campos para poder cultivar. Algunos formaron comunidades en las que había un flujo constante de personas que iban y venían mientras luchaban por vivir en un mundo en el que un puñado de sal era más valioso que el oro.

Y algunos, como aquellos que encontraron y fundaron Nueva Esperanza, reconstruyeron.

Cuando el mundo llegó a su fin, Arlys Reid informó de ello desde Nueva York, tras la mesa de presentadora que había heredado. Había visto arder la ciudad a su alrededor y al final decidió contar la verdad a todo aquel que aún pudiera oírla y escapar.

Vio la muerte de cerca, mató para sobrevivir.

Presenció pesadillas y milagros.

Junto con un puñado de personas, incluyendo a tres bebés, encontró la desierta localidad rural que habían bautizado como Nueva Esperanza. Y allí se asentaron.

Ahora, en el año cuatro, la población de Nueva Esperanza superaba los trescientos habitantes, contaba con un alcalde y un ayuntamiento, un cuerpo de policía, dos colegios —uno dedicado al adiestramiento y a la formación de seres mágicos—, un huerto y una cocina comunitarios, dos granjas, una de ellas con un molino de harina y grano, una clínica médica, con un pequeño servicio de odontología, una biblioteca, una armería y una milicia.

Contaban con médicos, sanadores, herboristas, tejedores, grupos de costura, fontaneros, mecánicos, carpinteros y cocineros. Algunos se habían ganado la vida con esos oficios en el viejo mundo, pero la mayoría los estudiaba y aprendía en el nuevo.

Tenían guardias armados apostados día y noche. Y aunque

seguía siendo algo voluntario, la mayoría de los residentes participaba en el adiestramiento de combate y con armas.

La masacre de Nueva Esperanza fue una herida abierta en sus corazones y sus mentes durante el primer año. Esa herida y las tumbas de los caídos tuvieron como consecuencia la formación de la milicia y los equipos de rescate, que arriesgaban la vida para salvar a otros.

Arlys estaba de pie en la acera, contemplando Nueva Esperanza, y comprendió por qué aquello era importante. Por qué todo aquello era importante. Importaba más que sobrevivir, que fue lo más importante durante aquellos primeros y horrendos meses; más incluso que construir, que había sido lo primordial en los meses siguientes.

Se trataba de vivir y, al igual que aquello que daba nombre a la ciudad, de la esperanza.

Era importante que Laurel, una duende, saliera a barrer el porche del edificio en el que vivía una fresca mañana de primavera. Calle arriba, Bill Anderson limpiaba el cristal del escaparate de su tienda. Las estanterías del interior contenían docenas y docenas de cosas útiles para intercambiar.

Fred, la joven becaria que se había enfrentado junto a Arlys a los horrores del metro en las afueras de Nueva York, estaría ocupada en el huerto de la comunidad. Fred, con sus alas mágicas y su inagotable optimismo, vivía cada día con esperanza.

Rachel, médica y muy buena amiga, salió por las puertas abiertas de la clínica y la saludó con la mano.

—¿Dónde está el bebé? —preguntó Arlys alzando la voz.

—Durmiendo... a menos que Jonah vuelva a cogerle en cuanto me doy media vuelta. Ese hombre está embelesado.

—Tal y como debe estar un padre. ¿No tienes hoy tu revisión de las seis semanas, doctora? Es un gran día para ti.

—Esta médica ya ha dado de alta a su paciente, pero Ray va a formalizarlo. También es un gran día para ti. ¿Cómo estás?

—Genial. Entusiasmada. Un poco nerviosa.

—Te sintonizaré, y cuando termines, te quiero ver aquí.

—Ahí estaré. —Mientras hablaba, Arlys posó la mano en su abultado vientre—. Este bebé ya tiene que estar a punto. Si tarda mucho más, ni siquiera podré caminar.

—Le echaremos un vistazo. Buenos días, Clarice —saludó Rachel cuando la primera paciente del día se acercó por el camino—. Pasa directamente. Buena suerte, Arlys. Te estaré escuchando.

Arlys empezó a caminar como un pato —en realidad no había otra forma de describirlo— y se detuvo cuando oyó que la llamaban.

Esperó a Will Anderson, su vecino de la infancia, actual jefe de policía y, al final, el amor de su vida.

Puso una mano encima de las de ella sobre su vientre y la besó.

—¿Te acompaño al trabajo?

—Claro.

Entrelazaron los dedos mientras daban un paseo hasta el lugar en el que habían vivido durante sus primeros meses en la comunidad.

—¿Te parece bien si me quedo a mirar?

—Si quieres, por mí bien, pero no sé cuánto va a llevar organizarlo. Chuck es optimista, pero...

—Si Chuck dice que podemos hacerlo, es que podemos hacerlo.

Exhaló un largo suspiro. Los nervios le atenazaban el estómago.

—Ahí tengo que darte la razón.

Chuck había sido su principal fuente de información durante el Juicio Final, un hacker y un genio informático que ahora controlaba la tecnología que poseían. En el sótano, por supuesto. No hubo forma de convencerlo de que se instalara en otro lugar que no fuera el sótano.

—Quiero verte en el trabajo —prosiguió Will.

—¿Cómo llamas tú a lo que hago en casa con el *Boletín de Nueva Esperanza*?

—Trabajo y una bendición para la comunidad. Pero hablamos de una emisión en directo, cielo. Has nacido para hacer esto.

—Sé que a algunas personas les preocupan los riesgos, atraer la atención. Atención no deseada.

—Merece la pena. Y Chuck no solo sabe lo que hace, sino que además tendremos activados los escudos mágicos. Si puedes llegar a una sola persona ahí afuera, es posible llegar a un centenar. Si puedes llegar a un centenar, ¿quién sabe? Todavía hay un montón de gente que no sabe qué coño pasa ni adónde acudir en busca de ayuda, provisiones y medicinas. Esto es importante, Arlys.

Para ella era muy importante, pero él arriesgaba la vida cuando participaba en un rescate.

—Estaba pensando en lo que importa. —Se detuvo antes de entrar en la casa y se volvió hacia él—. Tú eres lo primero de la lista.

Rodearon el edificio hasta la parte de atrás, donde estaba la puerta del sótano.

Dentro, lo que en otro tiempo fue una amplia sala de estar era ahora el sueño húmedo de cualquier friki de los ordenadores, en caso de que Chuck soñara con improvisar componentes, cables, discos duros, placas base, destripar ordenadores antiguos, reconfigurar teclados y portátiles y colgar diversas pantallas.

Imaginaba que Chuck sí soñaba con eso.

Estaba sentado delante de uno de los teclados, ataviado con una sudadera con capucha, unos pantalones con múltiples bolsillos y una gorra de béisbol colocada hacia atrás cubriéndole el pelo, que hacía poco se había teñido de blanco por cortesía de la esteticista de la comunidad. Se había decidido por un rojo intenso para la perilla.

Los rizos de Fred, del mismo rojo intenso que la perilla del joven, se bambolearon cuando se levantó de donde estaba sentada, con tres niños de cuatro años y un montón de juguetes.

—¡Aquí tenéis al prodigio! Soy jefa de producción, chica de los recados y ayudante de cámara.

—Creía que yo era la chica de los recados. —Katie, la madre de los tres niños, no les quitaba la vista de encima desde el brazo del destartalado sillón en el que Arlys sabía que Chuck dormía a menudo.

—Co-recadera y supervisora de los amplificadores de señal.

Katie miró a sus gemelos, Duncan y Antonia.

—Están entusiasmados. Solo espero que ellos, y todo el mundo, sepan lo que estamos haciendo.

—Hacemos que funcione por Arlys y por Chuck —respondió Duncan, sonriendo a su madre—. Tonia y yo.

—¡Empuja! —Tonia rio y levantó una mano. Duncan presionó su mano con la de su hermana. La luz resplandeció.

—Todavía no.

Hannah, tan rubia y rubicunda en comparación con el cabello moreno de los gemelos, se levantó. Le dio una palmadita en la pierna a su madre, como si quisiera reconfortarla, y después se acercó a Arlys.

—¿Cuándo llega el bebé?

—Pronto. Eso espero.

—¿Puedo mirar?

—Ah...

Katie soltó una carcajada y se levantó para coger a Hannah en brazos y besarla.

—Seguramente lo haría.

—No sé yo, peque. —Chuck se giró en su silla—. Pero estás a punto de ver algo histórico y el debut de la televisión de Nueva Esperanza.

—¿Estamos listos?

Chuck le brindó una amplia sonrisa a Arlys y levantó el pulgar.

—Estamos listos. Preparados, con la inestimable ayuda de nuestros amplificadores de señal.

Los gemelos dieron un salto. Les brillaban los ojos.

—Todavía no, todavía no. —Arlys les pidió que esperaran—. Necesito repasar mis notas y... otras cosas. Solo unos minutos.

—Aquí estaremos —le dijo Chuck.

—Vale..., hum..., dadme unos minutos.

Más nerviosa de lo que había imaginado que estaría, volvió a salir con su carpeta de notas. Fred salió tras ella.

—No deberías estar nerviosa.

—Por Dios, Fred.

—Lo digo en serio. Eres muy buena en esto. Siempre lo has sido.

—En Nueva York conseguí el puesto porque todos estaban muertos.

—Esa fue la razón de que consiguieras el puesto cuando lo conseguiste —la corrigió Fred—. Lo habrías conseguido de todas formas, más adelante, pero lo habrías logrado igualmente. —Fred se acercó y le puso las manos en los hombros—. ¿Te acuerdas de lo que hiciste el último día?

—Todavía tengo pesadillas.

—¿Recuerdas lo que hiciste cuando Bob te apuntó con una pistola en directo por televisión? —prosiguió Fred—. Aguantaste. ¿Y qué hiciste cuando se suicidó allí mismo, sentado a tu lado? Aguantaste e hiciste mucho más que eso. Miraste a la cámara y contaste la verdad. Lo hiciste sin notas, sin el teleprompter. Porque eso es lo que haces. Le cuentas la verdad a la gente. Y eso es lo que vas a hacer ahora.

—No sé por qué estoy tan nerviosa.

—Puede que sean las hormonas.

Arlys rio, frotándose el vientre.

—Es posible. Hemorroides, ardor de estómago, las hormonas... Tener un bebé es toda una aventura.

—Yo estoy deseando vivir mis aventuras. —Fred exhaló un suspiro y volvió la vista hacia el jardín de atrás—. Quiero tropecientos millones de bebés.

Arlys esperaba tener aquel... y pronto.

Pero en esos momentos tenía un trabajo que hacer.

—Vale. Vale. ¿Cómo estoy?

—Impresionante. Pero hoy también soy una artista del maquillaje. Voy a aplicarte polvos para la cámara y a retocarte el pintalabios, y después vas a estar genial.

—Te quiero, Fred. Te quiero de verdad.

—Ay, Dios. Yo también te quiero de verdad.

Dejó que Fred le aplicara polvos y le retocara el pintalabios, chasqueó la lengua varias veces, bebió un poco de agua e hizo algunas respiraciones de yoga.

Cuando salió de nuevo del cuarto de baño, vio a su suegro en el sillón, rodeado de niños. Era como un imán para ellos.

—Bill, ¿quién se ocupa de la tienda?

—He cerrado durante una hora. Quiero ver a mi chica en directo y con mis propios ojos. Tus padres estarían orgullosos de ti. Tu madre, tu padre y Theo estarían orgullosos de ti.

—Imagina que esta es tu mesa de presentadora. —Chuck señaló una silla delante de una de sus muchas mesas—. Esa es tu cámara. La tengo colocada en el ángulo adecuado. Chicos y chicas, vamos a hacer una put... una retransmisión simultánea. Tenemos en marcha la emisión por radio, la retransmisión en directo y a través de la televisión por cable. Yo te estaré monitorizando y haciendo lo que hago desde ahí. Ignora al hombre tras la cortina. Es tu programa, Arlys.

—De acuerdo. —Se sentó y se colocó. Abrió su carpeta y sacó la foto de sus últimas Navidades con su familia. La apoyó contra uno de los teclados—. Estoy lista cuando tú lo estés.

—Fred hará la cuenta atrás. Vale, chicos, haced que reviente.

—¡No digas «reventar»! —Katie levantó las manos—. No tienes ni idea.

—Estamos listos. —Tonia meneó el trasero con alegría—. Vamos, Duncan.

—Vamos. —Sonrió a su hermana y entrelazaron los dedos. La luz brilló entre sus manos.

—¡Eso es! —Chuck fue de un monitor a otro, hizo algunos ajustes y soltó una bocanada de aire—. A eso me refiero. Estamos en marcha, y de qué manera.

—Arlys. —Fred se colocó detrás de la cámara—. En cinco, cuatro...

Utilizó los dedos para finalizar la cuenta atrás y, con una sonrisa deslumbrante, apuntó con el índice.

—Buenos días, soy Arlys Reid. No sé cuántos podéis oírme o verme, pero si estáis recibiendo esto, corred la voz. Seguiremos emitiendo tan a menudo como sea posible para proporcionaros información, contaros la verdad e informaros. Para deciros que, dondequiera que estéis, no estáis solos. —Tomó aire y posó las manos sobre su vientre—. Cuatro años después del Juicio Final, las fuentes confirman que en la ciudad de Washington continúa la inestabilidad. La ley marcial sigue vigente en el área metropolitana mientras bandas conocidas como los saqueadores y los sobrenaturales oscuros continúan atacando. Efectivos de la resistencia atravesaron la seguridad de un centro de contención en Arlington, Virginia. Según testigos presenciales, se liberó a más de treinta personas.

Habló durante cuarenta y dos minutos. Informó sobre los bombardeos en Houston; el ataque de los guerreros de la pureza a una comunidad de Greenbelt, Maryland; sobre incendios y saqueo de casas.

Pero terminó con historias cargadas de humanidad, valor y bondad. Sobre la clínica médica móvil que utilizaba carros y caballos para llegar a campamentos remotos, refugios para los desplazados, rescates y bancos de comida.

—Tened cuidado, pero recordad que no basta con estar a salvo —dijo—. Vivid, trabajad, reuníos. Si tenéis una historia, si tenéis noticias, si estáis buscando a un ser querido y podéis poneros en contacto conmigo, yo informaré de ello. No estáis solos. Soy Arlys Reid, de las Noticias de Nueva Esperanza.

—Y cortamos. —Chuck se levantó y cerró los puños con aire triunfal—. La puta caña.

—La puta caña —repitió Duncan.

—Oh, oh. —Muerto de la risa mientras Katie se limitaba a cerrar los ojos, Chuck se acercó a Duncan y a Tonia y les ofreció el puño—. Flipante, chicos. Chocad los puños. ¡Vamos! Chocad los puños.

Los niños acercaron sus cabezas mientras levantaban sus bracitos y chocaban los puños con él.

Saltó una chispa.

—¡Uau! —Saltó, soplándose los nudillos—. Vaya subidón. Me encanta.

Fred parpadeó con los ojos llenos de lágrimas.

—Ha sido la pu... caña y ha sido alucinante.

Will se acercó y la besó en la cabeza.

—Me has dejado atónito —le dijo.

—Me he sentido... bien. En cuanto he superado los nervios, me he sentido bien. ¿Cuánto hemos estado en el aire?

—Cuarenta y dos increíbles minutos.

—Cuarenta y dos. —Giró en su silla—. No debería haber consentido que los gemelos hicieran esto durante tanto rato. Lo siento mucho, Katie, perdí la noción del tiempo.

—Están bien. Yo sí llevaba la cuenta —le aseguró ella—. Tendrán que echarse una buena siesta. —Miró a Hannah, acurrucada y durmiendo en el regazo de Bill—. Como su hermana. Tú también tienes pinta de necesitar una. Esto te ha debido de exigir bastante. Estás un poco pálida.

—En realidad, creo que unos cinco minutos después de entrar en directo empecé a tener contracciones. Puede que incluso antes. Pensé que eran los nervios.

—Tú... ¿Qué? ¿Ahora?

Arlys agarró la mano de Will.

—Estoy segura de que tenemos que ir a ver a Rachel. Y creo que es... ¡Vale!

Apoyó una mano en la mesa y con la otra estrujó con fuerza la de Will.

—Respira —le ordenó Katie mientras se apresuraba a posar una mano sobre el duro vientre de Arlys y comenzaba a frotárselo con movimientos circulares—. Respira para que se te pase; has ido a clase.

—A la mierda las clases. Allí no duele tanto.

—Respira para que se te pase —repitió Katie con calma—. Acabas de realizar la primera retransmisión simultánea de Nueva Esperanza estando de parto. Puedes respirar para soportar las contracciones.

—Está pasando. Está pasando.

—Gracias, Señor —farfulló Will, y flexionó los doloridos dedos—. ¡Ay!

—Créeme, eso no duele ni una décima parte. —Arlys exhaló con fuerza—. En serio, quiero a Rachel.

—Yo también. —Will la cogió en brazos—. Pero vamos a tomárnoslo con calma. ¿Papá?

—Voy a tener un nieto.

Katie cogió a Hannah del regazo de Bill.

—Ve con ellos.

—Voy a tener un nieto —repitió el anciano.

—¿Fred? —Arlys miró hacia atrás—. ¿No vienes?

—¿En serio? ¿Puedo? ¡Jo! Iré corriendo a decírselo a Rachel. ¡Jo! ¿Chuck?

—Oh, no, gracias. Yo paso. No te ofendas, Arlys, pero..., qué va, qué va.

—No me ofendo.

—¡Vamos a tener un bebé! —Fred desplegó sus alas y salió volando por la puerta del sótano.

Duncan fue hasta la puerta para verlos marchar.

—Él quiere salir.

Katie cambió a Hannah de posición.

—¿Él?

—Ajá. —Tonia se acercó para situarse junto a Duncan—. ¿Qué es lo que hace ahí adentro?

—Esa es otra historia —le dijo Katie—. Vamos, chicos, es hora de irse a casa. Buen trabajo, Chuck.

—El mejor trabajo del mundo.

En las ocho horas siguientes Arlys aprendió una serie de cosas. La primera y la más apremiante durante varias de esas horas fue que las contracciones se volvían más dolorosas y duraban mucho más a medida que avanzaba el parto.

Aprendió, aunque no supuso ninguna sorpresa, que Fred era una entrenadora entusiasta e incansable. Y que Will era una roca, algo que tampoco fue ninguna sorpresa.

Le informaron —una estupenda distracción— de que la retransmisión de su programa había alcanzado un radio de al menos treinta y dos kilómetros, que era la distancia a la que Kim y Poe habían viajado con un ordenador portátil con batería.

Y, desde luego, había aprendido por qué lo llamaban parto.

En un momento dado empezó a llorar desconsolada y Will la rodeó con sus brazos.

—Casi ha terminado, cielo. Ya casi está.

—No es eso, no es eso. Lana. Me he acordado de Lana. Ay, Dios, Will, ay, Dios, tener que hacer esto sola. Sin Max, sin Rachel, sin nosotros. Estar sola y pasar por esto.

—No creo que estuviera sola. —Fred acarició el brazo de Arlys—. No creo que lo estuviera, de verdad que no. La noche que..., pude sentirlo. Muchos de nosotros pudimos. El alumbramiento de la Elegida. No estuvo sola, Arlys. Lo sé.

—¿Me lo prometes?

—Te lo prometo.

—Vale. Vale. —Cuando Will le limpió las lágrimas, Arlys consiguió sonreír—. ¿Ya casi está?

—Él tiene razón. Es hora de empujar —le instó Rachel—. Will, que apoye la espalda contra ti. Empuja con la siguiente contracción. Traigamos al mundo a este bebé.

Arlys empujó, jadeó, empujó, jadeó, y ocho horas después de hacer historia con su noticiario, trajo a su hijo al mundo.

Aprendió otra cosa más. El amor podía surgir como un rayo.

—¡Míralo! Míralo. —El agotamiento se disipó en medio del asombro y del amor cuando el bebé lloró y se retorció en sus brazos—. Oh, Will, míralo.

—Es precioso, tú eres preciosa. Dios, cuánto te quiero.

Rachel se apartó y distendió sus doloridos hombros.

—Will, ¿quieres cortar el cordón?

—Yo... —Cogió las tijeras que Rachel le ofrecía, se volvió hacia su padre y vio las lágrimas en sus mejillas.

Había perdido a sus nietos durante el Juicio Final. Una hija, una esposa, bebés.

—Creo que debería hacerlo el abuelo. ¿Qué te parece?

Bill se pasó los dedos por debajo de las gafas para secarse los ojos.

—Es un honor. Soy abuelo.

Mientras cortaba el cordón, Fred llenó la habitación de arcoíris.

—Soy tía, ¿verdad? Una tía honoraria.

—Claro que sí. —Arlys no podía apartar los ojos del bebé—. Tú, Rachel y Katie. Los originales de Nueva Esperanza.

—Tiene un color excelente. —Rachel realizó un examen visual—. Tendré que llevarme a mi sobrino dentro de un minuto. Lavarlo, pesarlo y medirlo.

—Dentro de un minuto. Hola, Theo. —Arlys le dio un beso en la frente al bebé—. Theo William Anderson. Vamos a hacer del mundo un lugar mejor para ti. Vamos a hacer todo lo que esté en nuestra mano para hacer que sea un lugar mejor. Te lo juro.

Recorrió el rostro de Theo con el dedo; tan diminuto, tan dulce, tan suyo.

Esto es vida, pensó. Esto es esperanza.

Trabajaría y lucharía cada día para cumplir la promesa que le había hecho a su hijo.

Lo abrazó contra su pecho y pensó de nuevo en Lana, en la hija que Lana había llevado dentro.

En la Elegida prometida.

1

En la granja donde había nacido, Fallon Swift aprendió a sembrar, a cultivar y a cosechar, a respetar y a usar la tierra. Aprendió a moverse por los campos y por los bosques, silenciosa como una sombra, a cazar y a pescar. Aprendió a respetar a la presa y a no coger más de lo necesario, a no cobrarse ninguna pieza solo por placer.

Aprendió a cocinar alimentos cultivados o recogidos de la tierra en la cocina de su madre o en una fogata.

Aprendió que la comida era algo más que huevos frescos del gallinero o una trucha bien hecha a la parrilla. La comida significaba supervivencia.

Aprendió a coser, aunque no le gustaba pasar tiempo sentada, sin moverse, con una aguja en la mano. Aprendió a curtir cuero, que no era su clase favorita, y sabía, si no le quedaba más remedio, hilar lana. Aprendió que la ropa no era simplemente algo que ponerse, sino que protegía el cuerpo, como un arma.

Respetaba las armas y había aprendido desde muy temprana edad a limpiar una pistola, afilar un cuchillo y encordar un arco.

Aprendió a utilizar el martillo y la sierra para mantener las vallas en buen estado y realizar reparaciones en la vieja granja, que amaba tanto como el bosque.

Una valla fuerte, una pared sólida y un tejado que protegiera de la lluvia no eran solo un hogar feliz. También representaban la supervivencia.

Y, aunque a menudo lo sabía sin más, aprendió magia. A encender una llama con el aliento, a trazar un círculo, a sanar una pequeña herida con su luz interior, a mirar y a ver.

Aprendió, aunque casi siempre lo sabía de manera instintiva, que la magia era algo más que un don que valorar, un arte que perfeccionar, un arma que utilizar con sumo cuidado.

Entrañaba, y entrañaría, la supervivencia.

Aun teniendo comida, refugio, ropa y armas, teniendo incluso poderes mágicos, no todos habían sobrevivido. No todos lo harían en el futuro.

Aprendió cómo era el mundo que había existido antes de que ella naciera. Un mundo habitado por personas, un mundo de enormes ciudades, con altísimos edificios en los que la gente vivía y trabajaba. En ese mundo, la gente viajaba de manera rutinaria por aire, por mar, por carretera y en tren. Algunos incluso habían viajado al espacio y a la luna que se alzaba en el cielo.

Su madre había vivido en una gran ciudad, en Nueva York. Por las historias que le contaba, por los libros que devoraba, Fallon sabía que había sido un lugar repleto de personas y de ruido, de luz y de oscuridad.

Un lugar asombroso para ella, un lugar que se juró que algún día vería.

Por las noches solía imaginarlo mientras yacía despierta, viendo a las hadas danzar al otro lado de la ventana.

En ese mundo había habido guerras, fanatismo y crueldad, igual que ahora. Tenía conocimiento de las guerras que se habían librado gracias a los libros y a las historias. Y estaba al tanto de que todavía se libraban guerras por lo que contaban los visitantes que pasaban por la granja.

Su padre fue soldado. Él le había enseñado a luchar; con las manos, con los pies, con la cabeza. Había aprendido a leer y a dibujar mapas, e imaginaba que un día los seguiría en los viajes que sabía, que siempre había sabido, que emprendería.

Al contrario que sus padres, ella carecía de vínculos con el mundo que había existido antes de que el Juicio Final matara a tantas personas. Miles de millones, se decía. Muchos recordaban cuando esas grandes urbes cayeron pasto del fuego, de los actos de locura, de la magia negra. La crueldad y la codicia de los hombres estaban aún muy presentes en la mente y en la sangre de quienes sobrevivieron a aquello.

Cuando vislumbraba atisbos del futuro, sabía que habría más incendios, más sangre, más muerte. Y que ella formaría parte de todo eso. Por esa razón, a menudo yacía en vela por las noches, abrazada a su osito de peluche; un regalo de un hombre que aún no había conocido.

Cuando ese futuro se le hacía demasiado pesado, a veces se escabullía de casa mientras sus padres y hermanos aún dormían para sentarse afuera mientras las pequeñas hadas revoloteaban igual que luciérnagas. Allí podía oler la tierra, los cultivos, los animales.

La mayoría de las veces disfrutaba de un sueño plácido, como una niña con unos padres afectuosos y tres irritantes hermanos pequeños, una niña sana con una mente inquisitiva y un cuerpo activo.

A veces soñaba con su progenitor, el hombre con el que su madre vivía en Nueva York, el hombre al que había amado y que había muerto para que ella viviera, algo de lo que Fallon era muy consciente.

Fue escritor, un líder, un gran héroe. Llevaba su nombre, igual que llevaba el del hombre que la había traído al mundo, que la había criado, que le había enseñado todo lo que sabía. Fallon, por Max Fallon, su padre biológico. Swift, por Simon Swift, su padre.

Dos nombres igual de importantes, pensó. Asimismo, su madre llevaba dos alianzas, una de cada hombre al que había amado.

Y aunque amaba a su padre con todo el corazón, como cualquier hijo, sentía curiosidad por el hombre del que había heredado el color de sus ojos y de su pelo, que junto con su madre le había legado sus poderes a través de su unión.

Había leído sus libros —todo libro era un regalo— y estudiado con cuidado la fotografía que había en la contraportada de cada uno de ellos.

En una ocasión, con solo seis años, se acurrucó en la biblioteca con uno de los libros de Max Fallon. Aunque no podía comprender todas las palabras, le gustaba que tratara sobre un hechicero que utilizaba la magia y el cerebro para luchar contra las fuerzas del mal.

Cuando su padre entró, intentó esconder el libro impulsada por el remordimiento. Su padre no tenía poderes mágicos, pero era muy inteligente.

La levantó con el libro en las manos y la sentó sobre su regazo. Le encantaba que desprendiera los olores de la granja; a tierra, a los animales, a las cosas que crecían.

A veces deseaba tener unos ojos como los suyos, que cambiaban del verde al dorado o a una mezcla de ambos colores. Cuando lo deseaba, se sentía culpable por Max.

—Es un buen libro.

—¿Lo has leído?

—Sí. A mi madre le encantaba leer. Por eso mi padre y ella hicieron este cuarto para libros. No tienes que esconderme nada, cielo. Nada.

—Porque eres mi papá. —Se volvió hacia él y posó el rostro sobre su corazón. Pum-pum, pum-pum, pum-pum—. Eres mi papá.

—Soy tu papá. Pero no habría tenido ocasión de serlo si no hubiera sido por Max Fallon. —Le dio la vuelta al libro para que ambos pudiera contemplar la foto del hombre moreno y guapo, con unos ojos grises llenos de fuerza—. No tendría a mi niña más preciosa si él no hubiera amado a tu mamá y si ella no le hubiera amado a él. Si no te hubieran creado. Si él no os hubiera amado a ella y a ti lo suficiente, si no hubiera sido lo bastante valiente como para dar su vida por protegeros. Le estoy realmente agradecido, Fallon. Se lo debo todo.

—Mamá te quiere, papá.

—Sí, me quiere. Soy un hombre con suerte. Ella me quiere y te quiere a ti, y también a Colin y a Travis.

—Y al nuevo bebé que viene.

—Sí.

—No es una niña —dijo con un profundo y pesaroso suspiro.

—¿De veras?

—Una vez más tiene un niño dentro de ella. ¿Por qué no puede hacerme una hermana? ¿Por qué siempre hace hermanos?

Oyó la risa reverberar en su pecho mientras la abrazaba.

—En realidad, se supone que ese es mi trabajo. Imagino que las cosas funcionan así. —Le acarició el largo cabello negro mientras hablaba—. Y supongo que eso significa que tendrás que seguir siendo mi chica favorita. ¿Le has dicho a tu madre que es un chico?

—No quiere saberlo. Prefiere no saberlo.

—Pues yo tampoco se lo diré. —Simon le dio un beso en la cabeza—. Será nuestro secreto.

—¿Papá?

—¿Mmm?

—No sé leer todas las palabras. Algunas son muy difíciles.

—Bueno, ¿por qué no te leo el primer capítulo antes de retomar las tareas?

Simon hizo que se cambiara de posición para que pudiera acurrucarse y después abrió el libro por la primera página y comenzó.

Fallon no sabía que *El rey hechicero* había sido la primera novela de Max, aunque tal vez una parte de ella sí lo sabía. Pero recordaría para siempre que su padre se lo había leído, capítulo a capítulo, cada noche antes de dormirse.

Así que aprendió. De su padre aprendió la bondad; de su madre, la generosidad. Aprendió el amor, la luz y el respeto del hogar, de la familia y de la vida que se le había dado.

Supo de la guerra, de las adversidades y de la pena por los viajeros, muchos de ellos heridos, que iban a la granja o al pueblo cercano.

Recibió clases de política y le resultó irritante, ya que la gente hablaba mucho y hacía muy poco. Y ¿de qué servía la política si, según los informes, el gobierno —un término bastante vago para ella— había empezado los trabajos de reconstrucción tres años después del Juicio Final, solo para caer de nuevo antes de que finalizara el año cinco?

Ahora, en el año doce, la capital de Estados Unidos —que a Fallon no le parecían unidos ni entonces ni ahora— seguía siendo zona de guerra. Facciones de los saqueadores, grupos de sobrenaturales oscuros y fieles a la secta de los guerreros de la pureza luchaban por el poder, por la tierra, por el olor de la sangre. Al parecer, unos contra otros y contra aquellos que pretendían reinar o gobernar.

Aunque Fallon quería la paz, quería construir, cultivar, entendía la necesidad, el deber de luchar para proteger y defender. Más de una vez vio a su padre armarse y salir de la granja para proteger a un vecino, para ayudar a defender el pueblo. Más de una vez vio sus ojos al regresar de nuevo a casa y supo que había corrido la sangre, que se habían producido muertes.

La habrían educado para luchar, para defender, al igual que a sus hermanos. Mientras la granja disfrutaba del verano, mientras los cultivos maduraban y la fruta colgaba de los árboles, mientras el bosque estaba plagado de presas, cruentas batallas se libraban más allá de los campos y las montañas de su hogar.

Y sabía que su tiempo, su infancia, había iniciado una cuenta atrás, como el tictac de un reloj.

Era la Elegida

Los días en que sus hermanos la fastidiaban —¿por qué tenía que tener hermanos?—, en que su madre no entendía nada y su padre esperaba demasiado, tenía ganas de que la cuenta atrás fuera más rápido.

Otras veces se enfurecía. ¿Por qué no tenía elección? ¿Ninguna opción? Deseaba cazar y pescar, montar en su yegua, correr por el bosque con sus perros. Incluso con sus hermanos.

Y a menudo se lamentaba por aquello en lo que algo que estaba por encima de ella, por encima de sus padres, exigía que se convirtiera. Le afligía la idea de abandonar a su familia, su hogar.

Había crecido, era alta y fuerte y la luz en su interior brillaba con fuerza. Le daba pavor pensar en cumplir trece años.

Mientras ayudaba a su madre a preparar la cena pensó con preocupación en ello, en las injusticias que había en su mundo, en todas las injusticias que había en el mundo exterior.

—Esta noche tendremos tormenta; puedo sentirlo. —Lana se ahuecó el cabello rubio dorado que se había recogido antes de ponerse a cocinar—. Pero hace una noche perfecta para cenar fuera. Anda, escurre esas patatas que he escaldado.

Fallon contempló el fogón con el ceño fruncido.

—¿Por qué siempre tienes que cocinar tú?

Lana sacudió con suavidad un cuenco tapado. Dentro se marinaban unas tiras de pimiento del huerto.

—Esta noche tu padre va a encargarse de cocinar a la parrilla —le recordó a Fallon.

—Tú lo has preparado todo primero. —Irritada, la niña vertió los trozos de patata en el escurridor dentro del fregadero—. ¿Por qué no lo hacen todo papá, Colin o Travis?

—Echan una mano, igual que tú. Ethan también, está aprendiendo. Pero para responder a la cuestión de fondo de tu pregunta, me gusta cocinar. Disfruto cocinando, sobre todo para mi familia.

—¿Y si a mí no me gusta? —Fallon se giró; una chica larguirucha, con unos enormes ojos grises y una desafiante expresión ceñuda—. ¿Y si no quiero cocinar? ¿Por qué tengo que hacer cosas que no quiero hacer?

—Porque todos lo hacemos. Por suerte para ti, la semana que viene pasas de ayudar en la cocina a la limpieza. Necesito que sazones las patatas para ponerlas en la cesta para la barbacoa. Ya he picado las hierbas.

—Vale, genial. —Conocía la rutina. Aceite de oliva, hierbas aromáticas, sal y pimienta.

Igual que sabía que tenían el aceite y las especias porque su madre y una bruja de una granja cercana habían despejado algo más de una hectárea y habían lanzado un hechizo para convertirlo en una zona tropical. Habían plantado olivos, pimienta de la variedad *piper nigrum*, granos de café, plataneros, higueras y datileras.

Su padre y otros hombres trabajaron juntos para construir almazaras para los aceites y secadoras para las frutas.

Si todo el mundo trabajaba en equipo, todos se beneficiaban. Eso lo sabía.

Y sin embargo...

—¿Por qué no llevas esto fuera y le dices a tu padre que empiece con el pollo?

Precedida por su malhumor, Fallon salió de la casa con paso airado. Lana vio a su hija mientras sus ojos azules se empañaban. Se avecina más de una tormenta, pensó.

Cenaron en la gran mesa exterior que había construido su padre y utilizaron platos de vivos colores, con servilletas de un vibrante azul y pequeñas macetas de flores silvestres.

Su madre era partidaria de vestir la mesa con todo detalle.

Dejó que Ethan encendiera las velas con el aliento porque eso siempre le hacía reír. Fallon se sentó al lado de su hermano pequeño. No era tan plasta como Colin o Travis.

Pero, claro, solo tenía seis años. Ya llegaría a eso.

Simon, con su mata de pelo castaño veteado por el sol, ocupó su asiento y le brindó una sonrisa a Lana.

—Tiene una pinta estupenda, cielo.

Lana levantó su copa de vino, elaborado con sus propias uvas.

—El mérito es del maestro de la barbacoa. Damos las gracias —agregó, lanzándole una mirada a su hija— por los alimentos cultivados y preparados con nuestras propias manos. Confiamos en que llegue el día en que nadie pase hambre.

—¡Yo ya tengo hambre! —anunció Colin.

—Pues da las gracias por tener comida en la mesa. —Lana dejó un muslo, su parte favorita, en el plato de Colin.

—He ayudado a papá con la barbacoa —afirmó mientras se servía patatas, verduras y una mazorca de maíz recién pelada en su plato—. Así que no debería tener que fregar.

—Eso no cuela, hijo. —Simon llenó el plato de Travis mientras Lana hacía lo mismo con el de Ethan.

Colin agitó su mazorca en el aire antes de darle un mordisco. Tenía los ojos de su padre, de ese color avellana que se desdibujaba en tonos dorados y verdes, con el cabello un poco más oscuro que el de su madre, al que el sol del verano aportaba luminosidad. Como de costumbre, era imposible domar sus rebeldes mechones.

—Yo he recogido el maíz.

Travis, que ya estaba comiendo, le propinó un codazo a Colin.

—Hemos recogido el maíz.

—Irrelemante.

—«Vante» —le corrigió Simon—. Irrelevante... y de eso nada.

—Yo he recogido casi todo el maíz. Debería contar.

—En vez de preocuparte por los platos..., que vas a fregar..., a lo mejor deberías comerte el maíz —sugirió Lana mientras ayudaba a Ethan a ponerle mantequilla a su mazorca.

—En una sociedad libre todo el mundo tiene un voto.

—Lástima que no vivas en una sociedad libre. —Simon le dio un codazo en las costillas a Colin que le hizo esbozar una amplia sonrisa.

—¡Qué rico está el maíz! —Ethan, a pesar de que se le habían caído un par de dientes de leche, comía su mazorca con entusiasmo. Tenía los ojos azules de su madre, su precioso cabello rubio y un carácter muy alegre.

—Quizá me presente a presidente —insistió Colin, que nunca se daba por vencido—. Seré presidente de la granja y la cooperativa de la familia Swift. Después lo seré del pueblo. Lo llamaré Colinville y nunca volveré a fregar platos.

—Nadie te votaría. —Travis, que se parecía tanto a Colin que podría ser su gemelo, rio con disimulo.

—¡Yo te votaré, Colin!

—¿Y si yo también me presento a presidente? —le preguntó Travis a Ethan.

—Os votaré a los dos. Y a Fallon.

—A mí no me metáis —replicó ella, jugueteando con la comida del plato.

—Solo puedes votar a una persona —señaló Travis.

—¿Por qué?

—Porque sí.

—«Porque sí» es una tontería.

—La conversación entera es una tontería. —Fallon agitó una mano en el aire—. No puedes ser presidente porque, aunque hubiera un gobierno, no eres ni lo bastante mayor ni lo bastante listo.

—Soy tan listo como tú y me haré más mayor —replicó Colin—. Puedo ser presidente si quiero. Puedo ser lo que yo quiera.

—En tus sueños —agregó Travis con una sonrisita de superioridad.

Eso le hizo ganarse una patada por debajo de la mesa, que devolvió.

—Un presidente es un líder, y un líder lidera.

Cuando Fallon se levantó, Simon se dispuso a hablar para zanjar el asunto, pero vio la mirada de Lana.

—Qué sabrás tú de ser un líder.

—Tú sí que no sabes nada de nada —replicó Colin.

—Sé que un líder no va por ahí poniéndole su nombre a los sitios. Sé que un líder tiene que ser responsable de la gente, asegurarse de que tienen comida y refugio, tiene que decidir quién va a la guerra, quién vive y quién muere. Sé que un líder tiene que luchar, tal vez hasta matar. —Mientras bramaba con furia, unas luces rojas danzaban a su alrededor—. Un líder es aquel a quien todos acuden en busca de respuestas, incluso cuando no las hay. Es aquel al que todos culpan cuando las cosas salen mal. Y tiene que hacer el trabajo sucio, aunque sea fregar los malditos platos.

Se marchó, llevando aquella luz furiosa a la casa. Cerró la puerta de golpe tras de sí.

—¿Por qué tiene que portarse como una mocosa? —se quejó Colin—. ¿Por qué tiene que ser mala?

Ethan, con lágrimas en los ojos, se volvió hacia su madre.

—¿Fallon está cabreada con nosotros?

—No, cielo, solo está enfadada. Vamos a dejar que esté un rato a solas, ¿vale? —Miró a Simon—. Solo necesita un poco de espacio. Verás como luego se disculpa, Colin.

Él se limitó a encogerse de hombros.

—Puedo ser presidente si quiero. Ella no manda en el mundo.

A Lana se le encogió un poco el corazón.

—¿Os he dicho que he preparado tarta de melocotón de postre? —Sabía que la tarta era un método infalible de animar a sus chicos—. Pero solo para quien se coma todo lo que hay en su plato.

—Yo sé una buena forma de bajar la tarta. —En sintonía con Lana, Simon se puso de nuevo a comer—. Un poco de baloncesto.

Desde que construyó media cancha a un lado del granero, el baloncesto se había convertido en uno de los pasatiempos preferidos de sus hijos.

—¡Quiero estar en tu equipo, papá!

Simon sonrió a Ethan y le guiñó un ojo.

—Barreremos la cancha con ellos, campeón.

—Ni hablar. —Colin atacó de nuevo su comida—. Travis y yo os machacaremos.

Travis miró a su madre y le sostuvo la mirada largo rato.

Lo sabe, pensó Lana. Y también Colin, aunque la ira y la indignación lo bloqueara.

Su hermana no mandaba en el mundo, pero cargaba con su peso sobre los hombros.

El ataque de ira de Fallon se ahogó en un mar de lágrimas de autocompasión. Se dejó caer sobre la cama para derramarlas; la cama que su padre había construido a imagen de la que había visto en una vieja revista. Al final, las lágrimas se disiparon, dejando tras de sí una jaqueca y mal humor.

No era justo, nada era justo. Y Colin había empezado. Siempre empezaba algo con sus grandes y estúpidas ideas. Seguramente porque no tenía poderes mágicos. O porque estaba celoso.

Podía quedarse con su magia y luego podía largarse con un desconocido para aprender a ser el salvador del estúpido mundo.

Ella solo quería ser normal. Como las chicas del pueblo, las de las otras granjas. Como cualquiera.

Oyó los gritos y las risas a través de la ventana abierta, e intentó ignorarlos. Al final, se levantó y miró afuera.

El cielo se mantenía azul en aquel largo día de finales de verano, pero al igual que su madre, sentía que se acercaba una tormenta.

Vio a su padre encaminarse hacia el granero, con Ethan sentado en sus hombros. Los dos mayores ya corrían por la cancha de asfalto, con las zapatillas de baloncesto que su padre les había conseguido.

No quería sonreír cuando su padre le arrebató la pelota a Colin, la levantó para que Ethan la cogiera y después lo acercó a la canasta y el pequeño la coló por el aro.

No quería sonreír.

Los dos mayores se parecían a su padre; Ethan se parecía a su madre.

Y ella se parecía al hombre de la contraportada de un libro.

A menudo, ese solo hecho le dolía más de lo que creía que podría soportar.

Oyó que llamaban con suavidad a la puerta y vio entrar a su madre.

—He pensado que a lo mejor tenías hambre. Apenas has tocado la cena.

La vergüenza comenzó a imponerse al enfado. Fallon se limitó a negar con la cabeza.

—Te lo dejaré aquí para más tarde. —Lana posó el plato encima de la cómoda construida por Simon—. Cuando estés lista, ya sabes cómo calentarla.

Fallon meneó de nuevo la cabeza, pero esta vez las lágrimas resbalaron por sus mejillas. Lana se acercó y la abrazó.

—Lo siento.

—Lo sé.

—Lo he estropeado todo.

—De eso nada.

—Quería hacerlo.

Lana le dio un beso en la mejilla.

—Lo sé, pero no lo has estropeado. Pedirás perdón a tus hermanos, pero ahora mismo puedes oír que están contentos. No has estropeado nada. —Lana acarició la larga coleta negra de Fallon y después se apartó para mirar aquellos ojos grises tan familiares—. Te he hablado de la noche en que naciste. Siempre ha sido una de tus historias favoritas. —Mientras hablaba, condujo a Fallon hasta la cama y se sentó en un lateral con ella—. Nunca te he hablado de la noche en que fuiste concebida.

—Yo... —Se puso roja. Sabía lo que significaba concebir y cómo ocurría—. Eso es... Es raro.

—Tienes casi trece años, y aunque todavía no hemos hablado de nada de esto, vives en una granja. Sabes de dónde vienen los bebés y cómo llegan ahí.

—Pero resulta raro cuando se trata de tu madre.

—Sí que es un poco raro —reconoció Lana—, así que hablaré de ello con tacto. Vivíamos en Chelsea. Era un barrio de Nueva York. Me encantaba. Había una pequeña panadería en la calle de enfrente y una tienda gourmet en la esquina. Había muchos comercios cerca, y preciosos edificios antiguos. Max tenía un ático y yo me mudé con él. Eso también me encantaba. Tenía grandes ventanas con vistas a la calle. Se podía ver el mundo corriendo desde allí. Había estanterías repletas de libros. La cocina no era ni mucho menos tan grande como la de esta casa, pero era muy moderna. A menudo celebrábamos cenas con amigos. Trabajaba en un buen restaurante y tenía planes, aunque nada concreto, de abrir el mío propio algún día.

—Eres la mejor cocinera del mundo.

—No es que ahora tenga demasiada competencia. —Lana le rodeó la cintura con un brazo—. Llegué a casa de trabajar y tomamos vino, uno realmente bueno, e hicimos el amor. Y después, solo unos minutos después, algo estalló dentro de mí. Una luz tan inmensa, algo tan glorioso, tan..., que ni siquiera ahora puedo explicarlo con palabras. Me dejó sin aliento, de un modo hermoso. Max también lo sintió. Bromeamos un poco. Él encendió una vela. Mi don era tan pequeño que incluso encender una vela era un golpe de suerte y solo lo conseguía tras muchísimo esfuerzo.

—¿En serio? Pero tú...

—Cambié, Fallon. Esa noche me abrí. Encendí la vela solo con el pensamiento. El nuevo poder surgió dentro de mí. Igual que en Max, en todos los que poseíamos magia dentro. Pero en mi caso, te tenía dentro a ti. Aquel momento, aquella explosión, aquel esplendor, aquella luz eras tú. Durante semanas no lo supe, pero eras tú. Tú encendiste esa luz dentro de mí. Al final lo supe, y tú me mostraste algo mientras todavía estabas dentro de mí, que no solo eras especial para mí, para Max o para Simon, sino para todos.

—No quiero marcharme. —Fallon sepultó el rostro en el hombro de Lana—. No quiero ser la Elegida.

—Pues entonces di que no. La decisión es tuya. No se te puede obligar, y yo jamás permitiría que nadie te obligara. Tu padre jamás lo consentiría.

Ella también sabía eso. Siempre le habían dicho que la decisión era suya. Pero...

—¿No os defraudaría a vosotros? ¿No os avergonzaríais de mí?

—No. —Lana la abrazó con fuerza—. No, no, eso jamás.

—¿Cuántas noches se había enfurecido y apenado por lo que le iban a exigir a esa criatura? Esta criatura. Su hija—. Eres mi corazón —la consoló—. Me enorgullezco de ti todos los días. Estoy orgullosa de ti, de tu mente, de tu corazón, de tu luz. Ay, Dios, con cuánta fuerza arde. Y te arrebataría esa luz sin vacilar para evitarte tomar esa decisión. Para que no tengas que tomarla.

—Él murió para salvarme. Mi padre biológico.

—No solo por lo que podrías llegar a ser, sino porque te

amaba. Tú y yo somos las mujeres más afortunadas del mundo. Nos han amado dos hombres extraordinarios, dos hombres valientes. Decidas lo que decidas, ellos y yo te querremos.

Fallon se aferró a ella, reconfortada, aliviada. Entonces sintió... Se apartó.

—Hay más. Puedo sentirlo. Puedo sentir que hay más, cosas que no me has contado.

—Te he hablado de Nueva Esperanza y de...

—¿Quién es Eric?

Lana se echó hacia atrás con brusquedad.

—No hagas eso. Conoces la regla de que no hay que entrar por la fuerza en otra mente.

—No lo he hecho. Te lo juro. Lo he sentido. Hay más —repitió Fallon, con voz temblorosa—. Más cosas que no me cuentas porque estás preocupada. Temes por mí, puedo sentirlo. Pero si no me lo cuentas todo, ¿cómo sabré qué hacer?

Lana se levantó y fue hasta la ventana. Miró a sus hijos, a su marido, a los dos viejos perros. Harper y Lee dormían al sol. Los dos perros jóvenes correteaban alrededor de los chicos. La granja, el hogar que adoraba. La vida que había construido. La oscuridad siempre arremetía contra la luz, pensó con cierta amargura.

La magia siempre exigía un precio.

Le había ocultado cosas a su hija, a la luz más brillante, porque tenía miedo. Porque deseaba tener a su familia unida, en su hogar. A salvo.

—Te he ocultado cosas porque, en el fondo, quería que dijeras que no. Te conté lo del ataque cuando vivíamos en la casa de las montañas.

—Dos personas que estaban con vosotros se convirtieron. Eran sobrenaturales oscuros, pero vosotros no lo supisteis hasta que intentaron matarte. Intentaron matarme a mí. Max, tú y los demás luchasteis y creísteis que los habíais destruido.

—Sí, pero no lo hicimos.

—Atacaron Nueva Esperanza. Vinieron a por mí y Max se sacrificó para salvarte a ti, para salvarme a mí. Huiste, tal y como él te dijo que hicieras. Lo hiciste porque iban a regresar y tenías que protegerme. Estuviste sola mucho tiempo y ellos te persiguieron. Hasta que encontraste la granja y a papá. —Fallon tomó aire—. ¿Eric era uno de ellos? ¿Uno de los oscuros?

—Sí. Él y la mujer con la que estaba. Creo que ella lo apartó de la luz. Querían matarme a mí, y a ti. Acabaron con Max. Eric era su hermano.

—¿Su hermano? —La sorpresa la invadió. Por muy irritantes que fueran, un hermano era un hermano, pensó, horrorizada. Eran familia—. Mi tío. Mi propia sangre.

—Eric eligió traicionar esa sangre y matar a su propio hermano. Eligió la oscuridad.

—Él lo eligió —murmuró Fallon. Después de tomar aire de nuevo, irguió los hombros—. Tienes que contármelo todo. No puedes ocultarme nada. ¿Lo harás?

—Sí. —Lana se presionó los ojos con los dedos. Al mirar aquellos ojos grises tan familiares, supo cuál sería la decisión de su hija—. Sí, te lo contaré todo.

2

Fallon pidió perdón. Colin se encogió de hombros, pero como sabía por experiencia que era rencoroso, se preparó para las represalias. Solo faltaban unas semanas para su cumpleaños, y para la decisión, así que prefería pensar en la venganza de su hermano.

Eso era algo normal, era la familia.

Y prefería la expresión calculadora de sus ojos a la preocupación que a menudo veía en los de sus padres.

Ayudaba a cortar heno y trigo, recogía fruta y verduras. Los quehaceres cotidianos la ayudaban a mantener la calma. No se quejaba del trabajo de cocina, o se limitaba a farfulla para sus adentros. El final del verano y la llegada del otoño significaban horas elaborando mermeladas y jaleas, haciendo conservas con la fruta y las verduras para el invierno.

Un invierno que temía.

Se escapaba cuando podía y aprovechaba el tiempo libre para cabalgar por el campo y el bosque a lomos de su amada yegua, Grace. Bautizada así en honor a la reina pirata que Fallon admiraba desde hacía mucho tiempo.

En ocasiones cabalgaba hasta el riachuelo para sentarse a pensar; echar un cebo al agua se le ocurrió más tarde. Si llevaba pescado a casa para comer o para intercambiarlo, mejor que mejor. Pero esa hora o dos de soledad estimulaba su alma joven e inquieta.

A veces practicaba un poco de magia allí, invocaba a las mariposas, hacía saltar a los peces, creaba pequeños remolinos de aire con los dedos.

Un caluroso día con un sol de justicia y escasa brisa, que parecía afirmar que el verano jamás terminaría, se sentó en su rincón favorito. Quería leer, así que usó la magia para suspender su caña de pescar sobre el riachuelo.

Podía hacer que un pez picase el anzuelo, pero le habían inculcado que esos poderes solo había que utilizarlos para aplacar el hambre de verdad.

Los pájaros trinaban de vez en cuando. Oyó alguna que otra agitación en el sotobosque. Si no hubiera estado tan enfrascada en la lectura, habría tratado de ponerse a prueba para identificar los sonidos. Un ciervo, un conejo, una ardilla, un zorro, un oso. Y, muy de vez en cuando, un hombre.

Pero disfrutaba sumergiéndose en la historia, una de mucho miedo, acerca de un joven con un don, con un resplandor (una luz), atrapado con el mal en un viejo hotel.

No prestó atención al chapoteo del agua ni siquiera cuando se repitió. No cuando los arbustos con forma de animales que había fuera del malévolo hotel se movían, no cuando amenazaban al chico.

Pero la cantarina voz llamó su atención.

Su corazón, que ya estaba acelerado por culpa de la historia, dio un vuelco cuando oyó que aquella acuosa voz susurraba su nombre. El agua del riachuelo se agitó.

Dejó el libro con cautela y se levantó, con la mano en el cuchillo que llevaba sujeto al cinturón.

—¿Qué magia es esta? —murmuró.

¿Era una señal? ¿Era la visita de algo oscuro?

Oyó de nuevo su nombre y el agua pareció estremecerse,

revolverse. Las mariposas que danzaban en la orilla se marcharon en tropel, formando una nube de color caramelo.

Un silencio sepulcral reinó en el ambiente.

Bueno, ella no era un niño en un libro, se recordó mientras se acercaba a la orilla del riachuelo.

—Soy Fallon Swift —dijo, a pesar de que la sangre palpitaba en sus oídos—. ¿Quién eres tú? ¿Qué quieres?

—No tengo nombre. Soy todos los nombres.

—¿Qué quieres?

Un dedo de agua surgió del agitado riachuelo. Tardó solo un segundo en reconocer qué dedo era y su significado. Pero era demasiado tarde.

La golpearon por detrás, tres contra una. Cayó de cabeza al agua y al emerger oyó las risas de sus hermanos.

Se apartó el empapado cabello de los ojos, hizo pie y se levantó.

—Habéis sido necesarios los tres y una emboscada.

—«¿Quién eres?» —repitió Colin con voz temblorosa—. «¿Qué quieres?» ¡Tendrías que haberte visto la cara!

—Bonita forma de aceptar mis disculpas.

—Te lo merecías. Ahora estamos en paz.

Tal vez se lo tenía merecido y tenía que reconocerle el mérito por haber esperado y haber reclutado a sus hermanos. Más aún, admiraba la complejidad y creatividad de su broma.

Pero...

Consideró sus opciones, la humillación si fallaba, y decidió correr el riesgo.

Había estado practicando.

Mientras sus hermanos reían y hacían en baile de la victoria, le habló a la yegua con la mente. Grace avanzó y le propinó a Colin un topetazo con la cabeza que lo tiró al agua.

—¡Oye! —Más bajo que Fallon, se mantuvo a flote y consiguió hacer pie—. No es justo.

—Tampoco lo es un tres contra uno.

Ethan se metió en el agua, muerto de la risa.

—Yo también quiero nadar.

—¡Qué narices! —Travis se descalzó y se arrojó en bomba.

Mientras los chicos chapoteaban y se hacían aguadillas unos a otros, Fallon se dio la vuelta para hacerse la muerta. Esa vez habló telepáticamente con Travis.

Esto ha sido obra tuya.

Sí.

Te pedí perdón.

Sí, pero Colin lo necesitaba. Y ha sido divertido. Además, hace calor, giró la cabeza y le brindó una sonrisa a su hermana.

Lo del dedo ha sido una grosería.

Pero divertida.

No pudo contener su sonrisa.

Divertida, sí. Necesito unos minutos a solas con Colin.

Jo, solo era agua.

No es por eso. Estamos en paz. Es que necesito unos minutos.

Travis clavó la mirada en ella. Lo vio, lo supo, como solía hacer. Se dispuso a hablar en voz alta, pero se dio media vuelta y se limitó a asentir.

Fallon salió del riachuelo a la orilla. Después de pasarse las manos por el cuerpo para secarse, guardó su libro y su caña.

—Tenemos que regresar —anunció. Hizo caso omiso de las quejas, sobre todo por parte de Ethan, e hizo un gesto con la cabeza para que se adelantaran—. Tenemos que ayudar con la cena y empezar con las tareas de la noche.

Travis salió y Fallon le secó.

—Gracias.

Tuvo que acuclillarse para ayudar a Ethan a salir.

—Es divertido nadar con la ropa puesta.

Le dio un suave toquecito en la nariz.

—No lo sería tanto si tuvieras que volver caminando a casa con los zapatos empapados de agua.

Se los secó, después hizo lo mismo con los pantalones y con la camiseta de Under Armour que en el pasado había pertenecido a Colin.

Cogió las riendas de Grace y se volvió hacia Colin.

—Venga ya. —Él le hizo un gesto con la mano—. Ya te has vengado por haberme vengado de ti.

—Te secaré si me das tu palabra de que no vas a vengarte por haberme vengado.

Colin vaciló durante un instante y después sonrió.

—Tengo una buena venganza en mente, pero puedo dejarla para la próxima vez que te portes mal. Seguro que no tardas mucho.

Fallon le ofreció la mano.

—Pero esto ya está zanjado.

—Zanjado.

Se estrecharon la mano.

Ya seco, Colin miró a su alrededor.

—¿Por qué se han marchado?

—Le he dicho a Travis que quería hablar contigo.

A sus ojos afloró una expresión recelosa.

—Hemos dicho que está zanjado y nos hemos dado la mano.

—No es por eso. —Echó a andar, con la yegua siguiéndola con paso indolente—. Ya casi es mi cumpleaños.

—Ya, ya.

—Mi decimotercer cumpleaños.

—¿Y qué? —Se encogió de hombros y buscó un palo con el que golpear los árboles mientras andaban—. Seguro que empiezas a besar a chicos y a ponerte lazos en el pelo. Qué lela.

—Tendré que marcharme.

—Y vas a conducir la camioneta. Yo sé conducir la camioneta. No veo por qué tú tienes que hacerlo todo antes.

—Colin, no estaré aquí para conducir la camioneta. Tendré que marcharme.

—Marcharte, ¿adónde?

Fallon vio en su rostro que sabía de qué le hablaba. Sus padres no habían mantenido en secreto la historia de Mallick, de la Elegida, de los dos años de adiestramiento lejos de su casa.

El frenético rechazo se impuso acto seguido.

—Eso es una gilipollez. No te vas a ninguna parte. No es más que una estúpida historia.

Le gustaba soltar tacos, pensó Fallon con aire distraído. Cuando sus padres no le oían, soltaba tacos siempre que podía.

—No lo es. Cuando venga, tendré que irme con él.

—He dicho que es una gilipollez. —Furioso, con la cara enrojecida, Colin arrojó el palo—. Me da igual quién sea ese tío raro, no te va a obligar a marcharte. Le detendremos. Yo se lo impediré.

—No me obligará. No puede obligarme. Pero tengo que ir con él.

—Tú quieres irte con él. —Ahora estaba resentido. Tan joven, tan resentido—. Quieres largarte y fingir que eres una importante salvadora. Quieres parecer la Elegida que va a salvar el mundo. Más gilipolleces. —La empujó con fuerza—. No eres tan especial, y al puñetero mundo no le pasa nada. ¡Míralo!

Separó las manos para abarcar la espesura del bosque, la moteada luz del sol, la verde paz de finales del verano.

—Esto no es el mundo, solo nuestro rincón del mundo, y hasta esto puede verse amenazado. —Se abrió paso dentro de ella con tanta rapidez, con tanta fuerza, que la dejó sin aliento—. Míralo tú. Ve el mundo.

Levantó las manos y las separó a los lados, como si descorriera una cortina.

Se estaba librando una oscura y sangrienta batalla. Edificios reducidos a escombros, otros en llamas. Cadáveres desgarrados y mutilados yacían desperdigados sobre lo que supuso que serían aceras. Calles y aceras de una ciudad, antaño una gran ciudad.

Los disparos rasgaban los tranquilos bosques, seguidos de gritos. Rayos negros y rojos impactaban y abrían abismos a los que caían más personas.

Algunos seres alados volaban, lacerando la carne con sus alas. Otros trataban de formar un escudo protector.

Sobrenaturales, oscuros y de luz, personas buenas y malas, libraban una guerra sobre la sangre de aquellos que habían caído.

—Para. —Colin le agarró el brazo mientras ella parecía estar en trance—. Para, para —rogó en un sollozo que llegó hasta ella.

Fallon cerró la cortina, temblando.

—¿Cómo lo has hecho? ¿Cómo lo has hecho?

—No lo sé. —Mareada y con náuseas, Fallon se sentó en medio del sendero—. No lo sé. Me encuentro mal.

Colin sacó la cantimplora de la alforja y se puso en cuclillas para dársela.

—Bebe un poco de agua. Bebe y coloca la cabeza entre las rodillas.

Fallon bebió y cerró los ojos.

—A veces lo veo en mi cabeza. Sobre todo, cuando duermo. Veo eso u otros lugares. Siempre hay lucha, muerte y fuego. A veces veo gente en jaulas o sobre mesas, atadas a unas mesas. Y cosas peores, mucho peores. —Le puso el tapón a la cantimplora—. Ya estoy bien. No sé cómo lo he hecho. No sé lo suficiente.

Colin la ayudó a levantarse y guardó la cantimplora.

—¿Dónde estaba ese lugar?

—No lo sé con seguridad. Me parece que era Washington, pero ni siquiera sé por qué creo eso. Por esa razón tengo que irme. Tengo que aprender más, he de hacerlo, y tengo miedo. Mucho miedo. Quieren matarme, intentaron matarnos a mamá y a mí. Asesinaron a mi padre biológico. Tarde o temprano me encontrarán. Podrían venir aquí. Si algo les ocurriera a papá y a mamá, a Travis, a Ethan y a ti... —Se volvió hacia la yegua y apoyó la cara contra el cuello de Grace—. Tengo que irme y aprender a detenerlos o esto jamás parará.

Colin le palmeó la espalda con torpeza.

—Iré contigo.

—No puedes.

—Intenta impedírmelo. —Ahí estaba de nuevo la terca bravuconería, la sinceridad y la inocencia—. Solo porque no pueda hacer estúpidos trucos ni esas tonterías, ¿crees que no puedo luchar? Voy a ir contigo, tonta del culo.

Le conmovió, no sabía si alguna vez podría decirle cuánto, que Colin la apoyara en su peor momento.

—No es por la magia. —Incluso siendo tan joven entendía la estrategia más básica—. No es porque no puedas luchar. —Se limpió las lágrimas, se dio la vuelta y vio que él también había llorado—. Tienes que quedarte porque tienes que ser presidente.

—¿Qué coño dices? —Pese a su reciente afición por los tacos, Colin reservaba ese para cuando necesitaba enfatizar algo.

—Así son las cosas. —Más calmada, reemprendió la marcha—. Mamá y papá son como el rey y la reina, ¿verdad? Ellos gobiernan. Pero no saben todo lo que ocurre. No se enterarán de lo que ha pasado hoy en el riachuelo si logáis que Ethan jure guardar el secreto. Si no lo hace, se irá de la lengua.

—Maldita sea.

—Así que se enterarán, pero no pasa nada. Nadie está cabreado por eso. Pero no lo saben todo. Tú serás el mayor y tendrás que estar al mando. Tienes que ser presidente y cuidar de Travis y de Ethan, y también de mamá y de papá. Necesito saber que todo va a ir bien. Por favor. Es un trabajo duro. Tienes que asegurarte de que todos estén bien, que hagan sus tareas y den sus clases. Y no puedes ser demasiado mandón o no funcionará.

Colin le dio con la cadera mientras andaban.

—Tú eres mandona.

—Podría ser más mandona. Mucho más. Por favor, Colin.

Se detuvieron en la cuesta desde la que hacía mucho tiempo su madre contempló por primera vez la granja, sintiendo renacer de nuevo la esperanza.

—Puedo ser presidente —murmuró—. Ya te dije que podría.

—De acuerdo.

Le rodeó los hombros con el brazo y durante unos minutos contemplaron su hogar.

Ethan daba de comer a los perros viejos y a los jóvenes. Travis recorría uno de los surcos del huerto y llenaba una cesta con judías verdes. Su padre, con la cabeza cubierta por una gorra, regresaba desde un sembrado cercano con uno de los caballos, y su madre se enderezó y dejó su trabajo en el parterre de hierbas aromáticas para saludarle.

Se llevaría aquella imagen consigo, pensó Fallon. Aquella y otras, adondequiera que tuviera que ir. Sin importar lo que tuviera que hacer.

Día tras día, noche tras noche, Lana contemplaba a sus hijos maravillada. Antes del Juicio Final solo había considerado de pasada la posibilidad de tener hijos... algún día. Disfrutaba de la vida que tenía, de su urbano resplandor, con un hombre al que había amado y admirado.

Hizo sus pinitos con la magia, sobre todo por diversión, y sus poderes eran, a lo sumo, anecdóticos. O eso creía entonces.

Su trabajo la satisfacía, por lo que sus ambiciones de llegar más alto habían sido, al igual que en el tema de los hijos, una idea pasajera que llegaría algún día.

Vivía con un escritor, cuyos libros habían encontrado un sólido nicho. Max se tomaba la magia con más seriedad que ella y sus poderes eran más evidentes, pero, de todas formas, en aquellos días eran solo una pálida sombra de lo que serían.

Su amor había conservado esa brillante pátina de lo que es nuevo y excitante, y el futuro, más allá de un día o dos, parecía no tener límites.

Entonces el mundo llegó a su fin. Todo lo que había dado por sentado desapareció en una vorágine de humo, sangre y graznidos de cuervos que volaban en círculo. Con la luz que se encendió dentro de ella aquella noche de enero, comenzó otro mundo.

Durante los meses transcurridos entre aquella noche de invierno y el caluroso día de verano en que vio la granja por primera vez, se había transformado en alguien a quien la satisfecha urbanita no habría reconocido. Sabía que había cambiado no solo por la hija que crecía dentro de ella ni por el auge de sus propios poderes, sino en esencia.

Igual que había cambiado la mujer hambrienta, desesperada y afligida que Simon encontró robando un huevo en su gallinero, para transformarse en la mujer que yacía en vela en brazos de su marido una fresca noche de otoño, escuchando el incesante ulular de un búho.

Esa mujer había aprendido a amar no solo durante días, semanas y meses, sino años. Había cultivado la tierra, cazado, aceptado su poder. Había dado a luz a cuatro hijos en la cama que compartía con el hombre que le había ayudado a traerlos al mundo.

Su mundo.

Pero conocía el mundo que había más allá de aquella granja, de aquel santuario. En él había vivido, luchado y sobrevivido. Había escapado de él.

Y ahora, después de toda la pérdida, de todos los logros, de la pena y las alegrías, se enfrentaba al hecho de tener que enviar a su primogénita a aquel mundo lleno de sangre y de humo.

Simon le acarició la espalda.

—Podemos decir que no.

Lana se arrimó más a él.

—¿Ahora me lees el pensamiento?

—No es difícil cuando estamos pensando lo mismo. No es más que una cría, Lana. Sí, era importante para nosotros ser sinceros y honestos con ella desde el principio, no esperar y soltarle todo esto de golpe, pero sigue siendo una cría. Nos sentamos con ella y nos aseguramos de que sepa que tiene nuestro apoyo en esto. No tiene por qué ir.

—Nunca le hemos mentido ni le hemos ocultado nada. Y, aun así, creo que ella lo habría sabido aunque lo hubiéramos hecho. Está en su interior, Simon. Lo sentí cuando estaba embarazada. Lo siento ahora.

—¿Recuerdas esa época, su primera primavera? Estábamos trabajando en el huerto. Ella dormía a la sombra del viejo manzano, con Harper y Lee. Echamos un vistazo cuando la oímos reír. Debía de haber por lo menos un par de cientos de mariposas y...

—Esas lucecillas son hadas. —Lana sonrió ante tan bonito recuerdo—. Todas danzaban a su alrededor. Ella las llamó.

—Ni siquiera andaba aún. Sé que ya no es un bebé, pero, por Dios santo, tiene solo doce años.

Trece, pensó Lana. Solo faltaban unos días.

Retorció de forma distraída la cadena con la medalla del arcángel san Miguel que él llevaba al cuello.

—Ha decidido ir.

—Eso no lo sabes.

Lana se limitó a posar la mano sobre su pecho.

Bajo la palma, a Simon se le partió un poco el corazón. Alzó la mano para asir la de ella.

Se habían prometido mantenerse unidos cuando llegara el día y apoyar a Fallon, fuera cual fuese su decisión.

—Supongo que eso explica por qué no se ha estado peleando con los chicos. ¿Te ha dicho algo?

—No, no con palabras. Sé que nació para lo que está a punto de comenzar. Lo sé con todo mi ser. Y lo detesto. —Sepultó el rostro contra su cuello—. Es nuestro bebé, Simon. Lo odio.

—Podemos encontrar una forma de impedirlo, de detenerla.

Lana meneó la cabeza y se arrimó más a él.

—No está en nuestra mano. Nunca lo ha estado. Aunque pudiéramos, ¿qué ocurrirá cuando los chicos crezcan y necesiten tener una vida más allá de esta granja? ¿Los retenemos aquí para siempre, como tesoros atrapados en ámbar? Hemos podido darles la vida que tenemos, mantenerlos a salvo, gracias a Fallon. Porque se nos ha concedido este tiempo.

—El tiempo ha terminado, lo entiendo. Pero sé defender lo que es mío, Lana.

—Me lo has demostrado antes de que yo fuera tuya. Pero no podemos luchar contra esto. Soy tuya. —Levantó la cabeza para mirarle y ahuecó una mano en su mejilla—. Del mismo modo que Fallon es tuya, que lo son los chicos. No soy lo bastante fuerte, no somos lo bastante fuertes, para enfrentarnos a esto sin ti. Tenemos que dejar que se vaya. —Una lágrima resbaló por su cara—. Ayúdame a dejarla marchar.

Simon se incorporó y la abrazó para que pudiera llorar un poco.

—Una cosa sí sé con total certeza. Es lista, es fuerte y, joder, por encima de todo es muy astuta.

Lana consiguió reír entre lágrimas.

—Lo es. Sí que lo es.

—Entre los dos le hemos enseñado todo lo que sabemos, y ella ya tenía mucha ventaja en eso. Son dos años. —Cerró los ojos con fuerza mientras el corazón se le partía un poco más—. El tiempo pasará deprisa y estará bien. Es como un internado para magos, solo que ella ya sabe más que Harry Potter.

Suspiró, reconfortada.

—Simon.

—¿Y si hacemos la ronda?

—Sí. —Lana se enjugó las lágrimas y se apartó el pelo—. Es una buena idea.

Pensó en la casa, en ese recio edificio de planta cuadrada que había visto desde la colina. Recordó que él le había abierto las puertas a ella y a la hija que llevaba dentro.

La habían ampliado a lo largo de los años; ese hombre sí que sabía construir. Había abierto una pared en el salón para añadir espacio con el fin de facilitar necesidades tales como coser, hilar y tejer. Había incluido ovejas en su ganadería. Habían dado más espacio a la cocina para preparar conservas, e incorporado un segundo invernadero para poder cultivar durante el invierno.

Y mientras construían, habían llenado los dormitorios de bebés, pensó mientras se ponía la bata. Eso, aquellas preciosas luces, era una prueba tangible de amor y de esperanza.

Juntos habían construido una familia y la habían mantenido a salvo, dentro de esa burbuja de ámbar. Juntos habían proporcionado a su hija la mejor educación posible.

Y ahora, juntos, fueron primero a la habitación que compartían Travis y Ethan. La luz de la luna que entraba por las ventanas se derramaba sobre las literas que Simon había construido.

Travis estaba boca abajo en la cama de arriba, con un brazo colgando por el lateral y la suave manta de algodón, que ella había intercambiado por dos tarros de pepinillos de su propia cosecha, enredada alrededor de los pies.

Aunque volvería a terminar del mismo modo, Lana entró en la habitación para arroparle con la manta.

Ethan estaba plácidamente dormido en la litera de abajo, en medio de los dos jóvenes cachorros, Scout y Jem. Sonreía en sueños.

—Dormiría con la mitad de los animales de la granja en la cama si le dejáramos hacer lo que quiere —susurró Simon.

—Los lechones —mencionó ella, haciéndole reír.

—Sigo sin saber cómo metió a esos tres cerditos sin que nos diéramos cuenta.

—Tiene un corazón bondadoso. Y él también. —Levantó con suavidad el brazo de Travis y lo depositó en la cama—. Le encantan las bromas, pero ve demasiado, sabe demasiado.

—Es un granjero cojonudo.

Lana sonrió y se apartó.

—Como su papá.

Después de echar un último vistazo, salieron y fueron al cuarto de Colin.

Acurrucado de lado, agarraba la manta con una mano, como si alguien fuera a quitársela mientras dormía.

Su extraña colección de objetos encontrados llenaba un cajón de madera de su cómoda. Los que no cabían estaban colocados en el alféizar y en los estantes que Simon le había colgado.

Piedras o guijarros curiosos, algún trozo de vidrio verde, pulido por el tiempo pasado en el riachuelo, una mata de musgo seco, un cuarto de dólar, unos cuantos peniques, una navaja de bolsillo rota, una vieja chapa de botella, el tapón de rosca de un termo...

—No hay mejor buscador que él —comentó Simon.

—Su don es ver el potencial de las cosas para convertirse en un tesoro. Sé que a veces le fastidia no poseer habilidades como los demás, pero tiene una mente curiosa.

—Y un ego enorme. Colinville.

Con una sonrisa en los labios, Lana se acercó para darle un beso en la mejilla a su hijo.

—El presidente Swift de Colinville ya no huele como un niño. Travis y Ethan todavía desprenden ese olor silvestre e inocente. Ahora suelta cierto tufillo a taquilla de gimnasio.

—Dado que su primer acto como mandatario será la construcción de una cancha de baloncesto, las taquillas de gimnasio serán lo siguiente.

Lana levantó el rostro hacia él.

—Eres muy bueno para mí.

Simon la besó sin prisas.

—¿Sabes qué deberíamos hacer?

—¿No lo hemos hecho ya?

—Conviene repetir. Pero estaba pensando que deberíamos pedirle a John Pie que venga con esa vieja cámara de fotos que tiene y que nos haga un retrato de familia. Tiene un cuarto oscuro y lo último que oí es que todavía le quedan materiales.

—Nos pedirá un riñón a cambio de una foto.

—Puedo convencerle. Confía en mí.

—Siempre lo hago, y me encantaría tener una foto.

Dejaron a Colin durmiendo y fueron a la habitación de Fallon.

Las hadas danzaban al otro lado de su ventana, como solían hacer. Fallon dormía de cara a ellas, con una mano apoyada en el osito rosa de peluche.

Los otros regalos de Mallick, la vela y la bola de cristal, estaban sobre la cómoda junto con *El rey hechicero*. Al acercarse, Lana vio que Fallon tenía un pequeño caballo de madera en la otra mano.

—Se lo hiciste tú en sus primeras Navidades. —Se volvió de nuevo hacia él—. Quieres la foto para ella, para que pueda llevársela consigo.

—John puede hacernos dos. Es realmente preciosa, ¿verdad? A veces la miro y se me para el corazón. Y creo que lo único que en realidad quiero es poder espantar a los chicos que vendrán a rondarla, al menos hasta que encuentre a uno que sea lo bastante bueno para ella. Cuando tenga unos treinta o cuarenta años. Puede que cincuenta. Me gustaría poder quejarme porque lleva demasiado maquillaje, o porque su falda es demasiado corta, o...

Lana le abrazó con fuerza.

—Le has dado todo lo que un padre podría y debería dar. —Se apartó y ahuecó las manos sobre su rostro. Veía el dolor que reflejaban sus ojos—. La noche en que nació. En tus manos. En las tuyas, Simon. Siempre buscará tus manos. —Exhaló y le asió la mano—. Volverá con nosotros. No podría dejar que se fuera si no supiera que es así. Volverá con nosotros.

Pero no podía ver por cuánto tiempo, qué ocurriría en ese tiempo ni qué ocurriría después.

3

El día que Fallon cumplió trece años el bosque rebosaba de vida bajo el cielo azul. De las pesadas ramas de los manzanos y los perales colgaban los frutos que todavía no habían recogido. Grandes y relucientes racimos de uvas crecían en las vides.

Calabazas de todos los tamaños, calabacines, grandes repollos y surcos de col rizada y nabos tendían sobre el huerto un manto de otoñales tonalidades.

El clima se mantenía cálido, pero las frías noches avisaban de que las primeras heladas no tardarían demasiado en llegar.

Simon encomendó a los chicos la tarea de recoger las manzanas, lo que les proporcionaba una excusa para trepar a los árboles. Como tenía mejor mano para ello, a Fallon le encargó vendimiar las uvas para preparar mermelada y vino, para comer y para secar. Sabía que Lana ya había preparado el pastel de especias, el preferido de Fallon, y que ahora trabajaba en el huerto, continuando con la recogida de la cosecha mientras él apilaba leña para el invierno que se avecinaba.

Todos fingían que era otro día normal. No había nada más que pudieran hacer.

Oyó a sus hijos reír, el bullicio de las gallinas, el zumbido más grave de la colmena. Sintió que el sudor le empapaba la espalda, la fatiga de los músculos mientras cargaba con otro tronco hasta el tocón para cortar la leña.

Un pájaro carpintero martilleaba sin cesar en algún lugar del bosque. Los perros, que dormían bajo el intenso sol, no prestaron atención al repiqueteo, como tampoco lo hicieron al ciervo que deambulaba a lo largo de la cumbre.

La normalidad, pensó, totalmente hecho polvo.

En el pasado eligió la vida de soldado y aprendió el precio de la guerra. Luego renunció a esa vida y volvió a la granja cuando a su madre le diagnosticaron un cáncer. Había aprendido muchísimo sobre el amor, el sacrificio y la fortaleza de una mujer.

Ella había vencido al cáncer solo para acabar muriendo a causa del virus. Así que enterró a sus padres con unos días de diferencia y aprendió lo que era el dolor de la verdadera pérdida.

Había decidido quedarse, trabajar la tierra, y había descubierto lo que él y otros podían hacer para ganarse la vida mientras el mundo cambiaba bajo sus pies. Y lo que otros eran capaces de hacer y harían para causar más muerte, más destrucción.

A lo largo de los años había ayudado en más de una ocasión a un vecino a defenderse de esos otros. Y había enterrado a amigos y a enemigos.

Había visto cuervos volando a lo lejos, más allá de sus tranquilas tierras. Y el restallar del rayo negro.

Ahora su hija se marcharía lejos de él, a un mundo oscuro y peligroso. Y él, un hombre, un soldado, un padre, era incapaz de impedirlo.

Dirigió la mirada hacia ella, su alta, desgarbada y preciosa hija. El sol hacía brillar su negra trenza, que descansaba a lo largo de su espalda. Llevaba puesto uno de los viejos sombreros de jardinería de su madre, de paja con el ala ancha. La descolorida camiseta azul también había sido de su madre y mostraba que a su niña le habían crecido lo que Lana llamaba senos.

A él no le gustaba pensar en eso.

Había conseguido los vaqueros —le quedaban un poco holgados, porque estaba muy delgada— y las recias botas marrones mediante el trueque.

Quería retenerla allí, tal y como estaba en ese momento. De pie en el pequeño viñedo, con un racimo de uvas negras maduras en la mano y el rostro levantado hacia el sol.

Con la mirada fija aún en ella, cogió la leña que había partido para añadirla al montón. La vio tensarse y girarse despacio, con el rostro convertido en una máscara de control que nadie tan joven debería llevar puesta.

Dejó las uvas en la cesta, guardó las tijeras en la funda que llevaba en el cinturón y comenzó a bajar por los bancales del viñedo.

Todo quedó en silencio. La risa de los chicos, el zumbido de las abejas y las gallinas. Los perros no ladraban. Durante un momento, un prolongado e impactante momento, Simon sintió que el mundo dejaba de respirar.

Al menos, el suyo lo hizo.

Mallick estaba en el borde de la carretera de la granja, con las riendas de su caballo en la mano. Simon habría jurado que se trataba del mismo caballo en el que montaba hacía trece años. Además, parecía estar igual que entonces, no había envejecido ni un solo día, con su oscuro cabello ondulado y el mechón blanco de su barba.

Lana estaba en el huerto, con una mano sobre el corazón y la otra cerrada en un puño a un lado.

Simon dejó caer la leña y se acercó con paso rápido.

—Papá. —Fallon se detuvo para agarrarle del brazo, con voz firme y los ojos secos.

Hasta que no lo hizo no se percató de que tenía la mano en la pistola que llevaba en el cinturón.

—Deberías coger a Ethan —le dijo—. Está llorando.

—Cielo.

—Estoy bien. Necesito que me ayudes a hacer esto. Por favor, te lo ruego, papá, ayúdame a hacerlo.

La máscara se movió; los ojos de su hija le suplicaban.

—Antes ve con tu madre. Yo iré a por los chicos.

Así que fue con su madre y asió la mano de Lana. Juntas se encaminaron hacia Mallick.

—Señora, los años le sientan bien a usted y a esta tierra —saludó el hombre.

—Dijo que era una elección. No puede obligarla a ir.

—Mamá.

Lana se volvió hacia Fallon, consumida ya por la pena.

—Soy tu madre. Yo decido. No eres lo bastante mayor para tomar semejante decisión. No sabes lo que hay ahí afuera. No...

Se interrumpió cuando Fallon la rodeó con los brazos y le habló con la mente.

Sé lo que tú sabes. He visto lo que tú has visto. He soñado lo que tú has soñado. Ayúdame a hacer esto. Ayúdame a ser fuerte como tú. Deja que me vaya para que pueda ser lo que tú has ayudado a que sea. Deja que me vaya para que pueda regresar.

Fallon se apartó, pero no soltó la mano de su madre mientras se volvía hacia Mallick.

—¿Has elegido, Fallon Swift?

—¿Estarán a salvo en mi ausencia? No dejaré a mi familia a menos que sepa que estarán seguros.

—Nada malo les pasará mientras te entrenas conmigo.

—Si algo les ocurre, lo pagarás.

Él asintió.

—Entendido. Simon Swift. —Acarició de forma distraída a uno de los perros que le olisqueaba mientras Simon se acercaba con los chicos. Mallick los examinó: el malcarado Colin, el serio Travis, Ethan, que se limpiaba las lágrimas con los nudillos—. Has engendrado buenos hijos. ¿Puedo dar de beber a mi caballo mientras os despedís?

—¿Ahora? Pero si no ha probado su tarta ni le hemos dado sus regalos. Yo... tengo que ayudarla a recoger sus cosas.

—Mamá. Tengo el equipaje hecho. Estoy lista. Iré a por mis cosas.

Sin mediar palabra, Simon le señaló a Mallick el abrevadero junto al granero.

—Yo... tengo que empaquetarle algo de comida. Debe tener su tarta.

Lana escapó al interior de la casa.

—Id a por los regalos para vuestra hermana —les dijo Simon a los chicos. Luego se colocó frente a Mallick—. ¿Adónde la lleva?

—No tan lejos como temes, no tan cerca como podrías desear. No puedo decirle más, por su seguridad.

—¿Y cómo sabremos que está a salvo?

—Usted sabe lo que es el deber, y ella es mi deber. Créame, daría mi vida por ella. No por amor, como haría usted, sino por un deber que es igual de profundo en mí. Ella es mi propósito, mi esperanza, mi deber. No le fallaré.

—Sabe lo que es el deber —repitió Simon—. Créame, si algo le ocurre, le perseguiré, sea quien sea o lo que sea. Y esté donde esté, le encontraré y le mataré.

—Si algo le ocurre, Simon Swift, yo ya estaré muerto. Y lo que quede del mundo deseará correr el mismo destino. Dentro de dos años regresará con ustedes y verán lo que han ayudado a hacer de ella.

—Si no ha regresado dentro de dos años a partir de ahora, iré a por usted.

Simon se alejó con paso airado, pero se detuvo en seco cuando Fallon salió con una pequeña bolsa de viaje.

—Tengo que ensillar a Grace.

—Lo haré yo. —Travis salió a toda prisa—. Lo haré yo. He

hecho esto para ti. —Le ofreció una funda de cuero para su cuchillo, con símbolos grabados a fuego con esmero en la piel—. Son símbolos mágicos para que la hoja se mantenga afilada y limpia y para ayudar a que sea certera.

—Es realmente preciosa, Travis. Debes... debes de haberle dedicado mucho tiempo.

—Sé que tienes que irte. —Tragó saliva cuando su voz se tornó pastosa—. Sé que estás asustada, pero volverás.

—Sí. Volveré.

—Serás diferente, pero volverás. Te traeré a Grace.

Fallon se dispuso a hablar con su padre, trataba de dar con lo que quería decir. Colin y Ethan salieron y le evitaron el mal trago.

—No quiero que te vayas. —Ethan se abrazó a sus piernas—. No te marches.

—Tengo que irme durante un tiempo y necesito que hagas una cosa por mí. —Abrió su bolsa y sacó el osito rosa—. Necesito que la cuides, ¿vale? Necesita que la abraces con fuerza por la noche.

—Deberías llevártela contigo.

—Ella no quiere venir. Quiere quedarse aquí. ¿Cuidarás de ella hasta que vuelva a casa?

—No dejaré que le pase nada. Te he hecho esto. Bueno, papá lo ha hecho casi todo, pero yo he ayudado y le dije que hiciéramos una flor y que la pintáramos. Es una flor de cumpleaños.

Cogió el pequeño tulipán de madera, pintado de manera inexperta en alegres colores rosa y verde.

—Es muy bonito. Gracias, Ethan.

Se puso en cuclillas para guardarlo en su bolsa y desabrochó la funda de su cuchillo para sustituirla por la nueva.

—Yo te he hecho esto. —Colin le entregó una pequeña caja.

Del interior sacó un pequeño carillón. Delgadas piedras blancas y trozos de vidrio pulido de colores colgaban de un hilo de pescar sujeto a un viejo anzuelo metálico.

—Es precioso.

—Es una tontería, pero...

—Es precioso. —Vio sus lágrimas apenas contenidas y le abrazó con fuerza—. Ahora eres el presidente —susurró—. No lo olvides.

Cuando salió su madre, Fallon vio las señales de que había estado llorando a pesar del encantamiento.

—Te he puesto un poco de tu tarta y pan de esta mañana, algo de carne y de queso y... Bueno, aquí viene Travis con Grace. Guardaré esto en la alforja.

—Yo lo haré. —Colin cogió el paquete con comida y la bolsa.

—Es demasiado pronto —murmuró Lana—. Todo es demasiado pronto.

Fallon se agachó y abrazó a Ethan; temía perder el valor.

—Cuida de la osita y no dejes que los grandullones te mangoneen. —Se levantó, se volvió hacia Travis y le estrechó con fuerza—. Ni se te ocurra mudarte a mi habitación. —A continuación se giró hacia Colin—. Intenta no ser un idiota integral.

—Tú sí que eres idiota.

—Procura no cargarla mucho en mi ausencia. —Se apartó y se volvió hacia su madre—. Mamá.

—Esto es de tu padre y mío.

Fallon cogió la cadena de la que colgaba lo que sabía que era la alianza de boda de su padre biológico y la medalla de san Miguel de su padre. El amor y las lágrimas le atenazaron la garganta.

—Nunca me lo quitaré. —Se lo colgó al cuello—. Nunca. Mamá. —Abrazó a su madre—. Te quiero. Te quiero muchísimo.

—Te quiero. Pensaré en ti todos los días y contaré los que faltan para que vuelvas a casa. Brilla con fuerza, cielo, y lo sabré. Mándame una señal —susurró Lana.

—Lo haré.

Fue a los brazos de su padre, tratando de contener las lágrimas.

—Papa. Te quiero.

—Si me necesitas... Escucha. —Enmarcó su rostro e hizo que levantara la cabeza—. Si me necesitas, llámame. Yo te oiré. Iré a por ti. Encontraré la manera.

—No tengo miedo, porque te tengo a ti, porque me quieres. Volveré a casa. —Apoyó la mejilla contra la de él—. Lo juro. —Agarró las riendas y se aupó a la silla—. En mi decimoquinto cumpleaños, no lo olvidéis. Quiero regalos.

Puso a Grace al trote. Mallick, que ya había montado, la alcanzó y señaló hacia el sur.

Fallon se volvió a echar una última mirada y vio a su familia unida, tocándose unos a otros, delante de la casa donde había nacido.

Colin irguió los hombros y le dedicó un breve saludo militar que hizo que sus labios se curvaran y se le empañaran los ojos.

Levantó la mano para despedirse y después dirigió la mirada hacia el sur y espoleó a Grace para ponerla al galope.

Mallick dejó que ella impusiera el paso. Podía darle rienda suelta durante unos kilómetros y ver cuánto tardaba en serenarse. Su recio y viejo alazán aguantaría la cabalgada.

Pasaron por otra granja, más pequeña que la de los Swift, donde una mujer y un muchacho flacucho cosechaban patatas. Hicieron una pausa en su trabajo y en los pocos segundos que tardaron en pasar de largo, Mallick percibió una oleada de anhelo en el chaval.

Por la chica, y por lo que el chico consideraba libertad.

Continuaron al galope. Dejaron atrás una serie de casas abandonadas dispersas, cuyos jardines habían vuelto a convertirse en prados. Unas cuantas ovejas pastaban en las rocosas montañas; su anciana pastora vigilaba desde un montículo, con un cayado a la vieja usanza en una mano y un rifle colgado a la espalda.

La imagen de la mujer de cabello canoso bajo una usada gorra, las grises rocas surgiendo entre el verde, y las blancas ovejas pastando con despreocupación le produjo una fugaz e inesperada punzada de nostalgia.

Cuando Fallon redujo la velocidad al trote y después al paso —más por el bien de su yegua que por el suyo, concluyó Mallick—, se volvió por primera vez a mirarle directamente.

—Quiero saber adónde vamos.

—A un lugar donde recibirás adiestramiento, aprenderás y crecerás. Queda a un día y un poco más de camino a caballo.

—¿Por qué me entrenas tú?

—No puedo responder a esa pregunta. ¿Por qué eres la Elegida? Somos lo que somos.

—¿Quién te ha otorgado la autoridad?

—Eso es lo que vas a aprender. ¿Quién es la pastora?

—Se llama Molly Crane.

—¿Y cuál es su poder?

Aunque Fallon se preguntaba cómo sabía él que la vieja Molly tenía poder, no lo dijo.

—Es una cambiante.

—¿Cuántas ovejas cuida?

—Puede que diez —respondió encogiéndose de hombros con irritación.

—¿Puede?

—No las he contado.

—Tienes ojos. ¿Cuántas ves?

—No lo sé.

—No has mirado, así que no lo has visto. Catorce. Hay una detrás de una roca y la oveja preñada tiene dos crías.

La pena y los nervios libraban una cruenta batalla en su estómago. Su tono agudo y cortante hacia un adulto le habría granjeado una reprimenda en casa.

Pero ya no estaba en casa.

—¿Qué más da?

—En otro momento puede que veas al enemigo. ¿Cómo sabrás cuántos son? Puede que uno se oculte tras una roca y que otro oculte a otros dos.

Le miró con desdén, furiosa, dominada por el sufrimiento.

—La próxima vez que tenga que luchar con ovejas me aseguraré de contarlas a todas.

Mallick señaló hacia el este. Los cuervos sobrevolaban el cielo mucho más allá de las montañas.

—Saben que el tiempo de espera ha terminado. Te perseguirán desde hoy hasta el final.

—No temo a los cuervos.

—Teme a aquello que los gobierna. El miedo puede ser un arma, lo mismo que el coraje. Sin el miedo, no existe la prudencia. Sin la prudencia, impera la temeridad. Con la temeridad, llega la derrota.

—¿Qué los gobierna?

—Lo aprenderás.

Dicho eso, espoleó a su caballo para subir una cuesta e internarse en la espesura.

El aire se tornó fresco, y aunque jamás se había alejado tanto de su casa, los olores del bosque poseían una reconfortante familiaridad.

Pasó un rato buscando huellas, identificando a un ciervo, a un oso solitario, a un coyote y a un par de mapaches que habían atravesado la vereda.

Cruzaron un angosto riachuelo, en el que el agua discurría sobre las rocas. Un pavo silvestre profirió un graznido mientras viraron hacia el este.

—¿Cuántos ciervos había a la sombra junto al riachuelo? —exigió Fallon, lanzándole una mirada fría cuando él giró la cabeza para estudiarla—. ¿Y si fueran enemigos? ¿Sabrías cuántos son?

—Cuatro ciervas y dos de un año.

—¿En qué se diferencian los de un año?

Mallick respondió, divertido.

—Uno es un joven macho y el otro es una hembra.

—Aparte de eso.

Mallick enarcó las cejas.

—No lo sé.

—Uno tiene lastimada la pata delantera izquierda. Le afecta al andar. ¿No has visto las huellas? ¿No es una buena táctica saber si tu enemigo está herido?

—Tienes buen ojo para rastrear. Si tu puntería es igual de certera, comeremos bien este invierno.

—Mi puntería es certera. Me enseñó mi padre. —Se llevó una mano a la cadena que llevaba al cuello y buscó consuelo allí—. Todavía puedo irme a casa. Puedo cambiar de opinión e irme a casa.

—Sí. Podrías vivir tu vida allí y no convertirte plenamente jamás en lo que estás destinada a ser. Y el mundo sangraría a tu alrededor, hasta ahogar incluso lo que tú amas.

Fallon detestaba con toda su alma saber, saber sin saber cómo, que Mallick decía la verdad pura y dura.

—¿Por qué tengo que ser la Elegida? ¿La salvadora de todo el mundo? Yo no he fastidiado nada, así que ¿por qué se supone que tengo que arreglarlo?

—*Mae gennych atebion y tu mewn i chi.*

—¿Qué? ¿Qué idioma es?

—He dicho que las respuestas están dentro de ti.

—Eso es lo mismo que decir que aprenderé. No es una respuesta. —Por mucho que quisiera hacer caso omiso, le carcomía la curiosidad—. ¿Qué idioma es?

—Galés.

—¿Tu vienes de ahí? ¿De Gales? —Con la pregunta intentaba crear un mapa en su cabeza, ubicarlo con exactitud. Le encantaban los mapas.

—Sí. ¿Sabes dónde está?

—Está en lo que era Gran Bretaña, con Inglaterra a un lado y el Mar de Irlanda al otro.

—Muy bien. Tus nociones de geografía son precisas, aunque los idiomas se te den de pena.

—¿Por qué mis padres iban a enseñarme galés? No saben galés. Y, de todas formas, no es que vaya a ir allí. —Impulsada por la furia y el sufrimiento, e indignada ahora por su familia, sus palabras surgieron como dardos—. Y nos han enseñado mucho a mis hermanos y a mí. A leer, a escribir y a pensar. Hemos aprendido ciencias, matemáticas e historia, a leer mapas y a trazarlos. Quizá no hayamos podido ir al colegio del pueblo con frecuencia, porque los saqueadores y los sobrenaturales oscuros podrían acercarse demasiado. Mi padre ha luchado contra ellos para ayudar a proteger a nuestros vecinos, y mi madre y él nos han enseñado también a luchar a nosotros.

—Te han enseñado mucho, también sobre la luz y la tierra. Y una lección muy importante. Te han enseñado lo que es la lealtad. Has aprendido bien.

—Eso no se aprende. O lo eres o no lo eres.

Mallick le brindó una sonrisa.

—Por mucho que podamos discrepar, has de saber que te soy leal.

—Porque tienes que serlo, y eso es diferente.

—Tienes razón —reconoció Mallick tras un prolongado silencio—. Pero mi lealtad perdura.

—¿Por qué te fuiste de Gales?

—Fui llamado.

El largo y desdeñoso suspiro de Fallon expresaba con total claridad lo que era tener trece años y lidiar con un adulto.

—Si te pregunto quién te llamó, vas a responderme: «lo aprenderás».

—Y lo harás. Yo era joven, como tú, y al igual que tú me preguntaba por qué se me pedían cosas tan duras. Has de saber que entiendo lo que es abandonar el hogar y a la familia.

—¿Tienes hijos?

—Jamás he recibido tal presente.

—Tú me trajiste la osita de peluche.

—Ha sido un precioso detalle dársela a tu hermano pequeño, dejar ese trocito de ti misma a su cuidado.

Fallon lo dejó pasar; eso hacía que recordara a Ethan y sus lágrimas.

—Me trajiste la vela y la bola de cristal. No son juguetes, como la osita. Solo yo puedo encender la vela. A veces lo hago. No se derrite nunca.

—Se creó para ti.

—¿La hiciste tú?

—Sí.

—Mi madre decía que yo sería la única capaz de ver en la bola, pero nunca veo nada cuando miro.

—Lo harás.

—¿Dónde la conseguiste?

—Se hizo para ti. La osa la compré para ti antes incluso de que tu madre supiera de tu existencia. La mujer de la tienda me dijo que era un regalo alegre para una niña.

Mientras cabalgaban, a Fallon se le ocurrió que nunca había mantenido una conversación tan larga con nadie que no fuera de su familia. Si bien no hacía que se ablandara con respecto a él, al menos le resultaba interesante.

—¿Qué vas a enseñarme? —exigió—. ¿Durante dos años? Mi padre me enseñó a disparar un arma de fuego y un arco. Me enseñó el combate cuerpo a cuerpo. Fue soldado. Capitán del ejército. Y mi madre me enseñó magia. Es bruja, una muy poderosa.

—Entonces tienes una buena base.

Fallon detuvo a su yegua.

—¿Oyes eso?

—Sí.

—Son motores. Más de uno.

—No lejos de aquí hay una carretera y algunos viajan por ella. Por eso nosotros lo hacemos por bosques y montañas. Todavía no estás lista para pelear.

El sonido se alejó, hasta que solo el bosque hablaba.

—¿Quién te enseñó a ti?

—Se llamaba Bran. Era muy exigente.

—¿Voy a conocerlo?

—Ya no está entre nosotros.

—¿Murió por el Juicio Final?

Su deber era enseñar, adiestrar, y cumpliría con su labor, pensó. Pero ¿quién iba a imaginar que una chica tuviera tantas preguntas?

—No, pasó de este mundo al otro mucho antes. Pero mientras estuve con él me enseñó muchas cosas. Viajé a muchas tierras a su lado.

Fallon hizo que Grace saltara un pequeño árbol caído.

—Antes del Juicio Final la gente viajaba por todo el mundo en avión. He visto dos aviones y un helicóptero, una nave más pequeña con hélices en la parte de arriba. Mi madre lanzó un escudo sobre la granja por si acaso la gente de los aviones eran los que buscaban sobrenaturales a los que encerrar. O, peor todavía, por si eran sobrenaturales oscuros. Así que podíamos ver los aviones, pero ellos no podían vernos a nosotros. ¿Alguna vez has volado en un avión?

—Sí, y no me gustó.

—Creo que sería maravilloso. —Levantó la cabeza y contempló los retazos de cielo a través de las copas de los otoñales árboles—. Me gustaría ver otras tierras. En algunas hay playas de arena blanca y aguas azules, y otras están cubiertas de hielo. Y las grandes ciudades, con edificios tan altos como montañas, y montañas más altas que el edificio más alto, y desiertos, océanos y selvas.

—Hay muchas maravillas en el mundo.

Hizo virar a su montura para atravesar una abertura en la espesura hasta un pequeño claro. Al cobijo de los árboles había una cabaña, con un cobertizo de tejado inclinado anexo.

—Has dicho que había un día de viaje.

—Y así es. Solo nos detenemos aquí para pasar la noche.

—Todavía nos queda una hora de luz antes de que anochezca.

—Los caballos necesitan descansar, hay que atenderlos y darles de comer. Y yo también lo necesito.

Mallick desmontó y llevó a su caballo hasta el cobertizo. Fallon hizo lo mismo de mala gana. Se fijó en que el refugio contaba con un lecho de paja fresca, aperos para almohazar a los animales y un cubo con grano. Mallick le pasó un balde.

—Hay un arroyo justo al este. Los caballos tienen que beber.

—¿Qué es este lugar?

—Un sitio para hacer un alto en nuestro viaje. —Al ver que ella no respondía, se limitó a aflojar las cinchas y retirar la silla de montar a su caballo—. Una cabaña de caza, que fue una especie de lugar donde pasar el fin de semana o las vacaciones. Perteneció a un hombre que trabajaba de fontanero y le gustaba venir aquí con sus amigos. Era inmune, así que sobrevivió al Juicio Final, pero acabó siendo apresado en una de las batidas y confinado en unas instalaciones gubernamentales, donde falleció.

—¿Lo conocías?

—No, pero este sitio en el que tan buenos ratos pasó conservaba suficiente energía de él como para que pudiera conocerlo. Los caballos necesitan agua —repitió.

Fallon cogió el cubo y recorrió poco menos de diez metros hasta un serpenteante y alegre arroyo. Dedicó un momento a estudiar el bosque, nuevo para ella. Los abetos y los robles, los viejos pinos y los chopos jóvenes. Por lo que sabía, Mallick podía preguntarle cuántos árboles había en el estúpido bosque, cuántas veces había martilleado el pájaro carpintero o cuántas plumas tenía el cardenal.

Llenó el cubo y regresó para verter el agua en el abrevadero. Fueron necesarios dos viajes más. Para entonces, Mallick había desensillado a los dos animales y estaba secando a su alazán.

—¿Cómo se llama? —preguntó mientras cogía una toalla limpia con la que frotar a su yegua.

—Este es Gwydion, llamado así en honor a un poderoso mago y guerrero.

—Ella es Grace, por la reina pirata. El cobertizo es mucho más nuevo que la cabaña.

—Lo construí hace solo unos meses.

Cuando los animales comieron y bebieron, Mallick cogió su ligero equipaje. Fallon cargó al hombro su pesada bolsa y la comida que su madre le había dado.

La cabaña, una estructura cuadrada y baja, contaba con un estrecho porche delantero al que se accedía subiendo un pequeño escalón.

Junto al escalón se alzaba una tosca figura de piedra en medio de un montón de cantos rodados. A Fallon le pareció que era una figura femenina.

Mallick se detuvo para abrir su cantimplora y vertió un poco de agua sobre las piedras.

—Una ofrenda y una señal de respeto a la diosa.

—¿Protege o bendice?

—Puede hacer ambas cosas a su voluntad. Es Ernmas. —Exhaló un pequeño suspiro al ver que Fallon fruncía el ceño—. Es una diosa madre, de los Tuatha de Danann, como tú. Tú eres de su sangre y de sus huesos, Fallon Swift. ¿Es que no sabes nada de tus antepasados?

—Teníamos algunos libros sobre mitología, sobre todo de los romanos y los griegos. No esperarás en serio que me crea que estoy emparentada con una diosa, ¿verdad? Porque es mitología, lo sabes.

—Tu ignorancia no te honra. —Subió al porche y agitó una mano en dirección a la puerta, que se abrió con una ráfaga de viento—. ¿Crees que el poder, el de la luz y el de la oscuridad, no tiene un origen? ¿Que no tiene historia ni un propósito? Lo que eres se lo debes a aquellos que existieron antes que tú. A su generosidad y a sus batallas, a su crueldad y a su compasión. —Meneó la cabeza—. El destino del mundo recae en una chica que sabe muy poco.

Fallon puso los ojos en blanco a sus espaldas mientras él entraba. Bajó la mirada a la diosa.

—¿Cómo voy a saber lo que no sé?

Ofendida, ya que no era una ignorante, entró detrás de Mallick con paso airado.

El área principal consistía en una estancia abierta, con una chimenea en la pared norte y una cocina al fondo; se fijó en que las ventanas estaban orientadas al este para que tuvieran vistas al riachuelo y entrara por ellas la luz del sol.

Había un sillón grande —y feo, en su opinión—, con un tapizado de cuadros negros y marrones, situado frente al televisor que se encontraba encima de la chimenea. Tenían un televisor en la granja, y una vez a la semana celebraban una noche de cine con los DVD.

Las películas le gustaban casi tanto como los mapas, ya que ambos te llevaban a otros lugares, a otros mundos.

Dos butacas con el mismo tapizado; una mesa con una lámpara con un oso negro trepando a un árbol negro por pie; una lámpara de techo creada con una rueda de carro o de carreta, y una mesa redonda de madera con cuatro sillas de madera a su alrededor llenaban el espacio de un modo que le parecía realmente horrendo.

Llevó el paquete con la comida a la encimera cubierta de un gris parduzco sobre blanco y lo dejó allí.

—Tu habitación para esta noche está a la izquierda. Enciende el fuego y después guarda tus cosas.

Mallick no era el único que podía alardear, pensó. Se dio la vuelta y lanzó una mirada a la leña apilada en el hogar de piedra. Las llamas prendieron al instante.

—No soy estúpida.

—Ignorante —la corrigió—. He oído ese dicho de que «la estupidez no tiene arreglo». Puede que sea cierto. Pero la ignorancia se puede corregir. Deja tu bolsa en la habitación. Después tienes que traer más leña antes de que caiga la noche. Hay mucha en la parte de atrás de la casa.

—Y ¿qué vas a hacer tú?

—Yo voy a tomarme una copa de vino antes de compartir lo que tan amablemente nos ha proporcionado tu madre.

Cuando ella se marchó, Mallick contempló el fuego, su brillante y ardiente luz, y sonrió.

4

La obstinación pura y dura, junto con la indignación, hizo que sintiera tentaciones de encerrarse en su estúpido cuarto con sus dos literas, cubiertas también de una tela de cuadros, esta vez en rojo y negro. Pero tenía hambre y tenía que hacer pis.

Así que haría pis y comería, pero no tenía por qué ser simpática. Tampoco entendía por qué tenía que ser educada. Él la había llamado estúpida... Oh, perdón, ignorante. Que él fuera mayor no significaba que tuviera que ser educada por alguien que la llamaba ignorante.

Había un cuarto de baño justo enfrente de su dormitorio. Se encerró en él.

Giró el mando del grifo sobre el lavabo fijo a la pared para comprobar si había agua corriente y casi se llevó una decepción cuando el agua salió. Suponía que Mallick se había asegurado de eso, así que no tenía motivos para poner a prueba sus poderes a ese respecto.

El retrete se meneaba un poco, pero cumplía con su función.

Dedicó un momento a contemplar su rostro en el espejo situado encima del lavabo. La noche anterior no había dormido bien, ni tampoco la anterior a esa, reconoció. Se evidenciaba en las ojeras y en la palidez de sus mejillas.

Aunque le daba igual estar guapa, le importaba, y mucho, parecer fuerte. Así que realizó un pequeño encantamiento.

No era ignorante ni era débil, se dijo.

Salió y pasó por al lado de Mallick, que estaba sentado junto al fuego con su copa de vino. No cerró de un portazo al salir a por la leña, pero sí con un audible ruido seco.

A medida que atardecía, una suave penumbra se deslizaba entre los árboles y el aire se tornaba más frío y transportaba el olor a humo, al fulminante otoño.

La leña les vendría de perlas, pensó, pero antes quería dar un paseo, estirar los músculos, agarrotados después de varias horas en la silla de montar.

Antes echó un vistazo a los caballos y vio que ya estaban dormidos. Aun así, apoyó la mejilla en la de Grace en busca del consuelo de su hogar. Cuando el caballo de Mallick la miró con sus ojos bondadosos y sabios, Fallon le acarició y pensó que merecía un jinete más amable.

Dejó que volvieran a dormir y paseó por la orilla del serpenteante riachuelo.

Al levantar la vista descubrió el puesto de caza construido en el grueso roble. Le pareció divertido observar a cinco ciervos pastar ladera abajo, entre los árboles.

Se preguntó cómo sería seguir caminando. Igual que un ciervo. Caminar y vivir en el bosque. Deambular tanto y tan lejos como se le antojara, sin pensar en nada más que en sus propias necesidades.

Sin que nadie le dijera qué hacer, ni cuándo ni cómo hacerlo. Sin que nadie esperara tanto de ella, cuando lo único que quería era vivir en paz.

Se apoyó en el árbol y presionó la mejilla contra su áspera corteza. Lo sintió latir. Cerró los ojos y sintió el latido de los ciervos al otro lado del pequeño arroyo, y el pulso del agua, de la tierra.

Sintió dentro de ella la vida de todas las criaturas vivas que crecían a su alrededor y que no eran humanas. Con el ojo de su mente vio el pájaro que aleteaba en lo alto, su pequeño y veloz latido. Y el búho en lo profundo del bosque, dormitando hasta que cayera la noche y saliera a cazar.

Cerró los ojos con fuerza porque entendía que no solo quería marcharse, vivir para siempre en el bosque. Quería sentir el latido de su madre, el de su padre, el de sus hermanos. Y todos estaban demasiado lejos.

—Solo es el primer día —se reprendió—. Puedo superar un día. Puedo cambiar de opinión cuando yo quiera. Puedo volver a casa mañana mismo si me da la gana.

Reconfortada por esa idea, abrió los ojos de nuevo y dio la vuelta para regresar a la cabaña.

El flameante sol descendía entre los árboles por el oeste, y cubría las montañas de una resplandeciente luz que, al igual que los latidos, sintió dentro de ella.

Regresó mientras contemplaba ese fulgor al final del día y llevó adentro una carga de leña.

A una adolescente, aunque descendiera de dioses, se le daba de miedo estar de morros. Fallon comió lo que Mallick le sirvió, pero lo hizo en silencio. Tomó una pequeña porción de su tarta de cumpleaños porque quería sentir cerca a su familia. Pero con eso solo consiguió ponerse triste, ser consciente de que no estaban cerca y que no lo estarían durante dos largos años.

Si Mallick hubiera hecho cualquier intento de animarla, esa tristeza se habría convertido en furia descarnada. Tal vez él lo sabía, ya que no le ofreció conversación ni una charla trivial durante la sencilla comida.

No protestó cuando le dijo que se ocupara de fregar los platos. Guardó de nuevo la comida, fregó y ordenó la cocina mientras él leía al amor de la lumbre.

A pesar de su curiosidad innata, no le preguntó por el libro, pero se encerró en el dormitorio y realizó un encantamiento en la cerradura, solo por despecho.

Aunque siempre le reconfortaba, se negó a sacar la vela de su bolsa y a encenderla, simplemente porque procedía de él. En ese momento, a su parecer, Mallick, y solo Mallick, era el culpable de su desdicha.

En vez de eso, se acurrucó bajo las mantas con *El rey hechicero*, iluminando las páginas mientras leía. Pero las familiares palabras solo aumentaron su tristeza.

Dejó el libro y se quedó tumbada a oscuras, deseando haber dedicado algo de tiempo a buscar en la cabaña otra cosa que leer. Las revistas y los periódicos antiguos siempre la fascinaban. No creía que fuera a conciliar el sueño y preveía que se iba a pasar la noche comiéndose la cabeza. Incluso lo estaba deseando.

Se quedó como un tronco antes de notar que el sueño la estaba venciendo, y ni siquiera se despertó cuando la luz de la luna se coló por las ventanas, ni cuando las hadas empezaron a bailar al otro lado del cristal.

Despertó al despuntar el día. Lo primero que sintió fue vergüenza por haber dormido tanto y tan bien. Después recordó lo que su madre llamaba el sueño del corazón. Ese sueño que un corazón herido necesitaba para que le ayudara a sanar.

Acarició el anillo y la medalla con los dedos. Mientras permanecía tumbada en silencio durante unos minutos más, imaginó a su padre levantándose y bajando a preparar café con los granos cosechados en la zona tropical. Y a su madre disponiendo el desayuno.

Todo el mundo arriba, hay ganado que alimentar y huevos que recoger.

Había tareas por hacer, clases que dar, el olor del pan en el horno. Tal vez un viaje al pueblo o a las granjas cercanas para hacer trueques. Tiempo libre para leer, montar a caballo o jugar.

¿Dónde estaría ella mientras su familia pasaba el día?

Así que ella, una hija de la granja, se levantó y se puso las botas. Echó más leña al fuego, que había quedado reducido a brasas, y salió a atender a los caballos.

Vio salir el sol, igual que lo había visto ponerse.

Cuando volvió a entrar, Mallick tenía dos jarras de té fuerte en la encimera y huevos fritos con beicon en una sartén al fuego, como si fuera una acampada.

—Buenos días —saludó—. Nos iremos después de desayunar.

—De acuerdo. —Cogió el té, más fuerte de lo que estaba acostumbrada y bastante más amargo sin la miel que le gustaba.

Ojalá se le hubiera ocurrido llevarse un poco de miel. Pero se sentó a bebérselo, y cuando Mallick le puso un plato delante y se sentó con ella, Fallon comió.

Parte del resentimiento hacia él se había desvanecido con el sueño, pero por encima de eso, se había hartado del silencio.

—No tienes mujer ni hijos.

—No.

—¿Es porque prefieres a los hombres?

—No. —Continuó comiendo mientras hablaba—. Mi deber, mi propósito, ha sido mi compañera.

—¿Por qué habría de molestarme a mí, a los dioses o a quien sea, que tengas una mujer o un hombre a tu lado o en tu cama?

Mallick la miró a los ojos y le sostuvo la mirada.

—Lo que se me exigió, lo que he jurado, es lealtad inquebrantable a la Elegida. Una compañera, una amante, también requieren lealtad. Y esas lealtades podrían acabar enfrentadas.

Ella desestimó ese razonamiento.

—Mis padres son leales el uno al otro y aun así son leales a sus hijos. Todos lo somos.

—Eso es amor, y es más que el deber o que un juramento. El amor es más poderoso.

—¿Nunca has amado a nadie?

—Una vez hubo una chica de ojos vivaces y cabellos de fuego. No puedo decir si era amor, pero sentía anhelo. El corazón se me aceleraba cuando la veía, y si ella me sonreía era el chico más afortunado de la tierra. Sabía que, si alguna vez sentía el tacto de su mano en mi mejilla, simplemente eso, moriría feliz y satisfecho.

Fallon soltó una carcajada.

—Nadie muere por amor.

—Oh, claro que sí, por aquello a lo que puede conducirte el amor, o por lo que puede exigirte. Y por eso jamás sentí su mano en la mejilla. Hice mi elección.

—Puede que la amaras, porque entonces eras joven, y ahora que eres mayor, te acuerdas de ella. —Se terminó los huevos—. ¿Cuántos años tienes?

Mallick se echó hacia atrás y la miró a los ojos.

—Nací el tercer día del tercer mes del año seiscientos setenta y uno.

—Venga ya. —Por costumbre, se dispuso a coger su plato para lavarlo—. Si no quieres decírmelo...

Él la agarró del brazo.

—Nací de una bruja, engendrado por un soldado cuya madre tenía sangre mágica. No recuerdo mucho de él, ya que murió en combate cuando apenas me habían destetado. Era su único hijo y, al igual que tu madre, lloró cuando fui llamado. Tenía diez años cuando la dejé. Y pasaron diez más mientras me formaba, estudiaba y viajaba. Y diez más para practicar, para vivir en soledad.

»Entonces dormí mientras los años pasaban y el mundo cambiaba, y la magia se ocultó o murió a medida que perseguían, vilipendiaban o ignoraban a quienes la poseían. Hasta la noche en que desperté al oír una única gota de sangre golpear el primer escudo, al oírlo estremecerse mientras se resquebrajaba a causa del sacrificio. Y mi tiempo comenzó de nuevo porque llegaba el tuyo.

Fallon le creyó, y eso hizo que su corazón latiera con fuerza.

—Estás diciendo que eres inmortal.

—No. No. Yo sangro. Mi vida llegará a su fin, como la de cualquier hombre. Pero se me pidió que adiestrara, sirviera y defendiera a la Elegida, que blandirá la espada y el escudo, que traerá la luz y restaurará el equilibrio. Dije que sí. Hice un juramento. Tomé esta decisión. Jamás faltaré a ese juramento. Jamás te traicionaré.

Se levantó y recogió los platos él mismo.

—¿Qué es el primer escudo y cómo se resquebrajó por una gota de sangre? ¿Cuántos hay? ¿Dónde están? ¿Cómo...?

—Aprenderás. De momento, recoge tus cosas y ensilla los caballos. Yo me ocupo de fregar.

—Dame una respuesta —exigió—. Una puñetera respuesta.

—Haz la pregunta adecuada.

Fallon vaciló y después preguntó lo que comprendió que más le pesaba.

—¿Y si no soy lo bastante buena? ¿Y si no soy lo bastante buena o no soy lo bastante lista para hacer todo esto?

—Entonces yo habré fracasado. No tengo intención de fracasar. No te entretengas. Tenemos un largo camino por delante.

Cabalgó una hora entera en silencio. No porque estuviera enfurruñada, sino porque necesitaba pensar. Sabía que algunas hadas podían vivir más de cien años. Como la vieja Lilian de la granja, que afirmaba tener ciento veinte años. Los duendes también tenían una larga vida, y los niños fruto de seres mágicos diferentes..., no había transcurrido suficiente tiempo desde el Juicio Final para saberlo con seguridad.

Pero no sabía de nadie que hubiera vivido más de mil años. Recordó que Mallick había dicho que había dormido. ¿Como una especie de hibernación?

Y si todo era una elección, ¿por qué se le había llamado hacía tanto para adiestrar a alguien nacido más de mil ciento cincuenta años después?

Era muy desconcertante. No comprender algo no era ignorancia, se dijo. Simplemente era no entender algo.

Atravesaron bosques, campos, y cruzaron carreteras. En algunas aún había coches abandonados. Vio montañas y casas, e incluso algunas personas, y un pueblo, más grande que el que conocía, con edificios y los lugares donde en otro tiempo vendían combustible para los coches y comida para los viajeros.

Aunque Mallick evitó casi por completo las carreteras y se mantuvo alejado de los edificios, Fallon las divisó en la lejanía.

Y se hacía preguntas.

Había estudiado mapas, globos terráqueos y el atlas. Había visto DVD que mostraban un mundo y vidas que parecían muy lejanas, diferentes y exóticas.

Pero se percató de que el mundo, una vez que salías a él, era mucho más grande de lo que había imaginado.

Continuaba como si no tuviera fin. No podía creer que alguna vez hubiera estado lleno, que aquellos coches recorrieran esas anchas carreteras que sabía que se llamaban autopistas.

Parecían fantasías, como las películas de la televisión.

—¿Tú lo viste? —preguntó—. ¿Cuando estaba lleno de gente, de coches y de aviones?

—Sí. Y aunque lo había visto en la bola, aunque se me había mostrado, fue asombroso.

—¿De verdad es una elección? ¿Podría haber dicho que no?

—Siempre es una elección. No te traicionaré y no te mentiré.

—Entonces, si fuiste llamado hace tanto tiempo, antes de que hubiera coches y aviones, antes de que el mundo estuviera tan lleno, ¿cómo pudo ocurrir tantísimos años antes de que yo siquiera hubiera nacido?

—Poderes superiores al mío, superiores incluso al tuyo, vaticinaron lo que podía pasar. La naturaleza de las personas, mágicas o no, es desear la paz y marchar a la guerra. La naturaleza de aquellos que albergan oscuridad en su interior, más que la de quienes albergan la luz, es conspirar para provocar la guerra, codificar el poder. Si la oscuridad hubiera fracasado aquella noche y el escudo permaneciera intacto, yo podría haber dormido mil años más y la Elegida no habría nacido aún. Pero sucedería en algún momento.

—¿Soñabas?

Mallick sonrió un poco.

—He vivido vidas enteras en sueños. E incluso mientras dormía, he aprendido cosas sobre el mundo y sus cambios.

—Eso no parece demasiado reparador.

Mallick profirió una carcajada sincera e inesperada.

—No lo era —reconoció—. No, no era reparador.

Atravesaron juntos un campo en barbecho a paso veloz y después subieron una empinada ladera hasta una carretera asfaltada.

—¿Cuánto falta?

—Otras dos horas. La lluvia caerá al anochecer, pero habremos llegado mucho antes.

—Antes..., me refiero a la lluvia —dijo Fallon.

Mallick le lanzó una mirada pausada y altanera.

—¿De veras?

—Vamos en dirección sudeste y el viento sopla del este, trayendo la lluvia consigo. A menos que cambiemos de dirección, tendremos la lluvia encima al menos una hora antes de que anochezca si mantenemos el mismo rumbo otras dos horas a este paso. —Le miró, encogiéndose de hombros—. Los granjeros conocemos la climatología. El resto son matemáticas.

—Hum —murmuró y continuó cabalgando.

—Alguien...

Se interrumpió cuando él levantó una mano al oír también los motores. Mallick se maldijo por tomar ese tramo de la carretera para ahorrar un poco de tiempo, con escaso o nulo cobijo a uno y otro lado.

Mientras consideraba sus opciones —la primera, llevarla a galope de nuevo campo a través—, tres motos coronaron la subida de la carretera y bajaron a toda velocidad.

—Si te digo que te vayas, cabalga sin parar como alma que lleva el diablo y atraviesa de nuevo el campo. Yo te encontraré.

Algo dentro de ella tembló y se endureció.

—Ellos son seis y tú solo uno.

—Solo hay una como tú en todo el mundo. Haz lo que te digo. No hables con ellos y si te digo que te vayas, vete.

Fallon se dio cuenta de que iban dos en cada moto. Tres con pistolas; tres con rifles. Cuatro hombres y dos mujeres.

Todos eran saqueadores, concluyó, con emblemas de calaveras pintados en las motos.

El que iba en cabeza atravesó su moto en la carretera para que Mallick y ella tuvieran que detener a los caballos. Llevaba un pañuelo con calaveras rodeando su cabeza y su cabello castaño y un colgante con otra calavera al cuello.

Se había peinado la barba en dos largas coletas.

La mujer que iba detrás de él tenía una cicatriz en la mejilla izquierda. Al igual que sus compañeros, llevaba gafas de sol negras para ocultar sus ojos.

Pasó una pierna por encima de la moto, se descolgó el rifle que llevaba a la espalda y lo sujetó de forma casual, aunque amenazadora.

Fallon echó un vistazo a los demás y trató de que no se le acelerara el corazón cuando el gutural ruido de las motos se apagó.

El líder se bajó de su moto.

—Bueno, ¿qué tenemos aquí?

—Mi nieta y yo viajamos al sur para buscar trabajo.

—¿De veras? ¿Habéis oído? Buscan trabajo.

El de la segunda moto se bajó las gafas de sol y le guiñó un ojo a Fallon; se le pusieron los pelos de punta.

Decidió que si tenía que luchar se centraría primero en la mujer y después en el del guiño.

No iba a marcharse. Jamás abandonaría a alguien a quien superaban en número.

—¿Qué lleváis en las bolsas?

—Todo lo que nos queda en este mundo. —La voz suplicante de Mallick hizo que Fallon se detuviera por completo—. Apenas nada.

—Entonces te las puedes apañar sin nada. Desmonta, abuelo. Tú también, preciosa.

—Por favor. Es solo una niña.

La segunda mujer sacó una pistola.

—O se baja del caballo o le disparo.

—No dispares a la carne fresca. —El que había guiñado el ojo se bajó de la moto y se frotó la entrepierna—. Tengo un trabajito para ella.

Todos rompieron a reír de un modo que a Fallon le provocó un escalofrío. Hizo que se le helara la mente, la sangre.

Se bajó del caballo.

—Sois seis —dijo con desdén—. Nosotros somos dos.

El líder sacó un cuchillo de su cinturón.

—Estáis a punto de ser uno.

Arremetió contra Mallick.

Sucedió con rapidez, antes de que Fallon pudiera reaccionar, y eso que había pensado que estaba preparada.

Mallick lanzó un puñetazo con la fuerza de un martillo. El hombre chocó con la mujer que estaba detrás de él y los dos cayeron.

Con la otra mano arrojó una bola de viento que lanzó a la segunda mujer y su pistola a seis metros de distancia. Mallick sacó una espada mientras ella aterrizaba con un nauseabundo ruido sordo.

Dos se lanzaron a por él, y el tercero que quedaba en pie se hizo a un lado y arremetió contra Fallon.

Ella sacó su cuchillo y, sin pensar, lo hizo arder.

—Puta sobrenatural —le espetó, sacando su pistola—. Una bala siempre vence a un cuchillo.

—No. No es así. —Rasgó el aire con la hoja y la pistola que sujetaba en la mano estalló en llamas.

Cuando el hombre gritó, la soltó y trató de apagar el fuego con la otra mano, Fallon realizó una de las primeras maniobras defensivas que le había enseñado su padre. Le dio una patada en las pelotas.

Cuando él cayó, Fallon se giró, preparada para ayudar a Mallick. Él estaba de pie, con la espada ensangrentada.

Había dos muertos en el suelo. Los otros tres estaban heridos y el que le había guiñado el ojo permanecía hecho un ovillo, gimiendo, con una mano cuyo uso dudaba mucho que volviera a recuperar.

—Recoge las armas —ordenó Mallick enérgicamente.

Se agachó a coger la pistola y el cuchillo del líder. Fallon, que se sentía un poco indispuesta ahora que todo había pasado, se esforzó para que la mano no le temblara mientras les quitaba las armas a los muertos.

—La pistola de ese se ha fundido demasiado para ser de utilidad.

Mallick miró hacia el hombre que gemía mientras se agarraba la mano mutilada.

—Hum —dijo, respondiendo igual que ante la previsión que Fallon había hecho sobre el tiempo.

Fallon se colgó uno de los rifles al hombro de la correa mientras Mallick cogía otros dos. Después de guardar el resto de las armas, montaron.

—No me has dicho que me fuera.

—¿Lo habrías hecho?

—No.

—Entonces ¿para qué malgastar saliva?

—Puede que no hayas acabado con todos.

—Eso ya no importa. Tienes valor. Has luchado bien con tu agresor.

—No deberíamos dejarlos así. Algunos podrían venir a por nosotros o hacer daño a otras personas.

—No matamos a quien está desarmado o herido.

—No, pero... —Fallon extendió la mano y prendió fuego a los neumáticos—. Heridos, desarmados y a pie no vendrán a por nosotros y les costará más hacer daño a otras personas.

Mallick echó un ojo a las motos mientras se estrellaban contra el suelo.

—Bien hecho. Buena idea.

—Sentido común —le corrigió, y guio a su yegua carretera abajo. Tenía un nudo en la garganta, que se le había quedado seca, pero se obligó a hablar—. Te habrían matado. A mí me habrían violado y luego me habrían matado. O me habrían llevado adondequiera que fueran, me habrían vuelto a violar y después me habrían matado. Puede que se hubieran quedado con los caballos si les resultaban útiles o los habrían matado por la carne.

—Sí. Eso es indudable.

—Has matado a dos. Puede que a tres, ya que la mujer del primero está gravemente herida. Es muy probable que la dejen ahí.

—¿Te preocupa que les haya quitado la vida?

—No. Sí —se corrigió—. Supongo que sí, hasta que... Nos habrían matado. No para sobrevivir, sino por placer. Si hubiéramos sido dos personas normales y corrientes en la carretera, tú estarías muerto y yo... Hemos tomado la decisión correcta.

—Ellos tomaron la decisión errónea. Considera esto tu primera lección.

Fallon asintió y le miró.

—Antes no tenías una espada.

—¿No?

—Creo que me habría dado cuenta.

Mallick espoleó a su caballo a medio galope.

—Para ver tienes que mirar.

Mallick mantuvo un paso vivo, siguiendo la carretera antes de desviarse cuando divisaron otro asentamiento. En un momento dado, Fallon vio otro tipo de población, solo de casas. Casas grandes muy juntas entre sí, muchas de ellas iguales.

Algunas tenían las ventanas cubiertas por tablones, otras mostraban daños causados por un incendio. Los ciervos pastaban en el césped, que llegaba hasta las rodillas, y el viento silbaba entre las vacías calles.

Pero vio una sombra en una de las ventanas. No todas las casas estaban vacías.

—¿Por qué la gente no labra la tierra, no cultiva?

—No todo el mundo sabe hacerlo —le dijo Mallick—. Algunos se esconden y buscan comida. El miedo los mantiene encerrados en casa.

Fallon pensó en ello mientras continuaban. Más de un centenar de casas, según sus cálculos, y muy juntas para presentar una buena defensa. Un desperdicio, decidió, igual que desperdiciaban la tierra que podrían cultivar.

Pero al igual que había hecho con varios lugares a lo largo del camino, lo marcó en su mente como un indicador en un mapa.

Una vez más se adentraron en un bosque con un escabroso terreno ondulante en el que sobresalían las rocas. Oyó el burbujeo de un riachuelo antes de verlo y siguió su serpenteante cauce con Mallick.

El riachuelo se ensanchaba y el agua se precipitaba sobre salientes rocosos, formando una capa de espuma. Las rocas se volvían más altas y el agua caía más rápido, de modo que el fuerte sonido de la corriente llenaba el bosque.

Atisbó unas cuantas hadas revoloteando en los pálidos arcoíris creados por el reflejo del sol en las revueltas aguas.

Más allá de la cascada, donde el ruido atronador se suavizaba hasta convertirse en una música queda, Mallick se detuvo en un amplio claro.

El musgo proliferaba en los árboles caídos, el liquen crecía en un afloramiento rocoso. En los márgenes, los árboles se inclinaban, formando con las copas un pasaje abovedado.

Cuando Mallick desmontó, Fallon asumió que quería dar descanso a los caballos, así que hizo lo mismo.

—Ya casi deberíamos estar ahí. Podríamos darles de beber en el riachuelo, avanzar un rato más y llegar a nuestro destino.

—Ya hemos llegado.

—¿Aquí? —Aunque no tenía objeciones a vivir en el bosque, no le agradaba hacerlo sin cobijo durante los dos próximos años—. ¿Vamos a montar un campamento?

Mallick le entregó las riendas de su caballo sin mediar palabra y avanzó.

Levantó las manos por encima de los hombros, con las palmas hacia afuera. Durante un momento no se oyó nada más que el eco de la cascada y el susurro del viento entre los árboles. El sol descendió; su luz se filtraba entre las copas de los árboles, derramándose sobre el claro, y las sombras cambiaron con el aliento del viento.

Entonces oyó el zumbido de energía, lo sintió vibrar en el aire y notó que se le erizaba el vello de los brazos y de la nuca. Los caballos también lo sintieron y se movieron inquietos; tuvo que sujetar las riendas más en corto.

Los ojos de Mallick se tornaron penetrantes, y su rostro pareció palidecer mientras se levantaba el viento, que les agitó el cabello a ambos.

La luz y las sombras cambiaron, crearon formas, como un dibujo borroso tras un cristal acanalado.

Entonces habló y abrió los brazos.

—Abre ahora lo que yo cerré. Revela aquí lo que yo oculté. Pues este lugar es mi creación. Y la Elegida ha llegado.

El dibujo borroso cobró nitidez, adquirió definición, color y forma.

En el claro se alzaba ahora una casa con tejado de paja y paredes de color arena. Era más pequeña que la granja, pero más grande que la cabaña, con las ventanas orientadas al oeste y una gruesa puerta de madera. A un lado había un pequeño establo con el tejado a dos aguas y puertas dobles y, junto a este, un reducido invernadero que brillaba bajo la luz del sol.

Al igual que en las puertas de la casa, habían grabado símbolos protectores en el marco del establo y de la entrada de cristal del invernadero.

Junto a la puerta de la casa, en medio de un montón de pulidas piedras, se alzaba la estatua de una diosa, como la que había en la cabaña.

Había visto la magia de su madre, había practicado la suya propia. Pero nunca había presenciado nada que se acercase ni remotamente al poder necesario para ocultar y conjurar a un nivel semejante.

—Atiende a los caballos —le pidió—. Ha sido un largo viaje para ellos.

—Estás pálido.

—Abrir es más difícïl que cerrar. Atiende a los caballos —repitió— y después ve adentro.

Mallick cogió su mochila, entró en la casa y cerró la puerta.

5

Fallon atendió a los caballos, una tarea bastante sencilla. Aunque el establo contaba solo con dos casillas, ya había paja fresca esparcida y los útiles para almohazar estaban colocados. Ambas monturas parecieron contentarse con un poco de heno en la cesta y el agua que cogió en el riachuelo.

Los dejó comiendo y llevó a la casa su bolsa de viaje, las armas que habían requisado y lo que quedaba de la comida que su madre le había dado.

Se detuvo brevemente al acordarse; cogió su cantimplora y vertió sobre las piedras un poco de agua para la diosa antes de abrir la puerta de la casa.

El interior parecía más amplio, y esa peculiaridad hizo que le invadiera una extraña sensación de desorientación. El techo era más alto de lo que debería y las paredes, más anchas.

El fuego ardía en la chimenea, con dos recias butacas delante de ella. En lugar de un sillón, la estancia contaba con un amplio banco tapizado de oscura piel marrón. Había candelabros de hierro con velas sobre la mesa. Una alfombra cubría los toscos tablones del suelo.

Lo que hacía las veces de cocina abarcaba la parte del fondo. Disponía de un segundo hogar de menor tamaño, una mesa y un fregadero delante de una ventana. Había ramilletes de hierbas aromáticas secas colgados. Frascos de raíces, bayas, champiñones y semillas ordenados en un ancho estante.

Esperaba que tuviera pensado conjurar una cocina y una nevera. Y la electricidad para que funcionaran.

Pero por el momento estaba sentado junto al fuego, con una copa de lo que imaginó que era vino.

—Tu habitación es la que está orientada hacia el sur. Deja las armas en la mesa. Comeremos algo cuando hayas colocado tus pertenencias.

—No hay fogones ni horno.

—Hay una chimenea en la cocina.

—No hay nevera.

—Hay un cajón encantado para mantener fresca la comida.

Le asaltó un repentino y desagradable presentimiento.

—¿Dónde está el baño?

—Dispones de un retrete para esas necesidades, y hay un riachuelo y un pozo con agua para lavarte.

—¿Estás de coña?

—Estoy seguro de que te encontrarás en lugares sin ninguna de las comodidades de las que has disfrutado hasta ahora. Aprenderás.

—Esto ya apesta.

Arrojó las armas y, más sorprendida que enfadada —¿no había cuarto de baño?— se marchó con paso airado a la que debía ser su habitación.

Si se quedaba.

Al menos no tenía que enfrentarse a endebles camas de litera o al espantoso tapizado de cuadros, pensó al echar una ojeada con el ceño fruncido al minúsculo dormitorio. La cama era un colchón sobre un somier con cuatro postes bajos, pero la manta que la cubría parecía gruesa y abrigada.

En vez de una cómoda tenía un baúl, pero le gustaba su forma, así como el cuadro de tres mujeres, seguramente diosas, que había colgado encima. Tenía una lámpara de aceite, una alfombra y un pequeño espejo cuadrado, que le mostró el cansancio y el descontento en su rostro.

Pese a todo, la ventana, sin cortinas, tenía vistas al bosque. Divisó el pozo de piedra, que le habría ahorrado los viajes al riachuelo si cierta persona se hubiera molestado en comentárselo.

Se fijó en que había un gallinero, por lo que tendrían huevos frescos, y para su sorpresa, vio una vaca.

Mallick podía hacer todo eso, pero ¿no podía añadir un puñetero cuarto de baño?

No se molestó en deshacer el equipaje, sino que volvió a salir para quejarse.

—Quiero un cuarto de baño. No estamos en el siglo diecisiete.

—Pues tendrás que aprender lo suficiente para construirlo tú misma. Por ahora, tenemos lo que necesitas para preparar un estofado para la cena en el cajón frío y en el armario.

Iba de sorpresa en sorpresa.

—¿Quieres que cocine yo?

—Yo te he proporcionado el desayuno —le recordó mientras cortaba una hogaza de pan—. Y tenemos pan y queda para el mediodía. Tu madre te enseñó a cocinar. Es una cocinera magnífica.

—Y ¿qué vas a hacer tú mientras yo cocino?

—Comer. Tenemos una vaca para que nos de leche y gallinas que nos dan huevos, y carne cuando sea necesario. Un bosque con presas y plantas en el invernadero. Comerás muy bien.

Tenía hambre, así que cogió el pan y el queso.

—Tenemos que construir una colmena. Hay que tener abejas para obtener miel, a menos que tengas una fuente de azúcar. ¿De dónde sacas la harina, la sal y la levadura o la masa madre para el pan?

—Hago trueques. Atenderemos el ganado y cultivaremos juntos. No tengo nociones de apicultura, así que eso será tarea tuya, después me enseñarás a ocuparme de ello.

Fallon comió igual que él, de pie mientras se evaluaban el uno al otro.

—El claro es demasiado pequeño para albergar la casa, el establo y los edificios anexos. Y la casa es demasiado pequeña para albergar todas las habitaciones que hay en su interior. Tú me enseñarás a crear esa clase de ilusión.

—Estoy aquí para enseñarte.

—Si aprendo, quiero un cuarto de baño. Un retrete, una ducha y un lavabo con agua corriente caliente y fría.

Él enarcó las cejas.

—Parece una gran recompensa por aprender.

—¿Qué conllevaría?

Mallick lo pensó.

—Te daré tres misiones. Cuando completes las tres tendrás lo que deseas.

—¿Qué misiones?

—En el bosque hay un árbol que tiene una sola manzana dorada. Un pájaro blanco la guarda con celo. Me traerás la manzana sin hacerle daño al pájaro, sin estropear la fruta ni trepar al árbol.

Eso sonaba increíble, como una aventura. Pero...

—¿Cuál es la siguiente?

—Completa la primera tarea y te diré la segunda. —Envolvió el queso en un paño y volvió a dejarlo en el cajón del frío.

Podía encontrar una manzana dorada y podría superar a un pájaro tontorrón.

—¿Qué hay arriba, donde no debería haber un segundo piso?

—Un taller y tu aula de estudio. —Envolvió el pan—. Te lo enseñaré, y después de eso hay que ordeñar a la vaca, recoger los huevos y tendrás que empezar a preparar el estofado.

Fallon quería empezar a buscar la manzana, pero decidió que podía al menos echar un vistazo al piso de arriba.

Subió detrás de él por una escalera de mano y acto seguido hizo cuanto pudo para no parecer asombrada. No quería darle esa satisfacción.

Botellas cuidadosamente etiquetadas llenaban una pared repleta de estantes. Pociones, musitó mientras se paseaba con tanta despreocupación como le era posible por el estudio. Ingredientes para hechizos. Algunos de ellos resplandecían con luz mágica. La pared de enfrente estaba repleta de libros, y algunos parecían muy antiguos. La pared oriental contenía herramientas; calderos, athames, campanas, cuencos, velas, cristales, varitas y báculos.

Ardía en deseos de tocarlo todo, así que se metió las manos en los bolsillos a propósito.

Una mesa larga y dos sillas ocupaban el centro de la estancia. En la pared este había otra chimenea, sin encender, flanqueada por dos armarios cerrados. La repisa de encima contenía más velas y una espada con una empuñadura tallada.

La única ventana se abría en el techo y dejaba entrar el sol de la tarde.

—Aquí recibirás adiestramiento, aprenderás y practicarás. Y te transformarás.

Fallon señaló la espada encima de la chimenea.

—Esa no es la que has utilizado antes.

—No es mía.

—¿Es mía? ¿Es la espada de la que le hablaste a mi madre? ¿La espada y el escudo que se supone que tengo que conseguir?

—No, pero cuando seas digna, te servirá a ti.

—No sé blandir una espada.

—Aprenderás.

A Fallon le gustaba esa idea, y también aquella estancia, rebosante de maravillas. Le gustaba la idea de encontrar una manzana dorada. Pero no iba a deshacer su equipaje, todavía no. Esperaría una semana. Una semana; era lo justo. Quería encontrar la manzana dorada y ponérsela en la mano a Mallick. Quería aprender a utilizar la espada y practicar la magia que no conocía en la habitación con la ventana en el techo.

Una semana, pensó. Después decidiría.

Puesto que Mallick la tuvo ocupada el resto del día y gran parte de la noche, Fallon no tuvo tiempo de pensar en tomar decisiones. La mandó al invernadero a coger lo que necesitaba para añadírselo al estofado. Aprobaba el trabajo que Mallick había realizado allí, aunque vio espacio para hacer mejoras mientras cogía cebollas, ajo, zanahorias, algunos tomates, y cortaba hierbas que utilizaría con la carne y las patatas almacenadas en la casa.

Pensó que su madre estaría orgullosa de su forma de pelar, picar y mezclar. Y aunque Mallick se opuso al principio a que le echara vino al estofado, Fallon no cedió.

Mientras se disponía a preparar fideos al huevo —algo que nunca había hecho sola—, Mallick le dijo que apuntara lo que necesitaba para construir la colmena.

—En realidad, la colmena la construyen las abejas. Nosotros tenemos que levantar la caja que la contiene. —Se limpió las manos y cogió el lápiz y el papel que él le ofreció—. Habrá que buscar un poco.

—Limítate a escribir lo que necesitas. Tengo una manera de hacerlo.

Levantó la vista, interesada.

—¿Mágica?

—No precisamente. Cuando hayas terminado, ven arriba. Empezaremos.

Comenzó poniendo a prueba sus conocimientos y habilidades básicos. Encender velas, hacer levitar pequeños objetos, mezclar pociones, realizar lo que ella consideraba hechizos de cocina.

Cosas de niños, en su opinión.

A continuación puso a prueba sus nociones sobre rituales, deidades, simbolismo y festividades.

Mallick expresó su opinión acerca de sus conocimientos meneando la cabeza y exhalando un suspiro. Luego puso en sus manos un montón de libros, con una orden: «Léelos y aprende».

Pese a todo, Fallon se sintió ufana cuando empezó a llover, tal y como había predicho, mucho antes de que anocheciera. Y el estofado que sirvió sobre un lecho de fideos al huevo estaba bastante bueno.

Esperaba que al día siguiente le dedicaran tiempo a practicar con la espada y a la búsqueda de la manzana dorada, que sería mucho más divertido que cocinar y preparar pócimas para dormir y ungüentos para las quemaduras.

Leyó en su cuarto a la luz de una lámpara de aceite, hasta que su mente y su cuerpo sucumbieron al agotamiento.

Al amanecer, asumió la tarea de atender a los caballos. Al salir encontró en la puerta un paquete envuelto en papel marrón y atado con un cordel. Escudriñó el bosque en busca de movimiento, pero no captó nada.

Lo llevó dentro y lo dejó sobre la mesa. Reflexionó. Sería para Mallick, pero no llevaba escrito su nombre, ¿no? Y ella también vivía allí. Al menos durante una semana.

Tiró del cordel, convencida de que tenía una excusa para hacerlo, y retiró el papel.

Encontró un queso redondo, cuyo aroma aspiró, un saquete de harina, otro más pequeño de sal y una botella con tapón de corcho, que imaginó que sería vino.

Mallick salió de su cuarto mientras ella estudiaba todo aquello.

—Alguien ha dejado esto en la puerta.

—Ah. —Contempló las provisiones—. Estamos agradecidos.

—¿Quién lo ha dejado? ¿Por qué?

—Otros viven en estos bosques y en sus alrededores. También están agradecidos y rinden tributo. Saben que la Elegida ha llegado.

—¿Por qué no llaman a la puerta?

—Aún no tienen necesidad. ¿Has dado de comer a los caballos?

—No, estaba...

—Ocúpate de eso. Los animales tienen que comer antes de que nosotros desayunemos.

En vez de con espadas, Fallon pasó la mayor parte del día rodeada de libros. Le gustaban los libros, pero con el bosque tan luminoso y limpio gracias a la lluvia, habría preferido pasar la mañana fuera, aprendiendo a luchar con la espada.

Aun así, le gustó leer sobre los dioses, las heroicidades, las traiciones, las batallas y victorias; incluso sobre los romances.

Le molestó que Mallick criticara su falta de conocimiento y entendimiento de la espiritualidad del arte de la magia, de sus rituales.

—Teníamos que llevar comida a la mesa, ayudar a nuestros vecinos. Mi madre nos enseñó todo lo que pudo, lo que sabía.

—Y lo hizo bien con lo que sabía. Lo hizo bien con lo que llegó a saber. Tú debes saber más. Aceptarás lo que tu madre te enseñó, lo que yo te enseño y lo que llegarás a saber, que ya aguarda dentro de ti. —Se paseó por el taller con sus blandas botas mientras hablaba y después se detuvo y señaló con uno de sus largos dedos—. Aquí tienes una lección, Fallon. Tu alma es tuya, del mismo modo que mi alma es mía. Lo que sientes y lo que sabes es tuyo, y jamás será un reflejo exacto de otro. Pero se debe respetar el alma y la luz, entender la oscuridad. Y eso se muestra en la tradición de los ritos, en sus palabras, en sus símbolos, en sus ofrendas —declaró—. Tu poder no viene de la nada, chica. La luz, todos los que existimos, el aire que respiramos, la tierra que pisamos tiene un origen y se ha de honrar. A nosotros se nos ha dado más y debemos honrar el don y al dador.

—Cuando atendemos la tierra y lo que en ella crece, a los animales y los unos a los otros, ¿acaso no lo estamos honrando? —preguntó ella.

—Sí, pero de algunos se espera algo más, que no se limiten a vivir y a llevar una vida honrada. Aun el acto más sencillo puede ser un símbolo. Si yo te ofrezco mi mano y tú la aceptas, es más que un saludo. Es un gesto de confianza, quizá de acuerdo. Mi mano derecha con la tuya. Las manos que blanden la espada, unidas en ese gesto de confianza.

Fallon estudió la mano de Mallick, alargada como sus dedos y con la palma estrecha. Después levantó la mirada hacia su rostro.

—Algunas personas son zurdas.

Él no pudo evitar sonreír y asentir.

—Así es. Y los hay que ofrecerían el gesto, pero no para honrar lo que simboliza, sin importar con qué mano blanden la espada. Por eso debes aprender a juzgar en quién confiar. Y esa es otra lección. —Fue hasta una estantería y eligió un cristal—. ¿Qué es esto? —preguntó mientras lo depositaba delante de ella.

—Es..., un..., un heliotropo. —Rebuscó en su cabeza—. Se utiliza en los hechizos de sanación.

—Incluso en mi época, los soldados llevaban heliotropo a la batalla para detener la hemorragia de las heridas.

—Si eso fuera lo único necesario, no habría tantísimos soldados muertos.

—Tu pragmatismo está justificado. Se requiere más que una piedra, por poderosa que sea, y más que la fe para sanar. Pero una piedra ritualizada o utilizada en un ritual, una bendecida y usada en un encantamiento o en una pócima, puede sanar. Eso también requiere fe, además de conocimientos y habilidad.

—Mi madre es sanadora.

—Tiene ese don.

—Ella..., sí, heliotropo pulverizado, mezclado con miel y..., hum..., huevos blancos y aceite de romero.

—Bien. Las piedras son regalos y herramientas. Debes aprender a limpiarlas, a cargarlas de energía, a usarlas. Con lo que aquí ves, puedes realizar un encantamiento para una noche tranquila, otro para tener la mente despejada y un tercero para calmar un corazón celoso. Cuando termines puedes hacer lo que quieras hasta que anochezca. —Se giró hacia la escalera—. No salgas del bosque —agregó—. No te alejes y regresa al anochecer. No más tarde.

Curioseó un poco por la habitación. Los encantamientos que le había asignado eran básicos, apenas un desafío, pero quería realizarlos a la perfección para que la retara de verdad la próxima vez. Y prefería hacer bolsas.

Echó un vistazo en uno de los armarios junto a la chimenea. Encontró tela, cintas y cordón y eligió lo que quería.

Fue al otro armario, pero estaba cerrado con llave.

Le pareció muy curioso.

Levantó una mano —abrir una cerradura tampoco le suponía un reto—, pero la bajó acto seguido. La habían educado mejor. Quizá lo lamentara en ese momento, frente a una fascinante puerta cerrada con llave, pero era un hecho simple.

Mallick tenía derecho a su privacidad, lo mismo que ella.

Así pues, cogió algunas hierbas secas de los tarros. Anís, camomila, lavanda, ciprés. Y trozos de minerales. Azurita, aguamarina, cuarzo, ojo de tigre. Un poco de pimienta negra, aceite de bergamota y de romero.

Lo dispuso todo en tres montones, escribió hechizos simples para cada uno en un trozo de cinta blanca y utilizó una aguja para coser con esmero la tela para confeccionar una bolsa. Montó cada una, pronunciando las palabras del lazo tres veces antes de añadirlo a la bolsa, y lo ató tres veces.

No vio a Mallick cuando los llevó abajo. Los dejó en la mesa de trabajo y se puso la chaqueta. Emocionada con la idea de la libertad, de la búsqueda de la manzana, corrió afuera. Siguió el riachuelo durante un rato, pero no por donde habían llegado, ya que no había visto ningún manzano por ese lado.

Sin embargo, podría no ser un manzano, pensó. Eso podría ser parte del truco.

Inspeccionó ramas y divisó aves; gorriones, arrendajos, cardenales, pinzones. Un nido de halcón, uno de búho. Pero ningún pájaro blanco.

Se alejó del riachuelo, internándose en la espesura. Vio huellas y heces de ciervo, de oso y de zarigüeya. Vio señales del jabalí salvaje y se dijo que la próxima vez se llevaría su arco. Y a Grace, pensó. Su yegua se aburriría después de varios días en el establo.

Vio hadas por el rabillo de los ojos, pero se marcharon cuando se volvió. Todavía se mostraban tímidas y necesitaban tiempo para habituarse a ella. Decidió cambiar de dirección, siguiendo el brillante destello de su luz hasta sombras más profundas, donde los árboles estaban cubiertos por espeso musgo, como abrigos que conferían a esas sombras un suave tono verde.

Bajo aquella verde luz había un pequeño estanque de un intenso azul, con claros nenúfares verdes esmeralda flotando sobre él. Había una rolliza rana sentada en uno de ellos, en apariencia durmiendo, mientras una docena de libélulas volaban y se abatían en picado con sus alargadas alas luminiscentes.

La felicidad y la dulzura que desprendía el aire le hizo comprender que era un claro de hadas.

Se sentó con las piernas cruzadas junto al estanque, con la barbilla apoyada en el puño. La cristalina agua le maravilló.

Podía ver el fondo con claridad, el suave barro salpicado de diminutos guijarros de colores, los peces dorados y rojos nadando en las aguas azules.

—Esto es precioso. —Se acercó y metió un dedo en el estanque—. ¡Está caliente! A lo mejor permites que me bañe aquí.

La próxima vez llevaría un presente, una ofrenda, decidió.

Estaba muy resguardado, no como el riachuelo, en el que se sentía expuesta cuando se quitaba la ropa para lavarse. Nadar ahí sería casi tan estupendo como darse una ducha, o tal vez incluso más.

Contenta por primera vez desde que se había marchado de casa, se tumbó e inspiró.

Entonces vio la reluciente manzana dorada en una rama alta.

—¡Ay, dios mío! La he encontrado.

Y también al ave, pensó mientras se ponía de pie.

No era la paloma que había imaginado, sino un búho, el más grande que había visto jamás. Estaba posado en la rama junto a la manzana y la miraba con ojos severos de color dorado oscuro.

Igual que Ethan, podía comunicarse con animales, aves, insectos y peces. Así que probó primero con el encanto y esbozó una sonrisa.

—¡Hola! Eres realmente guapo.

El búho la miró sin pestañear.

—Soy Fallon. Estoy en una casa a solo un kilómetro y medio de aquí. Con Mallick. A lo mejor le conoces.

Oyó las risitas nerviosas de las hadas y las ignoró por el momento. Sabía que no eran las palabras, sino el tono, la intención, las imágenes en su propia mente.

Cuando la imagen de sí misma sujetando la manzana apareció en ella, el búho desplegó sus grandes alas y envolvió con ellas la manzana.

Fallon insistió solo un poco. Tenía prohibido hacerle daño

al búho, y ella jamás le haría nada malo a una criatura tan magnífica, pero perseveró un poco. En vez de salir volando como ella había esperado, el búho ahuecó las plumas y la miró con auténtica antipatía.

—De acuerdo, vale. Dios mío, quiero una ducha. Quiero un retrete. No te haces una idea de cuánto. Mira, soy la Elegida, y eso me convierte en alguien importante. Deberías querer hacerme un favor.

El búho no cedió, y los diez minutos siguientes que empleó en intentar engañarle con la mente para que se alejara volando le provocaron una leve jaqueca.

Necesitaba un plan, decidió. Ahora sabía dónde estaba. Trazaría un plan y regresaría.

Se encogió de hombros, como si el búho y la manzana no significaran nada, y se alejó a paso tranquilo. Volvería, pensó mientras pasaba de las verdes sombras a la luz moteada. Llevaría un presente a las hadas para poder nadar en el estanque y un plan para distraer al búho el tiempo necesario para coger la manzana.

No le mencionó a Mallick que había encontrado la manzana, y aunque por segunda noche se fue a la cama con un montón de libros, dedicó un tiempo considerable a idear su estrategia.

Por la mañana encontró regalos en la puerta por segunda vez. Estupefacta, encantada, se agachó para examinar la madera, la malla, la pintura y los clavos. El benefactor incluso había encontrado los listones necesarios para separar a las obreras de la reina.

Se levantó de nuevo y dirigió la mirada hacia el bosque.

—¡Gracias! —vociferó—. Cuando tengamos miel fresca, puedes llevarte una parte.

Se apresuró a limpiar las casillas y a esparcir un lecho de

paja fresca. Mientras alimentaba y daba de beber a ambos caballos, le recordó a Grace que más tarde irían a cabalgar.

En la construcción de la colmena Fallon era la profesora, y eso le gustaba. Eso compensaba la mañana cargada de clases, instrucciones y prácticas —en ninguna de las cuales había espadas de por medio— y la respuesta poco entusiasta de Mallick a su trabajo en clase.

Pero en el proyecto de la colmena ella era la jefa porque, en su opinión, Mallick no tenía ni la más remota idea sobre colmenas, abejas y producción de miel.

—Vamos a hacerlo desde la base —le explicó cuando tuvo los materiales y las herramientas organizados a su gusto—. Para que la colmena se mantenga elevada sobre el suelo. Haremos una plataforma de aterrizaje angular para las abejas. —Ya lo tenía todo medido y cortado, así que le enseñó a Mallick a aplicar una gota de pegamento para madera. Y descubrió que su olor le recordaba a su padre—. En mi casa tenemos tres colmenas. Mi abuela le regaló a mi abuelo por su cumpleaños el equipo y las abejas de la primera la primavera anterior al Juicio Final. Yo ayudé a mi padre a construir las otras dos y después hicimos una para las señoras de la granja de las Hermanas. En realidad, no son hermanas —aclaró mientras trabajaba—. Son unas brujas muy simpáticas y son, sobre todo, amigas de mi madre.

»Ahora haremos el tablero inferior —continuó—. Vamos a utilizar la malla para la ventilación y hay que añadir la entrada. Las abejas entran y salen por el tablero inferior, así que vamos a hacer un reductor. Eso impide que entren ratones y avispas. Evita la entrada a pestes y ladrones.

Mallick pensó que era buena maestra, porque enseñaba al tiempo que trabajaba, explicando cada paso y guiándole por el proceso. Le encomendó la tarea de construir marcos con listones para lograr una ventilación mayor y separar la cámara de incubación.

—Estoy fabricando dos alzas para la miel. Dos son suficientes para nosotros, para alimentar a la colmena y tener para intercambiar. Estamos construyendo un excluidor de reina.

—¿Excluidor? —Mallick frunció el ceño—. Yo pensaba que la reina era vital para la colmena.

—Lo es, pero no queremos que ponga sus huevos en la miel, ¿verdad?

—Confieso que no había pensado en eso.

—Lo harías si la reina lo hiciera. Es más grande que las obreras y los abejorros, así que por eso fabricamos un excluidor. Ella no puede entrar en las alzas para la miel, pero las abejas pueden llegar hasta la reina. Vamos a construir ocho marcos para el alza profunda, que es donde empiezan a fabricar su cera. El excluidor va entre el alza profunda y las alzas para la miel.

—¿Tu padre te enseñó todo esto?

—Sí. Bueno, él tuvo que aprenderlo. Leyó los libros sobre apicultura de su padre, porque no había trabajado demasiado con la colmena hasta que este falleció, así que no sabía demasiado del tema. Después construimos más colmenas. A mi padre le gusta construir cosas. Se le da muy bien. Hizo las habitaciones de la casa, las mesas para picnic y... —Su voz se fue apagando, con la cabeza gacha y las manos ocupadas.

—Es natural que le eches de menos a él y a tu familia.

—Si pienso en ello demasiado resulta muy duro.

Mallick le había contado que jamás había amado a nadie, pero sí que lo había hecho. Había amado a su madre. Mil quinientos años no aniquilaban el recuerdo de su pena cuando la dejó.

Su deber era enseñar, no ofrecer consuelo, pensó. Y, sin embargo, un poco de consuelo, un poco de comprensión, sin duda allanaría el camino hacia la enseñanza.

—Lo que haces aquí, el sacrificio que realizas, el conocimiento y las habilidades que aprendes, lo haces por ellos. Por el mundo en el que ellos viven. Lo que hizo tu madre para mantenerte a salvo, lo que hizo tu padre biológico, lo que hizo el padre que te crio. Ellos te dieron una vida, unos fundamentos. Hermanos, familia. Una razón por encima del mero deber para enfrentarte a lo que viene, Fallon. Te enseñaron bien y te proporcionaron conocimientos. Suficientes como para que puedas enseñarme a construir un hogar para abejas.

—Si... si hubiera dicho que no, ¿ellos morirían?

—No sabría decirlo. Pero no has dicho que no. Todavía.

Fallon le lanzó una mirada y retomó el trabajo.

Estudió su marco para el alza profunda, lo aprobó y después le pidió que copiara paso a paso todo lo que ella hacía mientras construía un alza para la miel. De esta manera, él podría construir otro.

—Vale, esta parte es bastante farragosa. Hay que cubrir este plástico con una capa de cera de abejas. Así las abejas tienen por donde empezar. Primero hay que fundir la cera. Puedo llevarlo adentro y fundirlo en el fuego.

Mallick enarcó una ceja.

—O podrías considerarlo parte de tus prácticas.

A Fallon eso le gustó más.

Depositó en un pequeño caldero los dos bloques que su benefactor le había proporcionado. A continuación, bajo la atenta mirada de Mallick, colocó las manos encima, las deslizó por los laterales y ascendió de nuevo.

Mallick sintió el calor, pausado y firme, vio la luz que resplandecía en las palmas de sus manos, en las yemas de sus dedos. Una luz suave de un blanco puro.

La cera comenzó a fundirse dentro del caldero.

—¿A qué has apelado?

—A la luz —murmuró, con la mirada fija en la cera que se derretía—. Al calor. Al fuego no, no a la llama. Calor y luz.

—¿De dónde brota dentro de ti?

—De todas partes. Desde las entrañas y... más allá. Del corazón y de la cabeza. Recorre todo mi ser.

—¿Cómo lo controlas?

Fallon frunció el ceño.

—Yo... pienso. Suficiente para fundir, pero no para quemar o que hierva. Basta con eso. —Levantó la vista y sonrió—. Ahora la cosa se complica.

Dedicaron gran parte de la tarde a construir y montar, y a pintar el exterior de un blanco níveo. Mientras Fallon rodeaba la colmena y se agachaba para examinarla, Mallick se apartó. Por estúpido que pudiera parecer, se sintió satisfecho por haber participado en la construcción de algo con sus propias manos.

—Es buena —decretó Fallon—. Sólida y resistente.

—Me darás clases de apicultura cuando tengamos las abejas. ¿Acuden a la colmena, atraídas por ella, por la cera?

—De esa forma no tendrías una colonia saludable y jamás atraerías a la reina. Hay que llamarlas, invitarlas.

—Enséñame.

—Ayer busqué una colonia. Esto les va a gustar. ¿Nunca has llamado a las abejas?

—No. No tengo esa habilidad. Enséñame —repitió.

Fallon cerró los ojos un momento; una chica de largas piernas, delgada, con el cabello negro como ala de cuervo recogido en una trenza que llevaba por encima de un hombro.

—Estoy en el aire, soy del aire. Estoy en la luz, soy de la luz. Estoy en la tierra, soy de la tierra. Estoy junto al agua, soy del agua. Y todas estas magias se unen. Soy de las magias que unen a las criaturas que caminan, se arrastran, que vuelan, que escarban, que nadan. Todos somos de, estamos dentro, junto y en. La reina anida mientras otros incuban, trabajan, cazan, construyen. Aquí ofrezco de manera humilde un hogar. Venid a verlo. Venid a vivir en él. Venid y prosperad. —Abrió los brazos—. Venid.

Mallick no vio nada, no oyó otra cosa que a una chica con los brazos muy abiertos e inmóvil como una estatua. Y el rostro luminoso, pensó.

Pasó un minuto, después otro y luego un tercero. Estuvo a punto de detenerla, de decirle que podía intentarlo otra vez.

Entonces oyó el enjambre.

El aire se llenó de un sonoro zumbido y Fallon permaneció inmóvil. La nube salió disparada del bosque, como un torbellino. Su primer impulso fue correr hacia ella, alejarla y llevársela adentro para ponerla a salvo.

Fallon abrió los ojos antes de que él se moviera. Brillaban.

Una abeja grande —¿la reina?— sobrevoló la palma de su mano derecha. Y el enjambre cubrió sus brazos extendidos, su cabello, sus hombros, en medio de un impresionante zumbido.

Ella rio, como si estuviera rodeada de mariposas.

¿Sabía acaso, podía saber, todo lo que poseía?, se preguntó Mallick. ¿Todo lo que podría ser si él no le fallaba? En ese momento sus poderes eran inmensos, pero seguía siendo joven y muy inocente.

¿Qué sería, qué poseería cuando ese poder madurara y perdiera esa inocencia?

Entonces se movió, bajando los dedos hacia la colmena.

—Bienvenidas —dijo. Y el enjambre entró en la colmena al unísono.

—¿Cómo...? —Se interrumpió para que la voz no le temblara—. ¿Cómo saben dónde deben ir dentro de la colmena?

Fallon acompañó su respuesta con una sonrisa perpleja.

—Bueno, se lo he dicho yo.

—Ah. De acuerdo, bien hecho. Guardaré las herramientas y todo lo demás. Tienes libre hasta que anochezca.

—Quiero llevar a Grace a dar una vuelta.

Mallick asintió.

—No te alejes demasiado, y no hasta más tarde de que anochezca.

Fallon se fue corriendo, tan joven, tan inocente. Mallick
oyó el zumbido de las abejas y se sintió muy viejo.

LA TRANSFORMACIÓN

El aprendizaje no es un juego de niños;
no podemos aprender sin dolor.

ARISTÓTELES

6

Durante tres días, Fallon visitó cada jornada lo que consideraba la tierra de las hadas. Probó trucos mágicos con el búho sin éxito. Intentó el soborno, la intimidación y lo que su madre llamaba la psicología inversa.

No quiero tu estúpida manzana.

Él se quedó como estaba, posado y guardando la manzana que colgaba de forma tentadora de aquella rama elevada.

Se bañó en el estanque para al menos sentirse limpia. Las pequeñas hadas se acostumbraron a ella y salían a bailar o volaban a ras del agua cuando se bañaba.

Pero no pudo convencer a ninguna para que le ayudase a conseguir la manzana.

A finales de la primera semana, se sentó en la hierba para secarse el cabello mientras estudiaba al obstinado búho de mirada adusta.

No podía trepar al árbol, pero ¿y si subía sin trepar por él? Había estado practicando lejos de la atenta mirada de Mallick, y aunque su método resultaba inestable, había conseguido elevarse a unos sesenta centímetros del suelo.

Calculaba que sería necesario elevarse algo más de tres metros para llegar a la manzana. Y, además, tenía que pensar en ese gran y puntiagudo pico y en aquellas afiladas garras. Así que tendría que practicar hasta que pudiera subir tanto y hacerlo rápido.

Ahora quería superar al búho por principios tanto como por el cuarto de baño.

—Una semana menos; quedan ciento tres —dijo en voz alta mientras se trenzaba el cabello.

Todavía no había deshecho su equipaje, se decía que podía marcharse por la mañana y estar en casa en menos de dos días a caballo.

Las clases, los sermones y las prácticas no le molestaban tanto como había pensado. Algunas eran interesantes, aunque desde que Mallick había añadido el entrenamiento físico había empezado a recortar su tiempo libre.

Aún no había ni rastro de la espada.

Y aunque no entendía cómo ser capaz de mantener el equilibrio sobre una mano o hacer malabares con bolas de luz iba a ayudarle a salvar al mundo entero, le gustaba aprender. No le molestaba estudiar o instruirse sobre la gente que Mallick afirmaba que eran sus antepasados. Le gustaba el arte de la hechicería.

Pero avanzaban muy despacio, había que repetir una y otra vez. No se imaginaba pasando otras ciento tres semanas más haciendo lo mismo una y otra vez. O sin tener a nadie más con quien hablar aparte de Mallick.

A lo mejor probaba a mantener el equilibrio sobre una mano encima del agua. Eso sí que sería interesante. Trabajar con dos elementos, el agua y el aire, mantener el equilibrio sobre la superficie del agua.

Hasta Mallick quedaría impresionado.

Practicaría la levitación en su cuarto, con la manzana como objetivo, y practicaría el equilibrismo allí, en la tierra de las hadas. Cuando hubiera perfeccionado esas habilidades, las utilizaría como ventaja para empezar a aprender a utilizar la espada.

Ojalá se le hubiera ocurrido antes lo de hacer equilibrios sobre el agua, ya que casi había consumido su tiempo libre de ese día.

—Mañana —murmuró.

No percibió ni oyó nada hasta que casi fue demasiado tarde. Se giró con rapidez hacia esa sensación a tiempo de ver al chico sacar medio cuerpo de un árbol, con una flecha ya colocada en el arco.

Mientras levantaba una mano para defenderse, vio que no la apuntaba a ella, sino al búho.

No pensó, solo sintió. Indignación, miedo por otro ser. Y esa sensación la elevó tres metros en el aire. Sacó la mano para desviar la flecha. La afilada punta le rozó la palma antes de que la flecha se alejara y se clavara en otro árbol. La punzada de dolor y la sorpresa del ascenso rompió esa sensación. Volvió a caer a plomo, aterrizando con tanta fuerza que se quedó sin aliento.

—¿Estás loca? —El chico, con el cabello de color bronce cayéndole hacia la cara y los ojos del tono de las hojas en primavera cargados de furia, saltó hacia ella—. Podría haberte matado.

—¿Por qué querías matar al búho? Nadie come búho.

—Estás sangrando. Deja que vea si es grave.

—No es nada. —Le dolía mucho, pero le apartó la mano—. No tienes derecho a disparar una flecha en este lugar, ni al búho.

—Vivo aquí. —Se retiró la mata de pelo. Una fina trencita le caía por encima de la oreja derecha—. Más o menos. Y no le disparaba al búho.

—¡Sí, le disparabas!

—No, no le disparaba. Taibhse es un dios del claro. Jamás intentaría hacerle daño. Apuntaba a la manzana. Tú querías la manzana, ¿no?

—¿A ti qué más te da?

—¿Por qué iba a darme igual? Ahora tendrías la manzana si

117

no me hubieras fastidiado el tiro y yo sería quien habría engañado a Taibhse. Es un corte profundo. Mallick tendrá ungüento sanador. Es un gran hechicero. Eres su alumna.

—Y puedo cuidar de mí misma.

—Lo que tú digas. —Sacó un paño y se lo ofreció de mala gana—. Por lo menos cúbrelo.

Enfadada, se rodeó la palma con el paño para tapar el corte, juntó las manos con fuerza y después se quitó el trapo ensangrentado y se lo arrojó al chico.

La herida se había cerrado y empezaba a sanar.

—Aunque apuntaras a la manzana, podrías haber fallado y alcanzado al búho.

El chico irguió la cabeza.

—Yo no fallo.

—Sí has fallado.

—Tú te has interpuesto. —Se encogió de hombros—. Dicen que eres la Elegida, como una especie de gran guerrera, bruja y salvadora. A mí solo me pareces una chica.

No era mucho más mayor que ella, un año o tal vez dos a lo sumo. Más alto, sí, pero no mucho más mayor. Le enfureció que alguien de su misma edad dijera la palabra «chica» con tanto desprecio.

—Si solo fuera una chica, tu flecha no estaría clavada en ese árbol de ahí.

El orgullo, tanto como el poder, hizo que extendiera una mano, extrajera la flecha y la acercara flotando, hasta que la dejó caer a los pies del árbol del búho.

Su intención había sido dejarla a los pies del chico, pero quedó bastante cerca.

—Muy bueno. —Se acercó para recogerla mientras el búho le miraba con frío desdén—. Mira, yo solo intentaba hacerte un favor. Llevas días intentando conseguir esa manzana. —Utilizó el paño para limpiar la sangre de la flecha antes de volverla a meter en su carcaj.

—No es asunto... ¿Cómo lo sabes? —La invadió una profunda e inmediata sensación de espanto—. Me has estado espiando.

El chico tuvo la decencia de mostrarse avergonzado y eso hizo que se le enrojecieran los lóbulos de las orejas.

—Yo no lo llamaría espiar exactamente. Solo te veía venir aquí. Nadie de afuera conoce este sitio, y nadie que no sea uno de nosotros puede entrar. Por eso, cuando vi que tú lo conocías y que podías entrar, quise ver qué tramabas.

—Eres, eres... —Trató de dar con la palabra. La había oído en una película—. Tom el mirón.

—Me llamo Mick. Mi padre se llama Thomas, pero no conozco a ningún Tom.

—Es una expresión.

—¿Qué significa?

—Un espía.

—Yo no tengo la culpa de que te quitaras la ropa, y de todas formas estás escuálida. Y solo intentaba hacerte un favor. Tú dejas fuera pastelitos dulces.

Fallon entornó los ojos.

—¿Eres tú quien deja cosas en la casa?

—Uno de nosotros las deja. Es una ofrenda, y ni esperamos ni necesitamos nada a cambio. Ha sido muy amable dejar los pasteles, estaban muy buenos. Mi padre dice que si correspondes a la bondad con bondad, generarás más bondad.

—Seguro que a tu padre no le gustaría enterarse de que me has espiado. —Se encaminó hacia su yegua—. No vuelvas a hacerlo. Yo lo sabré. —Se subió a lomos de Grace—. Y no dispares al búho ni a la manzana. No es la manera correcta. No es justo. —Bajó la mirada hacia él con un aire tan regio como pudo después de saber que la había visto desnuda—. Os agradecemos la ofrenda, así que te doy las gracias a ti, a tu padre y al resto, sean quienes sean. Y ahora vete a espiar a otro.

Espoleó a Grace hasta que la puso al trote.

—¿Vas a volver mañana? —le preguntó, alzando la voz.

Fallon exhaló un suspiro —¡chicos!, pensó— y se negó a responder.

A medida que se aproximaba al límite del claro oyó el batir de alas. Tiró de las riendas de Grace y levantó la vista. Abrió los ojos con asombro mientras Taibhse volaba por encima de ella, sujetando con el pico el tallo de la manzana.

El instinto —Mallick lo habría definido como una llamada de su sangre— hizo que levantara un brazo. Y aun así se quedó estupefacta cuando el búho descendió y aterrizó en él, como si fuera una rama.

Sintió su peso, que era considerable, pero no sus garras. Él clavó sus ojos dorados en los suyos y sintió que se forjaba un vínculo.

Mallick salió de la casa y la vio cabalgar hacia él, sujetando las riendas con una mano y con el magnífico búho posado en el otro brazo.

¿Acaso no había soñado aquello? ¿Acaso no lo había visto? Ahora, el búho, el espíritu divino, el cazador, sería suyo. Tan unido a ella como él mismo, pensó Mallick.

—He encontrado la manzana. No he hecho daño al búho. Este es Taibhse.

—Sí, lo sé.

—No he trepado al árbol. No quiero quitarle la manzana. Eso es robar. Pero puedes ver que la he encontrado y él puede volver a llevársela. Quiero el cuarto de baño, pero no voy a robar para conseguirlo, Mallick.

—Has realizado tu primera misión. La manzana es otro símbolo, Fallon. A muchos les cegaría el oro y no verían el auténtico premio. Te has granjeado la lealtad de Taibhse, cazador, guardián, espíritu sabio. Ahora es tan tuyo como tú suya.

—Yo... ¿me lo puedo quedar?

—Muchacha, no se le puede retener ni poseer. Os pertenecéis el uno al otro. Levanta el brazo y libérale. No irá lejos.

Taibhse alzó el vuelo cuando ella levantó el brazo y se posó en una alta rama. Cuando dejó la manzana, el tallo se unió como si la dorada fruta hubiera crecido de la rama.

—Es precioso y valiente. ¿Cuál es la segunda misión?

—Hablaremos de ello durante la cena. Atiende a tu yegua.

—¿No quieres saber cómo he conseguido la manzana?

—Sí que quiero. Durante la cena.

Esa noche deshizo el equipaje y colgó el carillón de Colin en su ventana. En la repisa colocó un pequeño tarro y metió dentro el tallo de la flor de Ethan, junto con el libro de su padre biológico y la fotografía de su familia y de ella.

Al mirar a través de la oscuridad y de la danza de las luces de las hadas vio el blanco destello del gran búho que estaba de caza.

Mañana también ella cazaría, pensó. Después de cumplir con sus quehaceres, después de las clases, de las prácticas y los estudios, Grace y ella cabalgarían por el bosque para llevar a cabo la segunda misión que Mallick le había encomendado. Encontraría el collar de oro y al lobo que lo llevaba.

Mientras ella soñaba, otros cazaban. Sus dedos sondeaban la oscuridad y arañaban la superficie de sus sueños. Ella era la presa, lo había sido desde antes de nacer.

Daba vueltas en la cama mientras el miedo la apremiaba a alejarse del alcance de las imágenes, de las voces. Huye de ellas, escóndete, sobrevive.

Lo que se veía obligada a ver y a oír estaba borroso y poco definido. Conoce aquello contra lo que has de luchar.

Los cuervos volando en círculo, una jubilosa parvada que anunciaba la muerte. Los relámpagos; los negros causaban la muerte; los rojos quemaban. Un círculo de piedras sumido en la niebla y un hombre abriéndose paso a través de ella para detenerse a contemplar la tierra quemada y quebrantada dentro de la antigua danza.

Un rayo de luna arrancó un reflejo a la empuñadura de la espada que él llevaba. De pronto, su penetrante y verde mirada se apartó de la piedra y atravesó la barrera de los sueños.

He aquí el primero de los siete escudos, destruido por la traición y la magia negra. He aquí la sangre de un hijo de los dioses derramada, y he aquí la sangre de nuestra sangre emponzoñada. Así se propagó la plaga.

Ahora, Fallon Swift, yo aguardo. Nosotros aguardamos. Aquí aguarda.

Él levantó la espada. El rayo golpeó la letal punta, estalló de manera que sostenía una refulgente y blanca hoja flamígera.

¿Aceptarás la espada y el escudo de la Elegida? ¿Responderás a la llamada? ¿Vendrás? ¿Lo harás?

Cuando hundió la punta de la espada en la tierra, la niebla ardió. Algo dentro del círculo de piedras burbujeó y se calcinó.

Elige.

Mientras ella soñaba, mientras otros cazaban, había quienes se preparaban para realizar un sacrificio de sangre.

Una banda de guerreros de la pureza había establecido su campamento base en lo que había sido una acaudalada zona residencial de Virginia antes del Juicio Final. Casi un centenar de hombres, mujeres y niños que habían engendrado, capturado o adoctrinado vivían allí en grandes casas y realizaban ejecuciones públicas semanales.

Algunos, verdaderos creyentes, seguían la doctrina que Jeremiah White, el fundador del culto y comandante autoproclamado. Para ellos, todos los sobrenaturales, cualquiera que tuviera habilidades mágicas, y aquellos que simpatizaban con ellos, provenían del infierno. Había que destruir a los demonios y a quienes se relacionaban con ellos.

Otros se unieron, llevaban el símbolo del culto porque gozaban de libertad para violar, torturar y matar, y un fervor religioso forjado con sangre y fanatismo les ofrecía esa posibilidad.

El propio White había visitado la base. Había pasado dos días en una de las magníficas casas, había dado enardecedores sermones sobre la venganza de su retorcido dios y presidió el ahorcamiento de tres prisioneros.

Un duende de apenas veinte años, herido en la batalla a las afueras de Washington. Una mujer, una sanadora de más de setenta, que había atendido las heridas del duende y de otros, incluso de aquellos que la maldijeron por ser un demonio. Y un hombre, un hombre normal y corriente, acusado de brujería por el delito de intentar proteger de una paliza a un niño de diez años.

La tortura precedía al ahorcamiento. White decía que los gritos de los condenados eran una llamada de trompeta para los justos, y quienes le seguían vitoreaban en una marea negra de odio que se ondulaba como un mar asesino.

White viajaba con un séquito de guardaespaldas, estrategas, aduladores y soldados. Algunos —si eran lo bastante temerarios o estaban lo bastante borrachos— susurraban que varios de los miembros de ese séquito eran sobrenaturales oscuros.

Pero White recompensaba a sus fieles con comida, ungüentos, sermones apasionados y la promesa de la vida eterna cuando la amenaza demoníaca fuera erradicada. Así que la mayoría guardaba silencio.

Los domingos, el día de descanso, comenzaba acudiendo a rezar. El reverendo Charles Booker, un exestafador especializado, con relativo éxito, en timar a ancianos en temas de reparación y seguridad del hogar, guio a la congregación en el rezo y la lectura de los versos del Antiguo Testamento dedicados a un dios sediento de sangre. Tras la misa llegaban los anuncios, comunicados por Kurt Rove, al que White había nombrado canciller como recompensa a su participación en la masacre de Nueva Esperanza. Si bien Rove dirigía la base con puño de hierro y disfrutaba de su posición, los domingos gozaba de verdad.

Podía anunciar cambios en las leyes, a menudo arbitrarios. Leía despachos de White, informes de otras bases, de las batallas, las cifras de muertos y capturados, eso último para alentar ese celebrado derramamiento de sangre.

Terminaba leyendo los nombres de los prisioneros y de los seleccionados por el comité para la ejecución del domingo.

Era obligatorio asistir a misa, a los anuncios y a las ejecuciones del domingo. Solo se concedía dispensa a los guardias designados. La enfermedad solo servía como excusa para ausentarse si el médico de la base, al que le habían revocado la licencia médica antes de que el mundo acabara, concedía un permiso.

Los que no asistían se arriesgaban a pasar veinticuatro horas en las picotas erigidas fuera del garaje independiente para tres coches que hacía las veces de prisión.

Desde el nombramiento de Rove, las ejecuciones se llevaban a cabo justo a medianoche. Ni un minuto antes ni un minuto después. Los «escoltas» seleccionados por sorteo conducían a los prisioneros del garaje al parque público y al cadalso. Cada prisionero llevaba la marca de un pentagrama en la frente —una floritura de Rove que White había incluido en las normas de los guerreros de la pureza—. El cabello afeitado de cualquier manera mostraba a menudo heridas ensangrentadas en el cuero cabelludo. No les permitían llevar zapatos, y solo vestían un tosco ropaje de arpillera confeccionado por los esclavos.

Si el prisionero tenía alas, se las cercenaban. A las brujas las mantenían amordazadas y con los ojos vendados desde el momento de su captura, por si intentaban lanzarles un mal de ojo o un conjuro.

Ese domingo por la noche, cuando las imágenes de sombras y siluetas irrumpieron en los sueños de Fallon, mientras los cuervos sobrevolaban el patíbulo y a los allí reunidos, dos de los seis prisioneros retenidos emprendieron la marcha forzosa.

La bruja, violada, apaleada, con todos los dedos rotos, se esforzaba para no cojear, para no tropezarse. Si caía, la patearían, y ya habían quebrado su espíritu con dolor. Estaba preparada para morir.

A su lado, luchando para ser valiente, el cambiante, de apenas doce años, mantenía la cabeza bien erguida. Había huido para desviar a la partida de caza de su pequeña manada. Había salvado a su hermano y al resto, por lo que no dejaba de recordarse que no moriría como un cobarde.

Podía ignorar las mofas y burlas de la escolta, de la gente que corría por la calle. Tenía que ignorar los ojos tristes y carentes de esperanza de los esclavos, o de lo contrario sucumbiría a los gritos dentro de su cabeza.

No estaba preparado para morir. Pero no iba a suplicar.

Una piedra le golpeó en la mejilla. La punzada de dolor y el olor de la sangre hizo que el animal que habitaba en él luchara por liberarse. Controló al puma. Aquella escoria jamás vería su espíritu.

Uno de los escoltas gritó:

—¡Está prohibido tirar piedras! Deja eso a menos que quieras pasar una hora en la picota. —Entonces le propinó un empellón al chico—. Sigue andando, demonio cabrón.

El puma gruñó dentro del chico. Sus poderosas patas delanteras tiraron de la cuerda con la que el chico tenía las manos atadas a la espalda.

Entonces vio el patíbulo, el par de sogas, la multitud bien iluminada en el césped. Iban a matarle, pensó con una fría evaluación que su juventud le había ayudado a negar. A medianoche le colgarían para que se ahogara y sacudiera las piernas mientras ellos aplaudían.

Iban a matarle, así pues ¿por qué no morir luchando? ¿Por qué no luchar con todo lo que era? Y tal vez llevarse a un par de ellos por delante.

Inspiró hondo el aire de la noche, dejó que el felino se desperezara dentro de sus huesos, sus músculos, su piel. Podían matarle, pero no lo doblegarían.

Mientras se abría al cambio y le daba la bienvenida por última vez, según creía, una flecha surgió de la oscuridad.

El escolta que le había empujado profirió un gruñido y después se desplomó en el suelo. Las mofas se convirtieron en gritos cuando volaron más flechas y la gente se dispersó.

Con las flechas silbando, el puma se soltó de sus ataduras y se puso a cuatro patas. Le brillaban los ojos mientras se abalanzaba sobre la multitud presa del pánico. Vio que un hombre, o quizá un niño, le quitaba la mordaza y la venda de los ojos a Jan, la bruja, y la cogía en brazos cuando se tambaleó.

Corrió con un único propósito, con un único destino en mente. La que había sido su prisión. Oyó disparos, más gritos, pasos veloces. Olió a sangre, olió el miedo.

Quería sangre. Quería el miedo.

Pero cuando llegó a la prisión, su presa yacía en el suelo, sangrando e inconsciente. Había una chica al lado. Se volvió y la miró a los ojos. Se colocó entre él y lo que más quería. El sabor de esa sangre en su garganta.

—Está inconsciente y desarmado. Podrías esquivarme el tiempo suficiente para destrozarle la garganta. Pero jamás volverás al ser el mismo si lo haces. Tenemos a tu hermano Garrett sano y salvo. Marshall y los demás también están a salvo.

Él se estremeció y se transformó en el chico.

—¿A Marshall? ¿A todos?

—A Marshall y a todos. A los ocho. Ahora nueve contigo.

Tú también estás a salvo. Y tenemos que llevarnos de aquí a todos los que podamos. ¡Jonah! —gritó hacia el garaje—. Tengo al chico. Al cambiante.

—Llévalo al punto de encuentro. Tenemos a cuatro aquí, hay que sacarlos de este sitio.

—Entendido. Tienes que... —Se interrumpió cuando Garrett atacó con fuerza (con las garras del puma en la mano de un muchacho) y arañó el brazo derecho del guardia.

—Nos pegaban, nos quemaban y nos rompían partes del cuerpo. Nos marcaban. Y las cosas que... Me violó. —Garrett tomó aire de forma entrecortada—. Ahora le he marcado yo.

—Vale. —Le puso una mano en el hombro y le apartó—. Hay que moverse deprisa, sacar a tantas personas retenidas como podamos. ¿Puedes correr? Está a menos de cuatrocientos metros.

—Puedo correr.

Ella echó a correr a toda velocidad, haciendo que él se lo demostrara.

Tenía el pelo oscuro; una profusión de rizos que brotaban de una goma. Corrió a toda prisa, lo escudriñó todo sobre la marcha. Le parecía que tenía los ojos azules, pero costaba estar seguro cuando la luna no dejaba de esconderse y salir.

Llevaba una espada corta, un carcaj y un arco.

—¿Has disparado tú la flecha?

—¿Cuál?

—La flecha. La primera.

—No. Ha sido mi hermano. Lo echamos a suerte y ganó él. Me llamo Tonia. —Con una amplia sonrisa, lanzó una mano al aire, giró el dedo y formó tres círculos de luz. Justo delante, Garrett vio la luz en respuesta. Distinguió a dos hombres armados con rifles junto a una camioneta—. Tengo al hermano de Marshall. Tengo a Garrett.

—Esta noche Marshall va a ser un crío muy feliz. ¿Estás herido, hijo?

El hombre parecía muy, muy viejo, pero sujetaba el rifle como si supiera usarlo.

—Estoy bien.

—Yo soy Bill y este es Eddie.

—¿Cómo lo llevas, tronco? Oye, ¿por qué no te subes al furgón y le haces compañía a Joe?

—¿A quién?

—A mi perro Joe. —Eddie bajó la puerta trasera. Un perro grande se levantó despacio y con cierta rigidez y meneó la cola.

—Tengo que volver.

Eddie le hizo un gesto a la chica.

—Ve. Ya nos ocupamos nosotros de él. Y vuelve de una pieza o tu madre me dará una patada en el culo.

—Eso no puedo consentirlo. —Se marchó pitando, tragada por la oscuridad.

—Vamos a subirte, colega.

—Puedo yo. —Garrett saltó a la parte de atrás y se sentó de golpe, y cuando el perro se apoyó contra él, el niño sucumbió, rodeó al perro con los brazos y apretó la cara contra su pelaje para que nadie viera las lágrimas.

Se sobresaltó al oír explosiones, se estremeció al ver el fuego disparado al cielo.

—¿Qué es eso? ¿Qué es?

—Tan solo nos ocupamos de las cosas —respondió Eddie mientras Bill se arrimaba para echarle una manta a Garrett sobre los hombros—. No queremos que esos gilipollas nos sigan, ¿verdad? Hay que robarles algunos vehículos y volar el resto. Tantos como se pueda, claro. ¿Y si Joe y tú hacéis un hueco ahí atrás? Esperamos a más saqueadores.

Algunos corrían, como había hecho él. A otros los llevaban en brazos. Otra camioneta paró y el hombre que conducía señaló al frente.

Algunos más se amontonaron en la cama de la camioneta, ayudados por Eddie o por Bill. Sobre todo chicos y algunas mujeres. Reconoció a uno o dos. Cuando se molestaban en dar de comer a los prisioneros, los esclavos les llevaban la bazofia que llamaban comida.

El chico que estaba a su lado, más pequeño que el más joven de su propia manada, tiritaba de frío.

—Ven, puedes compartir mi manta. Este es Joe.

Oyó el rugido del motor. Vio a la chica con la que había corrido en la parte de atrás de una moto, detrás de un chico. Con el pelo moreno como el de ella, pero no tan rizado.

Garrett se percató de que era el que había ayudado a Jan.

Giró la moto en un semicírculo y frenó.

—Tenemos a todos los que hemos podido sacar; algunos simplemente han huido, así que no hemos podido agarrarlos. Van a estar muy ocupados apagando fuegos, por lo que es posible que los que han huido lo consigan.

—Jonah ha dicho que nos larguemos —declaró Eddie, y se puso al volante.

—Nosotros iremos delante. Flynn y Starr a los flancos.

Se marchó, con el oscuro cabello al viento.

Eddie abrió la ventanilla que daba a la cama del vehículo y alzó la voz mientras se unía a la caravana.

—Hola a todos. Yo soy Eddie y esta noche voy a ser vuestro chófer. Poneos cómodos, porque tenemos un largo camino por delante. Ahí atrás tenéis agua y mantas. Sed buenos y compartid.

Garrett se acercó más a la ventanilla.

—¿Quién era el de la moto?

—Es Duncan. El hermano gemelo de Tonia. Nuestro macarra residente. Coge agua y duerme un poco si quieres, colega. Tenemos más de una hora de viaje. Recibiréis comida y atención médica cuando lleguemos.

—¿Marshall está allí? ¿Y todos los demás?

—Dalo por hecho. —Eddie apartó una mano del volante y se ladeó para meter el brazo por la ventanilla y darle a Garrett

un apretón—. Todos te están esperando allí, así que ahora relájate.

Garrett parpadeó con fuerza para intentar contener las lágrimas que amenazaban con derramarse.

—¿Adónde vamos? ¿Dónde es «allí»?

—Tío, nos dirigimos a Nueva Esperanza.

7

Fallon destrozó dos veces un hechizo básico y estuvo a punto de añadir belladona en lugar de bergamota a una sencilla pócima antes de que Mallick la detuviera.

—¿Quieres envenenar al enemigo?

—¿Qué? —Frunció el ceño al levantar la vista—. No. —Después la bajó a la botella perfectamente etiquetada que tenía en la mano—. Oh. —Dejó la botella y un momento después (un momento demasiado largo en opinión de Mallick), eligió la bergamota—. Vale, he cometido un error.

Mallick la amonestó tanto porque le quitara importancia a su descuido como por el descuido en sí.

Ambas cosas eran inaceptables, pero restar importancia a algo demostraba debilidad.

—Un error con la belladona puede matar. Del mismo modo que un error con un conjuro puede tener graves y desastrosas consecuencias. Tus palabras y tus actos, su precisión, son importantes.

—A lo mejor no cometería errores si no esperaras que lo recordase todo y no estuvieras observándome todo el rato.

—A lo mejor mi error fue creer que progresarías lo suficiente como para conocer las propiedades y las aplicaciones de los extractos, los aceites y los polvos. Así que siéntate y empezaremos por el principio.

—Conozco las estúpidas propiedades, ¿vale? —La brusquedad de su tono perdió casi toda su efectividad por el temblor de su voz—. Solo he cogido la botella que no era. Y los ingredientes como la belladona, la dedalera y otros que son letales deberían tener su propia sección en vez de que esté todo junto por orden alfabético.

Mallick agachó la cabeza.

—Eso tiene su lógica. Ya puedes empezar con la tarea.

—¡Son centenares! Me llevará la mitad del día.

—Pues deberías empezar ya. La tarea te ayudará a tranquilizarte y a centrar la mente.

—No me apetece pasarme el día entero aquí encerrada, haciendo algo que ya tendrías que haber hecho tú. No me siento bien.

Estaba claro que no, pensó. La tristeza en sus ojos, el brillo de las lágrimas en ellos le ponían bastante nervioso.

¿Por qué a un hombre como él, que tan poco sabía de niños, y menos incluso de niñas, se le había encomendado el cuidado y la formación de una chica?

Porque a pesar de su poder, Fallon seguía siendo una cría.

Una chica, recordó, y se aclaró la garganta.

—Ah. ¿Has empezado con la menstruación?

—La mens... —Tardó un minuto y después la tristeza se tornó en indignación. Indignación que dio paso al desprecio—. ¡Por Dios! —Mientras se tiraba del pelo y giraba en círculo, hizo que las velas se encendieran sin darse cuenta—. Mi madre tenía razón. ¡Qué razón tenía! En cuanto una mujer está de mal humor o disgustada, los hombres piensan o son lo bastante idiotas para decir algo sobre el período.

—Yo..., no entiendo.

—Y hasta que los hombres empecéis a tener calambres y a

sangrar todos los meses, deberíais cerrar la boca y no hablar del tema.

—Hecho.

Fallon bajó las manos y las levantó de nuevo para presionarse los ojos con los dedos.

—Lo que pasa es que estoy cansada. Muy cansada. No he dormido demasiado bien.

—Preparaste un buen talismán para dormir plácidamente. Cógelo y utilízalo. Te ayudaré a organizar nuestros ingredientes, ya que tienes razón sobre que deberían estar separados. Después prepararemos una poción del sueño nueva para ti. Y más tarde darás un paseo para que tomes el aire.

Dejó de hablar, porque aunque la furia había desaparecido de sus ojos, de aquellos penetrantes ojos grises, la tristeza había aumentado.

No se trataba solo de que no hubiera dormido bien esa noche, pensó. Y era un imbécil por desatender su cuidado igual que ella había arruinado el conjuro.

—Anhelas a tu familia y yo no soy de tu familia. Deseas que tu madre te reconforte, contar con el hombro de tu padre. Yo no puedo darte eso. Pero ¿no confías en mí lo suficiente como para contarme qué te preocupa?

—He tenido sueños.

—¿Sueños o visiones? —Alzó una mano al ver que sus ojos se llenaban de lágrimas. Sí, era un idiota y un metepatas—. Eso no importa ahora mismo. Ven a sentarte. Siéntate —repitió—. Te prepararé un té.

—No quiero...

—Solo para tranquilizarte —le aseguró mientras seleccionaba las hierbas para preparar una infusión—. Yo también tomaré un poco. Puedo enseñarte y adiestrarte, puedo orientarte y defenderte. Pero aparte del adiestramiento, no sé mucho de chicas ni de sus necesidades. Debes darme tiempo para que aprenda, para que practique. Tus sueños te perturban.

—Yo... deshice el equipaje. Colgué el carillón de Colin y coloqué la flor de Ethan. Puse la foto de toda la familia que mis padres tomaron para mí. Así la habitación se parece más a la mía. —Se pasó los nudillos por los ojos, no para enjugarse las lágrimas, sino para mitigar la fatiga, comprendió Mallick—. Encontré a Taibhse y eso fue..., fue lo mejor. Y, tal como te dije, conocí a Mick. Es un poco gilipollas, pero... —Se encogió de hombros—. Y pensé que sería divertido localizar al lobo con el collar de oro. Decidí que si debo hacer esto, al menos después de estudiar, entrenar y practicar tengo a Grace, y ahora a Taibhse y al memo de Mick. Así que a lo mejor puedo aprender lo suficiente. Como construir la colmena. Es un paso, una pieza cada vez. Como dice mi padre, haces una cosa, luego otra y después la siguiente. Y estaba contenta.

Mallick llevó la infusión a la mesa y se sentó enfrente de ella.

—Entonces tuviste un sueño. ¿Me lo cuentas?

—El primero era un lugar. Es una tontería.

—¿Es un lugar tonto?

—No, no. Nunca he estado allí. Esto es lo más lejos que he estado de la granja, así que no he estado nunca allí, pero sentía que conocía ese lugar. Con las piedras colocadas en un círculo, alzándose de la niebla, y los campos vacíos, los bosques oscuros y densos. Entonces un hombre atravesó la niebla hacia las piedras. Sé que no le había visto antes, pero había algo y sentí..., sentí algo. Era moreno y tenía una espada. Y los ojos verdes. De un verde oscuro, como las sombras de la tierra de las hadas.

—La tierra de las hadas.

Fallon se sonrojó un poco y cogió su taza.

—Así llamo al lugar en el que encontré a Taibhse. Sé de qué color son sus ojos porque, aunque yo no estaba en el sueño, como a veces sucede, él volvió la cabeza y me miró a mí. Como a través de una ventana o de un cristal. Y me habló.

—¿Qué te dijo?

—Dijo mi nombre, y dijo que el círculo era el primero de siete escudos y que la sangre de los dioses..., la sangre de nuestros antepasados, los suyos y los míos, se derramó ahí y que fue emponzoñada, destruyó el escudo e inició la plaga. Un rayo cayó en ella y ardió. Un fuego blanco. Me preguntó si respondería a la llamada, si blandiría la espada y el escudo, si lucharía y sería fuerte, si yo... llegaría a ser. Me dijo que eligiera. No sé si era un sueño o una visión.

—Puede ser ambas cosas.

—Mi madre tiene visiones, y a veces... Yo a veces sé dónde se esconden los chicos o si me van a tender una trampa. Lo veo en mi cabeza. No siempre, pero sí a veces. Una vez un hombre pasó por la granja. Tenía cicatrices en los brazos y en la cara. Le vi en un incendio, gritando, corriendo y cayendo en la oscuridad afuera, donde los saqueadores le dieron por muerto. Lo vi.

—Eso te asustó.

Fallon asintió y bebió un sorbo.

—Has dicho que era el primero. Has tenido más sueños.

—Otro más. Más largo y no tan nítido como el primero. Estaba borroso. Casi todo. Como si el cristal estuviera sucio y las voces se oyeran a lo lejos. Pude oír parte, pero no todo. Era un lugar diferente. Como ese que atravesamos con esas grandes casas todas juntas.

—Sí. Lo llamaban urbanizaciones. Una especie de comunidad.

—Vale, era un sitio de esos. Casas enormes. Allí vivían guerreros de la pureza. Sé quiénes son. —La furia mitigó parte de la tristeza—. Nos cazan, nos matan solo porque no somos como ellos.

—Nos temen a nosotros y cualquiera que sea diferente.

—Tienen esclavos —le dijo Fallon—. Esclavizan a las personas que no creen en lo que hacen. Incluso a los niños. Y encierran a la gente mágica. Les hacen cosas espantosas. Había un chico, y pude ver dentro de su cabeza. Un poco. Fragmentos de sus pensamientos, así que sé qué cosas espantosas son las que les hacen. Iban a ahorcarle junto con la mujer, una bruja. Se llama... No me acuerdo.

—No pasa nada.

—Se llama Garrett. Era Garrett. No sé cuándo. Si es el presente, el pasado o no ha ocurrido aún. Le habían pegado, quemado, cortado y..., y le habían violado. Les raparon el pelo, a él y a la mujer. A ella la tenían amordazada y con los ojos vendados y los dos tenían las manos atadas a la espalda. Tuvieron que caminar descalzos por la calle mientras la gente les gritaba, y uno lanzó una piedra que le dio al chico en la cabeza. El chico y la mujer tenían una marca aquí. —Se tocó la frente—. Marcada a fuego. Un pentagrama.

—Los guerreros de la pureza marcan a aquellos como nosotros a los que capturan.

—A los esclavos también. Pero aquí. —Se señaló el dorso de la muñeca izquierda—. Le grabaron a fuego un símbolo. Un círculo con una cruz dentro. El chico, Garrett, podía ver, así que yo pude ver, y se dirigieron a una plataforma con dos horcas.

—Un patíbulo.

—Vale, un patíbulo. Y lo siguiente lo oí en su mente con total claridad. Iba a transformarse, a convertirse en ese puma que vivía dentro de él. Lucharía antes de que lo mataran. Entonces, una flecha surgió de la oscuridad y mató al hombre que le obligaba a caminar. Luego otra, y otra más, mientras el chico se transformaba y el puma corría entre la gente que gritaba y huía. Luego vi a un chico, a otro distinto. Pero mayor, más mayor que Garrett o que yo. Le vi acercarse a la mujer, quitarle la mordaza y la venda y cogerla en brazos cuando ella se desmayó. Eso también lo vi. Y creo que es posible que fuera el hermano pequeño o el hijo del hombre del primer sueño, porque tampoco sé cuándo ocurrió eso. Y solo le vi durante un minuto con la mujer que se desmayó, porque yo estaba con el chico, con el puma, y él corría hacia ese lugar donde tenían encerrados a los demás.

Tomó aire, bebió un poco y descubrió que el nudo de su estómago se aflojaba un poco.

—No había matado antes, ni como niño ni como puma, Mallick. Lo supe, lo sentí. Pero en ese momento quería hacerlo. Sin embargo, el hombre que vigilaba la cárcel estaba tendido en el suelo. Sangraba y estaba aturdido, pero no muerto. Todavía percibía vida en él. Había una chica muy guapa que no tenía miedo del puma. Todo está confuso. Creo que había otros ayudando dentro de la cárcel y que el chico se transformó de nuevo, así que la chica le ayudó a ir a donde había más personas esperando. Un hombre, un anciano y un perro. Un perro viejo. Oí que el hombre decía que se llamaba Eddie y que el perro se llamaba Joe. Conozco esos nombres, Mallick. Los conozco.

—Sí.

Fallon se estremeció un poco al ver que Mallick aceptaba lo que ella sabía.

—La chica se marchó otra vez y llegaron otros. Los esclavos y los capturados. Otra camioneta con más. Explosiones de nuevo en la... ¿urbanización? Era como un asalto, pero para salvar a gente, para liberar y ayudar a la gente. Entonces la chica volvió, montada en una moto con el chico que había ayudado a la mujer. Duncan y Tonia. También conozco esos nombres.

—Sí.

—Todos se marcharon, y cuando el chico, cuando Garrett le preguntó a Eddie adónde iban..., porque eso también lo oí con claridad..., él le dijo que a Nueva Esperanza. Conozco ese lugar. Mi padre murió allí. Mi padre biológico, cuando los guerreros de la pureza fueron a matarlos. A matarme sobre todo a mí. —Las palabras surgían atropelladas, demasiado rápido, para aligerar el peso que llevaba dentro—. Mi madre huyó para salvarme, para salvar a la gente que vivía allí. A sus amigos. Eddie era su amigo. Tenía un perro que se llamaba Joe. Duncan y Tonia..., Antonia..., eran gemelos, solo unos bebés cuando ella vivía allí. Su madre era amiga de mi madre.

»Ellos, Eddie, Duncan, Tonia y el anciano, todos los demás, arriesgaron la vida para salvar a Garrett, a la mujer, a las otras personas. Estaba demasiado... planificado para ser la primera vez, para ser el primer rescate. No me gusta la palabra asalto. Rescate es mejor. Duncan y Antonia no son mucho más mayores que yo y ellos ya están luchando. Garrett es menor que yo, pero estaba dispuesto a luchar.

—¿Cuestionas por qué has sido protegida?

Fallon no se había dado cuenta, no del todo, de que aquello era un peso mucho mayor que el resto.

—Si soy la Elegida, ¿por qué no estoy luchando? ¿Por qué no estoy ayudando a la gente?

—Lo harás. Tu madre y tu padre biológico te han proporcionado la base no solo con lo que te han enseñado, sino también al darte perspectiva. Una familia, una comunidad, lealtad y amor. Una guerra como esta no puede ser solo luchar con espadas y rayos. Debes creer con todo tu ser que merece la pena morir por la causa que defiendes. Que merece la pena matar por ella. Y aún te queda mucho por aprender, por saber, por defender y por creer, chica. Muchísimo. Algunos son guerreros, otros son líderes, y otros son símbolos. Tú lo serás todo. Pero tu tiempo no ha llegado aún.

—¿Por eso la espada sigue ahí arriba y el armario está cerrado con llave?

—Muy pronto blandirás la espada. ¿Por qué no has intentado abrir el armario?

—¿Cómo sabes que no lo he intentado?

Mallick esbozó una sonrisa.

—No carezco de visión, niña.

138

—Vale. Porque eso sería una grosería y una falta de respeto.

—Y no poseerías ese entendimiento y esa sensibilidad si se te hubieran negado los años que has pasado con tu familia. Ellos te han servido y te servirán.

Tal vez eso fuera cierto, pensó, pero...

—¿Conoces el lugar del primer sueño? —preguntó.

—Sí —respondió.

—Hay seis más. Si la destrucción del primero casi mata a todo el mundo, ¿qué sucederá si se destruyen los demás?

Fallon tenía muchas preguntas.

—No se rompió de forma rápida ni con facilidad. Requirió de una gran concentración de poder oscuro y una carencia de luz. Las creencias pueden debilitarse, y cuando la fe decae, también lo hace el poder. El miedo a la oscuridad es algo intrínseco, y por eso la oscuridad puede aumentar. Y como se volvió más fácil rechazar la luz, esta se atenuó y la protección en torno al escudo se debilitó. Justo lo suficiente. Puede que haya sido necesario este horror para despertar la luz, para hacerla brillar, pero ha despertado.

—Eso no responde a mi pregunta —se quejó.

—Los escudos están ahora mejor protegidos.

—¿Pero?

Mallick suspiró. Poseía una mente incansable y tenía que respetarlo, pensó.

—¿Si cayeran uno a uno, escudo tras escudo? Morirían más personas, infectadas por la locura, los cultivos se echarían a perder hasta que ardieran en el campo, se marchitaran en sus matas, se pudrieran en la tierra. Así llegaría la hambruna. Y una plaga asolaría a los animales. Peces, aves, mamíferos. Solo quedaría aquello que repta y se arrastra. Y los ríos y los arroyos, los lagos y los océanos plagados de sangre, de muerte e inmundicia se contaminarían al tiempo que se desbordarían en una inundación para propagar su ponzoña —prosiguió Mallick.

Fallon, que ya estaba pálida, siguió perdiendo el color mientras él hablaba. Pero la pregunta merecía una respuesta sincera y completa.

»Y un calor abrasador arrasaría la tierra, quemaría los árboles, con rayos calcinando los bosques. El mundo sería fuego y humo. Entonces caería la oscuridad y comenzaría la masacre de todo cuanto quedara. La tierra se sacudiría y resquebrajaría, y aquello que gobierna la oscuridad, lo gobernaría todo.

—¿Por qué? ¿Por qué? —exigió—. No quedaría nada que gobernar.

—Ese es el fin. Extinguir cuanto pertenece a la luz, silenciar cuanto es bueno y aniquilar toda esperanza.

—Es una soberana estupidez.

—Entonces, todos los que luchamos contra ese fin debemos de ser inteligentes.

Fallon intentó serenarse por todos los medios, trató de entender. Trató de... no ser ignorante.

—Cuando el escudo se rompió y el Juicio Final aniquiló a miles de millones, algunas personas que creían que eran normales y corrientes descubrieron su magia. ¿Para qué? ¿Para que la gente creyera de nuevo?

—La fe es una espada y un escudo siempre y cuando se fortalezca con valentía, con inteligencia y con valor. Algunos de los que descubrieron su magia se convirtieron a la oscuridad, otros enloquecieron por culpa de eso. Y algunos, como tu padre biológico, se convirtieron en líderes. Igual que tu madre aprendió a aceptar, a construir y a proteger. Algunos como los que aparecen en tu visión aprendieron, mágicos o no, a unirse, a luchar, a trabajar juntos para ayudar a otros. Otra base para ti, la Elegida, sobre la que seguir construyendo.

Fallon no pudo hacer otra cosa que suspirar.

—La mitad de las veces ni siquiera consigo que los tontos de mis hermanos hagan lo que les digo. Más de la mitad. ¿Cómo voy a liderar a nadie?

—¿Cómo construiste la colmena? Con conocimientos y

habilidades aprendidas. ¿Cómo llamaste a las abejas? Con fe, con luz y con poderes innatos.

Fallon apartó su taza. Tal vez estuviera más calmada, pero no se sentía más inteligente ni más segura.

—No debería haberme equivocado con el conjuro ni con la belladona solo porque estaba disgustada. Tendré más cuidado.

—Sí. Yo debería haber guardado los suministros de manera más sensata en vez de hacerlo a la antigua. Tendré más cuidado.

—Mi madre siempre coloca los productos letales en los estantes más altos y lejos de... —Todo se le vino encima otra vez y brotó por sus ojos antes de que pudiera contenerse—. Estoy bien. —Se presionó los ojos con las manos—. Estoy bien.

Una niña, pensó de nuevo Mallick, y a menudo los dioses pedían demasiado.

—Mira en el fuego. Solo un minuto. Mira —repitió al ver que ella bajaba las manos—. Y ve.

Cuando ella se giró y miró, Mallick abrió la ventana para ella. Solo un poco, solo un momento.

En las llamas vio la granja, con las hojas cayendo con rapidez al viento. Sus hermanos, los tres, apilaban leña mientras su padre arreglaba una parte de la valla en los cercanos pastos. Su madre trabajaba en el huerto.

Mientras Fallon miraba, mientras veía, mientras se empapaba de aquello, su madre se enderezó. Se llevó una mano al corazón y esbozó una sonrisa mientras las lágrimas le anegaban los ojos. Luego se llevó un dedo a los labios y lanzó un beso antes de que la imagen se desvaneciera.

—¿Mi madre me ha visto? ¿Me ha visto?

—Te ha sentido. Solo puedo hacer eso.

—Me ha sentido. Gracias.

—Ve a por tu caballo. Sal a tomar el aire.

—Lo haré, pero antes terminaré la poción y organizaremos los suministros. Ya estoy bien.

Durante una semana, Fallon se esforzó por estudiar, trabajar y mejorar su adiestramiento físico. Ahora podía manejar cinco bolas de luz, pero le faltaba conocer el tacto de una espada en la mano. Todavía tenía que dominar hacer equilibrio sobre una mano encima del estanque, algo que practicaba detrás de una cortina que conjuraba por si acaso a Mick se le ocurría volver a espiarla. Pero solo dedicaba veinte minutos al día a eso.

El resto del tiempo libre lo destinaba a buscar al lobo con el collar de oro. Peinó el bosque, pero no solo no pudo dar con el lobo, sino que tampoco encontró ni una huella, ni excrementos ni rastro de ningún tipo.

Divisó a Mick unas cuantas veces y cambió de dirección a propósito para dejar clara su postura. Pero a medida que caían las hojas, se arremolinaban y dejaban las ramas desnudas, decidió permitir que la alcanzara.

Cuando salió de un árbol delante de ella, Fallon frenó a Grace.

—¿No tienes nada mejor que hacer?

—El bosque no es tuyo. —Vio al búho descender sobre una rama—. Ahora va donde tú vas.

—Cuando quiere. Las manzanas están buenas hoy. Si tuviera algunas más y un poco de azúcar..., mejor si es azúcar moreno..., podría preparar compota de manzana.

—¿Cómo haces compota con manzanas?

—Me enseñó mi madre. Está rica. Si la preparo, podría apartar un poco para ti. Puedes untarla sobre pan o sobre galletas.

Mick caminó junto a su yegua. De vez en cuando trepaba a un árbol y volvía a bajar. Una destreza que Fallon decidió que necesitaba aprender.

—¿Qué buscas? —le preguntó.

—¿Quién dice que busco algo?

Él le brindó una sonrisita de suficiencia.

—Sé cuando alguien intenta seguir un rastro. Pero no has estado cazando.

—Tenemos suficiente venado. Además, a Mallick le gusta el pescado. Podría cazar jabalí, pero todavía no.

—Entonces ¿qué buscas?

—Bueno, ya que lo preguntas, estoy realizando mi segunda misión.

—¿Cuál fue la primera?

—Taibhse y la manzana de oro, lelo.

—Ah, vale. Cierto. —Se fundió con un árbol y salió de nuevo—. ¿Cuál es la segunda?

—Un lobo con un collar de oro. Tengo que conseguir que me entregue el collar.

Al oír eso, Mick rio hasta caerse al suelo.

—Eso no pasará jamás.

—¿Qué sabes tú?

—Sé que Faol Ban se comerá tu hígado antes de entregarte su collar.

—¿Así se llama? ¿Sabes lo del lobo?

—Todo el mundo conoce a Faol Ban. Colega, ¿es que naciste ayer? Vive en una guarida secreta y recorre el bosque por la noche. La diosa de la luna le regaló el collar por su lealtad y su bravura. Desde luego, no se lo dará a una chica.

—¿Qué diosa de la luna?

—No lo sé. Una de ellas.

Eso seguramente era importante, pensó Fallon. Ahora que sabía su nombre y algo de su historia, podría encontrar más cosas en uno de los libros de Mallick.

—En fin —prosiguió Mick—, vamos a hacer una hoguera en Samhain. Es divertido. Puedes venir si quieres.

—Tengo que realizar un ritual con Mallick y honrar a quienes han viajado detrás del velo. En mi casa siempre hacíamos una hoguera, también un ritual, pero después nos disfrazábamos, jugábamos a juegos y tallábamos caras en las calabazas.

—¿Dónde está tu casa?

—A un día a caballo hacia el norte de aquí. Es una granja. Antes mi madre era chef y mi padre era soldado. Tengo tres hermanos. ¿Tú tienes alguna hermana?

—No, solo estamos mi padre y yo, pero formamos parte de un clan. Somos treinta y tres. Ahora treinta y cuatro —se corrigió—, porque Mirium acaba de tener un bebé. Están los cambiantes —continuó, haciendo el pino para caminar con las manos unos metros—. Supongo que hay..., más o menos un par de docenas. Hay también un clan de hadas. —Volvió a ponerse derecho—. Son muchos más, si cuentas a los pequeños, a los duendes y a las ninfas. Ellos dejaron las manzanas y las flores el otro día. Se les da muy bien hacer que las cosas crezcan. A uno de ellos solo le funciona un ala bien porque le hirieron en un ataque de los guerreros de la pureza y nadie puede arreglársela. Pero se maneja bien.

—A lo mejor Mallick la puede curar.

—No pudo. Lo intentó. A él también se le da bien sanar, pero no pudo arreglarla.

—Lo siento. Ellos mataron a mi padre. Mi padre biológico.

—Lo sé. Todo el mundo conoce la historia de Max Fallon y la masacre de Nueva Esperanza.

—¿En serio?

—Claro. —Ladeó la cabeza como si oyera algo a lo lejos—. Tengo que irme. La hoguera es divertida. A lo mejor Mallick te deja venir después del ritual.

Mick se marchó corriendo, como un borrón, y desapareció.

Pensó que sería divertido ir a la fogata. Pero, aunque Mallick aflojara las riendas lo suficiente como para permitir que fuera, no creía que tuviera tiempo para ello.

Esa noche esperaría a que Mallick se durmiera para poder recorrer el bosque en busca de Faol Ban.

La noche en que el velo entre los vivos y los muertos se volvía más fino se mantuvo fresca y despejada. El ligero viento que soplaba con libertad hacía danzar las hojas. Al caer la noche, las pequeñas hadas, destellos de luz, observaban desde la distancia mientras Mallick creaba un altar con piedras. Fallon sacó el athame, las velas, la manzana y las hierbas siguiendo sus órdenes. Realizó más viajes para coger el caldero y las calabazas que habían dejado en la puerta esa mañana.

Siguiendo las enseñanzas de su madre, decoró la base del altar con las diferentes calabazas y algunas flores silvestres que habían sobrevivido a la primera y ligera helada.

Entró de nuevo por última vez a por un plato con pan, un boline y el libro de su padre.

Mallick asintió cuando dejó el libro sobre el altar.

—Esta es la noche de los antepasados. Hay que mostrar respeto.

—¿Tienes tú algo de los tuyos?

—El athame que has seleccionado era de mi madre. Quizá su mano te ha guiado para dejarlos sobre el altar esta noche. Traza el círculo.

Fallon abrió los ojos como platos.

—¿Yo? Nunca he trazado un círculo para una festividad.

—Hazlo ahora.

Nerviosa, ya que temía cometer un error y ganarse su ira, empezó despacio. Situó las velas en los cuatro puntos. Encendió otra con el aliento y se movió alrededor del altar en el sentido de las aguas del reloj. Valiéndose de su voluntad, encendió la vela del este.

Tuvo que tomar aire un par de veces para calmarse y despejar los nervios y las dudas de su mente.

—Guardiana del este, diosa del aire, te invocamos, suplicamos tus poderes de conocimiento y sabiduría, vela por nosotros dentro de este círculo, trazado con amor y confianza.

Miró a Mallick en busca de aprobación o crítica, pero él no

dijo nada. Pasó al extremo sur, invocó a la guardiana, la energía y el poder del fuego. Después, a medida que aumentaba su confianza, pasó al oeste, para apelar al agua, a la pasión. Y por último al norte, a la tierra y la fortaleza.

A pesar del viento, las llamas se alzaron cuando se volvió hacia Mallick.

—Y así queda trazado el círculo. ¿Entrarás en la luz y el amor de la diosa?

—Lo haré. —Entró—. Esta noche eres la sacerdotisa. Haz la llamada.

A Fallon se le secó la garganta mientras encendía una vela negra.

—Madre oscura, diosa de la muerte y del renacimiento, escucha a tu sierva que te honra. Solicito tu bendición. En este lugar, en esta hora, te pido que utilices tu poder. Levanta el velo entre los mundos para que aquellos que vinieron antes que nosotros oigan nuestras palabras. —Encendió la siguiente—. Padre oscuro, señor del inframundo, escucha a tu sierva que te honra. Solicito tu bendición. En este lugar, en esta hora, te pido que utilices tu poder. Guarda y protege mientras el velo se hace más fino, mantén a salvo a todos fuera y dentro.

—Las llamas se alzan, pues la diosa y su consorte te escuchan —dijo Mallick.

Sintió el poder, destellos como las llamas de las velas; diminutas quemaduras que producían placer y dolor. Prosiguió, sin ninguna orden por parte de Mallick, pronunciando las palabras que simplemente acudían a su mente, a su corazón, a su lengua.

—En esta noche, con esta luz, tendiendo los brazos a su homóloga oscura, damos de corazón la bienvenida a los espíritus. A todos cuantos de un mundo a otro pasasteis, os ofrecemos nuestra mano para que os toméis de ella, hasta que al despuntar el día partáis.

Dio un paso al frente, cogió la manzana y el boline, cortó la fruta de manera transversal y reveló el simbólico pentagrama en su interior. Después de dar un pequeño bocado a una mitad, colocó ambas en el caldero, añadió las hierbas, trocitos de pan, vino del cáliz y avivó las llamas de debajo con la mano.

A continuación cogió la varita, la levantó y lanzó su poder en ella para que arrojara estrellas entre el humo.

—He aquí una ofrenda a todo aquel que acuda, con amor para todos y sin odio hacia nadie. Esta luz que arde con intensidad en la noche guiará vuestros pasos mientras aquí permanezcáis.

Mallick se preguntó si ella sentía agitarse el aire. Si sentía el aliento de los dioses sobre ella.

—Madre oscura, he aquí el caldero de muerte y de renacimiento, de aire, de tierra. Padre oscuro, he aquí la espada de protección, espada de sangre fuerte y afilada, si soy lo que has vaticinado, acepta la mía.

Cogió el athame, se hizo un corte en la palma y dejó que su sangre cayera en el caldero.

La luz estalló ante la mirada estupefacta de Mallick, bañando el altar, convirtiendo el círculo en luz solar.

—Sangre de vuestra sangre, sangre de mis venas se entremezclan aquí en una ofrenda. Mientras el año lentamente muere, vivos y muertos que temer mucho tienen. Tu luz, mi luz, la luz de aquellas almas pasadas y futuras, os pido ahora que os unáis a mí para luchar contra la oscuridad y nuestra marca dejar. Si vuestra hija soy, en mí habitad. Hágase vuestra voluntad. —Dejó la varita cuando se calló. Se agarró la trenza con una mano y se la cortó con el athame—. Y aquí os hago una promesa solemne. He aquí un símbolo de la niña convirtiéndose en guerrera.

Exhaló un profundo suspiro. La luz del caldero disminuyó hasta tornarse en un sereno resplandor. Las llamas de las velas que se habían alzado como antorchas volvieron a ser suaves destellos en la oscuridad.

Mallick, que aún sentía un hormigueo en la piel y tenía el corazón desbocado, se acercó a ella. Fallon se sobresaltó cuando le puso una mano en el hombro, como si hubiera despertado de un sueño o salido de un trance.

Y eso había hecho, pensó.

Ella le miró, con sus ojos oscuros y aturdidos.

—Estaba... en todas partes, por todo mi ser.

—Sí, lo sé.

—Al principio era lo que sabía por mi madre, o lo era en su mayoría. Pero luego... era solo lo que yo sabía y se hizo más y más fuerte. Me sentía un poco mareada.

—Ha sido mucho y de una vez. —Sin pensar, cogió el cáliz y se lo ofreció.

Ella bebió y la niña de trece años puso cara de asco.

—¿Qué es esto?

Mallick meneó la cabeza, divertido.

—Solo es vino. Un sorbito no te hará daño. Cerraremos el círculo y luego puedes comer, beber y descansar.

—Siento todo... —Se detuvo, contemplando con consternación y espanto la trenza que aún sujetaba en la mano—. Me he cortado el pelo.

—Sí.

—Me he cortado el pelo. ¿Por qué no me lo has impedido?

—Chica, no estoy seguro de que el poder de los dioses hubiera podido detenerte.

—Pero mi pelo...

—Volverá a crecer. ¿Puedes cerrar el círculo?

—Sí, puedo hacerlo.

Cuando terminó, Mallick calentó un poco de la sopa que habían cenado. Aunque ella solo comió unas pocas cucharadas, bebió agua como si fuera un camello.

—Has ofrecido tu sangre.

Fallon se miró la palma ilesa con el ceño fruncido.

—¿La has sanado tú?

—No. Si hubiera sabido tus intenciones, podría haber impedido que hicieras el sacrificio, el símbolo y su poder. Me habría equivocado. Tu ofrenda ha sido bien recibida.

Ella se tocó las puntas de su corto cabello.

—Imagino que sí.

—Has honrado a los dioses, has honrado a los antepasados y has hecho una promesa.

—Era como si fuera otra persona, pero no. Como si supiera lo que hacía, pero no.

—Puedo ayudarte a saber y lo haré. Has hecho una promesa. Has elegido..., ¿de una vez por todas?

Fallon jugueteó con la sopa.

—Supongo que elegí cuando deshice el equipaje. Tengo miedo.

—Serías estúpida si no lo tuvieras. Pero debes saber que esta noche lo has hecho bien. Y mañana blandirás la espada.

Se le iluminaron los ojos.

—¿En serio?

—Mañana. Por ahora, vete a la cama.

8

No durmió. Fallon esperó hasta estar segura de que Mallick se había acostado y después se escapó por la ventana. Aunque no se sentía obligada a buscar al lobo —tal y como había hecho la noche anterior, sin éxito—, necesitaba la oscuridad, el aire, el bosque.

Por agotado que estuviera su cuerpo, su espíritu permanecía en vela, en marcha, lleno de energía, como si tuviera su propia misión. Así que se escabulló entre las sombras, entre los imponentes árboles desnudos, entre los suspiros y los murmullos de la noche. A lo lejos, el resplandor de la hoguera del clan de duendes centelleaba contra la oscuridad. Habría un festín, juegos y bailes a la luz de la hoguera. Tal vez hubiera chicas de su edad con las que hablar.

Pero se alejó del resplandor y se mantuvo en la oscuridad. Esa noche estaba demasiado agitada para juegos y cosas de chicas, y esa inquietud palpitaba con la misma insistencia que los tambores tribales del campamento.

Música del corazón, de los árboles, de la tierra, los tambores, los espíritus que entraban y salían del fino velo... Todo se avivaba dentro de ella. Las criaturas de la noche, cazador y presa, reptaban y acechaban con ella entre aquellas sombras y, en lo alto, las esqueléticas ramas de los árboles crujían como los huesos de un anciano.

No tenía miedo, solo una profunda y acuciante necesidad de estar fuera, de buscar algo que aún no podía ver.

Alzó una mano, se la pasó por el cabello que terminaba a la altura de la nuca. Más corto que el de sus hermanos, pensó, todavía conmocionada por aquello.

Quizá el mismo conocimiento que la había impulsado a cortárselo la movía ahora a buscar en la noche. Deambuló hacia el claro de las hadas, pero descubrió que tampoco le apetecía. Inquieta, como si algo se deslizara arriba y abajo por su espalda, vagó sin rumbo y sin propósito.

Y quizá porque no iba tras el lobo, lo encontró.

Blanco como la nieve, estaba entre dos árboles. Sus ojos, de un audaz e intenso azul, la observaban. Alrededor del cuello llevaba el grueso collar de oro.

No podía afirmar que pareciera amistoso, pero Fallon razonó que Mallick no le habría encomendado la misión de encontrar a un lobo que pudiera devorarla.

Y había algo en la noche, en el sabor del aire en su lengua, en el regular pulso de poder que la había inundado durante el ritual, que la hacía sentirse temeraria.

—Saludos, Faol Ban. Ah, bendito seas. Soy Fallon Swift, hija de los Tuatha de Danann, alumna de Mallick el Hechicero. Te he estado buscando. —Dio un paso con cautela. El lobo mostró sus dientes—. Vale. Me quedaré aquí. —Metió las manos en los bolsillos y descubrió el trozo de pan de calabaza que había guardado ahí esa tarde. Lo había olvidado.

Lo sacó y lo levantó en alto para enseñárselo al lobo.

—Está muy rico. Lo he preparado esta mañana. No está tan bueno como el de mi madre, pero es la primera vez que lo preparo yo sola. ¿Lo quieres?

Vio que los ojos del lobo se desviaban hacia el pan que tenía en la mano y que acto seguido los clavaba de nuevo en los suyos.

Teniendo en cuenta que habían adiestrado a Jem y a Scout con galletas que su madre hacía con ese objetivo, le lanzó el pan.

A lo mejor podía hacer galletas de perro y llevarle algunas la próxima vez.

Faol Ban estudió el pan, lo olisqueó. Le dirigió otra fría mirada a Fallon y después enganchó el pan.

—Está rico, ¿verdad? Me parece que debería haber puesto más miel, pero está rico. En fin, Mallick cocina como el culo, así que yo lo intento.

Percibió, más que oyó, un movimiento a su espalda. Sacó el cuchillo y se giró para defender al lobo. Vio la sombra de un hombre.

Con el cuchillo en una mano y el poder emergiendo en la otra, se preparó para proteger al animal.

—Si intentas hacerle daño, yo te lo haré a ti primero.

—Jamás le haría daño al dios lobo ni a ti.

La silueta emergió de las sombras. A Fallon le tembló la mano con que sujetaba la empuñadura del cuchillo. El corazón le dio un vuelco.

—Te conozco —susurró.

—Y yo a ti. Tienes mis ojos y la boca de tu madre. Qué alta eres, qué fuerte, qué valiente y hermosa.

Su padre, su padre biológico, se acercó a ella. Parecía más alto de lo que se lo había imaginado y más delgado que en la foto del libro. Su cabello, negro como el suyo, se ondulaba en torno al rostro que había estudiado tantísimas veces.

—No estoy soñando. No me he acostado.

—No estás soñando —respondió Max—. Tú me has llamado.

—Yo...

—En tu corazón. El velo es delgado esta noche. Más fino aún con tu poder. Y tú me has hecho cruzar.

Con suma cautela, alargó una mano y descubrió que el brazo que tocaba era sólido.

—Eres real.

—Corpóreo durante un breve período de tiempo. ¿Me permites...? —Le acarició la mejilla con la mano. Esbozó una amplia sonrisa que se apoderó de sus labios, de su rostro, y que alcanzó sus ojos—. Aquí estás.

—Moriste por mí.

—Protegerte era mi derecho, mi propósito, mi alegría. Pasea conmigo mientras tengamos este rato. ¿Has sido feliz? ¿Has estado bien?

—Yo... Ella te quería. Mi madre.

—Mi dulce niña, lo sé. Y yo la quería a ella. Tuvimos muy poco tiempo para estar juntos, amarnos y aprender. Gran parte de ese tiempo, demasiado, estuvo cargado de miedo y violencia. Pero tuvimos más que eso; también disfrutamos del placer y de las risas. De los milagros y de la felicidad. Me enamoré de una guapa bruja que prefería comprar zapatos nuevos antes que practicar el arte de la magia y la vi convertirse en una mujer fuerte, valiente y poderosa. Tú fuiste parte de eso, fuiste el cambio que nos hizo mejores de lo que habíamos sido. Pero quiero saber de tu vida. Algunas cosas puedo verlas, otras no. Cuéntame tu recuerdo más feliz.

Las lágrimas le quemaban la garganta, la culpa le retorcía el corazón.

—Supongo que aprender a montar a caballo. La primera vez que me permitieron montar yo sola.

—¿Qué ocurre? —Max le volvió el rostro hacia él; había percibido las lágrimas en su voz—. No, no. ¿Crees que desaprobaría que tu padre te enseñara a montar a caballo? ¿O que le negaría a Lana un hombre con el que construir una vida?

—No lo sé. —Nunca lo había sabido.

—¿Cómo podría amarte y desaprobar todo lo que él es para ti y tú para él? Le estoy agradecido.

—Tú... ¿lo estás?

—Lo estoy, y desde luego él debería estarme agradecido a

mí. Yo te creé con tu madre, y con tu madre él te trajo al mundo. El amor no es algo finito, Fallon. Aunque no aceptes nada más de mí, acepta esto. —Le acariciaba el cabello mientras hablaba—. El amor no tiene fin, no conoce fronteras ni límites. Cuanto más das, más hay. Tu madre te puso mi nombre, Simon Swift te dio el suyo. Él es tu padre y yo soy tu padre. Yo diría que eso hace que seas afortunada.

—Eso es lo que dice mamá.

—Pues ahí lo tienes —dijo, sin más—. ¿Te extraña que la amara?

—Mi padre..., Simon..., está agradecido. Dice que fuiste un héroe, y que te debe a ti todo aquello que más le importa. Mamá y yo, y mis tres hermanos. Ojalá pudieras conocerlos. Eso es raro.

Él se echó a reír y le rodeó los hombros con el brazo mientras caminaban.

—El mundo está lleno de rarezas.

—Tú escribías sobre cosas raras. He leído tus libros. Mamá decía que estabas escribiendo otro cuando moriste y que tuvo que huir para protegernos a mí y a la gente de Nueva Esperanza. ¿De qué trataba?

—De amor y de magia, de la oscuridad y de la luz de ambos. De la guerra y de la bravura, y de la llegada de un salvador.

—Yo no sé liderar a la gente.

—Yo tampoco sabía. Habría preferido llevar una vida sencilla junto a tu madre. La sencillez parecía algo precioso tras el Juicio Final. Pero me necesitaban, y a ti también. Tal vez deseara una vida sencilla para ti, pero el mundo necesita más. Tú serás una líder, y lo harás bien. Lo creo con todo mi ser.

—El hombre de mi sueño decía que tenía que elegir. Lo hice.

—¿Qué hombre?

—No estoy segura. Creo que a lo mejor era el chico de adulto. A lo mejor.

—¿Y qué chico es ese?

—Me parece que es Duncan. De Nueva Esperanza. Le vi en otro sueño.

—¿El Duncan de Katie? Hum. —Muerto o no, Max sintió una punzada ante la idea de que su hija soñara con un chico.

—Él salvaba a personas de los guerreros de la pureza. Ellos son los que te mataron.

—Me mató mi hermano. Me mató la oscuridad que él eligió. Su sangre, mi sangre, la tuya. —Hizo una pausa, le asió la mano con firmeza y la miró a los ojos. Fallon sintió el vínculo y el poder de sus manos unidas—. La misma sangre, pero Eric le dio la espalda a la luz, al amor y a la lealtad —prosiguió—. Jamás confíes en él ni le subestimes, Fallon.

—Mamá piensa que está muerto. Cree que le mató a él y a esa mujer.

—Allegra. No conozco la respuesta. Incluso los muertos tenemos preguntas. Pero si está vivo, lo que lleva dentro hará todo el mal que le sea posible para acabar contigo. Él contaminó su sangre y todo lo que de él procede. Cuidado con él. Cuidado con los cuervos.

—Lo tendré. —Y en ese momento juró que, si aún seguía con vida, acabaría con él—. Mallick me va a enseñar a usar una espada.

—¡Santo Dios!

—No se puede luchar solo con magia. El rey hechicero tenía una espada.

Max rio con suavidad.

—La tenía. Cuéntame más cosas sobre tu vida, sobre tus hermanos.

Era alucinante. Era mágico pasear y charlar con el hombre que solo conocía por las historias, por una foto en un libro. Ahora había descubierto el sonido de su voz, su forma de moverse, las cosas que pensaba.

Ahora sabía por qué la noche la había llamado, por qué había despertado esa agitación dentro de ella. Había intentado llegar a él a través del velo; él lo había atravesado por ella.

Le llevó al claro de las hadas, donde se sentaron y hablaron mientras Taibhse descendía para posarse en una rama como un guardián y el lobo, que los había seguido mientras paseaban, permanecía en las sombras.

Cuando le pidió que le hablara de la huida de la gran ciudad y de todo lo que ocurrió después, él no censuró sus palabras, como sospechaba que hacía siempre su madre.

Habló con franqueza de los horrores y las penurias, de lo maravilloso y del peso de los sentimientos que su poder expandía. Y cuando habló de su hermano, de que intentó quitarle la vida a Eric, de que quiso matar a alguien de su propia familia, su voz traslucía una persistente tristeza y una fría determinación.

—Tuviste que elegir. —Fallon se acercó a él mientras hablaban—. Mi madre, yo y los demás a los que protegías.

—Sí, tuve que elegir, y no dudé de qué era lo correcto. Pero utilizar el don para hacer daño es una elección difícil, Fallon. Hacer daño a un familiar, a alguien que lleva tu misma sangre, es todavía más difícil.

Ella comprendió. Quería hacerlo. Intentó hacerlo. Pero...

—Estoy aquí porque tomaste esa decisión en las montañas y otra vez en Nueva Esperanza. Moriste porque tu hermano tomó su decisión.

—Como líder, te enfrentarás a decisiones difíciles.

—¿Deseaste no haberlo sido tú?

—En todo momento. —Volvió la cabeza y le rozó la sien con los labios—. Al final, somos quienes somos.

—¿Es lo que crees?

—Sí, lo es.

—Entonces, deberías dejar de sentir el más mínimo remordimiento por intentar matar a Eric. A final, él era lo que era.

Max dejó escapar media carcajada.

—Ahí me has pillado. Tienes razón.

—Cuéntame más sobre Nueva Esperanza. Mamá nos contó muchas cosas, y cuando encendíamos la radio de papá a veces escuchábamos las noticias.

—¿Arlys? ¿Arlys Reid?

—Sí, ella informa sobre los saqueadores, los guerreros de la pureza, los rescates y esas cosas. Y otras. Cambia mucho de frecuencia, por seguridad. Papá decía que seguramente podría arreglarlo para que mamá pudiera hablar con ella por radio, pero mamá no quiso.

—Le preocupaba.

—Sí, que descubrieran la granja, o que la utilizaran de alguna manera para volver a atacar Nueva Esperanza. Pero sé que era muy amiga de algunas de las personas de allí.

—Teníamos buenos amigos —convino—. Viajamos allí con Poe, Kim, Eddie y Joe desde las montañas, y con Flynn y su grupo desde el pueblecito de abajo.

—El chico con el lobo. —Miró hacia atrás y vio que el lobo blanco seguía en las sombras.

—Lupa. Y hubo más a lo largo del camino.

Pintó un retrato para ella, más detallado que el de su madre, y comenzó a ver también a su madre a través de los ojos de él. Joven, valiente, hermosa, aprendiendo a conducir, nerviosa por ser madre, plantando cara a un matón en la reunión de la ciudad.

Se quedó dormida con la cabeza apoyada en su hombro y su voz en la cabeza.

Y su voz la despertó.

—Fallon. Despierta, cielo, casi ha amanecido.

—¿Qué? Pero... me he quedado dormida. No era mi intención.

—Me has dado la oportunidad de abrazar a mi hija mientras duerme. Un regalo más. Vamos. Te acompañaré hasta donde pueda.

—No quiero que te vayas.

—¿Sabes una cosa? Cuando la gente que te quiere te dice que siempre estará contigo, es verdad.

—No es lo mismo —respondió mientras se ponía de pie con desgana.

—Lo sé, pero no por ello es menos cierto. ¿Qué vas a hacer hoy?

—Dar de comer a las gallinas y coger los huevos. Mallick suele ordeñar a la vaca. Después de desayunar, tenemos clase en el taller. Unas veces es aburrido y otras no. También tenemos que atender las plantas del invernadero. Y me dijo que hoy podía empezar a aprender el manejo de la espada.

—Pareces que lo estás deseando.

—Aprenderé con una espada elegida para la chica que soy. Pero una noche como la de mi nacimiento, de tormenta y relámpagos, una noche después de que sujete en mis manos el Libro de los Hechizos, después de que viaje al Pozo de la Luz, blandiré la espada y el escudo de la Elegida. De la hija de los Tuatha de Danann, la guerrera de la luz. Con ellos desafiaré a la oscuridad y no le daré cuartel. En ellos, mi poder y mi sangre correrán como el hielo y el fuego.

Sus ojos, que se habían tornado oscuros y fieros, parpadearon. Y la niña regresó.

—Te parecías a tu madre cuando tenía una visión.

—Me sentía diferente. Me sentía fuerte.

—Eres fuerte. —La besó en la frente—. Tengo que irme.

—Papá. —Lo rodeó con los brazos y lo estrechó con fuerza—. ¿Volveré a verte?

—Sé que lo harás. —La besó de nuevo y la apartó—. Somos quienes somos, Fallon. Veo quién eres y estoy muy orgulloso. Te quiero —dijo, internándose en las sombras mientras el sol comenzaba a asomar por las montañas del este.

—Te quiero, papá.

Mallick salió en tromba de la casa, furioso y bastante asustado. La chica no había dormido en su cama y no había ni rastro de ella. Por los dioses que cuando la encontrara iba a imponerle un buen castigo por la estupidez que había cometido.

Cuando se dirigió al establo con la intención de ensillar a su caballo, vio al búho blanco salir del bosque. Después emergió la chica. Y el lobo, el maldito lobo, que sin duda había pasado la noche buscando, se detuvo en los límites antes de regresar de nuevo a la espesura y marcharse.

La mano con la que agarraba la empuñadura de su espada, que se había colocado deprisa y corriendo, quedó laxa por el alivio, pero la ira se desbordó como un maremoto.

—¿Estás loca o simplemente eres estúpida? ¿Cómo se te ocurre deambular de noche sin permiso? Estaba a punto de realizar un hechizo de búsqueda con la esperanza de hallar tu cuerpo mutilado. Hay depredadores de cuatro patas y de dos que te considerarían un suculento bocado, niña. ¿Cómo se te ocurre saltar por la ventana y vagar sola por la noche?

—No estaba sola. Estaba con mi padre.

—Arriesgas tu vida por... —Su oído y su vista se impusieron a la ira. Sí, le pesaban los ojos, pero también los tenía húmedos y aturdidos—. ¿Tu padre? ¿Tu padre biológico?

—Me ha dicho que yo le he llamado con el corazón y que él ha venido. Ha atravesado el fino velo. Hemos paseado por el bosque y no hemos parado de hablar. Le he llevado a la tierra de las hadas y hemos charlado. Me he quedado dormida durante un ratito. Ojalá no lo hubiera hecho. Luego él ha tenido que irse.

—Te han otorgado un regalo.

—Lo sé. En realidad no estoy triste. —Pero empezó a llorar—. Es como mi padre. Como Simon. Quiero decir que es fuerte, valiente y bueno. Ha dicho que se alegraba de que tuviéramos a Simon, tanto mi madre como yo, y a mis hermanos, igual que papá dijo que le alegraba que mamá y yo tuviéramos a Max.

—Eres una chica afortunada.

—¿Sigues muy enfadado?

Aunque al hechicero le asombraba considerablemente que hubiera tenido el poder y la voluntad de traer a su progenitor al mundo de los vivos, el profesor tenía que mostrarse firme.

—Has traicionado mi confianza, o la confianza que creía que había entre nosotros.

—Lo siento. El lobo caza de noche y quería buscarle. Debería haber preguntado si podía, pero temía que me dijeras que no.

—¿Te has escapado antes?

—Sí. Pero esta vez di con Faol Ban. Todavía he de conseguir que venga a mí, pero le encontré anoche, antes de que viniera mi padre. Si tengo que ser una guerrera, debería poder ir al bosque por la noche.

—Todavía no eres una guerrera, y en mi mano está prohibirte la entrada en el bosque.

—Oh, pero...

—¿Tus padres te permitían deambular de noche tú sola?

Fallon agachó la cabeza.

—No. Pero ya tengo trece años, así que...

Mallick cruzó los brazos, ladeando la cabeza.

—Una edad estupenda si así lo deseas, pequeña si no.

Mallick no vio la expresión calculadora que apareció en los ojos de Fallon, que había agachado la vista.

—Tú me encomendaste la misión. Debería haberte dicho que tenía que seguir el rastro de noche y siento no haberlo hecho. Pero no puedo llevar a cabo la misión si no puedo rastrear al lobo.

—Eres una chica lista —farfulló.

Fallon mantuvo la cabeza gacha, pero levantó la mirada.

—Es toda la verdad. Yo lo siento y tú me encomendaste la misión. Él aceptó el pan que llevaba en el bolsillo, aunque todavía no de mi mano. Sé preparar las galletas que les gustan a nuestros perros. Si dispongo de tiempo, puedo conseguir que venga a mí y que me deje el collar.

Mallick evaluó la situación.

—Mick irá contigo.

—¿Mick? ¿Por qué...?

La interrumpió con una mirada fría.

—Mick conoce el bosque mucho mejor que tú. Y no falla con un arco.

—No necesito que un chico me...

—Su sexo no tiene ninguna importancia. Su habilidad, sí. Y estaría más dispuesto a dejarte rastrear de noche, solo dos horas, si vas acompañada. Esas son mis condiciones.

—Vale.

—Dame tu palabra, aquí y ahora, de que las respetarás.

—Las respetaré, tienes mi palabra.

—Muy bien. Puedes dormir una hora antes de las clases.

—La verdad es que no estoy cansada. Me siento realmente bien.

—En tal caso, aprovecha tu energía, encárgate de las gallinas y de la vaca antes de preparar el desayuno y trae más leña. Después irás al invernadero a coger lo que necesites para preparar sopa.

—¿Por qué me ocupo yo de todas las tareas?

—Un pequeño castigo a la medida del delito. Veremos si puedes ganarte la confianza de Faol Ban y recuperar la mía.

—¿Vas a enseñarme a manejar una espada? Tuve una visión sobre una espada, la que hay sobre la repisa de la chimenea y la espada y el escudo con los que lucho.

—¡Maldita chica! Has tardado mucho en contármelo.

—Estabas cabreado. —Y se dio cuenta de que lo seguía estando.

—Cuéntamelo ahora.

—Vale. —Cerró los ojos para recordar las palabras, si no la sensación, que la había recorrido y se lo contó—. Casi los sentía en mis manos. Es difícil de explicar, pero casi los sentía. La espada en la derecha; el escudo, en la izquierda. No puedo coger esa espada hasta que coja la que hay sobre la repisa de la chimenea y aprenda a manejarla.

—Sí, chica lista, y sí, a pesar de la picardía, no es menos cierto. Haz las tareas, y hazlas bien. Si quedo satisfecho, cogerás la espada elegida para enseñarte.

Mallick levantó la vista al cielo cuando Fallon soltó un pequeño grito de alegría. Pidió a todos sus dioses que le concedieran la fortaleza para bregar con la niña y preparar a la guerrera.

A pesar del hechizo que Mallick había lanzado sobre las espadas para evitar que laceraran la carne y provocaran heridas de sangre, Fallon acabó su primera clase magullada, dolorida y exultante.

Al atardecer, con el bolsillo lleno de galletas, fue a encontrarse con Mick, que la esperaba en la linde del bosque.

También se llevó su arco y su carcaj. Ya se vería quién era el arquero más certero.

—Hola. ¿De verdad encontraste a Faol Ban o solo te lo inventaste porque Mallick estaba cabreado contigo?

—Yo no me invento nada. Lo encontré y volveré a hacerlo.

—A lo mejor. Hay que estar mal de la cabeza para ir al bosque la noche de Samhain. Podría haber espíritus pululando por ahí, y no todos son amistosos. Además, a las hadas les gusta gastar bromas.

—Sé cuidarme yo solita. Tú solo estás aquí porque Mallick me ha obligado. Además, anoche conocí a mi padre.

—¿Al muerto? Te lo estás inventando... —Se encogió de hombros, trepó a un árbol y bajó de nuevo. La pluma de halcón que se había puesto en la trenza se agitó—. Me acabas de decir que no te inventas cosas, así que está guay. Yo nunca he hablado con un espíritu de verdad. ¿Cómo era?

—Era mi padre, mi padre biológico. Fue un regalo.

—Mi madre murió justo después de que yo naciera. Supongo que me gustaría hablar con ella.

Sabía lo que era sufrir y hacerse preguntas, así que se ablandó un poco.

—Puede que algún día lo hagas.

—Puede. Oye, te has cortado el pelo. ¿Por qué lo has hecho?

—Quería hacerlo. —O una parte de ella debió de querer hacerlo—. Me resultará más fácil luchar con el pelo corto. Si sigues hablando, nunca conseguiremos acercarnos al lobo.

Mick soltó un bufido.

—Puede oírnos respirar. No le encontrarás a menos que él quiera que lo hagas. Y ¿por qué va a querer si lo que tú quieres es robarle su collar?

—No voy a robárselo. Voy a tomarlo prestado..., con su permiso. —Percibió la sombra del búho pasar por encima de ella y esbozó una sonrisita—. No soy yo quien dispara flechas a los dioses búhos para robarles su manzana.

Mick se encogió de hombros, saltó tres metros hasta una rama, se lanzó haciendo una pirueta y aterrizó de pie con facilidad.

Si tenía que soportar su presencia, a lo mejor podía enseñarle a hacer cosas como esa, pensó Fallon. Después de que encontrara al lobo.

Cuando el animal apareció frente a ellos en el camino, Mick guardó un atípico y reverencial silencio.

Fallon cogió una de las galletas redondas que había preparado, se puso en cuclillas y se la ofreció.

—¡Vaya! Sí que es grande.

—Calla —le ordenó Fallon entre dientes.

—Nunca pensé que llegaría a verle de verdad.

—¡Cállate! No te muevas.

—Como si fuera a comerse esa galleta de tu mano. Es un puñetero dios.

—Es solo un chaval —le dijo Fallon a Faol Ban—. Y habla demasiado. Lo he preparado para ti. Es una ofrenda. ¿Puedes leerme el pensamiento, como yo te leo a ti, Faol Ban? ¿Puedes ver en mi corazón, en mi cabeza? Lo que soy respeta y honra lo que tú eres.

Le lanzó la galleta. El lobo la olisqueó, la cogió con los dientes y se marchó.

—Te lo he dicho.

—Ha aceptado la ofrenda —puntualizó Fallon—. No espero que coma de mi mano todavía. Eso lleva tiempo.

—¿Puedes leerle?

—Un poco. Es más fácil con los perros, los caballos y los gatos. Él es poderoso y no está listo para dejarme entrar. Llevará tiempo —repitió.

—¿Quieres seguirle el rastro?

—No —decidió—. Creo que es mejor que deje que él me busque cuando quiera hacerlo.

—Todavía nos quedan las dos horas casi enteras.

—No pasa nada. Puedes empezar a enseñarme a hacer piruetas en el aire y a trepar a un árbol.

—Tú no eres un duende.

—Eso no significa que no pueda hacerlo.

La rutina nocturna continuó siendo básicamente la misma durante dos semanas. Mick esperaba a que se reuniera con él y después hablaba demasiado. Faol Ban salía a su encuentro, cogía una galleta y se largaba.

Pero a Fallon le daba la sensación de que cada vez se quedaba un poco más. Y comenzó a observarla mientras practicaba las piruetas y volteretas desde las sombras, donde percibía su presencia.

Bien entrado noviembre, después de una fuerte helada que hizo que la tierra crujiera y que la niebla se levantara del agua del estanque, se reunió con Mick una estrellada noche de luna llena.

—Tendrás un millón de años antes de que deje que te acerques a menos de medio metro de él. Seguramente más. ¿Por qué no...? —Mick chasqueó los dedos—. Se supone que eres una bruja, que tienes poderes.

—Soy una bruja y tengo poderes. Lo que pasa es que va a llevar tiempo.

—Siempre dices eso. Podríamos engañarle.

—¿Es que no has aprendido nada de Taibhse? No se dejará engañar, e intentarlo es una falta de respeto. Taibhse me ofreció la manzana porque yo no le engañé y porque preferí sangrar antes de verle herido.

—Puedo dispararle una flecha y tú haces lo mismo.

Fallon se limitó a exhalar un suspiro.

—No le hagas caso —le dijo a Faol Ban cuando este se plantó en el camino—. Es un imbécil.

—Tú le traes galletas a un dios lobo cada noche, ¿y el imbécil soy yo?

Ofendido y empeñado en demostrar que tenía razón, Mick se abalanzó. Fallon le tiró hacia atrás con solo agitar la mano.

—No es su intención hacer daño. —Esa vez se arrodilló en lugar de acuclillarse—. Soy Fallon Swift, hija de los Tuatha Danann. Soy de la luz y de la espada, soy del bosque y del claro, del valle y de la montaña, de la gran ciudad y de la humilde cabaña. Soy todo lo que vino antes de mí, todo lo que viene después. Del mismo modo que estoy ligada al Taibhse, el dios búho... —Levantó el brazo y dobló el codo. Taibhse bajó con suavidad hasta posarse en ella—. Me ligaré a ti. —Cogió una galleta—. Es una pequeñez, una pequeña ofrenda, pero está hecho con mis manos para complacerte. ¿Me honrarás y lo aceptarás?

Faol Ban la miró a los ojos y Fallon sintió que se colaba en su interior. Una prueba de su coraje y su espíritu, pensó.

Entonces se acercó a ella hasta que quedaron cara a cara. Y cogió la ofrenda de su mano. Sin apartar los ojos de los suyos, posó la mano en su cabeza y acarició su sedoso pelaje.

—No puedo coger el collar. No lo haré. Es tuyo. ¿Me acompañarás y te mostrarás ante Mallick para que él vea que he realizado la segunda misión?

Mick le dio a Fallon con el dedo en la espalda cuando se levantó.

—¿Puedo tocarle?

—Yo no lo haría —respondió ella, concisa—. No después de haber hablado de dispararle una flecha.

—A él no. Yo nunca... Ha comido de tu mano. Ha dejado que le toques.

Fallon miró hacia atrás y vio asombro y un cierto temor en el rostro de Mick.

—Soy la misma persona que antes. Esta noche tengo que saltarme las prácticas. Tengo que contárselo a Mallick.

—¿Crees que Faol Ban irá contigo?

—Es su decisión, pero tengo que contárselo a Mallick de todas formas.

Mick la acompañó hasta la linde del bosque, sin mucho que decir.

—Podríamos vernos por la tarde para practicar más. —Le lanzó una mirada pícara—. A menos que ahora me tengas miedo.

—Yo no te tengo miedo. La próxima vez que me ataques, te la devolveré.

Fallon se encogió de hombros ante sus palabras y entró en el claro.

Mallick salió de la casa, como si lo supiera, y la vio acercarse con el búho en el brazo y el lobo a su lado bajo la luz de la luna llena.

9

La iniciación al manejo de la espada dejaba a Fallon bastante magullada y maltrecha, pero llena de determinación. Su tercera y última misión la dejó desconcertada.

Discutió al respecto mientras trabajaba para rechazar y esquivar los embates y envites de Mallick.

—Pero ya tengo un caballo. Tengo una yegua magnífica. ¿Para qué tengo que buscar a otro?

Terminó otra vez con el culo en el suelo y, una vez más, el brusco contacto con la dura y helada tierra hizo que la maltratada zona volviera a arderle.

—Equilibrio, chica. Manejar una espada requiere algo más que fuerza y atacar. Equilibrio.

—Ya, ya, ya. —Se levantó, con el culo y el brazo con el que sujetaba la espada doloridos, y probó de nuevo—. ¿Y una silla de oro? Menuda tontería. Sería demasiado pesada, demasiado rígida.

—Si piensas eso, no es necesario que busques.

—Quiero un cuarto de baño, así que... —Y aterrizó sobre el trasero de nuevo, con la punta encantada de la espada de Mallick sobre su abdomen esta vez.

—Destripada.

—Tu espada es más larga que la mía. Tus brazos también.

—¿Crees que solo vas a luchar con los que tienen tu mismo tamaño?

Se apartó y le indicó que se levantara.

—Yo solo lo digo. —Consiguió rechazar el ataque y permanecer de pie—. De todas formas, voy a buscar el caballo y la silla, pero no necesito un caballo ni una silla. —Rechazó un segundo ataque con éxito—. ¿Qué hago con ellos si el caballo viene conmigo igual que Taibhse y Faol Ban?

—Puede que esa sea una pregunta para cuando los encuentres, si los encuentras.

—Claro que los encontraré.

Llena de confianza cuando volvió a esquivar un tercer ataque con éxito, trató de atacar por debajo de la guardia de Mallick.

Él rechazó el golpe, fintó y le golpeó en el dolorido trasero con la hoja plana. Esta vez cayó de cabeza.

—¡Mierda!

—Habrá momentos en los que lucharás en medio de innumerables distracciones y, en ese caso, si no te centras en tu oponente, fallarás. Aparta la misión de tu cabeza, aparta de tu mente todo salvo tu espada, mi espada, mi cuerpo, tu cuerpo. Mis ojos. Y aprende.

Fallon se esforzó por concentrarse, y aun así terminó de culo, de rodillas, de morros en la tierra. A menudo con un miembro cercenado, la garganta degollada o alguna otra parte ensartada.

Al final de la clase, el brazo con el que sujetaba la espada le dolía y el culo le ardía como el fuego del infierno.

Mientras el otoño daba paso al invierno, Fallon practicó, y aunque Mallick solía ser parco con los cumplidos, sabía que mejoraba. A fin de fortalecer la parte superior de su cuerpo empezaba cada mañana haciendo flexiones, como le había enseñado su padre, y terminaba cada sesión practicando algo de yoga, que tanto le gustaba a su madre, para intentar incrementar su flexibilidad y su equilibrio.

Para aumentar la dificultad, trepaba a los árboles —estaba mejorando— y practicaba asanas de yoga sobre una rama en busca de equilibrio y concentración. Además, aquello resultaba divertido, y se imaginó haciendo reír a sus hermanos cuando hiciera la postura del árbol.

Sería un árbol en un árbol.

Levantaba cubos de agua para hacer flexiones de bíceps y hombros hasta que los músculos le temblaban, doloridos.

Cuando estaba completamente segura de que nadie la veía, bailaba con la esperanza de mejorar su juego de piernas.

Estudiaba a los dioses, las historias, las tradiciones y la magia; practicaba con Mick y registraba el bosque en busca de un caballo blanco conocido como Laoch y su silla de oro.

Realizó el ritual de Yule con Mallick, encendió las hogueras y las velas, para representar el regreso de la luz después de la noche más oscura del solsticio de invierno. Hizo y colgó la guirnalda, el símbolo de la Rueda del Año.

Aunque deseaba tener una visión, poder ver una noche a su madre, como había ocurrido con Max, solo sintió vibraciones de poder, oyó solo las voces de los dioses.

Cuando el ritual concluyó, dejaron un poco de pastel para los pájaros y vertieron del vino en el suelo para las diosas.

Su primera Navidad fuera de casa hizo que le doliera el corazón tanto como cuando se marchó a caballo de la granja. Ni siquiera el árbol de Yule que Mallick le había permitido elegir, iluminar y decorar le levantó el ánimo.

Pero la Rueda del Año continuó girando y pasó al siguiente.

Enero trajo nieve y placas de hielo en el riachuelo, que brillaban a la luz del sol. Trajo frías partidas de caza en busca de presas y del escurridizo caballo blanco que Mallick afirmaba que era un magnífico semental de dos metros de alto que no permitiría que ningún jinete lo montara.

Trajo noches demasiado largas y con demasiado tiempo para soñar con cuervos volando en círculo, con tormentas fraguándose. Con un círculo de piedras surgiendo de la niebla y con cosas que se deslizaban en la oscuridad.

Mientras el invierto se apoderaba del mundo de Fallon con su glacial puño, la comunidad de Nueva Esperanza retiraba nieve con palas. Cazaban y recogían verduras de sus invernaderos. La cocina comunitaria que Lana había montado hacía años producía enormes ollas de sopa, barras de pan, tartas, mantequilla y quesos caseros.

Los niños iban al colegio a aprender conocimientos académicos y prácticos. La Academia de Magia Max Fallon ayudaba a los niños con habilidades a aprender control, respeto e integración.

Ahora que la comunidad ascendía a más de quinientas personas, la seguridad dentro y fuera era algo esencial. Tenían un alcalde debidamente elegido y un concejo municipal, además de un pequeño cuerpo de policía y uno de bomberos.

Habían transcurrido más de catorce años desde que el primer grupo de supervivientes se detuviera allí, y Nueva Esperanza se había convertido en la comunidad imaginada por sus fundadores.

Ninguno de los que había sobrevivido al Juicio Final, al viaje o a la Masacre del 4 de julio olvidaba hasta qué punto era vital proteger a la comunidad y lo delgada que era la línea entre la luz y la oscuridad.

Katie Parsoni había sobrevivido a todo ello y sabía mejor que la mayoría lo delgada que era esa línea. No solo había perdido a sus padres, sino que además sabía que su padre, aunque no fuera culpa suya, había desatado el virus que los mató a él, a su madre, a su marido y a toda su familia, salvo a los gemelos que entonces todavía llevaba en su vientre, y que se había pro-

171

pagado para acabar con las vidas de miles de millones de personas.

Una plaga que había derribado ciudades y gobiernos, y que había liberado la magia que habitaba en ambos lados de esa delgada línea.

Ella había sobrevivido, y con la bondad, la compasión y los actos heroicos de dos personas había traído a este turbulento mundo a dos niños y acogido a otro bebé huérfano como propio.

Se había preguntado por qué sus preciosos gemelos tenían poderes mágicos si ni ella ni su padre los tenían, pero con el tiempo había visto niños de padres no mágicos derrochar dones, y otros nacidos de progenitores con magia que no mostraban habilidad alguna.

Se transmitía a través de la sangre y los huesos, de eso estaba segura, pero no siempre provenía de los padres. Creía que los magníficos poderes de Duncan y de Antonia, al igual que los ojos de su hija, eran de su padre, el abuelo de los gemelos. Un hombre bueno que no sabía lo que corría por su sangre ni que la oscuridad al otro lado le utilizaría para sembrar la destrucción.

Se preocupaba, pues los poderes de sus hijos los convertían en objetivos fuera de los límites de Nueva Esperanza. Objetivos de los sanguinarios guerreros de la pureza; objetivos, según los rumores, de fuerzas secretas dentro del gobierno asediado y fracturado que deseaban reclutar y adiestrar o simplemente capturar a aquellos que poseían poderes.

Y con sus poderes, sus habilidades y su valentía, ni siquiera su madre podía retenerlos dentro de esos límites.

En el antiguo mundo, sus tres hijos le habrían causado pesar por otras muchas cosas. Los deberes, enfados de adolescentes y actos de rebeldía. No era que no le hubiera tocado lidiar con algo de eso, pero en el viejo mundo no tendría que enfrentarse a que sus pequeños participaran en grupos de búsqueda, partidas de caza o de rescate.

Su hijo de catorce años no conduciría una moto ni por asomo, y todavía se daba de tortas por haberlo permitido. En el viejo mundo, sus gemelos jamás habrían recibido formación en combate, y mucho menos estarían lo bastante avanzados como para adiestrar a otros.

Su dulce Hannah debería estar suspirando por los chicos o poniendo la música demasiado alta en vez de coser heridas y arreglar huesos rotos en la clínica de la comunidad.

La oscuridad les había robado la infancia a los tres. Les había robado a todos.

Sin embargo, había cosas positivas, se recordó mientras se vestía. Amistades tan sólidas, tan fuertes e inestimables como los diamantes. Formar parte de la construcción de algo bueno y unido.

Y el amor, inesperado, dulce y fugaz, que había llegado a ella gracias a un hombre, a un buen hombre, que había enseñado historia, que había abrazado a sus hijos y aligerado su carga.

Cuando Austin murió en una misión de recolección, había vuelto a llorar por la muerte de alguien. Pero el tiempo aliviaba la pena y tenía el consuelo de los recuerdos.

Sobre todo, se aferraba a la alegría de ver a sus hijos crecer y convertirse en personas inteligentes, valientes y de inquebrantable lealtad.

Necesitaba creer que lo que ella había ayudado a construir allí para ellos aguantaría, que los ampararía a todos. De modo que tenía trabajo que hacer.

Bajó las escaleras de la casa donde había criado a sus hijos y reparó en que el fuego estaba ya encendido en el salón.

Encontró a Duncan en la cocina, no solo vestido, sino preparándose para salir.

—Hola. —Le dedicó una deslumbrante sonrisa, pero sus ojos de madre captaron una pequeña punzada de remordimiento en los de él—. Buenos días. Iba a dejarte una nota.

—¿De veras?

—Sí. Sale una partida de exploración por la mañana. Dije que iría con Flynn y con Eddie.

—Es día de clase.

Él puso los ojos en blanco, tan verdes como los de ella.

—Mamá. —Y, que Dios la ayudara, oyó su propia voz hablándole a su madre con catorce años—. Estoy al día, y lo sabes. A estas alturas, ayudo a dar la mitad de las clases y hoy no me necesitan. En fin, Tonia acompañará a Will, Micha y Suzanne en una partida de caza.

—Pensaba preguntar primero. —Tonia entró y le lanzó a su hermano una mirada furiosa.

—Sí, claro.

—Iba a hacerlo.

Katie se tiró de su rizado cabello castaño y después levantó ambas manos a modo de advertencia.

—Nadie va a ninguna parte hasta que haya desayunado. ¿Se ha levantado Hannah?

—Sí. —Tonia, alta y delgada, con su negro cabello recogido en lo que Katie consideraba ya su trenza de cazadora, abrió la nevera para coger la jarra de zumo de verduras que preparaba su madre con una antigua batidora—. Enseguida baja.

—Hannah va a hacer media jornada —explicó Duncan, siempre dispuesto a arrojar a cualquiera de sus dos hermanas a los leones—. Luego irá a la clínica.

—Eso se llama servicio comunitario y forma parte de la educación —le recordó Katie.

—Igual que exploración y caza. —Esbozó una nueva sonrisa al ver que ella suspiraba—. Solo te lo recuerdo. Si vamos a desayunar primero, ¿puedo tomar tostadas francesas? —Se acercó a Katie y la rodeó con el brazo—. Haces las mejores.

Era encantador cuando se lo proponía, pensó. Y todavía le costaba trabajo aceptar que tenía que levantar la cabeza para mirarle. Ocurría lo mismo con Tonia, aunque no tanto. Solo con Hannah estaba a la misma altura, a menudo tanto a nivel metafórico como literal.

—Quítate el abrigo.

—Sí, señora alcaldesa.

Katie meneó la cabeza. El trabajo de alcaldesa era otra cosa más de la que la había convencido. A pesar de todo, pensaba que se le daba bien. Sacó huevos, una jarra de leche y sus inestimables provisiones de azúcar y canela.

Nada de sirope —qué tiempos aquellos—, pero los niños se limitaban a servirse cantidades ingentes de compota de manzana y comían como caballos.

—¿Tostadas francesas? ¡Qué ricas! —Hannah entró, con su brillante y bonito cabello castaño dorado, sus ojos castaño oscuro y una curvilínea figura que Katie sabía que ya había atraído sobre su pequeña las furtivas miraditas de los chicos adolescentes.

Aunque Hannah no mostraba demasiado interés... aún. Estaba centrada en la clínica y en aprender todo lo que podía de Rachel, la médica de la ciudad, y de Jonah, el paramédico, marido de Rachel y el héroe que había traído al mundo a los gemelos en los terribles días del Juicio Final.

Mientras cocinaba, Katie escuchaba los ruidos que hacían sus hijos detrás de ella. Se daban codazos unos a otros, lo que no le parecía mal. Que se dieran codazos, que se desahogaran. Cuando llegara el momento de la verdad, se apoyarían los unos a los otros. Siempre lo habían hecho y siempre lo harían, pensó.

Duncan enganchó la primera tostada del plato y se la zampó de pie antes de que Katie pudiera impedirlo.

—Siéntate como una persona. Hannah, ¿vas a trabajar en la clínica hasta tarde?

—Si te parece bien. Rachel me dijo que agradecería mi ayuda. Ray está haciendo las visitas a domicilio y Carly podría dar a luz cualquier día de estos, así que solo se ocupa del papeleo.

Vickie y Wayne hoy están en la clínica dental, por lo que en la clínica médica andan cortos de personal.

—Se avecina tormenta —anunció Tonia como si tal cosa—. Para la noche. Va a nevar.

Duncan asintió mientras se servía más tostadas en su plato y se ponía compota.

—Podrían caer hasta treinta centímetros, y trae viento.

Ellos lo sabían, pensó Katie. Formaba parte de sus dones.

—Llevará tiempo retirar la nieve —prosiguió Tonia—. Así que las partidas de caza y de exploración hoy son tan importantes como las clínicas.

Katie captó el guiño de Duncan a su hermana mientras comía.

Y se dio por vencida.

—Tú no conduces. —Apuntó a su hijo con un dedo.

—Mamá. Venga ya. Yo...

—No es negociable. Eddie o Flynn se ocuparán de conducir. Ya ha nevado, y es de esperar que las carreteras fuera de Nueva Esperanza sean peligrosas. Tú no tienes experiencia conduciendo en estas condiciones.

—¿Cómo voy a tenerla?

—No vas a empezar hoy. ¿Han solicitado Eddie o Flynn la ración de combustible?

—Claro que lo han hecho. A lo mejor traemos un poco cuando volvamos. Todavía quedan muchos coches ahí afuera. Conseguiremos lo que podamos.

—Deberíais llevaros comida por si acaso...

—Eddie va a llevar provisiones de la cocina comunitaria. No deberíamos necesitarlas, pero las llevaremos por si acaso. Esto estaba buenísimo; gracias, mamá. Tengo que irme.

Se levantó y cogió su abrigo.

—Necesitas guantes y...

—Lo tengo todo en los bolsillos. —Se acercó a ella para darle un abrazo. Después añadió, dándole un achuchón más—: No te preocupes tanto.

—Es mi trabajo. Mi primer trabajo. Mi mejor trabajo.

Sabía que Duncan cogería la espada y el arco del cuarto de la colada, y le consoló que supiera manejar esas armas y todas las demás que llevaba en su interior.

—Vaya forma de librarte de fregar los platos. Yo tampoco podré hacerlo —añadió Tonia— o llegaré tarde.

—Adelante. No te separes de los demás.

—No lo haré. —Le dio un beso en la mejilla a su madre—. Ambos volveremos antes de la cena. Que tengas buen día, Hannah.

—Tú también. Yo me ocupo de los platos, mamá. Me queda casi una hora para ir a clase. Y ellos regresarán antes de la cena. Hoy toca noche de espaguetis, ¿no?

Eso hizo reír a Katie.

—Sí, hoy toca espaguetis. Tienes razón. No se lo perderán. Te quiero, Hannah.

—Yo también te quiero.

Habían tenido que madurar demasiado rápido, pensó Katie mientras se ponía sus botas; un muy preciado par de UGG que Duncan le había traído hacía tres años. Con once años ya registraba casas, coches abandonados y centros comerciales saqueados.

Demasiado rápido.

Se puso la parka que había conseguido tras un reñido trueque y que llevaba poniéndose en invierno desde hacía más de una década, y el gorro y la bufanda que Hannah —la única de la familia que se molestaba en tejer— le había hecho para Navidad.

Cogió su maletín, uno viejo y maltrecho que le había pasado el primer alcalde de Nueva Esperanza, y salió de la casa que había acabado amando para ir a un trabajo del que esperaba ser digna.

En otra vida había sido la hija pequeña y única chica de una familia unida, nacida y criada en Brooklyn y felizmente casada con su amor de la universidad. Trabajaba en la empresa de marketing de su familia y sus planes eran convertirse en madre y ama de casa y dedicarse por entero a la maternidad cuando Tony y ella se enteraron de que estaba embarazada de gemelos.

Quizá, solo quizá, ayudara a MacLeod y MacLeod de vez en cuando, pero se había imaginado llevando a sus hijos al parque, organizando tardes de juegos, documentando las primeras veces de sus niños en bonitos libros de bebés, en álbumes de fotos y en vídeos.

Junto con su madre y su suegra, había equipado y decorado el cuarto de los niños. Y se consideraba la mujer más afortunada del mundo.

Entonces ese mundo se desplomó. Perdió a su padre y a su madre con una diferencia de horas, luego a su hermano, a su marido y al resto de su familia. En las semanas posteriores, sola, presa de la pena y aterrada, había luchado para sobrevivir por los niños que llevaba en su vientre.

Acabó creyendo que había sobrevivido gracias a las vidas que albergaba en su interior.

En esos momentos recorría la acera de una comunidad construida por supervivientes y basada en la esperanza. El humo salía de las chimeneas hacia un cielo de un crudo y claro azul invernal. No veía ni rastro de la tormenta que se aproximaba, pero no dudaba de la predicción de los gemelos.

Si Tonia le daba un paraguas un día soleado, Katie lo cogía.

Se encaminó hacia el centro de la ciudad, pasando de largo la casa donde su excompañera de cuarto, médica del lugar y mentora de Hannah, vivía con su marido —el héroe de Katie— y sus hijos.

Y ahí estaba la casa donde Arlys y Will vivían con su familia.

Recordó que Lana y Max habían vivido allí en otra época, con Poe, Kim y Eddie, en apartamentos anexos.

Ahora Poe y Kim tenían una casa a una manzana de la calle principal y dos hijos propios. Y la dulce y extraña pareja formada por Eddie y Fred tenían su pequeña granja a las afueras de Nueva Esperanza.

Y Fred, la alegre e infatigable hada, estaba esperando su cuarto hijo.

¿Se preocupaba Fred cuando Eddie salía a explorar, como ese día? Los saqueadores todavía circulaban por ahí, los guerreros de la pureza cazaban y las facciones más radicales lanzaban sus redes. Había mucho por lo que preocuparse fuera de Nueva Esperanza. Y no poco por lo que inquietarse dentro.

Parecía un lugar en calma, pacífico, parecido a cualquier localidad pequeña en un libro de historia. Vio el cartel de ABIERTO en Trastos Viejos, la tienda de abastecimiento que llevaba Bill Anderson; el de CERRADO estaba aún puesto en Cortar, Teñir y Rizar, la minúscula barbería y salón de belleza creado por una esteticista, un barbero y una bruja.

La bocatería se había convertido en la comisaría de policía de la comunidad. El jefe de policía, Will, hijo de Bill Anderson, dirigiría la partida de caza de esa mañana. Los ayudantes incluían a un antiguo policía, a un cambiante y a un duende.

Un trabajo a tiempo parcial en el caso del duende, ya que Aaron también trabajaba como instructor en la academia.

Equilibrio, pensó. Eso formaba parte del plan, era un elemento esencial del proyecto redactado hacía años en el salón de su casa. Una combinación de los seres mágicos y no mágicos en todos los aspectos, para crear una sensación de unidad.

La mayoría de las veces funcionaba.

En catorce años, solo cinco personas habían sido condenadas a la pena máxima de la comunidad. El destierro.

Había formado parte del jurado en dos de las cinco ocasiones, y rezaba con todas sus fuerzas para no tener que volver a hacerlo.

Se detuvo a ver la carrera de un zorro, una furtiva estela rojiza entre la nieve. Después, cruzó la tranquila calle hasta el viejo edificio, que en una época fue una casa, después una inmobiliaria, y que ahora albergaba el ayuntamiento.

Entró y encendió una sola luz. El ahorro de electricidad seguía figurando en las ordenanzas municipales.

La alcaldesa entró en su despacho, que había elegido por la vista de la calle principal desde la ventana, se sentó a su mesa, abrió el maletín y se puso a trabajar.

La responsable de urbanismo y el secretario del ayuntamiento llegaron al cabo de una hora cargados con sus agendas.

Tenía informes por leer sobre el ordenador portátil adaptado que su jefe de informática y comunicaciones había montado para ella. Sin Chuck, sin duda necesitarían pregoneros. O señales de humo.

Solicitudes de suministros, presentadas por diversas entidades comunitarias. Los colegios, la cocina, los huertos, las clínicas.

Informes de basuras, informes eléctricos y solicitudes para llevar la electricidad a áreas fuera de la actual red de suministro.

El colegio, un antiguo almacén de muebles que abarcaba desde el jardín de infancia hasta el instituto, necesitaba modernizarse y, como siempre, más suministros. En esos momentos asistían cincuenta y ocho niños, pero habría más. El concejo municipal se reuniría, discutiría, debatiría y encontraría la manera, decidió.

La responsable de urbanismo, una mujer llena de energía de setenta años, llamó a la puerta de Katie con los nudillos.

—¿Tienes un minuto?

—Claro. ¿Qué necesitas, Marlene?

—Lo que necesitamos todos. Una buena taza de café y chocolate.

—¿Por qué me torturas?

Con una espontánea carcajada, Marlene entró con sus ajadas botas Timberland y se sentó en uno de los sillones de orejas que Will y Jonah habían traído para ella cuando ocupó el despacho.

—Este es el asunto. Fred, Selina, Kevin y algunos otros piensan que esta vez pueden conseguirlo. Creen saber qué salió mal la otra vez.

No era la primera vez que Katie oía ese mismo sonsonete.

—Intentar recrear un clima tropical en un espacio acotado dentro de un clima de la zona central de la costa atlántica... ¿Qué podría ir mal? Oh, sí. —Katie se golpeó la sien con un dedo, como si acabara de recordar—. Varios tornados.

—Muy pequeños —replicó Marlene con una sonrisa—. Y daños mínimos.

—Perdimos seis árboles.

—Más leña.

—Uno cayó sobre el garaje de Holden Masterson y empezó a arder.

—Un incendio minúsculo, que Kevin apagó enseguida. Y Holden no necesitaba ese garaje. Han resuelto los problemas con el hechizo.

Katie levantó la vista al techo.

—Problemas.

—Querida, no sé más de hechizos y de todo eso que tú, pero a Fred le apasiona la idea.

—Fred está embarazada, con las hormonas revolucionadas y quiere chocolate.

—Puede que sea eso. Yo no estoy embarazada y hace mucho que las hormonas no son un problema. Quiero un poco de chocolate, joder. Más aún. Quiero limones, naranjas, plátanos... y no esos canijos que se cultivan en el invernadero. Caña de azúcar. Pimienta, más de la que el grupo trajo del sur. Medicamentos —prosiguió Marlene, enumerando los artículos con los dedos—. Nuestros herbolarios y los expertos en holística están a favor.

Kim presidía el grupo holístico y, en opinión de Katie, no había nadie más sensato. Pero a pesar de eso... Tornados.

—Fred dice que si pueden hacer eso, pueden recrear otros climas, Katie. Podríamos encontrar la forma de extraer sal para que en vez de tener que enviar a la gente cada vez más lejos en busca de esos artículos de necesidad básica, los generemos nosotros mismos.

El tema de la sal escocía. Había sido una prioridad fundamental en la lista de búsqueda cuando Austin murió.

Pero como alcaldesa tenía que dejar eso a un lado y ocuparse del presente.

—Hablaré del asunto con el concejo municipal. Lo haré, pero te digo que Fred y su grupo tendrán que intervenir y presentar el caso. Presentar un muy buen caso.

—Se lo diré. Y debería avisarte de que creen que tienen un arma secreta. Los gemelos.

—¿Mis hijos?

—Fred los llamó «amplificadores de potencia». Cree que tienen suficiente, pero afirma que con Duncan y Tonia tendrán más posibilidades de conseguir que funcione.

—¿Les ha comentado algo a ellos?

—Sabes que no lo haría sin hablar antes contigo. Ella también es madre.

—Vale, de acuerdo. —Katie se presionó los ojos con los dedos—. Necesito procesarlo y tengo que hablar con el concejo. Después hablaremos con Fred y con su grupo de magos meteorológicos. Por Dios.

—Tú querías el puesto, alcaldesa.

—¿Lo quería? —Lanzó otra mirada melancólica al techo—. No me imagino por qué.

—¿Qué te parece si le pido a LeRoy que te prepare un poco de su té energético? No es una buena taza de café, pero... Hola, Arlys.

—Hola, Marlene. ¿Tendría LeRoy suficiente para dos tazas de ese té?

—No veo por qué no. —Se levantó—. Toma asiento.

—Lo haré, gracias. ¿Tienes tiempo para mí? —le preguntó Arlys a Katie.

—¿Qué cargo representas?

Arlys sonrió.

—Todos.

—Es una lástima, porque tienes un pelo fabuloso.

—Carlotta es un genio. —Arlys se ahuecó su corto y liso cabello, que ahora tenía algunos sutiles reflejos en tono bronce—. Además, Fred apareció mientras estaba allí.

Katie exhaló un suspiro.

—Así que estás al tanto del Proyecto Trópicos.

—Pues sí, pero no voy a informar de nada al respecto. Todavía.

—Te lo agradezco. —Hizo una pausa cuando Marlene regresó con dos humeantes jarras—. Y lo mismo te digo a ti, Marlene.

—Un placer. ¿Quieres que cierre la puerta?

—¿Queremos? —le preguntó Katie a Arlys.

—Si no te importa.

—No hay problema. —Marlene salió y cerró la puerta.

Arlys no perdió tiempo.

—Chuck ha pirateado una comunicación de los guerreros de la pureza. Están planeando un asalto masivo.

—¿Dónde?

—En un asentamiento de sobrenaturales en el Parque Nacional de Shenandoah. Por lo que sabe, han creado una especie de comunidad allí. Pacífica. La inteligencia de los guerreros dice que hay entre treinta y cuarenta y que no poseen armas.

—¿Qué? ¿No tienen armas?

Arlys se inclinó hacia delante.

—Han hecho una especie de voto. No queda claro en el comunicado, pero es algo sobre que está prohibido el uso de armas y de magia.

—¿Te refieres a que están prohibidos para hacer daño? Es el principio básico; no dañar, ni siquiera ante un ataque, ni para proteger, solo defender.

—No se usa la magia y punto. Asumo que es una secta religiosa y estoy tratando de verificarlo. En ese caso, estarán indefensos. Los guerreros se están movilizando y planean entrar pasado mañana. Van a rodear la comunidad y a borrarla del mapa.

—¿Puede hablar nuestra gente con ellos?, ¿advertirles?

—Podemos intentarlo, pero Chuck no cree que sirva de nada. No contraatacarán. Entre los treinta o cuarenta hay unos doce niños, incluyendo bebés.

—Vale. —Katie exhaló y se presionó las sienes con los dedos—. Háblalo con Jonah. Necesitaremos a Will y Eddie en cuanto regresen. Chuck debe intentar localizar la ubicación de la comunidad a partir de su información, y después necesitamos a uno de los sobrenaturales que se le dé bien la proyección astral. A mis hijos no —añadió antes de que Arlys pudiera articular palabra. Acto seguido se levantó de la mesa y empezó a pasearse—. Y no porque quiera protegerlos, sino porque son críos. Para transmitir algo tan importante, para convencer a esa gente de que se muden, se escondan o luchen, necesitamos a un adulto.

—Coincido contigo. En todo. Chuck ya está hablando con Jonah y creer tener la ubicación bien localizada.

Katie miró por la ventana y observó a uno de sus vecinos con un niño pequeño y un cachorro sujeto con una correa.

—Me pregunto si esto terminará alguna vez. Si terminará sin más. Vamos a enviar a personas a luchar por otras personas que no van a luchar por sí mismas.

—Debo decir que eso mismo es lo que van a decidir Will, Jonah y Maggie, como jefes de nuestras fuerzas de movilización.

—Duncan y Tonia irán. —Eso le encogía el estómago—. No podré impedírselo. Podría intentarlo, imponer la ley, pero solo pospondría lo inevitable. Este es el mundo en el que viven. El mundo al que les traje. Al que tú has traído a tus hijos. Los tuyos son muy pequeños aún, pero...

—No lo serán por mucho tiempo. Theo tiene once años y Cybil, nueve. Y mi hija muestra unas habilidades más fuertes cada día. ¿De dónde le vienen? Yo creo que es por parte de su padre.

Katie se volvió con una pequeña sonrisa.

—Es igualita a ti.

—¿Tú crees? Bueno, salvo por las alas. —Arlys se levantó y se acercó para que Katie y ella pudieran contemplar juntas la ciudad—. Hemos construido algo bueno aquí. Hemos hecho algo que importa. No podemos parar ahora. Mientras construyamos, mientras contraataquemos, estamos ganando. Y hay que creer que algún día el mundo... solo estará tan jodido como lo estaba antes.

En vez de reír, Katie acercó la cabeza hacia Arlys.

—Duncan sueña con una chica. Una mujer.

—¿Qué chico de catorce años no lo hace?

Se echó a reír.

—A mí no me lo cuenta, pero se lo dice a Tonia, ella se lo cuenta a Hannah y esta me lo cuenta a mí. Una mujer alta y delgada de cabello negro y ojos grises. Hermosa. A veces aparece bañada en luz. Otras, lucha codo con codo con él en la oscuridad, en la tormenta. Arlys, ¿crees que es la hija de Lana? ¿La hija de Lana y de Max? La salvadora de la que hablaban algunos de los sobrenaturales... La Elegida.

—Me acuerdo mucho de Lana. —La echaba de menos todos los días—. Recuerdo el horrible día en que murió Max. En que tantos murieron. Cuando Lana huyó para proteger a su bebé e intentar protegernos a nosotros. Y tengo que creer que llegó a algún puerto seguro y que tuvo a su bebé. Fred está convencida de que la hija de Lana es la respuesta.

—Debe de ser más joven que mis hijos —añadió Katie, y se apartó de la ventana—. Pero lo primero es lo primero. En cuanto regresen todos, haremos una reunión y encontraremos la mejor manera de salvar a un grupo de sobrenaturales pacifistas. Pongamos a las ocho para estar seguros.

Arlys asintió.

—Buscaré canguro.

10

Un brujo devoto y un tanto fanático fundó la comunidad a la que llamó simplemente Paz. Creía con todo su ser que la paz era la respuesta a todo.

Javier Martinez, otrora un inmigrante sin papeles que había trabajado en los campos de algodón de Texas, transportado cemento en Nuevo México y recogido y empaquetado coliflor en Arizona, dedicaba la vida que creía que Dios le había salvado a la paz.

Sus habilidades despertaron el día en que la mujer a la que amaba murió de una terrible enfermedad que el demonio había propagado sobre el mundo. Tenía veintiséis años. El miedo y la pena brotaron de sus dedos en forma de rayos, y esos rayos prendieron fuego a la casa en la que había vivido con Rosa y otras tres personas, que también se estaban muriendo.

Solo él logró escapar, con los dedos en llamas y el alma en carne viva. En su locura, había asolado con sus rayos campos, edificios e incluso a personas.

Todo ardió.

Pero él sobrevivió.

Vagó por el desierto, con la piel quemada y cubierta de ampollas bajo el implacable sol. Y continuó, hablando entre balbuceos a los demonios que solo él podía ver, al humo y a los cuervos que volaban en círculo. Durante un tiempo pasó hambre, las costillas se le marcaban en su piel quemada. Sació su hambre con los cuerpos quemados de las ratas y conejos que aniquilaba.

Durante meses robó lo que podía, ahogó su dolor y su rabia en el alcohol. Y sembró más fuego en medio de una vorágine de embriaguez.

Clamaba con furia a los muertos que se encontraba.

Sobrevivió. Más tarde creería con toda su alma que el Altísimo le había protegido, que se había apiadado de él, que le había puesto a prueba. ¿Cómo si no había sabido cuándo esconderse, cuando las partidas de saqueadores metían a gente en camiones? ¿Cuántas veces había oído los gritos de los condenados como él, capturados por los guerreros de la pureza?

Pero a él nunca lo encontraron. Ni en un año, ni en dos, ni en tres. Ni en todos los kilómetros que recorrió a pie por el desierto y por el bosque, en autopistas repletas de coches y cadáveres.

Entonces tuvo una visión.

Mientras los temblores y una fuerte tos asolaban su cuerpo una cruda noche de invierno en lo que quedaba de un pequeño supermercado en la I-70, a las afueras de Topeka, Rosa fue a verle.

Su preciosa Rosa, con su suave cabello y sus ojos amables, posó en él las manos en la oscuridad, en mitad de aquel frío, y le hizo entrar en calor.

El alivio, el dulce alivio del intenso y corrosivo frío, hizo que las lágrimas le anegaran los ojos.

En medio de esas lágrimas reconoció lo que era, lo que siempre había sido. Un ángel, un heraldo del Altísimo, con blancas y luminosas alas.

¡Levántate, levántate! Purifícate en cuerpo y alma. Líbrate

del demonio que llevas dentro, pues solo entonces cumplirás con tu importante destino. Levántate, pues tú eres el Electo, le dijo.

Tendió las manos hacia ella y Rosa se las asió. Sumido en su delirio, Martinez luchó para ponerse en pie.

El demonio es astuto. Debes cerrar los ojos y los oídos a él. Púrgate. Recházalos a él y a su poder, pues si lo liberas, te consumirá y todo se perderá. Ponte en marcha. Ponte en marcha y adoctrina al mundo. Ve y reúne al rebaño de los condenados. Purifícalos, úngelos, llévales la paz. Llévalos al valle, muéstrales la cima de la montaña, aislaos de la maldad del hombre y del demonio para que el día del Juicio Final seáis puros, le advirtió Rosa.

Lágrimas abrasadoras brotaron de sus enrojecidos ojos.

—Quédate conmigo, Rosa. —Tenía la voz entrecortada; las palabras eran como cuchillas en su garganta—. Muéstrame el camino.

Encontrarás la manera cuando estés purificado, cuando seas puro. Yo te protegeré, igual que he hecho durante las terribles pruebas que has superado. Arrepiéntete y serás salvado. Sálvate y salva a todos.

Enfermo de cuerpo y de mente, Javier Martinez salió dando tumbos para purificarse con la nieve, bajo la fría y blanca mirada de la media luna.

Y así inició su nuevo viaje.

Hizo ayuno, buscó unos guantes con los que cubrirse los dedos malditos por el demonio. Se enfureció y rezó mientras continuaba caminando, cojeando y con los pies congelados. Febril, delirando, tropezó con un pequeño asentamiento. Las luces le cegaron, las sombras se movían a su alrededor. Cuando caía inconsciente, oía a Rosa de nuevo.

Arrepiéntete y serás salvado. Sálvate y salva a todos.

Estuvo varios días entre la vida y la muerte, incluso con los cuidados de una sanadora. El cabello encanecido le caía en torno al rostro, que la enfermedad y el hambre había afinado, hasta el punto de hacerle parecer un profeta.

Pero sobrevivió.

En las semanas siguientes recobró las fuerzas y se le despejó la mente. Con amabilidad y delicadeza, le explicó a la sanadora que le había salvado con sus habilidades que sus poderes eran impíos, la instó a arrepentirse y sintió pena cuando ella se negó a rechazar a su demonio.

Predicó con esa misma delicadeza a todo el que quiso escucharle y a muchos que no. Cuando se sintió fuerte de nuevo, caminó entre ellos, como un hombre delgado de ojos penetrantes que hablaba de un mundo sin armas, sin muerte, un mundo de paz y de oración.

De un valle bendecido y una cima sagrada, donde aquellos que le seguían vivirían para siempre.

Cuando se marchó del asentamiento, dos personas lo acompañaron.

Al llegar a Tennessee tenía doce apóstoles, y creó los mandamientos que los ángeles le comunicaban en sueños.

Solo los infectados por demonios que se arrepientan podrán entrar en la tierra sagrada.

Ningún fiel poseerá ni utilizará armas de ninguna clase. Se santificará todo cuchillo empleado para recoger raíces o preparar la comida.

Ningún fiel consumirá carne animal ni utilizará parte alguna de un ser vivo.

Lo que es de uno es de todos.

Las mujeres, a partir de los doce años, cumplirán con su sagrado deber y tratarán de concebir para así sembrar la tierra de fieles.

Nadie levantará la mano ni asestará un golpe llevado por la ira.

Aquel que utilice el poder del demonio será desterrado de la tierra sagrada.

Cuando caminó hacia el este (sus ángeles prohibían el uso de cualquier vehículo de motor), su rebaño mermaba y aumentaba. De los treinta fieles que descansaron durante dos semanas cerca de Shelbyville para atender un parto, solo dieciocho escaparon al ataque de una partida de exploradores de los saqueadores.

Los que quedaron atrás, vivos o muertos, habían pasado a mejor vida, explicó Javier. El sacrificio exigido por el Altísimo era que los demás prosiguieran su camino.

Algunos murieron de enfermedad o al dar a luz. Otros huyeron en la noche. Otros más se les unieron simplemente porque se sentían más seguros cuantos más fueran, aunque la mayoría de ellos se marcharon.

Un verde día de primavera, tres años después de su redención, condujo a su rebaño de veintitrés personas a la cima de la montaña.

Y allí, con su cabello gris al viento, su bronceado rostro lleno de luz, los ojos amables y enloquecidos, abrió sus brazos al valle que había más abajo.

—Viviremos en este valle sagrado —les dijo—. En este remanso de tierra sagrada rendiremos culto. Y con nuestras plegarias y nuestra fe, el mundo será purificado, lo mismo que nosotros seremos purificados y nos haremos dignos para la venida del Altísimo.

Tardaron días en llegar al valle, donde el río que lo atravesaba rebosaba por las lluvias primaverales. Hicieron hogueras y montaron sus tiendas.

Las mujeres, pues sus manos y sus corazones eran más puros, prepararon la comida a base de bayas y avena. Los hombres, pues sus espaldas eran más fuertes y sus mentes más agudas, recogieron piedras, ramas y barro para construir refugios más resistentes.

Allí, en ese pacífico valle, un devoto demente creó su versión de la paz.

Ocho años más tarde, Duncan se acuclilló en la tierra cubierta de nieve. Caía la noche, gris y tenue, y bajo esa luz estudió la comunidad.

—No hay defensas. Nada —le dijo asombrado a Will—. No hay guardas, no hay puestos de vigilancia. Por Dios, Suzanne intentó advertirles y la ignoraron, la sermonearon. No le hicieron caso, así que ahora el enemigo podría establecerse en una de esas crestas y liquidarlos como a moscas.

Will asintió y cambió de posición ligeramente mientras sus oscuros ojos azules escudriñaban la cresta.

—Imagino que pondrán a alguien allí para cargarse a los que huyan. Querrán capturar a todos los que puedan. Las ejecuciones son un gran espectáculo.

Eddie gruñó junto a ellos. Su cabello pajizo escapaba del negro gorro de esquí que Fred le había tejido.

—Menuda feria ambulante tienen aquí montada, tío. Carecen de defensas, y por si eso no fuera suficiente, ¿quién acampa en un lugar del que no hay salida? Consigues llegar al río, y después, ¿qué? No puedes cruzarlo a nado en esta época. Podría matarte igual que una bala. Ese lado de la montaña está bloqueado. Vale, te diriges al bosque y ¿hasta dónde llegas? Ninguno de ellos lleva unas botas como es debido. Y, ¿qué me decís de esas túnicas tan raras, tíos?

Flynn, con una parte fuera y otra dentro de un árbol, posó la mano en la cabeza de su lobo.

—Les preguntaremos por su ropa después de que salvemos sus píos culos. Starr y yo podemos acercarnos desde aquí.

Starr, callada como un muerto, salió de un árbol y se limitó a asentir. Si podía decir algo con solo dos palabras, no usaba tres.

—Steve y Connor intervienen desde ese punto. —Flynn señaló hacia un grupo de árboles en el que esperaban otros, incluyendo los dos duendes.

—Muy bien. —Will cambió de posición—. Avisémosles.

Eso era fácil de hacer, ya que los duendes podían comunicarse mentalmente.

—Y que Maggie lleve a su grupo a lo alto de esa cresta. Cualquier guerrero de la pureza que haya subido hay que eliminarlo en silencio. ¿Eddie?

—Colega.

—Lleva a tu equipo al extremo sur con el de Jonah. Los guerreros no tardarán en llegar.

—Ya vienen. —Flynn, alto y delgado como un galgo inglés, ladeó la cabeza y entornó sus verdes y agudos ojos—. Oigo el ruido de los motores.

—Oídos de duende —comentó Eddie.

—¿Dirección?

—Sudeste. Están a unos cuatrocientos metros. —Flynn miró hacia Starr para pedir confirmación y después levantó una mano—. Se han detenido.

—Vienen a pie, para que la sorpresa sea mayor. A vuestros puestos —ordenó Will—. Embosquemos a los que nos tienden la emboscada.

Cuando se colocaron en posición, Duncan vio que los objetivos se congregaban. Salieron de las tiendas y de lo que parecían chozas de barro y ramas, ataviados con esas raras túnicas y su extraño calzado, y se colocaron en círculo alrededor de la hoguera central.

Los niños también, según pudo comprobar. Los más pequeños transportados en portabebés.

Nadie habló. Cuando uno de los bebés lloró, la mujer que lo llevaba se sacó el pecho y se lo ofreció.

Entonces reinó el silencio, solo el viento se deslizaba entre los árboles mientras quienes formaban el círculo, incluso los niños, se cubrían con las capuchas y agachaban la cabeza.

Presas fáciles, pensó. Hasta el último de ellos. El viento levantaba algunas de las túnicas, dejando a la vista las piernas desnudas. Tenían que estar congelándose.

De una de las chozas salió un hombre, con el pelo largo y gris agitándose al viento. Se colocó en el centro del círculo y levantó los brazos en alto.

—Somos los Electos.

—Seamos dignos —respondió el círculo.

—Todos hemos sido pecadores.

—Nos arrepentimos.

—¿Rechazáis al diablo que lleváis dentro?

—Le rechazamos a él y a todos sus demonios.

—¿Aceptáis al Altísimo?

—Lo aceptamos. Y rogamos su aceptación.

Durante el intercambio, Duncan se acercó hasta quedar hombro con hombro con Tonia.

—Si las hadas no consiguen sacar a todos los niños, tendremos que bloquearles el paso o conducirlos hacia el bosque, donde podamos recogerlos después —susurró.

—Hay tres mujeres con bebés. Si no podemos liberarlas, al menos sacaremos a los bebés.

Se fijó en que dos eran casi recién nacidos y otro más o menos de un año.

—Estoy de acuerdo.

—¿Duncan? Son una panda de lunáticos.

—Oh, sí, pero eso no significa que merezcan que los masacren.

—No, pero aunque esta noche les salvemos el pellejo, e incluso consigamos sacarlos de aquí sanos y salvos, van a volver. Porque son unos lunáticos.

Duncan se encogió de hombros a pesar de que estaba de

acuerdo con ella. Esa noche era esa noche. Mañana sería lo que tuviera que ser. Además, no había que subestimar la oportunidad de enfrentarse con un escuadrón de los guerreros de la pureza y derrotarlo.

Anhelaba la batalla.

Will levantó una mano, y después siete dedos antes de señalar a la cima.

Un informe de los duendes, pensó Duncan. Siete guerreros subían a la cumbre. Luego señaló hacia la posición de Eddie y mostró diez dedos dos veces. Veinte se dirigían hacia el sur del campamento. Quince, confirmó Duncan, leyendo la siguiente señal, avanzaban rumbo al oeste; su posición. Y otros ocho moviéndose hacia el este.

Con un equipo de seis desplegándose por el bosque; un equipo de limpieza, concluyó Duncan.

Los duendes resultaban muy útiles y eran mucho más silenciosos que los walkie-talkie.

Oyó un movimiento, el crujido de una rama al romperse, mientras el grupo en torno a la hoguera continuaba con la letanía sobre ángeles y demonios. Tocó la rodilla de su hermana con una mano.

—¿Lista?

—Oh, sí.

Se movió con la rapidez y el silencio de una serpiente, se levantó y giró para ocultarse detrás de un árbol. Colocó una flecha en su arco. Duncan agarró la empuñadura de su espada y apoyó el peso en las almohadillas de las plantas de los pies.

—Cima asegurada —murmuró Will—. Encended las luces.

Duncan levantó el brazo libre en el aire y convirtió la noche en mediodía, lo que cegó a cualquier enemigo que llevara gafas de visión nocturna. Entonces comenzaron los gritos.

Algunos en el círculo se limitaron a arrodillarse, tal vez pensando que la luz era una señal de su Altísimo, dedujo Duncan. Otros se dispersaron.

Comenzó el fuego y los guerreros de la pureza entraron en tromba.

Había oído el dicho que hablaba de llevar una navaja a un tiroteo, pero Duncan consideraba la espada algo muy diferente. Además, una pistola no servía de mucho cuando la mano que la sostenía estaba cercenada.

El hombre al que había herido profirió un alarido mientras empezaba a sangrar. La certera puntería de la flecha de Tonia liquidó a otro, y Will a unos cuantos más mientras devolvía el fuego.

Duncan embistió con la espada y, al mismo tiempo, arrojó una oleada de energía que hizo que dos hombres y una mujer salieran despedidos por el aire. Percibió un movimiento a su izquierda y se giró para bloquear un ataque. Menos mal, pensó más tarde, pues oyó una bala pasar silbando junto a su cabeza.

Tenían escopetas, con los cartuchos cargados con trozos de metal. La metralla acribillaba árboles, chozas y el suelo. Ignoró el pinchazo que sintió en la cadera y proyectó sus poderes hacia el arma. Mientras se derretía, el tirador gritó y la soltó.

Uno de los duendes se lanzó desde una roca y derribó al tirador.

Se desató el caos. En medio del torbellino, uno de los sanadores se apresuró a arrastrar a los heridos para ponerlos a salvo. Las hadas arriesgaron su vida para descender y llevarse a los niños lejos de la metralla que volaba por todas partes. Duncan luchó con la determinación con la que había sido adiestrado. Repele al enemigo. Protege al inocente y a tu gente.

Entonces, vio con espanto que tres de los guerreros habían atravesado el flanco norte. Y uno tenía un lanzallamas. Luchó contra otro agresor, al que hirió y derramó su sangre antes de poder girar y correr hacia terreno despejado.

No lo bastante rápido, no lo suficiente para impedir que la mujer que gritaba con júbilo envolviera en llamas a uno de los hombres arrodillados.

El terrible y agudo alarido, el horripilante crepitar de la carne silenció los disparos, los gritos, las sibilantes flechas.

Duncan no pensó, y los años de adiestramiento desaparecieron, aplastados por sus botas al marchar. Con un grito salvaje, arremetió contra los tres, sin apenas recurrir a sus poderes, solo lo suficiente como para bloquear a tiempo la llama que se abatió sobre él.

Su espada parecía viva en su mano mientras la blandía, y con ese horror, con la rabia que lo consumía, asestó profundos tajos a los compañeros de la mujer. No vio la navaja, no la habría visto en la vorágine de ciega ira antes de que le destripara.

Pero la vio caer de la mano de un cuarto hombre que se disponía a atacarle por la espalda cuando fue derribado, abatido por una flecha en el corazón.

Después, todo pareció detenerse. Algunos gritos apagados en la lejanía, llamadas a los sanadores. Duncan permanecía de pie, con el fuego reflejándose en su rostro y el espantoso olor a carne quemada que lo impregnaba todo. Y con cuatro personas muertas a sus pies.

Oyó a Will gritar órdenes para realizar una búsqueda, tanto de enemigos como de objetivos, y se quedó ahí, con el peso de la espada ensangrentada en su mano.

Tonia se acercó a él.

—Vamos.

—Me he dejado llevar. —Todavía se sentía un poco perdido.

—Sí, me he dado cuenta.

Duncan miró al hombre muerto, atravesado por la flecha.

—Gracias por cubrirme las espaldas.

—Mamá se cabrearía si llegara a casa sin ti.

Se limpió con el antebrazo el sudor, la sangre y sabía Dios qué más de la cara y se volvió hacia ella.

—Oye, estás sangrando.

Tonia hizo una mueca mientras se miraba los bíceps.

—Sí, me ha alcanzado algo de metralla. Duele un huevo.

—A mí me lo vas a contar. Yo también. —Se señaló la cadera—. Yo te curo a ti y tú a mí. Y jamás se lo contaremos a mamá.

Tonia enarcó las cejas y puso los ojos en blanco.

—Verá el agujero en tus pantalones, en mi chaqueta y en la camisa.

—Cierto. Ya nos preocuparemos de eso más tarde.

Puso la mano en su brazo y ella colocó la suya en la cadera de Duncan. Mientras se miraban a los ojos, fusionaron el calor y el frío para sanar.

Cuando llegó Will, Duncan supo por la expresión de su cara que iba a llevarse una bronca.

—Estás solo en esto —farfulló Tonia.

—¿Qué coño te pasa, Duncan? No necesitamos héroes muertos, joder. ¿Sales corriendo, sin que nadie te cubra, tres contra uno?

—Es que...

—Es que nada —espetó Will.

—Le prendieron fuego. Estaba arrodillado ahí y ellos le prendieron fuego.

—Así que arriesgaste tu vida por un hombre muerto. Hemos cumplido con nuestra misión aquí sin una sola baja en nuestro bando. Habríamos tenido una si tu hermana no hubiera andado lo bastante rápida para acabar con el que estaba a punto de apuñalarte en el hígado porque tú estabas demasiado ocupado jugando al samurái como para darte cuenta.

—Vale, ya lo pillo. —Pero una parte de él no creía que se hubiera equivocado—. Lo siento.

—No basta con un «lo siento». Por Dios, he de confiar en que te atengas al adiestramiento, en que todos lo hagáis. Y, lo que es aún peor, ¿qué le diría a tu madre? —Will hizo una pausa y se frotó la cara con las manos.

Duncan imaginaba que todavía le quedaba un buen chaparrón por delante, pero Eddie se acercó cojeando y captó la atención de Will.

—¿Estás herido?

—Bueno, acabo de darme un golpe en la rodilla. Rachel me puede curar. Pero, Will, he visto a Kurt Rove. Estaba con ellos.

—¿Rove? ¿Estás seguro?

En los ojos de Will surgió algo que fusionó la fría ira y una pena candente.

—Conozco a ese cabrón, Will. Está más mayor y un poco más gordo, pero conozco a ese cabrón. El puñetero cobarde estaba huyendo. Confieso que he abandonado mi puesto para ir tras él. Ha sido entonces cuando me he golpeado la puta rodilla. No he podido atraparle, Will. Se me ha escapado.

—Vale, vale. Ahora sabemos a ciencia cierta que sigue vivo. Lo cogeremos, Eddie. Algún día lo cogeremos.

Duncan quería preguntar por qué Eddie recibía el visto bueno cuando había dejado su puesto y él se había tragado un buen rapapolvo. Pero sabía quién era Kurt Rove. Sabía que había formado parte de la Masacre del 4 de julio.

—Vamos —dijo Will, con una mano en el hombro de Eddie—. Llevemos a esta gente a Nueva Esperanza. Y a los que no quieran venir..., en fin, les daremos algunos víveres. Vámonos a casa.

—Entendido.

Duncan esperó hasta que se hubo alejado para evitar que Will se acordara de terminar el rapapolvo.

—No se lo va a contar a mamá —le aseguró Tonia—. Puede que te amenace con hacerlo para asustarte, pero no lo hará, porque eso la asustaría. —Esperó un momento—. A mí también me has asustado, pero sé por qué lo has hecho. Lo llevamos dentro. Will no puede entenderlo. Mamá tampoco, porque está dentro de nosotros. Proviene del don. Qué sé yo, simplemente es así. —Exhaló una bocanada de aire, que se alejó en forma de pequeña nubecilla—. Ayudemos a recoger y volvamos a casa. Este rescate no me ha producido..., no sé..., ese subidón que suelo sentir.

—Ya somos dos. Sí, recojamos y regresemos.

Cuando se volvía para marcharse con ella, captó un movimiento por el rabillo del ojo. Su espada volvió a su mano como un rayo. La chica que se ocultaba detrás de la choza se encogió y gimoteó. En sus ojos azules como los acianos brillaban lágrimas de miedo.

Duncan suspiró y enfundó la espada.

—No te haremos daño. Ahora estás a salvo.

Pero ella meneó la cabeza y se hizo un ovillo.

—Tienes que venir con nosotros. —Tonia intentó imitar el tono serio de su madre—. Te llevaremos a un lugar seguro y caliente.

—Las mujeres no deben abandonar jamás el valle sagrado.

Duncan calculó que era de su edad, o tal vez un poco más joven. No creía que pudiera considerársela una mujer, pero lo dejó estar.

—Esto ya no es seguro. Los guerreros de la pureza lo conocen y puede que regresen. ¿Cómo te llamas?

—Yo..., Petra.

—Escucha, Petra. ¿Están aquí tu madre o tu padre? Te ayudaremos a buscarlos.

—Mi madre murió al darme a luz porque estoy maldita. Mi... mi padre...

Señaló hacia el cuerpo carbonizado en la tierra.

—Lo siento. —Tonia se puso en cuclillas—. Lo siento mucho. Tienes que venir con nosotros. Aquí ya no te queda nada.

—Javier el Bendecido dice...

—Él no está aquí. —Agotada su paciencia, Duncan señaló con la mano los muertos, la sangre, la destrucción—. ¿Tú le ves?

—Se lo han llevado.

—¿Quiénes? —exigió Tonia.

—La gente que ha venido a profanar el valle sagrado. Los he visto llevárselo.

—Así que no está aquí —concluyó Duncan—. Tampoco hay nadie más ahora mismo. De modo que tienes que venir con nosotros.

—Es un buen lugar —añadió Tonia—. Vamos a un buen lugar.

—¿Tierra sagrada?

—Es un buen lugar —repitió y le ofreció la mano—. También nos llevaremos a algunas de las personas de aquí. A todo el que quiera venir. Tendrás comida y cobijo. —Y una ducha, pensó Tonia, porque la necesitaba con urgencia—. Nadie te hará daño.

Cuando la chica asió la mano de Tonia y se levantó, Duncan reparó en que era de la misma altura que su hermana. Tenía el cabello recogido en una larga trenza sin ningún lustre, de un rubio sucio. Muy sucio.

La túnica —más bien un saco, pensó— parecía elaborada con una especie de material tejido. Lo mismo que los inservibles zapatos que le llegaban a los tobillos.

Pero la chica se fue en silencio con Tonia, así que pensó que el problema estaba resuelto. Decidió quedarse rezagado —su propia medida disciplinaria por haber abandonado su puesto— y ayudar a incinerar a los muertos, ya que la tierra estaba demasiado dura para enterrarlos.

Una vez hubieron acomodado a aquellos miembros de la secta de Javier que accedieron a irse con ellos —once menores, incluyendo los bebés, y tres adultos—, Eddie puso rumbo a casa.

No le necesitaban en la clínica, donde Rachel, Jonah, el resto del personal médico y los sanadores se ocuparían de los heridos. Le pediría que le echara un vistazo a la rodilla por la mañana. Solo quería irse a casa.

Tampoco le necesitaban en la cocina, donde los voluntarios preparaban la comida para la gente que habían traído. Ni que repartiera ropa o suministros, ni que los llevara a la casa que otros voluntarios habían preparado para tal fin.

Quería a Fred. Quería a Joe. Quería ver a sus hijos, que estarían durmiendo. Tan solo quería verlos.

Entró en la casa que Fred había convertido en un hogar feliz y repleto de color. Subió la escalera. Primero fue a echar un vistazo a la habitación de las niñas. Rainbow, la mayor, estaba acurrucada bajo una manta multicolor, con un gato, un cachorro y una sonrisa en la cara.

Angel, la menor, dormía despatarrada sobre la cama, prácticamente enterrada por su colección de peluches.

Fue al cuarto de su hijo. Max. Su hijo mediano, llamado así por un amigo fallecido, dormía con otro cachorro y su camión favorito, y aun dormido parecía preparado para hacer travesuras.

Le escocían los ojos.

Jamás en toda su vida imaginó amar algo o a alguien del modo que amaba a sus hijos. ¿Los tendría a ellos, tendría a Fred, que era quien iluminaba su maldito mundo, tendría esa vida si no fuera por Max y por Lana?

Se encaminó a la habitación donde sabía que Fred la esperaba despierta. La encontró sentada en la cama, con su gloriosa mata de rizos rojos y el vientre abultado por su cuarto hijo mientras tejía una manta de ganchillo para su nuevo retoño.

En el suelo, acurrucado en la alfombra con otro cachorro, Joe meneó el rabo a modo de recibimiento.

—Te he oído llegar. —Fred dejó la manta a un lado—. Bryar me avisó hace un par de horas de que todos estabais bien. —Su sonrisa se esfumó—. Pero no pareces estar bien. Voy a prepararte algo de comer.

—No. No te levantes. —La disuadió con un gesto, entró y se sentó en un lado de la cama, que había traído de una casa abandonada a noventa kilómetros porque sabía que a ella le gustaría el dosel—. No tengo hambre.

—Cojeas.

—Me he golpeado la rodilla.

—¿Rachel o...?

—Mañana, ¿vale? Necesitaba estar en casa. Alguien me echará un vistazo mañana.

—Te traeré un poco de hielo para que...

—No pasa nada, estoy bien.

Fred cambió de posición, para acurrucarse ella y el bebé contra él.

—¿Qué ha pasado? ¿Qué ocurre?

—No ha sido agradable. Esa gente, rezando en círculo sin más. Niños también, y no tienen ni ropa ni calzado decente. Están flacos, sucios y... Creo que deben de estar todos locos.

—Supongo que la gente tiene formas diferentes de sobrellevar las cosas. Incluso las personas que están locas.

—Teníamos un buen plan, un buen posicionamiento, y ha funcionado. Ha funcionado en su mayoría. Los muy cabrones han cogido a unos diez de ellos y han matado a más, pero tenemos a todos los niños. Algunos son bebés. Tan solo unos bebés. —Posó la mano sobre su vientre en busca de consuelo—. Ha habido algunos heridos, pero nada demasiado grave. Todos han sido atendidos, y Rachel terminará el trabajo. Algunos de los chiflados se dispersaron y los exploradores no los han encontrado, ni tampoco sus cadáveres, así que... Algunos no han querido venir, y no podemos obligarles. Pero hemos traído a catorce, que ya es algo.

—¿Qué sucede, Eddie? Tienes que contármelo.

—Estoy en ello. —Le agarró la mano con fuerza—. He visto a Rove. Al cabrón de Kurt Rove. Le he visto disparar a uno de los chiflados, a una mujer. Le ha disparado por la espalda. Después echó a correr porque nos los estábamos cargando. Les estábamos aniquilando y ellos huían como los cobardes que son. He ido tras él. He abandonado mi puesto y he ido a por él. Pero no he visto una puñetera raíz. No la he visto porque lo único en lo que podía pensar era en ese hijo de puta de Rove. Me he golpeado la rodilla y se me ha escapado.

»No he podido atraparle, Fred. No he podido atraparle por Max. No he podido atraparle por Max y por Lana. No he podido atraparle.

Fred le rodeó con sus brazos y le sostuvo mientras lloraba.

VISIONES

Quien mira hacia fuera, sueña;
quien mira hacia dentro, despierta.

Carl Jung

11

Tres días más tarde, una de las mujeres que habían salvado se marchó a escondidas de la ciudad con su bebé y dos de los niños. El hombre soltero que había venido con los salvadores huyó con una bolsa de provisiones, dejando atrás a una niña de cinco años que había afirmado que era su hija.

Rachel estaba sentada en su despacho leyendo los informes de los que se habían quedado.

Malnutrición, congelación, tiña, impétigo, mala dentadura —la clínica odontológica estaría ocupada—, infección renal. Dos chicas de no más de catorce años estaban embarazadas. Un caso de neumonía doble, varias fracturas antiguas que habían soldado mal. Diversas heridas —mordeduras de animales o desgarraduras— mal cosidas.

Y eso no era nada comparado con los problemas mentales y emocionales.

Se recostó contra el respaldo, se quitó las gafas que había empezado a usar hacía un par de años y se frotó los ojos. Tenía la densa mata de cabello rizado recogido y, dado que hacía que se sintiera mejor tras varios días de prisas constantes, se había aplicado un poco del maquillaje orgánico que Fred le había regalado.

Jonah entró y se sentó en su mesa. Le dio una jarra.

—Finge que es café solo.

—Ojalá pudiera olvidar a qué sabía eso. Un buen café tostado francés, con granos recién molidos.

En su lugar, bebió un poco de infusión de equinácea.

—Fred está empeñada en que vamos a tener granos de café.

Rachel exhaló un suspiro.

—Ahora mismo estoy dispuesta a decir que vale la pena correr el riesgo de que lo intenten... otra vez. Pero soy débil.

—Eso jamás. —Se inclinó y la besó.

Necesitaba un corte, pensó, aunque le gustaba su pelo cuando no tenía tiempo para ir al barbero.

—¿Les preparaste el desayuno a los niños y los mandaste al colegio?

—Oye, que yo cumplo con mi deber. Henry te preparó el té. Dijo que lo necesitabas. Luke fregó los platos. Protestando, pero lo hizo.

—Nuestros hijos son buenos chicos.

—Hablando de chicos, hay uno en la secta. Y créeme que lo llamo por su nombre, Rachel.

—No te lo discuto.

—Bueno, pues este chico tiene solo tres años. Dice que se llama Gabriel. Ha hablado conmigo. No te lo comenté anoche porque estabas cansada. Ambos estábamos cansados.

—Hay un grupo de personas que se oponen a recibir atención básica, aunque es más correcto decir que muchos de ellos intimidan al resto para que se opongan. Y los que estén de acuerdo van a requerir mucho tiempo y cuidados para recuperar la salud. Hay un bebé con desnutrición y deshidratación severas porque su madre está igual y su leche no es suficiente, y hay otro, de un año o puede que catorce meses, que sigue tomando el pecho, cuya madre murió en el ataque, con una grave infección de oído. —Rachel se frotó la sien con los dedos mientras bebía otro sorbo de té—. No aceptarán mantas si son de lana, no se pondrán botas porque son de piel.

—Son una secta. Están adoctrinados. —Jonah se colocó detrás de ella un momento para aliviar la tensión de sus hombros con un masaje—. Pero pueden aprender que las cosas no son así y lo harán. Pronto. Este...

—Gabriel, tres años, varón, desnutrición, tiña, también con infección de oído grave.

—Sí, ese. Tiene algo, Rachel. Veo que va a conseguirlo. Igual que... el de la neumonía doble, el...

—Responde al nombre de Isaiah, de unos sesenta años.

—No va a superarlo.

—Si aceptara el tratamiento...

—Tal vez sí, tal vez no. Pero no va a superarlo.

Dado que el don de Jonah hacía que viera la muerte, y a menudo la vida de los muertos, Rachel no discutió.

—De acuerdo.

Jonah rodeó de nuevo la mesa y se sentó en la esquina.

—Los niños van a necesitar familias.

—La secta, y tienes razón, se considera a sí misma una familia.

—No lo son. Una familia no permitiría que los niños se medio mueran de hambre habiendo caza. No dejaría que se congelaran cuando hay lugares que ofrecen cobijo. Quizá no se pueda informar ni desenganchar, o como narices se diga, a los adultos, pero a los niños sí que se puede. A los jóvenes desde luego que sí. Él tiene tres años, Rachel. Su padre, o el hombre que creía que era su padre, murió en el ataque. Su madre falleció en el parto o poco después. No lo sabe con seguridad.

Rachel había estado asintiendo en todo momento y entonces captó lo que había en su tono de voz.

—Jonah, ¿me estás pidiendo lo que yo creo?

Él le asió una mano y la frotó entre las suyas.

—Necesita un hogar. Nosotros tenemos un hogar. Él necesita una familia. Nosotros somos una familia. Ese chico tiene algo, Rachel. No puedo explicarlo, pero tiene algo. Nos necesita.

Rachel se dejó caer contra el respaldo de la silla.

—Jonah. Un niño de tres años. Nuestros hijos tienen once y ocho. Un niño de tres. Un niño que no ha visto un retrete ni una bañera en su vida, o al menos hasta hace un par de días. Y nuestros hijos...

—Tendremos que hablar con ellos. Tendrán que estar de acuerdo con esto.

—Henry lo estaría. Tiene un corazón tierno. Pero Luke será más difícil de convencer. —Se parecía más a ella, pensó Rachel, en aspecto y en temperamento—. Y yo no estoy convencida. Tú sí.

Jonah abrió las manos, todavía un poco desconcertado consigo mismo.

—En cuanto le miré y él me miró a mí. Fue instantáneo. No como la primera vez que vi a Henry y a Luke y los tuve en brazos. Eso fue amor abrumador y asombroso. Fue más bien un... Oh, aquí estás. Sí, te veo.

—¿Es tu don o tu blando corazón?

—¿La verdad? Creo que las dos cosas.

—Hablaremos con los chicos.

Jonah le cogió las dos manos y se las llevó a los labios para besarlas.

—Te quiero. Gracias.

—Yo también te quiero, pero hay un largo trecho antes de que me des las gracias.

Duncan fue andando a su casa después de pasar un rato en la academia con su mejor amigo, Denzel, un cambiante. Denzel aún tenía que aprobar la asignatura de adiestramiento en combate y con armas, así que nunca había librado una batalla auténtica ni participado en un rescate real. Tan solo simulaciones. Por lo que, como de costumbre, quería todos los detalles de la lucha en Shenandoah.

Antonia iba unos pasos por detrás con April. Duncan podía oír a las chicas riendo, sobre todo April, mientras esta revoloteaba en círculos. Hablaban de chicos, decidió Duncan. La joven hada estaba obsesionada con las historias de amor.

—Dame tu puntuación, tío. ¿A cuántos te has cargado?

—Las cosas no son así. Ya te lo he dicho. No es como uno de los juegos o simulaciones de Chuck.

—Dame un respiro. —Denzel, un tipo grande que se transformaba en pantera (eso era guay), chocó su hombro con el de Duncan—. Dicen que te cargaste a tres a la vez y que casi te fríen el culo con un jodido lanzallamas. ¿Es cierto o no?

A Duncan le cruzó por la mente una imagen fugaz del hombre arrodillado, con la túnica y la barba sucias, los ojos inexpresivos por el miedo y... algo similar al éxtasis. Y las llamas envolviéndolo. Devorándolo vivo.

No era algo que quisiera compartir con Denzel, aunque fuera su mejor amigo. Denzel era mucho más blando de lo que él se creía.

—Lo que hice fue abandonar mi puesto, razón por la cual me toca escribir un rollo de redacción sobre la cadena de mando.

—Qué injusto, tío. Tengo que conseguir un poco de acción.

—Has suspendido tiro con arco, combate cuerpo a cuerpo y aún no puedes alcanzar al objetivo con balas de goma. Sigues fracasando en química y lo necesitas, tío, lo necesitas porque puede que no tengas a un brujo cerca que haga fuego, arroje una explosión o lo que sea. Has aprobado tácticas básicas por los pelos.

Denzel puso en blanco sus enormes ojos negros y después esbozó una amplia y deslumbrante sonrisa.

—Puedo sacar a Kato y destrozarlos.

—Ya, ya.

Personalmente, Duncan creía que Denzel debería limitarse a los deportes, donde destacaba, ya fuera jugar al fútbol, al baloncesto o al béisbol.

No todo el mundo estaba hecho para el campo de batalla.

—Oye, ¿quedamos esta noche? A Magna le toca una peli de terror en la rotación de DVD.

Magna, dieciocho años, y el único duende perezoso que Duncan conocía, vivía en un apartamento en lo que muchos consideraban la sede de los duendes, porque allí vivían muchos de ellos.

El apartamento de Magna a menudo apestaba a ropa sucia, platos sin lavar y basura que había olvidado llevar al centro comunitario de reciclaje y residuos.

Tampoco es que Duncan fuera demasiado quisquilloso, ya que su propio cuarto se parecía a un montón de basura hasta que su madre le ponía las cosas muy claras.

Aunque Magna se negaba a luchar, ya que afirmaba que iba en contra de su código moral, y a menudo se escaqueaba y escabullía de cualquier trabajo comunitario, era inofensivo y un buenazo. A Duncan le caía bastante bien.

Pero de todas formas...

—Tengo que hacer la redacción, ¿te acuerdas?

—¡Vaya coñazo! Tienes que pasar de eso, tío. Trot viene, y va a traer a Shelly. Y donde va Shelly, va Cass. Le tienes echado el ojo a Cass.

En esos momentos le tenía los dos ojos echados a Cass, la guapa morena que iba a lo que él consideraba un colegio civil. Le habían crecido unos pechos muy interesantes el verano pasado.

Pero si pasaba de la redacción, lo pagaría. No solo caería sobre él la ira de su madre, sino que le eliminarían de forma automática de la siguiente operación.

—No puedo.

—Lo siento por ti. ¿Quieres que te eche una mano?

Sí que lo haría, pensó Duncan. Renunciaría a la diversión para ponerse con una redacción si él se lo pedía.

—No, ya puedo yo.

—Si terminas pronto, vente. Me tengo que ir cagando leches. Hasta luego, cocodrilo.

—Vale.

Contempló a Denzel, con sus hombros anchos y sus musculosos brazos, cruzar la calle a grandes zancadas mientras agitaba su muy rizada coleta. Vio al chico del rescate de finales del año pasado —Garrett, recordó—, con su pandilla, corriendo por la acera de enfrente. Uno de ellos se transformó en lobo y de nuevo en humano, haciendo reír a los demás.

Garrett se detuvo y le brindó a Duncan una amplia sonrisa mientras le saludaba con la mano. Después saludó a Tonia a voces.

Coladito, decidió Duncan. El crío estaba coladito por Tonia, lo cual podía suponer una buena munición para tomarle el pelo a su hermana sin piedad.

Buena información.

Contento, metió las manos en los bolsillos mientras Tonia le alcanzaba. April, con sus aleteos y sus risitas, se había desviado hacia su casa.

—¿De quién está enamorada ahora?

—De Greg.

—Greg, ¿el duende de pelo rojo y la cara pecosa, el hermano de Denzel o...?

—El de las pecas. Le parece «cuqui».

—¿Qué?

—Significa mono. Lo oyó en uno de esos DVD. Es su nueva palabra favorita.

«Cuqui.» ¿En serio?

—¿Por qué sales con ella?

—Es divertida. Es boba, pero es divertida. Y es más lista de lo que piensas. Fue lo bastante lista como para superar su cuelgue contigo.

Duncan encorvó los hombros, ya que el recuerdo de tener a April riendo y revoloteando a su alrededor aún le mortificaba.

—No es mi tipo.

Tonia soltó un bufido.

—Tienes catorce años. Lo sé porque, ¡vaya!, yo también los tengo. Así que aún no tienes un tipo. Los chicos de nuestra edad, a los que les gustan las chicas, solo tienen un requisito. Las tetas.

Duncan pensó en las de Cass... y en la estúpida redacción.

—¿Qué sabrás tú?

—Tengo tetas.

A punto estuvo de soltar un bufido, pero entonces cayó en la cuenta y se frenó en seco.

—Si algún gilipollas intenta tocarte, me enteraré.

—Si algún gilipollas intenta tocarme, puedo cuidarme solita.

—Gilipolleces. Si alguno intenta... contigo, le rompo la mano y después la cara.

Tonia se apartó su largo cabello, que llevaba suelto bajo un gorro de lana.

—No necesito que libres mis batallas. Y tal vez alguno me guste lo suficiente como para dejar que lo intente.

—¡Y una mierda!

La idea de que un tío le hiciera a Tonia lo que él se imaginaba haciéndole a Cass le hizo estallar como una granada.

—Le rompo la mano, la cara y después me encargo de ti.

—Tú no te encargas de mí, imbécil. —Le propinó un empujón.

—Ya lo verás. —Le devolvió el empujón.

—Limítate a ocuparte de tus asuntos. —Le apartó de un codazo.

—Eso hago. —La agarró del brazo y tiró de ella hacia atrás.

Justo antes de que Tonia le diera una patada con la fuerza suficiente para hacerle ver las estrellas, divisó a la chica rubia de ojos azules, abiertos como platos por la conmoción, mientras trataba de esconderse detrás de un arbusto nevado.

Dejó la torsión del brazo de Tonia en un apretón de advertencia y cambió de posición para que su hermana y él pudieran mirar a la chica.

—Hola... Petra, ¿verdad?

Casi no la había reconocido. La suciedad había ocultado lo bonita que era. Su cabello resultó ser de un rubio dorado y su piel tenía un aspecto muy suave. Pero Petra se encogió, igual que hizo en el campamento.

—Solo nos tomamos el pelo —le explicó con otro apretón de advertencia a Tonia.

—¡Chicos! —Tonia se encogió de hombros con exageración—. Sal de ahí.

—Yo... no debería estar fuera.

—¿Por qué no? —Tonia zanjó el asunto acercándose a ella.

—Porque... Se supone que debemos permanecer separados. Lo dijo Mina.

—Ya no. Nosotros vivimos ahí mismo. —Tonia señaló hacia su casa—. Entra un rato.

—No sé si está permitido.

—Claro que sí. —Tonia agarró a Petra de la mano con autoridad, la levantó y no la soltó mientras caminaba—. ¿Cómo estás?

—No lo sé.

—Me gustan tus zapatos.

Petra bajó la vista a sus zapatillas Converse negras y no muy usadas.

—En realidad no son mías, pero se llevaron las mías. Me trajeron otras, pero estaban hechas con carne de animal.

Tonia la llevó a la casa y entró con ella por la puerta, que no estaba cerrada con llave. Después agitó una mano para encender la chimenea.

Petra retrocedió al tiempo que ahogaba un grito.

—El demonio...

—¿Por qué el demonio? —preguntó Duncan, quitándose el abrigo y lanzándolo al respaldo del sillón—. Nosotros no creemos en eso. Tú puedes hacerlo si quieres, pero nosotros no. Nosotros tenemos un don que proviene de la luz. En fin, me muero de hambre.

—Siempre tiene hambre —comentó Tonia cuando Duncan fue hacia la cocina—. Bueno, quítate el abrigo.

—En realidad no...

—Ahora sí. —Tonia se quitó el suyo, lo arrojó con el de Duncan y esperó mientras Petra se despojaba con cuidado de una parka azul que le quedaba un poco grande—. Lo más seguro es que nuestra hermana Hannah esté en la clínica. A lo mejor la conoces.

—No lo sé.

—Te han examinado, ¿no? —De nuevo, Tonia guio a Petra hasta la cocina—. Los médicos, ya sabes.

—Dijeron que tenía des...

—Nutrición. Pues vamos a comer.

—¡Mamá es la mejor! —Duncan profirió un «¡yuju!»—. Hay pizza.

—La preparan en la cocina comunitaria —explicó Tonia mientras buscaba una botella cerrada de ginger ale—. Podemos congelarla y después cocinarla. Y tenemos esto.

—¿Qué es?

—Ginger ale. Raíz de jengibre, azúcar, limón, levadura para las burbujas y agua. Hannah preparó este lote, pero todos tenemos que recibir clases de cocina y de química. Preparar cosas como el ginger ale es de química. Además, está bueno.

Tonia llenó tres vasos pequeños mientras Duncan colocaba

las manos suspendidas sobre la pizza hasta que la base se doró y el queso burbujeó.

—¿Qué don tienes tú? —le preguntó a Petra, como si tal cosa. Después le restó importancia a aquello al ver que ella encorvaba los hombros—. Vale. Bueno, ¿qué tal te va en la casa comunitaria?

—El médico... el médico dijo que algunos somos contagiosos y necesitamos medicación, y los bebés lactantes necesitan mejor leche. Y Clarence y Miranda aceptaron las botas de piel animal y ahora tenemos que rechazarlas.

—Qué duro. —Duncan cortó la pizza en porciones.

—Imagino que es difícil, porque has vivido en un lugar y de una forma y ahora vives aquí y de una forma diferente. —Tonia sacó platos—. Pero no podíais quedaros allí.

—Si el Altísimo trae violencia para llevarse nuestras vidas...

—¿Te tumbas y mueres sin más? —Duncan sirvió la pizza en los platos—. No suena muy divino.

—¿Cuántos años tienes? —preguntó Tonia, y acto seguido se sentó en la encimera y señaló el taburete que había a su lado.

—No estoy segura. Ya me he convertido en mujer, pero no he concebido.

—¿Qué? —Duncan se quedó paralizado, con una ración de pizza a medio camino de su boca.

—Me he convertido en mujer —repitió Petra—. Y aunque me he entregado, incluso a Javier, no he sido bendecida con un hijo.

—¿Estás diciendo que tienes que hacerlo con ese viejales?

—Javier no tiene edad —explicó Petra con una radiante sonrisa—. Es un gran honor concebir un hijo con él.

—Gilipolleces. Es repugnante y retorcido.

—Duncan...

Pero ignoró el aviso de su hermana.

—¿Querías hacerlo con él? ¿O tuviste que hacerlo porque él lo convirtió en su ley o algo similar?

—Es un gran... Tenía miedo —susurró—. Pero esa era mi debilidad. Y me dolió, pero ese es el sacrificio de todas las mujeres por los pecados de Eva.

—Y eso es otra sarta de gilipolleces.

Tonia hizo un gesto con la mano a Duncan cuando Petra agachó la cabeza.

—Yo me ocuparé de esto. Las cosas aquí no son así. Y si lees libros y escuchas a la gente mayor, tampoco antes eran así. A las personas que hacían cosas como esa se las castigaba si las atrapaban. Tienes derechos. Todo el mundo los tiene. Y que seamos mujeres no le da derecho a nadie para hacernos daño ni obligarnos a practicar sexo. Aquí nadie te va a hacer nada de eso.

—Pero tiene que haber niños para aumentar el rebaño, para cuidar de los mayores, para difundir la palabra. Muchos mueren dentro del vientre o poco después de nacer. Todos cumplimos con nuestro deber.

Tonia, una feminista nata, pero más diplomática que su gemelo, mantuvo un tono de voz sereno.

—Aquí y en una sociedad civilizada, la gente tiene hijos porque quieren tenerlos y porque quieren cuidar de ellos y amarlos. ¿Cuánto tiempo estuviste en ese campamento?

—No lo sé con seguridad. No nací allí. Creo que dos inviernos. Antes nos limitábamos a movernos, a caminar y a escondernos. Mi padre me pegaba y me insultaba por mi maldición, aunque él también estaba maldito. Javier y nuestra gente no me pegaban ni me maldecían. Y mi padre también dejó de hacerlo cuando abrazó la redención.

—Él dejó de pegarte, pero el resto es solo otra clase diferente de abuso. —A Duncan la sola idea le resultaba inconcebible—. Aquí también tenemos leyes. Si una persona hace daño a otra a propósito, se le castiga por ello. Todo el mundo colabora de la forma que puede. Cuidamos los unos de los otros.

—Una pregunta —intervino Tonia—. ¿Eras feliz allí?

—Era... No lo sé. —Petra se retorcía los dedos, angustiada—. No lo sé.

—A lo mejor descubres si eres feliz aquí. La pizza se enfría. Petra miró su plato.

—Estoy agradecida por la comida, pero... ¿es carne animal?

—Pepperoni. —Duncan comió un bocado de su pizza—. Quítalo si no lo quieres.

—Se elabora en su mayoría en la granja grande —le dijo Tonia—. Y se distribuye a la cocina comunitaria.

Petra quitó con cuidado las rodajas de carne y después tomó un minúsculo bocado de pizza. Abrió los ojos como platos. Comió otro bocado, más grande esta vez.

—¡Qué buena!

—Pueden prepararla sin pepperoni —le aseguró Tonia, entregándole después una de las servilletas amontonadas sobre la encimera.

—¿Puedes cogerla sin más?

—Todo el mundo contribuye —repitió Duncan—. Todo el mundo come.

—Tenéis esta gran casa y todas las cosas. —Con los ojos colmados de asombro, Petra miró la cocina—. ¿Solo vivís vosotros?

—Y nuestra hermana Hannah y nuestra madre. Los chicos no viven solos hasta que no tienen al menos dieciséis años. Algunos vienen sin padre ni adultos. Pero alguien los acoge y cuida de ellos.

Petra se mordió el labio.

—Clarence puede, y quiere, irse con otros. A vivir. Intentó huir del Altísimo, pero lo trajeron de vuelta. Su maldición son las alas, las bolas de luz y...

—Hada —concluyó Duncan.

—Tuvo que ser aislado muchas veces y encerrado en la choza de la redención antes de que dejara de sucumbir a su demonio. No le desterraron porque era un niño, pero temíamos que sucumbiera de nuevo a su demonio cuando alcanzara la edad para ser juzgado.

—A su demonio no; a su naturaleza —le corrigió Duncan—. A su don. ¿Alguna vez ha hecho daño a alguien?

—Una vez..., dos veces —se corrigió—, se peleó con otros chicos que le dijeron cosas feas.

—Eso es distinto. Eso se llama no dejarse pisotear.

—Esta noche se va con unas personas llamadas Anne y Marla.

—Son majas —le aseguró Tonia con la boca llena—. Viven cerca de la academia. Crían ovejas y llamas y tejen mantas y jerséis. Y también hacen arte. Es precioso. Anne es un duende, pero Marla es una civil, no tiene habilidades. He oído que antes del Juicio Final, cuando vivían en Baltimore, iban a tener un bebé juntas.

—Las dos son mujeres. No es posible. Y es inmoral.

—No es inmoral amar a alguien. Y antes del Juicio Final estaban la ciencia y la tecnología médica para ayudar a la gente a tener hijos cuando querían. Son muy buenas personas. Clarence tiene suerte de tenerlas.

—Dijo... Me dijo que Miranda puede irse con él. Y que estas mujeres acogerían a uno más. Yo podría ir.

—Deberías probar, intentarlo —la animó Duncan—. Si no te gusta estar allí, no tienes que quedarte.

—¿Podría ir y luego no quedarme?

—Anne y Marla no te obligarían a quedarte si no eres feliz.

—Es muy diferente. Todo es muy diferente.

—No llores —la consoló Tonia—. Todo va a ir bien. Bebe un poco de ginger ale.

Petra alzó el vaso obediente y bebió. Y rio mientras se limpiaba las lágrimas.

—Hace cosquillas.

—Son las burbujas.

—Nunca he bebido burbujas antes. O no lo recuerdo. Muchas cosas de antes están borrosas o mezcladas. Esme dijo que teníamos que volver.

—¿Esme?

—Ella se marchó con su bebé y se llevó a dos de los jóvenes. Dijo que teníamos que volver o estaríamos condenados. Pero nadie quiso ir con ella. Se fue y dijo que iba a regresar a tierra sagrada, al valle sagrado. Jerome se marchó también. Cogió cosas del lugar en el que vivía y se fue. Me dijo que podía ir con él, pero yo no quería. Es bueno estar caliente y tener zapatos, ropa que no pica y comer la pizza y beber el ginger ale. Lo de antes estaba borroso y era duro, tenía miedo, hambre y frío.

—Bueno. —Duncan le puso otra porción de pizza en el plato—. El presente empieza ahora.

—El presente empieza ahora —repitió y le brindó una sonrisa.

Se comió la segunda porción y dado que había que racionar el ginger ale, Tonia le ofreció zumo para la siguiente ronda.

—Agradezco mucho la comida y la bebida. Tengo que volver. Se preocuparán y se preguntarán dónde estoy. —Se levanto y titubeó—. Si no me voy con Clarence y Miranda a vivir con las mujeres y me quedo con Mina y su bebé, ¿me seguiréis hablando?

—Pues claro que sí. Te veremos en el colegio y puedes salir con nosotros.

—No sé cómo ir al colegio.

—No te preocupes, te pondrás al día. Te acompaño fuera.

Petra se dispuso a salir con Tonia, pero se detuvo y se volvió hacia Duncan.

—Es difícil hablar con los que no conozco. No sé. Es bueno, pero cuesta. Mataste a los hombres con tu espada y tu maldición..., tu don —se corrigió con celeridad mientras se sonrojaba—. Sé que me habrían quitado la vida. Se nos enseña que el Altísimo exige que jamás levantemos una mano contra otra persona, que jamás cojamos un arma, ni siquiera cuando nos arrebaten la vida o la vida de otro. Es el mayor de los pecados. Pero me daba miedo morir. Tenía miedo.

—¿Quedarte quieto sin hacer nada para ayudar a otra persona? Me han enseñado que eso es una cobardía, y si eso no es un pecado, es la mayor debilidad.

—Entonces no eres débil.

Duncan se sentó, pensativo, mientras Tonia la acompañaba a la puerta. Continuaba dándole algunas vueltas más a las cosas cuando su hermana regresó. Tonia se encargó de los platos de inmediato, sin presionarle para que la ayudase, porque quería estar ocupada. Él suponía que era su manera de pensar.

—Yo podría haber sido ella —dijo Tonia.

—Ni en un millón de años.

Pero Tonia meneó la cabeza.

—Es más o menos de nuestra edad, puede que un poco más joven. Cuesta saberlo, pero tenemos casi la misma edad. Si no tuviéramos a mamá y si ella no hubiera tenido a Jonah y a Rachel para que la ayudaran a sacarnos a todos de Nueva York, si no se hubieran encontrado con Arlys, con Chuck y con Fred y...

—Muchos «síes» que no ocurrieron.

—Los «síes» se refieren a lo que no se ha tenido o no se ha hecho. Lo que digo es que podrían haberme llevado a un lugar como ese, podrían haberme obligado a vivir así, haberme lavado el cerebro, porque se trata de eso, ¿verdad? Lavar el cerebro para que pienses que no eres nada. Solo algo que se usa para hacer bebés y adorar a un imbécil que afirmaba hablar de memeces divinas. Y yo me habría quedado ahí, tumbada, mientras un...

—La palabra que buscas es «gilipollas». Mamá no está, así que puedes decirla. Un enfermo y retorcido gilipollas.

—Sí, un enfermo y retorcido gilipollas me violaba. Porque

es así de simple. Y habría creído que lo que llevo dentro es malvado, igual que lo cree ella.

—En eso te equivocas. —Entonces se levantó y guardó los platos que ella había fregado y secado—. Tú nunca habrías sido como ella porque eres fuerte y lista, y le habrías pegado una patada en los huevos a ese enfermo y retorcido gilipollas antes de que te violara.

Tonia le brindó una sonrisita, ya que había hecho que se sintiera mejor.

—Creía que necesitaba que tú rompieras manos y caras por mí.

—Yo no dije que lo necesitaras, dije que eso es lo que haría. Tú jamás serías como ella. Nada ni nadie podría hacer que fueras como ella. Tal vez..., quién sabe..., pero tal vez si se queda aquí, si ella misma se lo permite, será quien se supone que tenía que ser.

—Me alegro de que no le salváramos. Al tal Javier —dijo Tonia—. Sé que no debería y que va en contra de todo, pero me alegro de que los guerreros de la pureza se lo llevaran antes de que le salváramos. Si lo hubiéramos hecho, si él estuviera aquí, ella no tendría ninguna posibilidad de ser nada. Ninguno de ellos la tendría.

Duncan se percató —y se dio cuenta de que tendría que haberse percatado antes— de que la conversación con Petra había afectado a su hermana incluso más que a él.

—Sé que existe esta..., ¿cómo se llamaba...? ¿Corriente de pensamiento? Eso es. Y que quienes la siguen creen que todo está escrito, creen en el destino y en toda esa mierda. Yo no creo en eso.

Duncan descartó la teoría.

—Las personas hacen que las cosas sucedan, de una manera o de otra. Pero si yo creyera, diría que no estábamos destinados a salvarlo. Estábamos destinados a salvar a niños como Clarence, como Miranda y como ella.

Tonia no estaba tan segura.

—Estuviéramos o no destinados, es lo que hicimos.

—Deberíamos hablarle a Rachel y a mamá de este asunto del sexo. Rachel es médica...

—Estoy segura de que una médica tan buena como ella ya lo sabe. Sobre todo porque una de las niñas de las que me ocupé, también de nuestra edad, estaba embarazada. En un estado muy avanzado de gestación, según me pareció.

—¡Por Dios!

—Pero tienes razón. Nos aseguraremos de que Rachel lo sepa. Podríamos acercarnos a hablar con ella ahora.

—Son cosas de chicas. —Y ya había tenido cosas de chicas más que suficientes por un día. Para todo el maldito año.

—¿Cosas de chicas? —exclamó la feminista nata con aire burlón.

—Tú eres una chica, y como estás en el ajo, puede ser una cosa de chicas —añadió—. En fin, yo tengo que hacer esa estúpida redacción.

Pero cuando subió a su cuarto, Duncan se tumbó en la cama a contemplar el techo. Pensó en los pechos de Cass. Y en el cabello dorado de Petra.

Y pensó, como hacía a menudo, en la chica alta y delgada de corto cabello negro y ojos del color de las nubes de tormenta.

No se preguntaba si era real. La había visto en su cabeza y en sus sueños con demasiada frecuencia como para creer lo contrario.

Pero se preguntaba dónde narices estaba.

12

En primavera, Fallon ya era capaz de defenderse con una espada. Mallick la derrotaba, la desarmaba y la decapitaba de manera figurada más a menudo de lo que le gustaría, pero se recordó que él había tenido siglos de práctica y ella solo unos cuantos meses.

La primavera entrañaba sembrar, y la granjera que llevaba dentro hallaba consuelo en aquello que le era familiar. Sabía que mientras ella trabajaba la tierra, su familia hacía lo mismo. No necesitaba las clases de matemáticas con las que Mallick la agobiaba para calcular que había cumplido con un cuarto de su período de adiestramiento.

Mallick la instruía en las materias básicas, como matemáticas, historia, literatura y los aspectos prácticos de la táctica, la estrategia y la cartografía. Cuando amplió sus clases a la ingeniería y la mecánica, se enorgulleció al ver su sorpresa por lo que ya sabía.

A fin de cuentas, había ayudado a su padre a construir, había aprendido el funcionamiento de los motores, a repararlos e incluso a construirlos a partir de piezas que iban encontrando.

Con la magia la presionaba mucho más que su madre, algo

que agradecía. Cuanto más sabía, más se abría y con más intensidad palpitaba en su interior.

Y, pese a todo, el cristal que él le había regalado cuando era un bebé continuó empañado.

Su destreza con el arco mejoró, en parte por su deseo innato de estar a la altura de Mick o incluso superarlo.

Cuando el clima se templó y las hojas reverdecieron, Mallick le permitió visitar el campamento de los duendes, la glorieta de las hadas y la guarida del cambiante. Llevó regalos de comida, amuletos y ungüentos curativos, y consideraba las visitas una especie de recompensa por sus avances, un respiro de las tareas y los estudios.

Pero también aprendió, como era intención de Mallick, cosas sobre otras culturas, rituales, creencias e historias. Aunque le gustaba hablar de vez en cuando con las chicas, descubrió que se sentía más atraída por los chicos, con sus competiciones y sus carreras, o por los ancianos, que hablaban de cacerías y de batallas.

En una ocasión, cuando corría por el bosque con los duendes jóvenes practicando sus dotes para trepar a los árboles, una joven duende, no mayor que Ethan, se cayó por culpa de una rama que se partió bajo su peso.

Aterrizó de manera estrepitosa, con el brazo derecho en una mala posición debajo de su cuerpo. Gimoteó, presa del aturdimiento, pero cuando los demás fueron corriendo hasta ella y le dieron la vuelta, gritó de dolor.

—Bagger, ve a por su madre —ordenó Mick—. ¡Deprisa! Creo que se ha roto el brazo. No pasa nada, Twila. Todo va a ir bien.

Le retiró el espeso cabello negro del rostro, que había palidecido a pesar de su morena piel. En la frente y las mejillas tenía algunos rasguños que sangraban.

Ella gritó de nuevo.

—¡Mamá!

—Voy a llevarte con tu mamá, ¿vale? Voy a cogerte en brazos y...

—No. —Fallon se acercó pese a que sabía que los duendes tenían sus artes curativas y que una niña tan pequeña necesitaba a su madre—. No la muevas. Puede que se haya herido algo más.

Fallon se arrodilló y posó una mano sobre el hombro de la niña, que no dejaba de sollozar.

Las lágrimas resbalaban por sus mejillas igual que cristal líquido.

—Quiero a mi mamá.

—Lo sé. Ya viene. ¿Me ves, Twila? —murmuró mientras movía las manos justo encima de la niña. Cabeza, garganta, corazón, torso, extremidades—. ¿Me ves? —preguntó de nuevo, con sus ojos fijos en los de Twila. Aquellos ojos oscuros, rebosantes de dolor, que la conmovían.

Dejó que aquello que vivía dentro de ella brotara muy despacio.

—¿Me ves? —repitió, y vio que sus oscuros ojos se tornaban vidriosos, sumidos en un trance.

—Te veo.

—¿Me oyes, Twila? ¿Oyes mi voz? ¿Oyes el latido de mi corazón? ¿Oyes agitarse y alzarse lo que vive en mí?

—Te oigo.

Fallon hizo caso omiso de los presurosos pasos, del grito de alarma, y mantuvo lo que era, todo lo que era, centrado en la niña.

Detrás de ella, el padre de Mick agarró del brazo a la madre de Twila.

—Espera. Espera. La Elegida está con ella.

—Estaré en ti, tú estarás en mí. Tus huesos son tiernos aún y la fractura es limpia. Estoy en ti, tú estás en mí. Compartimos el dolor y el dolor disminuye. Aquí. Mírame solo a mí. —Fallon posó la mano sobre la fractura y se entregó al conocimiento—. Conmigo, Twila. Rápido.

Y agarrando el hueso roto, apretó. Contuvo el aliento a la vez que la niña, en ese momento compartido de calor y de dolor. Los ojos de Twila se abrieron de manera desorbitada, sus pupilas pasaron de estar dilatadas a convertirse en dos pequeños puntitos y retornaron acto seguido a la normalidad, hasta que los cerró con un quejumbroso suspiro.

Una lágrima brotó de ellos.

—Ya estás bien. Twila está bien. —Fallon se apartó, con el poder bullendo aún dentro de ella. Se preguntó cómo podía sentirse tan fuerte, con aquel dolor fantasma en el brazo y el estómago revuelto—. Era su brazo —consiguió decir mientras se levantaba—. El resto son solo golpes y rasguños. Está bien.

La madre se abalanzó con un sollozo y apretó a Twila contra sí, cubriendo de besos su cabello y su rostro. Mientras abrazaba a su hija, alzó el brazo para asir la mano de Fallon.

—Gracias.

—De nada. —Se volvió hacia el padre de Mick. Consideraba a Thomas una especie de hombre espantapájaros debido a su constitución alta y delgada y a la mata de cabello del color del maíz que llevaba recogido en una gruesa trenza.

En ese momento parecía un poco borroso.

—La rama se partió. El brazo se le dobló bajo su peso cuando cayó.

—Sí. Toma. —Le dio una cantimplora—. Bebe un poco de agua.

Al darse cuenta de que la garganta le ardía por la sed, empezó a beber, pero él puso una mano sobre la cantimplora.

—Ve despacio. Despacio.

Fallon hizo lo que le decía y descubrió que el mundo se despejaba, se asentaba.

—No olvidaremos que has cuidado de uno de nuestros niños. —Le tocó la mano cuando ella se encogió de hombros para restarle importancia—. Cuidar de los demás es lo más importante. Llevaremos a Twila al campamento y Mick te acompañará a casa. ¿Mick?

—Sí, señor.

Thomas se giró y cogió a Twila en brazos.

—No lo olvidaremos —juró, y se alejó con la niña mientras su madre le acariciaba el cabello.

Los demás se fueron tras él.

—No sabía que pudieras hacer eso.

Yo tampoco, pensó Fallon.

Cuando regresó a la casa encontró a Mallick recolectando miel, una tarea de la que disfrutaba, a pesar de llevarse algún que otro picotazo.

Llevaba puesto el voluminoso sombrero con la red y los guantes. Podía ver los últimos resquicios del humo que había conjurado para alejar de los panales a las abejas que no estaban fuera buscando mientras extraía con cuidado el marco y colocaba el de repuesto que habían hecho.

Se volvió con el marco en el cubo y entonces la vio.

—Nuestras abejas han sido productivas.

Tal y como ella le había enseñado, se encaminó con el cubo hacia el invernadero para no permanecer al aire libre, pues el olor de la miel atraería a las abejas.

Le acompañó y entró en el espacio envuelto por el olor a tierra y a florecientes cultivos.

—Ha ocurrido una cosa.

Mallick le lanzó una rápida y penetrante mirada, pero lo que vio en su cara, fuera lo que fuese, hizo que se relajara de nuevo. Alcanzó una navaja, la calentó y comenzó a retirar la cera del panal.

—¿Qué ha pasado?

—Una de las niñas..., se llama Twila. Creo que tiene unos cinco o seis años. Se ha caído. Estaba trepando a un árbol y se ha partido la rama. Se ha dado un buen golpe y su brazo... Bueno, se ha roto el brazo.

Mallick se detuvo con renovada preocupación.

—¿Necesitan nuestra ayuda?

—No. Yo..., se lo he curado. La he curado. El brazo.

Él asintió y continuó trabajando, separando la miel del propóleo y la cera. Todo podía aprovecharse.

—¿Cómo?

Fallon cogió sin pensar un tarro limpio para el propóleo.

—Simplemente lo sabía. Ha sido más de lo que había hecho antes. Nunca he curado un hueso roto. Ella estaba muy asustada y le dolía mucho. Llamaba a su madre entre lágrimas, así que primero tuve que tranquilizarla. La puse en trance, en un trance suave. Nunca lo había hecho, pero sabía cómo hacerlo, Mallick. No tuve que pensar y preguntarme cómo hacerlo.

—Eso ha sido sabio. Una criatura tan pequeña no se tranquilizaría sola.

—He hecho lo que sabía y lo que mi madre me enseñó. Cómo buscar heridas con la mente, con la luz. La única herida importante estaba en el brazo. Y era como si se hubiera partido; no era irregular, sino limpia. He realizado una unión. Con lesiones pequeñas no es necesario. Solo es...

—Superficial —dijo, y continuó trabajando.

—Sí, superficial. Pero se necesita más para sanar un hueso. Aunque creo que ha ido rápido porque yo estaba ahí, porque estaba reciente y ella es muy pequeña. Eso creo. He tenido que hacerle un poco de daño.

—¿Has compartido su dolor?

—Ha sido solo un segundo. —Un segundo que jamás olvidaría—. El hueso soldó muy rápido, solo ese segundo de dolor y calor abrasador, y después estaba bien.

—¿Y tú?

—Me he sentido rara. Fuerte, pero rara, y lo veía todo un poco borroso. Y tenía mucha sed. Thomas me ha dado agua y se han llevado a Twila a casa.

—Lo has hecho bien. Has aprendido.

—¿Qué he aprendido?

—A veces piensas, haces planes y sopesas. Y a veces sientes y actúas. Y siempre, siempre, confías en lo que tienes dentro. Confías en lo que eres. Lo has hecho bien.

A la mañana siguiente, Fallon encontró una recompensa en la puerta. Un saquete pequeño de sal, otro de azúcar —ambos de un valor incalculable— y un frasco pequeño de granos de pimienta, más valiosos aún.

Todo estaba colocado en una bonita cesta tejida y adornada con pétalos de flores.

Mientras la cogía, vio a Twila y a su madre. La mujer le dio una palmadita suave en el trasero a su hija y la hizo avanzar.

—He venido a darte las gracias.

—No hay de qué.

—Te he hecho esto.

Le ofreció una corona de flores con blancos capullos de rosas entrelazados y estrelladas margaritas del mismo color.

—Es muy bonita. —Fallon la aceptó e hizo sonreír a la niña al ponérsela en la cabeza.

—Estás guapa. Como una princesa, pero mamá dice que eres una reina.

—Yo no...

—He estado en tu luz. —Twila le sonrió, con el rostro colmado de confianza—. Era muy brillante y cálida y no dolía nada, por eso no estaba asustada.

Fallon se puso en cuclillas.

—Yo he estado en tu luz. Era suave y bonita, igual que las flores.

Twila rio y acto seguido estrechó a Fallon en un abrazo antes de correr de nuevo hacia su madre.

Mallick estaba satisfecho con ella, así que le concedió una hora más para dedicarse a su búsqueda. Esta vez, Fallon fue sola, convencida de que tener a Mick o incluso a Faol Ban y a Taibhse con ella harían que el caballo la evitara.

Aunque tuvo que reconocer que no era la primera vez que iba sola y el resultado había sido el mismo.

Había progresado en muchas cosas; lanzar conjuros, el trabajo de clase y la esgrima. Dominaba el equilibrio con una mano tanto en el estanque como en el suelo.

Pero no había hecho ningún progreso en absoluto en la búsqueda de Laoch.

Durante el invierno se dijo que solo era cuestión de esperar a que la nieve se derritiera. Entonces lo encontraría.

En los primeros días de la primavera se dijo que daría con él cuando las hojas reverdecieran de nuevo.

Pero ya fuera invierno o primavera, estuviera sola o acompañada, no encontró ni rastro de él.

Ese día, igual que tantos otros, eligió una dirección al azar al salir. Le reconfortaba saber que, aunque no encontrara al caballo, los días se alargaban y la temperatura era más cálida. Las flores habían empezado a brotar en el bosque. Cortó algunas y arrancó otras, no solo por sus propiedades mágicas y medicinales, sino porque tenerlas en la casa le recordaba a su hogar.

Porque podía, prodigó su luz sobre algunos lirios del valle, aumentó su extensión y después hizo sonar las pequeñas campanillas. La suave y hermosa música atrajo mariposas azules y amarillas.

Su madre le había enseñado que la magia debía llevar la alegría allá donde fuera posible.

Y el tintineo de las campanillas, y las revoloteantes y coloridas alas le producían alegría.

Oyó un susurro mientras sonreía. Y una especie de zumbido, seguido de la respiración propia de un caballo.

Por un momento se dejó engañar y el corazón le dio un vuelco.

Después, sus sentidos actuaron y se expandieron. Y puso los ojos en blanco.

—No seas idiota, Mick. Como si no supiera la diferencia entre un caballo y un haragán que intenta engañarme.

—¡Vamos, ha sido buena! —Salió de un matorral con un salto mortal, aterrizó de pie y le brindó una sonrisa de oreja a oreja—. Hemos salido a cazar. ¡Esta noche cenaremos como reyes! Luego he visto tu rastro.

—No intentaba ocultarlo.

—Eso daría igual. Puedo seguir el rastro de cualquiera.

—¿De veras? Has salido conmigo durante semanas, pero no has rastreado al caballo.

—Eso es diferente. Laoch no deja rastro y casi siempre es invisible.

—Ahora te estás inventando cosas.

—Lo más seguro es que no esté por aquí. —Mick se subió de un salto a una formación rocosa y se hundió en ella hasta la cintura—. He oído que vive en un prado en la cima de una montaña donde siempre es verano.

—Ni siquiera se te da bien inventarte cosas.

Mick salió de la roca y se columpió de la rama de un árbol.

—Tiene tanta lógica como que un caballo viva en el bosque, igual que un ciervo o un oso.

—Mallick dice que está aquí, y él no miente.

—Entonces está aquí un día al año. Podría ser eso —razonó Mick mientras se dejaba caer. Comenzaron a andar de nuevo—. Tal vez solo en el solsticio de verano. No falta mucho. ¿Por qué no te limitas a hacer un hechizo o algo así?

—Oh, ¿por qué no se me habrá ocurrido eso? —Su voz destilaba sarcasmo—. Ya lo pensé, pero no es la forma de hacerlo. Encontré a Taibhse y a Faol Ban sin hechizos.

—Eres tú quien desea un cuarto de baño con desesperación.

Fallon se disponía a replicarle, cuando se dio cuenta de algo.

—Ya no se trata de eso. Supongo que para Mallick nunca se trató de eso. Él simplemente lo aprovechó para encomendarme las misiones. Y ahora tampoco se trata de eso para mí.

—Entonces ¿de qué se trata? Ya tienes una yegua. Es una buena yegua.

—Grace es una yegua magnífica. Esto es diferente, esto es... —Un rayo de sol la iluminó. Se detuvo y se dio la vuelta—. Hay tres espíritus. Son puros y poderosos. Están unidos, y están separados. Ellos deciden darte su lealtad y fidelidad o no dártela. ¿Existe la fe, el valor y la compasión? También están unidos y separados.

»Cuando los tres espíritus se unen, cuando los tres espíritus se unen con la Elegida, son una ardiente espada flamígera con la que golpear la oscuridad, un resplandeciente y brillante espejo para traer la luz.

Mick no dijo nada durante un momento.

—Vale. Te pones muy rara cuando hablas así.

La visión se desvaneció, pero le dejó un cosquilleo en la piel.

—Me siento muy rara cuando hablo así, pero es cierto. Y hay más. Son tres, y es igual que Mallick y sus símbolos. El búho representa la sabiduría; el lobo es la astucia; y el caballo es el valor.

—¿En qué te convierte eso?

—En alguien que los necesita. —Lo sintió mientras hablaba. Puso una mano en el brazo de Mick—. Despacio —le advirtió.

Se abrió paso entre los árboles y supo cuando Mick captó el olor igual que ella. El olor de un caballo, el olor a flores, a caballo y a cuero.

No se encontraba en un claro en la cima de una montaña en un verano perpetuo, sino en un pequeño claro. Las flores silvestres crecían por doquier.

Había caminado por ese terreno en infinidad de ocasiones

y nunca encontró una alfombra de flores. No encontró ningún semental blanco de profundos ojos verdes, con la brisa primaveral agitando sus crines.

La silla era de oro, tal y como Mallick le había dicho, pero no del metal duro y pesado que ella había imaginado. Podía ver y oler el suave y flexible cuero, así como el brillo de los relucientes estribos.

—¡Santo Dios! —susurró Mick—. De verdad es real. Y es realmente grande. Nunca creí que sería tan grande. Unos veinte palmos.

La chica de granja hizo sus propios cálculos.

—Veintidós palmos. —Y seguramente más de mil trescientos cincuenta kilos—. Laoch. —Intentó hacer una reverencia—. Soy Fallon Swift. Mallick el hechicero me encomendó tres misiones. La primera fue encontrar a Taibhse, el búho blanco, y su manzana de oro. La segunda fue hallar a Faol Ban, el lobo blanco con su collar de oro. Y la última fue encontrarte a ti, el magnífico Laoch y su silla dorada.

Se dispuso a acercarse, pero Mick la agarró del brazo.

—Espera. Si embiste...

—¿Por qué va a hacer algo así? Yo no soy su enemiga.

Cuando se internó en el claro, Laoch agitó su larga cola como si fuera un látigo y se movió sobre sus enormes patas. Luego se encabritó, levantando las patas delanteras para agitarlas en el aire.

Mick se movió como una exhalación, tiró de Fallon hacia atrás y se colocó entre ella y esos poderosos cascos.

—¡Intenta hacerle daño, solo inténtalo, y te las verás conmigo!

La tierra se estremeció cuando Laoch bajó sus cascos. Fallon podía jurar que los árboles se sacudieron sobre sus raíces.

Laoch levantó la pata delantera derecha y apoyó su peso en la izquierda.

—Él es el que está herido. No pasa nada, Mick, no pasa

nada. —Lo dejó atrás—. Puedo ayudarte. Deja que vea qué ocurre. Déjame ayudarte.

—Maldita sea, Fallon, te aplastará como a un insecto.

—No lo hará. Porque me ve y me oye. —Miró a Laoch a los ojos mientras posaba una mano en su pata—. Y me conoce. Deja que eche un vistazo. Permite que te ayude. Te has mostrado ante mí para que pueda hacerlo. —Levantó su pata delantera y pasó las manos con delicadeza sobre ella—. No noto una torcedura. Ah, aquí está —murmuró cuando examinó el casco—. Se le ha metido una piedra. Una grande. Tiene que dolerle cada vez que da un paso. —Alzó la mirada a aquellos profundos ojos verdes—. Puedo arreglarlo. Me ves —dijo mientras sacaba despacio su navaja—. Sabes que nunca te haría daño.

—Fallon.

—Lo tengo. Necesito que confíes en mí, tú también, Mick. Necesito que estés muy quieto. Puedo sacar la piedra. Quiero sacarla sin hacerte daño, así que tienes que estarte quieto. Está magullado, de modo que puede que te duela un poco. Solo un poco. —Tomó una bocanada de aire, después otra, y acto seguido, con sumo cuidado, introdujo la punta de la navaja alrededor de la piedra—. Se te ha clavado muy profundo. Siento si te duele. Casi lo tengo. No te muevas, no te muevas, solo un minuto más.

Tuvo que hurgar más de lo que pretendía, pero aflojó la piedra y la sacó con cuidado. Se la arrojó a Mick.

—Un minuto más —casi ronroneó mientras le acariciaba la pata. Guardó la navaja en su funda para tener libre la otra mano. La posó sobre el casco magullado, rozó la zona tierna y mitigó el dolor—. Si me acompañas, tengo un ungüento que hará que te sientas aún mejor. No tienes por qué quedarte. O puedo pedirle a Mick que vaya y vuelva corriendo y...

—Fallon.

—Estaré bien. Puedes ir y volver en un santiamén. Mallick sabrá qué darte.

—Fallon —repitió él, un tanto impaciente. Fallon miró a su alrededor.

Vio a Taibhse proyectar su sombra en el suelo antes de elegir su rama. Vio a Faol Ban emerger de las sombras.

—Están juntos. Estamos juntos. —Rebosante de felicidad, acarició la pata de Laoch con la mano. Sintió el temblor, la potente contracción de los músculos, y retrocedió por instinto.

Asombrada, vio junto a Mick cómo el cuerno de plata emergía de la gran cabeza. Y cuando Laoch se levantó una vez más sobre los cuartos traseros y relinchó, contemplaron las alas de plata que se desplegaron.

—Vaya, por Dios. ¡Mierda! No es un caballo.

—Un alicornio. —Fallon profirió un suspiro reverencial—. Su variedad se denomina alicornio. Y es mío. Él es mío y yo soy suya. Del mismo modo que él es de Taibhse y de Faol Ban y ellos son suyos. Igual que nosotros somos nuestros.

Fallon señaló hacia el cielo y el color brilló, se propagó. Felicidad, pensó de nuevo. Rio mientras dejaba que su felicidad volara en docenas de arcoíris. Agarró la blanca crin para impulsarse y encaramarse a la silla dorada.

—No..., no lleva riendas —balbuceó Mick.

—No las necesitamos. ¿Quieres volver a caballo?

—Creo que iré andando. Estoy bien aquí abajo. Nadie va a creerme.

—Pues diles que miren hacia arriba.

Fallon levantó los brazos en alto al tiempo que reía. Con un suave salto, Laoch se elevó y, con el búho volando tras él y el lobo corriendo al nivel del suelo, guio al alicornio hacia su propia felicidad.

Mallick la vio surcar el radiante cielo a lomos del caballo blanco. Una estrella fugaz, pensó, brillante y gloriosa.

El hombre responsable de la chica sintió que su corazón

dejaba de latir mientras ella descendía y se elevaba, volaba en círculo y giraba. El hechicero responsable de la Elegida sintió que se le alegraba el alma.

—Al menos podría agarrarse —farfulló el hombre.

En vez de eso, Fallon extendió un brazo hacia el búho, descendió y aterrizó a medio metro del lobo, que llegaba corriendo.

Así fueron hacia él. Fallon fue hacia él, radiante como el sol.

Y semejante belleza, semejante poder, le formó un nudo en la garganta a Mallick.

—¡Lo he encontrado! No me dijiste que era un alicornio.

—No lo sabía. Laoch decide si revela su naturaleza al completo.

—Bueno, ya lo creo que lo ha hecho. Es posible que Mick se haya meado en los pantalones. —Frotó con la mano el cuello de Laoch, aún riendo—. Es una belleza. Pero necesita un poco de ungüento. Tenía una piedra en el casco derecho delantero. Se la he sacado y he aliviado la mayor parte del daño, pero la tenía muy clavada y necesita más atenciones.

—Nos ocuparemos de él.

—Sé lo que ellos son para mí, lo que somos los unos para los otros.

—De otro modo, él jamás habría permitido que lo encontrases.

—Tenemos que añadir un establo, para cuando quiera quedarse.

Pasó una pierna por encima del caballo y bajó al suelo —una caída considerable— con una fluidez natural.

—Sí.

—Pero no una casilla. Solo un refugio. No le gustaría estar encerrado. Solo un cobertizo, un lecho y agua. Tiene que poder ir y venir a su antojo.

Mientras Taibhse volaba hasta un árbol cercano, Fallon acarició al lobo antes de acercarse a la cabeza de Laoch.

—Ahora lo comprendo. Grace es mía, pero no está hecha para la guerra. Pero él sí, y también es mío. Ojalá pudiera volar, correr y existir en paz. —Apoyó la mejilla en la del caballo—. Ojalá todos pudiéramos. Pero no podemos, ¿verdad?

—Hay batallas por delante. Pero hoy no.

—Hoy no. —Retrocedió—. Iré a por el ungüento.

—No has dicho nada sobre tu gran deseo.

—Acabo de decir que desearía que pudiéramos vivir tranquilos.

—El cuarto de baño.

Fallon le miró durante un momento y luego se echó a reír.

—Casi se me olvida. Eso no significa que no lo quiera. Un trato es un trato. Vamos a necesitar suministros. Pero Laoch necesita el ungüento. Y una manzana.

Mallick se quedó con el caballo, el búho y el lobo bajo un cielo aún rezumante de color. Contempló cómo la chica que enviaría a la guerra entraba corriendo en la casa.

Y le invadió un tremendo orgullo y un miedo pavoroso.

13

Un soleado día de junio, Fallon tiró de culo a Mallick. Si bien su destreza con la espada había mejorado de manera constante durante la primavera, el momento les pilló a ambos por sorpresa. Mallick estaba sentado en el suelo, sin aliento, con la espada a su lado, donde había caído al escurrírsele de la mano por la fuerza del golpe. Fallon estaba de pie, con los pies separados, asiendo la empuñadura con ambas manos después de girar de nuevo, lista para asestar otro golpe.

Con la respiración entrecortada y el rostro empapado en sudor, depuso la espada despacio. Después la alzó de nuevo junto con la otra mano, tendiéndola con fuerza hacia el cielo azul mientras prorrumpía en vítores y bailaba.

—¡Sí, sí, sí! ¡Por fin! —Meneó los hombros, contoneó el trasero y, espada en mano, ejecutó una especie de pirueta, pisoteando el suelo con fuerza.

—Me das la espalda para hacer un estúpido bailecito. Podría haberte matado media docena de veces.

—Oh, déjame disfrutarla, ¿vale? ¡Deja que disfrute de mi victoria! —Entonces paró y se limpió el sudor de la frente con el dorso de la muñeca—. ¿No habrás dejado que te ganara? No me has dejado, ¿verdad?

Le avergonzó darse cuenta de que deseaba aseverar que sí lo había hecho. La chica, que le había atacado con fiereza y astucia, había herido su orgullo y su trasero por igual. Pero eso era más estúpido que su bailecito. Cierto era que una chica de trece años le había superado (esa vez), pero se recordó que la había adiestrado él.

Así que la victoria también era suya.

—No. ¿Qué sentido tendría eso?

Fallon lo festejó de nuevo, bailó un poco más y después distendió los hombros. Se cuadró y esbozó una sonrisita.

—Otra vez.

—Cuando se actúa de forma arrogante en la batalla, se pierde.

—Me siento arrogante y voy a vencerte de nuevo.

Mallick se puso en pie.

—*Nid wyf yn credu hynny* —farfulló.

Con una amplia sonrisa, Fallon cogió la espada con las dos manos una vez más.

—*I yn guybod.*

Mallick se apartó el pelo y se dispuso a colocarse en posición. Después se detuvo y se quedó mirando.

—¿Qué has dicho?

—He dicho que voy a vencerte otra vez.

—No, después de eso.

—Has dicho que no lo creías, en plan cascarrabias. Y yo simplemente he dicho que lo sé. Que sé que lo haré. Estoy lista.

—He hablado en galés.

—¿Qué?

Mallick se acercó a ella, con la espada a un lado.

—*Ydych chi'n deall?*

Ella lo miró durante un momento y exhaló una bocanada de aire.

—*Dwi'n gwneu.* Sí. ¿Cómo? —exigió—. Entiendo las palabras, pero no entiendo por qué lo entiendo.

—*An dtuigeann tú?*

—*Tá.* La misma pregunta, la misma respuesta, pero eso era gaélico. ¿Cómo sé que era gaélico?

—*Come ti chiami?*

—No entiendo eso ni sé qué idioma es.

—Te he preguntado cómo te llamas en italiano. Te vendrá.

—¿Qué vendrá? Esto es una locura. —El pánico se apoderó de ella. ¿Cómo podía saber lo que no sabía?—. No he estudiado esos idiomas, ni galés ni gaélico. ¿El gaélico es un idioma? ¿Cómo sé yo que lo es? Y ahora sé que cuando murmuras *damnar air*, estás diciendo «mierda» en gaélico. Imaginaba que maldecías en galés porque dijiste que naciste en Gales.

—Y ahora tendré que ser más cauto cuando maldiga.

—Eso no es lo absurdo. No entiendo cómo lo sé. Espera, espera. —Cerró los ojos con fuerza y se colocó una mano en un lado de la cabeza—. El gaélico escocés también está ahí.

—Tienen una raíz —le explicó Mallick—. La raíz ha germinado en ti.

—¿Cómo? ¿Cómo es que sé lo que no..., lo que no sabía?

Mallick posó la espada en el suelo y se apoyó en ella; un hombre que había esperado un milenio para vivir momentos como este.

—Eres la Elegida, Fallon Swift. Está dentro de ti. El conocimiento, las respuestas, incluso tu habilidad para vencer a tu profesor. ¿Crees acaso que todos aquellos a quienes conocerás, todos los amigos, todos los enemigos, solo hablarán inglés? ¿Aquellos a los que lideres, aquellos con quienes luches, a los que protejas? Debes entenderlos, y ellos a ti. A fin de cuentas, el lenguaje son solo pensamientos expresados con palabras.

Raras veces la tocaba, pero en ese instante le puso una mano en el hombro.

—Esta es otra victoria para ti. No esperaba que tuviera lugar tan rápido. Eso es mérito tuyo, no mío.

Todo aquello se arremolinaba en su mente, tantísimas palabras, igual que abejas construyendo una colmena.

—No puedo pensar. Todo se agolpa en mi cabeza.

—Sosiega tu mente. El conocimiento es una bendición, un poder y un arma. Por ahora, mientras las raíces se extienden, acepta la bendición. Ahora puedes maldecirme en varios idiomas.

Eso la hizo sonreír un poco, y la sonrisa suavizó el pánico.

—Algunas veces siento que estaré preparada. Que sabré qué hacer, cómo hacerlo. Y otras... solo quiero irme a casa.

Demasiado para una chica tan joven en una soleada tarde, pensó Mallick. Había jurado adiestrarla y protegerla, pero ¿qué era eso si no la cuidaba un poco?

—¿Oyes zumbar a las abejas? ¿Ves florecer el huerto que sembramos? Puedes oler la tierra, las plantas que crecen. ¿Sientes el aire a tu alrededor, tibio por el sol? Escucha, siente, mira. Más en profundidad.

Con la mano inmóvil en su hombro, agitó la otra en el aire. Y, de repente, estaban en la colina donde su madre estuvo hacía muchos años, contemplando la granja.

Su madre, contemplando la colada. Las sábanas se agitaban con la brisa. Ethan lanzaba una pelota roja para que los perros la persiguieran al mismo tiempo. Su risa vibraba en el aire. Travis intentaba andar haciendo el pino mientras Colin se burlaba de él. El intercambio de burlas era tan normal, tan real.

Y su padre, acercándose a su madre por detrás para agarrarla, hacerla girar y besarla. El amor, tan sincero como todo cuanto conocía, le llegó al corazón.

Las abejas zumbaban, el huerto florecía, rebosante del olor a tierra y a plantas. El sol calentaba el ambiente.

—El tiempo pasará —le dijo Mallick—. No regresarás igual que te fuiste, pero regresarás.

Su padre iba remangado hasta los codos. La sonora risa de felicidad de Ethan mientras los perros trotaban detrás de la pelota roja. Las sábanas se hinchaban detrás de su madre. El rostro de Travis, enrojecido por el esfuerzo de caminar sobre las manos mientras Colin danzaba en círculos a su alrededor.

Oh, Dios. Una parte de ella, la parte más recóndita de su corazón, quería correr, volar hacia ellos. Pero el resto, lo que sabía que llevaba en la sangre, la detuvo.

—¿Cómo regresaré?

—Más fuerte.

—¿Puedo ver así otra vez? ¿Solo para verlos durante un momento?

—Cuando aprendas cómo.

—Entonces aprenderé cómo.

Sus hermanos se estaban peleando, y también los perros. Su madre llevó la colada dentro y su padre cogió la pelota roja y la arrojó para que los chicos y los perros fueran tras ella.

Y Fallon estaba otra vez en el claro, oyendo las abejas, oliendo el huerto, sintiendo el sol.

—Gracias.

—Las victorias deberían recompensarse. —Se apartó de ella.

—Vale. Coge tu espada, porque quiero otra.

El día más largo del año, cuando el sol estaba en su cénit, Fallon trazó el círculo. En su interior dibujó un pentagrama con la espada y puso una vela en cada una de las puntas. Las encendió.

Había colocado girasoles y presentes del huerto, hierbas recién cortadas, agua fresca y limpia cogida del riachuelo.

Invocó al dios del fuego y dio gracias por su luz. Agradeció a la diosa la fertilidad que otorgaba a la tierra.

Mallick la observó realizar el ritual y pensó en Samhain cuando vio surgir su poder.

Lo veía ahora, mientras levantaba la espada, mientras el aire que ella avivaba agitaba su corto cabello.

—Su espada flameará. Él es sangre de mi sangre. Mi espada arde con el fuego de los dioses. Soy hueso de sus huesos. Mi luz, la luz de él, la de ellos, nuestra luz golpeará la oscuridad. Mi vida, la de él, la de ellos, nuestras vidas se unirán para este fin. El sol saldrá y se pondrá, saldrá y se pondrá. La tierra florecerá y descansará, florecerá y descansará. La magia que ha despertado no dormirá de nuevo. El tiempo de dormir ha pasado, y yo estoy aquí para comprometerme.

»En este día, en esta hora, bajo el sol, entre las flores, soy tu sierva, soy tu hija. Me enfrentaré a lo que venga, ya sea manso o salvaje. Tú, que forjaste mi destino, enciende la llama dentro de mí y contra la oscuridad prometo resplandecer, así lleve diez mil días. Te entrego aquello que me pides. Hágase tu voluntad.

Bajó la espada y se mantuvo en silencio. No palideció, como había hecho antes. Ya daba muestras del soldado en que se convertiría, pensó Mallick.

—Ahora no puedo volver —dijo en voz queda, pero no como una niña—. He llegado muy lejos, tengo mucho en mí para volver ahora.

—Así pues, has hecho una promesa.

—Tenía pensado realizar el ritual que hace mi madre para el solsticio de verano. Es realmente precioso. Espiritual, supongo, pero es precioso. Pero entonces he tomado una decisión. *J'ai fait un choix.*

Mallick enarcó las cejas.

—Francés.

—*Parlo italiano anche.* No lo hablaba antes de empezar el ritual. Creo que no. Esta vez no se agolpa en mi cabeza, pero es mucho.

—Sí que lo es. Tienes que cerrar el círculo. Tendrás el resto del día libre.

Fallon quería eso, pero...

—Es mucho, pero mucho más es lo que me queda por aprender. Necesito practicar más. Necesito más.

—Entonces trabajaremos. Esta noche irás a la hoguera. Celebrar aporta equilibrio al trabajo y al estudio.

—Quiero ir. Tú también deberías venir. Deberías —insistió al notar sus excusas—. Celebrar aporta equilibrio.

—Muy sabia.

Ella esbozó una sonrisa.

—No sé dónde lo habré oído.

Esa noche, después de que se pusiera el sol del día más largo, bailó alrededor de la hoguera con duendes, con hadas y con un clan de cambiantes. Y el peso del trabajo, del aprendizaje y del futuro se disipó. Por una noche, una sola noche, podía ser una simple chica en una fiesta.

Se puso la corona de flores que Twila había hecho para ella; le había lanzado un hechizo para que se conservara. Llevó miel, compota de manzana y pan endulzado con pasas como regalo para sus anfitriones. Dado que durante los meses que llevaba con Mallick había crecido dos centímetros y medio, buscó a la joven y pícara duende Jojo, que tenía fama de encontrar cualquier cosa, y le pidió unos pantalones nuevos. A cambio le ofreció un brazalete que había elaborado con cuero trenzado.

Mientras el humo ascendía, el fuego crepitaba y los tambores sonaban, se sentó con una duende que estaba dando de mamar a su bebé. Había sido estudiante de intercambio antes del Juicio Final. Fallon conversó en francés con Orelana para ponerse a prueba.

—La familia con la que estaba era muy amable. Había ido a casa por Navidad y regresé el 2 de enero. Por entonces nadie sabía lo que ya había pasado. Nadie lo sabía, así que dejé a mi familia y regresé a Estados Unidos. Volví a clase y comenzamos a ver, a oír. Pero, a pesar de todo, nadie parecía saberlo.

»El padre de la familia estadounidense enfermó primero.

La madre lo hizo mientras él estaba en el hospital y después fue Maggie, una chica de mi edad, la hija. Fue muy rápido, todo fue muy rápido y espantoso. En el hospital había mucha gente enferma, muchos muriéndose.

»Llamé a mi familia y mi padre ya estaba enfermo. Intenté volver a casa, pero no pude conseguir un billete. Fui al aeropuerto para intentar conseguir un vuelo allí, pero aquello era un caos. —Se cambió con cuidado al bebé al otro pecho—. Gente enferma, gente desesperada, gente furiosa. Empujones, golpes, gritos. La policía. Soldados con armas. Tardé horas en volver a la casa en que vivía, que ya estaba vacía. Había muchos coches yendo y viniendo, mucha gente enferma en ellos. Intenté llamar de nuevo a mi familia, pero no me lo cogieron. No volví a hablar con mi madre, con mi padre ni con mi hermano.

Fallon contempló el fuego, observó el rojo y dorado crepitar dentro del ardiente corazón azul.

—Fue una época terrible, pero tuvo que serlo más aún para personas como tú, que no pudieron reunirse con su familia.

—Sé que mi padre murió. Él ya estaba enfermo. Pero tengo la esperanza de que mi madre y mi hermano sobrevivieran. Me quedé en la casa vacía presa del miedo, de un profundo miedo. Y también tenía miedo porque sentía el cambio dentro de mí.

—Tu sangre mágica.

—Sí, me aterraba. ¿Qué era yo? ¿Por qué yo? La familia con la que estaba vivía en las afueras. ¿Sabes lo que es?

—Sí. Mallick me lo enseñó de camino aquí. Comunidades fuera de las ciudades.

Orelana asintió.

—Pues esa lo era. Tranquila y acaudalada, una casa grande y preciosa, pero dentro estaba yo sola y asustada. Oía tiroteos y gritos en la calle, y unas risas espantosas. Y también veía unas luces preciosas.

—Hadas.

—Sí. —Se puso al bebé contra el hombro y le frotó la espalda—. Lo que llevaba dentro sabía que las luces eran buenas. Cogí lo que pensé que iba a necesitar. Verás, solo tenía diecinueve años. Era una niña privilegiada. Una joven en su primer viaje a Estados Unidos, lejos de casa. Una buena estudiante que soñaba con convertirse en diseñadora de moda. Una diseñadora de moda —repitió Orelana con una carcajada—. Cogí lo que pude meter en una mochila y seguí las luces.

—¿Cómo llegaste aquí?

—Dentro de mí había una necesidad, no solo de seguir las luces, sino de tomar una carretera en lugar de otra, de girar aquí en vez de allá. Durante días dejé que esa necesidad me guiara, igual que me guio para convertirme en un árbol o en la cima de una colina cuando algo malo se acercaba. —Miró a Fallon con una sonrisa mientras el adormilado bebé eructaba—. O correr, tan rápido como pueden hacerlo los elfos, para que no me atraparan. Pero los hombres me atraparon. Soldados.

—¿Te cogieron? No lo sabía.

—Dijeron que me ayudarían, que me llevarían a un lugar seguro —recordó Orelana mientras acunaba a su bebé, meciéndose un poco para mantenerlo tranquilo—. Me dieron comida y agua. Estaba muy cansada y tenía mucho miedo y mucha hambre. Pero los duendes tenemos un oído muy fino, como ya sabes, y también podemos oír pensamientos si son lo bastante ruidosos. Así que los oí hablar y pensar en los centros de contención, en los laboratorios y en las pruebas. Campos de aislamiento, todas esas aterradoras palabras y pensamientos. Estaba con otros tres en el fondo de un camión con material pesado en los laterales para que no pudiéramos ver dónde estábamos ni adónde íbamos.

—No sabía que habías estado en un centro de contención.

—No llegué allí. Uno de los soldados pensaba demasiado en alto, demasiado en alto para hablarme a mí. Minh.

Fallon desvió la mirada hacia el duende que hablaba con algunos de los hombres y columpiaba a un adormilado niño en la rodilla. Sabía que era el marido de Orelana y que sus padres habían venido a Estados Unidos desde Vietnam. No sabía que había sido soldado.

Liderar exigiría más que palabras comprensibles en cualquier idioma, pensó. Requeriría conocer las historias de aquellos que pronunciaban dichas palabras.

—¿Qué te dijo?

—Pensó: «Esto no es ninguna ayuda. Es una prisión. Estate preparada».

—¿Qué hizo?

—Primero debería contarte que era un buen soldado, que quería servir a su país. Pero había ocultado su verdadera naturaleza al resto de las personas con las que servía. Había visto los campamentos y los centros, así que sabía lo que le ocurriría. Lo que les estaba ocurriendo a los demás. Había otros soldados que hicieron lo mismo y se habían encontrado. Algunos de ellos. —Hizo una pausa y cambió de posición al bebé para liberar una mano y poder coger una taza y beber—. «Estate preparada», me dijo con el pensamiento. El camión se detuvo poco después. Paró porque uno de la resistencia, un brujo, lo hizo parar. Provocaron una explosión, pero no en el camión, sino cerca. Y después otra.

»En medio de la confusión, Minh rodeó el camión con la velocidad de un duende, cogió a un niño, un cambiante de no más de tres años, y a la mujer que lo cuidaba y se había convertido en su madre, y les dijo que se fueran. Yo cogí a una niña de la mano, una inmune, y la saqué. Corrimos a internarnos entre los árboles, donde más gente esperaba para ayudarnos. Y escapamos. Después, Minh dirigió ataques contra uno de los campamentos y uno de los centros. Con Thomas y los demás. Liberaron a algunos y se perdieron vidas en ambos bandos. Vinimos aquí para vivir tranquilos. ¿Conoces a Gregory, ese chico de ahí?

Fallon miro al grupo de adolescentes que fingían estar aburridos.

—Claro. Un cambiante lobo.

—Era el niño que estaba conmigo en el camión. Darla, aunque no es una sobrenatural, vive con el clan. A fin de cuentas es su madre. La niña pequeña, ¿la inmune? Es soldado con la resistencia. Se comunica con Minh y conmigo de vez en cuando.

—Es una buena historia. Una historia con fuerza.

—Es importante que no olvidemos quiénes somos y por qué lo somos. —Dejó la taza y exhaló un suspiro de satisfacción—. Hacía años que no hablaba en mi lengua materna tanto rato. Me has hecho un regalo.

—Es mi primera conversación en francés, así que también es un regalo para mí. Me alegro de que Minh estuviera a tu lado. Me alegro de que fuera soldado y quisiera servir. Y me alegro de que entendiera cómo servir, que fuera lo bastante valiente para hacer lo correcto.

—Ese día le estuve muy agradecida. Admiré su valor durante las semanas posteriores, su capacidad para ayudar a liderar, para proveer. Pero me enamoré de él una noche de primavera, aquí mismo, cuando me lo encontré cantándole a una niña pequeña que había tenido una pesadilla.

Fallon reconoció la luz que brilló en los ojos de Orelana cuando miró a Minh. La había visto en su propia madre cuando miraba a su padre.

—He aquí un hombre que luchará, que elegirá lo correcto y se arriesgará por ello, pensé. Un hombre que proveerá. Y que tranquilizará a una niña con una canción —explicó—. Pensé demasiado en alto —prosiguió con una carcajada—. No había aprendido a silenciar mis pensamientos, a protegerlos. Así que me oyó. Me oyó y me miró, y como era valiente, dejó que oyera sus pensamientos. —Suspiró—. La celebración de Litha es un momento para el amor y para los amantes. Un día mirarás a alguien y lo sabrás. —Le dio a Fallon una palmadita en la rodilla—. Pero ahora tengo que acostar al bebé.

Fallon se quedó sentada, contemplando el fuego. No estaba

segura de que jamás hubiera un momento para el amor y para los amantes en su caso. No estaba segura de que tuviera en su interior aquello que encendería esa luz en sus ojos.

Había hecho una promesa. Equilibrio, sí, reflexionó. Un baile alrededor de la hoguera durante el solsticio, buena comida y amigos. Su primera conversación en francés. Pero para compensar eso se había enterado de que Minh era soldado, parte de la resistencia. Alguien que sabía, en caso de que ella necesitara saberlo, dónde habían estado los campamentos y los centros.

Donde podrían estar aún.

Incluso ahora podía ver a Mallick disfrutando del vino. Pero mientras lo hacía, hablaba con Minh, que le había dejado la niña a su hermano mayor, con Thomas y con algunos de los ancianos.

Dudaba que estuvieran hablando de amor y de amantes.

Batallas, ataques, provisiones, estrategias, seguridad.

No necesitaba tener oído de duende para saber de qué hablaban aquellos que asumían el liderazgo.

Había hecho una promesa, había aceptado su deber. Un día acudirían a ella para esos planes, para esas respuestas. Tenía que estar preparada. Apoyó la barbilla en el puño, contempló el fuego, los azulados corazones de las llamas, el crepitar del calor rojo, y se preguntó si vería su futuro.

Cuando lo hizo, se levantó y se alejó de la música, de las voces, del baile.

—¡Oye! —Mick le dio alcance. Tenía una expresión bobalicona en los ojos que hizo que estuviera segura de que se las había apañado para birlar al menos un par de tragos de vino de hadas—. ¿Adónde vas?

—A casa. Es tarde.

—Es el solsticio de verano. —Subió corriendo por el tronco de un árbol y dio una voltereta. Al ver que estuvo a punto de caerse al aterrizar, pensó que había bebido más de un par de tragos—. Algunos vamos a ir al claro a darnos un chapuzón. Vamos. —La agarró de la mano.

—No, no puedo. Tengo que empezar mañana temprano.

—Eso será mañana. Esta noche es esta noche. —Tiró de ella, tratando de llevarla de nuevo a la fiesta.

—Mick, estoy cansada. —De mente y de corazón. Hasta el tuétano—. Me voy a casa.

—Te sentirás mejor después de un chapuzón. —Se volvió hacia ella bajo la luz de la luna que se colaba entre las hojas—. Es la noche de San Juan. Es mágica. Todo es mágico esta noche.

Oyó sus pensamientos. Le sorprendieron, le pusieron sobre aviso, pero no lo evitó a tiempo. Quizá, solo quizá, una parte de ella sentía curiosidad. Incluso lo deseaba.

Así que en la cálida noche del solsticio, bajo la luz de la luna que se filtraba entre las hojas, dejó que él la besara. Notó cierta dulzura, tal vez por el vino de hadas, tal vez por el momento. ¿Cómo iba a saberlo? Era su primer beso. Resultaba... reconfortante, al tiempo que despertaba algo que no reconoció.

Dulce, pensó, analizando al mismo tiempo que experimentaba. Y suave. Dejó que continuara durante otro momento, deseando aquella dulzura y suavidad.

Pero después se apartó. Se fijó en que sus ojos ya no mostraban esa expresión bobalicona. Ahí también vio deseo.

—Eres tan guapa —murmuró, intentando agarrarla de nuevo.

—No puedo. —Algo más se agitó en su interior y esa vez reconoció que era arrepentimiento—. Lo siento.

—Me gusta estar contigo. Me gustas.

—Tú también me gustas. Pero yo no... Lo siento —repitió en vano.

—Vale. Vale. Lo que quieras. —En su rostro se reflejaba el rechazo—. Solo pensé que tal vez quisieras divertirte un poco. Ser normal durante una noche. Pero supongo que tú solo quieres irte y recrearte con que eres la Elegida.

—Eso no es justo. —Y dolía como el picotazo de una avispa—. No es nada justo.

—Es lo que estás haciendo. Lo que siempre haces. Porque te crees muy importante. Te crees mejor que los demás.

—Sé que soy mejor que tú —espetó al segundo picotazo, profundo y agudo—. Ahora mismo sé que soy mucho mejor que tú.

Le empujó y se alejó con los ojos anegados de lágrimas de amargura.

—¡Me has devuelto el beso! —le dijo, levantando la voz.

—No volverá a ocurrir. —Alzó al cielo sus ojos cubiertos de lágrimas—. Esa es otra promesa.

Fue al claro con paso brioso. Las velas encendidas a lo largo del día seguían ardiendo, y estaban encantadas para que lo hicieran hasta el amanecer. Tuvo ganas de apagarlas, pasar la mano y extinguir su luz, envolverse en la oscuridad.

Sabía que no estaba hecha para la dulzura y la suavidad, sino para la batalla y la sangre. Las batallas y la sangre que había visto en el ardiente corazón azul de la hoguera. La batalla rugía a su alrededor mientras ella conducía a Laoch entre las espadas en combate, la lluvia de flechas, el rojo restallar del rayo. La sangre aún caliente en su rostro, en su espada, de todos a los que había matado.

Y en las cenizas, en las grisáceas cenizas del fuego, había visto el vuelo de los cuervos, los había oído graznar mientras sobrevolaban a los muertos y a los moribundos.

Había contemplado la hoguera del solsticio, y las gaitas y los tambores del festejo se convirtieron en el pulso de la guerra. Había mirado y había visto el futuro.

Entró en la vacía casa y, por primera vez en meses, se encerró en su cuarto. Se hizo un ovillo en la cama y lloró hasta quedarse sin lágrimas. Antes de que despuntara el amanecer, ella, una chica que aún no había cumplido los catorce años, hizo su tercera promesa de la noche.

Que aquellas serían las últimas lágrimas que derramaría por lo que estaba por llegar.

No vio ni rastro de Mick en una semana, lo cual le pareció bien. Resuelta, presionó a Mallick para que le enseñara más, para que le encomendara más tareas, para que la pusiera más a prueba. A finales de semana era capaz de realizar esas exigencias en castellano y en portugués.

Mallick sabía que algo le preocupaba, pero cuando trató de enterarse del problema —tal vez con torpeza, reconoció—, ella se cerró en banda. Una caja cerrada con llave.

También podía reconocer que su repentina e insaciable ansia de conocimiento y habilidades le dejaban exhausto. Así pues, cuando Fallon salía a cabalgar con Grace o con Laoch, suspiraba aliviado. Y se echaba una siesta.

Por las noches, ella le cosía a preguntas sobre las batallas que había librado y las que conocía. Tenaz, le sonsacaba cada detalle y debatía con él hasta que su mente divagaba acerca de por qué una batalla se perdía o se ganaba.

Sabía que Fallon hacía lo mismo con Minh, Thomas y el hada guerrera Yasmin. No solo sobre batallas, sino también sobre lugares. Campamentos y asentamiento, cifras, instalaciones de contención, campos de concentración.

Sospechaba que se había peleado con Mick, ya que no había visto al chico por la casa y una pregunta casual sobre él hizo que una acalorada Fallon le respondiera con brusquedad: «¿Por qué voy a saberlo yo?».

Pero Mick apareció de nuevo y la frialdad inicial de Fallon hacia él desapareció poco a poco. Aunque raras veces corría por el bosque con él como hacía antes. Ahora pasaba más tiempo con Mallick o con los ancianos de los clanes y las manadas.

A medida que el verano terminaba, ya no se contenía durante las prácticas con la espada. Y aun así le vencía la mitad de las veces.

Fallon ganó altura, sus músculos se volvieron más definidos, más magros. Apenas reía, y Mallick descubrió que echaba de menos ese sonido. Cuando llegaban al final de su primer año juntos, lamentó ver a la guerrera de ojos fríos consumir a la chica.

En su cumpleaños, consciente de su propia falta de destreza, le pidió a una duende que preparara un pastel de especias. Le regaló a Fallon una varita que él mismo había creado con una rama de un serbal que encontró en un viaje al Himalaya hacía mucho tiempo. Había rematado la punta con un cristal transparente de cuarzo puro, había tallado en él símbolos de poder y, después, había utilizado tres golpes de rayo para fortalecer, imbuir y consagrar.

La había hecho para ella un siglo antes de su nacimiento.

—Mallick, es preciosa. —La cogió y la giró en su mano para probarla—. Y fuerte. Gracias.

—Y te servirá. Puedes practicar con ella creando un hechizo de ocultación. Cuando regresemos.

—¿Cuando regresemos? ¿Adónde vamos?

—Dado que es el aniversario de tu nacimiento, te llevaré a la loma que da a tu granja para que puedas ver a tu familia.

Su expresión se tornó inescrutable.

—No es necesario. Están a salvo, es lo que importa. Si quieres llevarme a alguna parte por mi cumpleaños... —Se levantó, cogió uno de los mapas y lo desplegó—. Llévame aquí.

Mallick miró con el ceño fruncido donde ella había puesto el dedo.

—Cabo Hatteras. Eso está en Carolina del Norte. ¿Por qué?

—A la localidad de Hatteras, en el cabo, concretamente. Puede que quiera ver el mar. Nunca lo he visto. Puede que quiera pasear por la playa.

—Pero esa no es la razón. —Decepcionado, la miró a los ojos—. No me dices la verdad.

—No es mentira. —Se encogió de hombros—. Me gustaría ver el mar y pasear por la playa porque nunca lo he hecho. Pero quiero ir porque es uno de los centros de contención que conoce Minh. O lo fue. Quiero ver si todavía lo es, ver cómo es la instalación, la seguridad, cuántos son.

Mallick podía negarse. Pero no se le ocurría ningún motivo para hacerlo, y sabía que dentro de poco ya no le necesitaría para realizar una proyección astral.

—De acuerdo.

—¿Ahora?

Mallick le puso una mano en el hombro.

—Ahora.

14

Estaba en una playa de arena dorada y vio el mar. Vasto, poderoso, sus verdes se fundían en tonalidades azules, las olas se elevaban y descendían, escupiendo espuma blanca, como si fuera encaje líquido. El glorioso sol reinaba en un cielo despejado y se derramaba sobre él para crear danzarines puntos de luz.

Se quedó sin aliento.

Lo había visto en fotografías, en libros, en DVD, pero la realidad se impuso a todo aquello. Semejante grandiosidad la atravesó. Su sonido, su estruendoso latido, aquel rugido gutural de movimiento constante, reverberó dentro de ella.

Las aves marinas volaban en el cielo y surcaban la corriente de aire por encima del agua y de la arena.

Inspiró su olor —un olor que jamás había experimentado— y dejó que su vibrante vida la envolviera en el veloz viento que le agitaba la camisa.

Dio un paso al frente, incapaz de resistirse. El agua le lamió las botas mientras se ponía en cuclillas para hundir los dedos en el Atlántico.

—Está frío. —Entonces se llevó un dedo a la lengua—. Salado. Podríamos encontrar la manera de extraer la sal.

Mientras su mente trabajaba en ese asunto, cogió una pequeña concha blanca. Después dos más. Pensó en Colin y en cuánto le gustaría tenerlas en su cofre del tesoro.

Se enderezó y se las guardó en el bolsillo. Mientras lo hacía captó un movimiento relámpago, algo brillante, un chapoteo.

—Un pez tan grande daría de comer a los campamentos y a los clanes.

—Una sirena —le corrigió Mallick—. No un pez.

—Sirena.

—O tritón. No lo he visto entero.

—He oído historias —dijo Fallon—. ¿Viven en los océanos?

—Y en el mar, en las bahías, en las ensenadas e incluso en los ríos.

—¿Tienen guerreros?

—Muy fieros.

Fallon asintió, tomó nota y se dio la vuelta.

Vio lo que habían sido casas encima de la playa, construidas sobre pilares. El tiempo, el viento y las tormentas habían arrancado los tejados, las ventanas. Los porches se descolgaban precarios de los edificios.

—Evacuarían a quien viviera aquí o se lo llevarían. Se llevarían a los muertos para incinerarlos o enterrarlos. Pero habrían usado los edificios, los habrían mantenido. Como alojamiento propio, almacenamiento y operaciones. Pero han acabado en ruinas.

Se dirigió hacia allí mientras hablaba y descubrió que andar por la arena era otra cosa. Tiraba de sus pies; una sensación que le divertía y la enervaba.

—Minh me dijo que eligieron este lugar porque podían controlar la única carretera que llegaba hasta aquí y que terminaba en el agua. El mar a un lado, el sonido al otro —prosiguió, utilizando las manos para indicar la dirección— y una carretera atravesando una estrecha franja de tierra. Podían controlarla, y eso lo convertiría en un lugar aislado para una prisión. Si alguien escapaba, ¿adónde iba a ir? Pero no podían controlar el clima. Huracanes, tormentas y la erosión que provocaban. Los que se encargaban de la prisión estarían tan aislados por esas tormentas como aquellos a quienes custodiaban.

Mallick no conocía el lugar. Pero ella sí, porque se había interesado, había hecho preguntas a los demás, había extraído los detalles, igual que una chica con una pala.

—¿Minh estuvo aquí?

—Dijo que una vez, en las primeras semanas, cuando todavía creía que se dedicaban a proteger y a defender. Creía que traían aquí a la gente para ponerlos en cuarentena hasta que llegara la cura. Luego se enteró de que eso era mentira. Dunas —comentó con aire ausente—. ¿Avena del mar? Y esas flores, tantas flores. ¿Las conoces?

—Gallardías.

Fallon repitió el nombre mientras coronaban las dunas.

—Ahí. —Señaló, y continuó andando—. El centro de contención. La prisión.

Construida con hormigón y acero, sin ventanas, se erigía al otro lado de la carretera cubierta de arena. En todas las esquinas y laterales se alzaban torres de vigilancia, y al menos en una vio algún tipo de arma. Un arma que habría disparado atronadoras balas, imaginó. También se encontraba elevada por encima del suelo, construida sobre pilotes de acero.

El enorme nido de un ave marina ocupaba otra torre de vigilancia. Un buen puesto, con una posición estratégica, tanto para un ave como para un hombre, pensó.

El edificio estaba rodeado por una alta cerca, con carteles que advertían que estaban electrificadas y que las descargas eran letales. La puerta, lo bastante ancha para uno de los grandes camiones que vio dentro, aguantaba, cerrada con cadenas.

—Lo abandonaron. Hay arena sobre las ruedas de los camiones y óxido por el agua y la sal. Bajo los pies puedo sentir zonas en el camino que son infranqueables por la arena, y al norte, ahí, se ha derrumbado. Puede que a causa de la inundación. Lo abandonaron. Llévame dentro. —Se dio la vuelta al darse cuenta de la impaciencia que transmitía su propia voz—. Lo siento. Quiero darte las gracias por traerme y pedirte que me lleves dentro del edificio. Quiero ver el interior.

—Ya no están, Fallon, tal y como has dicho. Aquí ya no hay vida.

—Necesito verlo.

Mallick asintió.

—Abre la verja. Tú tienes el poder. Examínalo —agregó mientras ella se acercaba un poco—. Cómo asaltarías la verja si hubiera vida dentro. Si el enemigo estuviera aquí.

Fallon dejó a un lado el impulso de limitarse a arrojar su poder y reventar la verja. Cadenas y cerrojos, pan comido, pensó. Pero si el enemigo estuviera dentro, necesitaría algo más sutil que una explosión para sortear la vigilancia y la seguridad y las cerraduras electrónicas.

Pero claro, había aprendido estrategia y táctica sentada en las rodillas de su padre y magia en las de su madre.

—Primero hechizaría las cámaras de vigilancia. Es una tontería dejar que el enemigo sepa que venimos. Nadie las maneja ahora, no están conectadas, pero... Por el poder que arde en mí, ved solo lo que yo considere que veáis. A toda criatura de carne y hueso ciegas estaréis, hasta que este hechizo se debilite.

»Si las anulara, el enemigo enviaría a alguien a que las comprobara. Las cadenas y el cerrojo son muy básicos. —Extendió las manos y rompió los eslabones—. La electrónica. —Se acercó y examinó las puertas—. Si esto fuera un ataque real, vendríamos de noche. Habría centinelas en las torres. La solución más rápida; arqueros de forma simultánea. Si es posible, para limitar las bajas, hechizo de sueño sincronizado, pero eso es más complicado. Después la verja..., no, después la alarma de la verja.

—Bien —murmuró Mallick.

—Un técnico podría anularla o desconectarla, lo que fuera más rápido. —Alargó una mano y abrió los dedos—. Ya no hay corriente, pero bastaría con eso. A continuación, la verja.

Cerró ambos puños, los mantuvo unidos al tiempo que los nudillos adquirían un tono blanquecino. Después los separó despacio. La verja se estremeció, se abrió un poco y después un poco más.

Fallon tomó aire.

—Enterrada en la arena, pesada y resistente. —Los músculos le temblaban, el sudor le perló la frente, pero la verja se abrió un poco más. La golpeó, invadida por la frustración—. ¡Ábrete, maldita sea! —La verja se abrió de golpe, el metal se estrelló y la arena se acumuló—. Supongo que podría haber sido más silenciosa.

—Bastante más. La próxima vez retira la arena.

Fallon infló las mejillas y soltó el aire al reconocer su error.

—Esa habría sido una idea. En fin... —Cruzó la verja, atravesó más arena, una especie de playa seca en la que flotaban camiones y diverso equipamiento.

Estudió la ancha puerta de acero.

—Esta la volaría. Entraría rápido. Esperaría que tuviéramos algo de información interna, una idea de la distribución, pero rápido. Debe de haber otra puerta, tal vez más. Al fondo, en los laterales. Lo mismo aquí. Entrar rápido, en todas las direcciones. Estarían armados, así que hay que anular..., es la palabra que utiliza mi padre..., a tantos y tan rápido como sea posible y proteger a los prisioneros y sacarlos. Esa es la misión. Sacar y poner a salvo a tantas personas retenidas como sea posible. —Miró a Mallick—. ¿Ya puedo volarla?

—Sí.

Meneó los hombros y se frotó las manos.

—Un poco de diversión de cumpleaños.

Surgió con la fuerza de un relámpago, ardiente y potente.

La sensación era increíble. El estrés que no sabía que llevaba consigo, liberado en un único y brutal golpe.

Las puertas de acero se abrieron de inmediato.

—¡Boom, boom! —Entró, un poco mareada.

Sin electricidad, el edificio estaba oscuro, pero la luz del sol se colaba por las puertas. El primer cuerpo —huesos dentro de un uniforme quemado y raído— yacía a solo unos pasos de la entrada.

—Ay, Dios mío. Ay, Dios mío.

—Luces. —Mallick la agarró de la mano—. Conmigo. Luces.

Fallon unió su poder al de Mallick para crear un tenue resplandor verdoso, sin dejar de estremecerse en todo momento.

Gracias a esa iluminación vio otra puerta detrás de los restos, con barrotes dentro de un cristal grueso. Al otro lado había un centro de seguridad, un puesto de guardia. Y más, mucha más muerte.

Restos óseos derrumbados en sillas frente a monitores apagados. Esparcidos por el suelo de hormigón, calcinados por un fuego abrasador.

Mallick le soltó la mano y abrió la puerta con barrotes. Después de atravesarla, se volvió hacia ella al ver que no le seguía.

Se fijó en que estaba pálida bajo la luz obra del hechizo, con una expresión consternada en sus oscurecidos ojos. Sabía que no era solo por los muertos, no solo por eso; también podía oler aún el hedor a magia negra atrapada allí dentro durante años.

Estuvo a punto de cogerla de nuevo de la mano y llevarla otra vez a su casa, lejos de la muerte y de la oscuridad. Pero eso era la debilidad de su amor por la niña, no el deber del elegido con la salvadora.

—Has de enfrentarte a esto. La guerra..., y era, es y será la guerra..., acarrea la muerte. La muerte por la mano del hombre o por obra de la magia. En la guerra causarás la muerte con tu espada, con tu poder, con tus órdenes. Para ser justa, para ser sabia, para ser lo bastante fuerte como para causar la muerte, debes enfrentarte a ello, ver el precio.

Fallon temblaba, pero cruzó la puerta.

Más puertas, pensó. Docenas y docenas de puertas de acero a lo largo de las paredes de hormigón. Una escalera abierta que conducía al segundo nivel y a más puertas.

Se obligó a acercarse a una, aunque tenía la impresión de estar nadando más que caminando. Abrió la ventanilla y miró a través del cristal reforzado. Con unas dimensiones que no superaban dos metros y medio de ancho y de fondo, la celda sin ventanas contaba con un retrete atornillado al suelo y un estrecho catre con los huesos de alguien que se había hecho un ovillo en él.

La ira se impuso a la conmoción y abrió la puerta de golpe, después otra y otra más, haciendo que el ruido del metal al golpear contra la piedra resonara por doquier. Algunos de los muertos estaban atados a los catres. Muchos eran niños. Todos habían estado solos.

La rabia se impuso a la ira y, con un grito furioso, Fallon extendió las manos y propagó su poder. Más puertas se abrieron con gran estruendo, algunas con tanta fuerza como para partir el acero.

—Siguen atrapados aquí. Puedo sentirlos. —La indignación le quebraba la voz—. ¿Puedes sentirlos?

—Sí. Puedo sentirlos.

Fallon arrancó las placas de identificación de un cuerpo que yacía en el suelo y las agarró con fuerza en su mano.

—Muéstramelo —ordenó, cerrando los ojos—. Muéstramelo. —Le vio tal y como había sido—. Sargento Roland James Hardgrove, ejército de Estados Unidos, asignado a la Operación Redada. Comandante en jefe, el coronel Davis Charles Pickett. Treinta y seis años. Casado, con dos hijos. —Insistió, agarrando las placas de identificación—. Les dijo que los llevaba a un lugar seguro. Que si oponían resistencia utilizaría la fuerza, incluso letal cuando estuviera justificada. Esas eran las órdenes. Un soldado cumple las órdenes. Su equipo trajo al último grupo. Dos hombres, tres mujeres y dos menores. El chico, de unos ocho años, le recordaba a su hijo, pero tenía órdenes. Había completado el traslado, el papeleo, y se dirigía a la cantina cuando murió. Órdenes. Seguía órdenes. —Fallon soltó las placas, se acercó a una de las paredes calcinadas y posó las manos en ella—. Otros seguirán las mías. He de enfrentarme a la muerte para ordenarla, para enviar a otros a ella, para causarla. Por eso, déjame ver. Deja que vea lo que convirtió la luz y la vida en muerte y oscuridad.

—Fallon, no estás preparada para...

Giró la cabeza a un lado y a otro con brusquedad. Sus ojos, casi negros por el poder y la furia, ardían.

—Con poderes internos, con poderes externos, te invoco. Muéstrame ahora y muéstramelo todo. Si mi deber roza la oscuridad, el velo habré de apartar. Y oiré, sentiré y veré. Hágase mi voluntad.

Demasiado, pensó Mallick, demasiado. Pero la suerte estaba echada.

Su cuerpo se sacudió, su cabeza cayó hacia atrás y sus ojos se oscurecieron, cegados por las visiones.

Las voces gritaban en su cabeza, llorando, lamentándose, suplicando.

—Demasiadas, demasiadas. No puedo oír. Ay, Dios mío, demasiadas.

Era de noche. Aunque nadie dentro de las celdas sabía si era de día o de noche. Los metieron ahí, drogados con la comida y la bebida que les habían dado durante el viaje. Así que avanzaron arrastrando los pies, obedientes, opusieron poca resistencia cuando los examinaron, los desvistieron, los catalogaron y les dieron un mono naranja de prisionero para que se lo pusieran. La mayoría dormía cuando los llevaron a sus celdas.

Algunos soñaban y gritaban mientras dormían. Otros trataron de combatir las drogas que les administraban día tras día. Y a otros los sujetaron, forcejeando, hasta que les administraban más narcóticos.

Bajo la categoría MHA —Manifestación de Habilidades Antinaturales— y la fecha de confinamiento, llevaban a los detenidos al laboratorio del centro para su análisis.

Fallon se puso a prueba a sí misma y sus límites y fusionó su mente con el espíritu de una chica atada a una mesa en una mal iluminada habitación. Janis, una estudiante de instituto de último curso cuando llegó el Juicio Final. Una animadora que se esforzaba por aprobar química.

Él, el hombre de expresión inescrutable con bata y gorro blanco, le extrajo sangre. La conectó a una máquina y le colocó pequeños y fríos discos en el pecho desnudo.

La habían despojado de la ropa y le avergonzaba estar tumbada desnuda bajo las luces, bajo la mirada y las manos del hombre.

—Por favor. Quiero ver a mi madre. ¿Dónde está mi madre?

Habían huido juntas después de que su padre muriera. Huyeron porque a Janis le salieron alas y su madre tenía miedo. Fueron a casa de la abuela. Solo fueron a casa de la abuela, pero ella no estaba. Así que continuaron huyendo.

Luego llegaron los soldados.

—Por favor —repitió, pero el hombre que le clavaba agujas le aplicó los fríos discos sin decir nada.

Trató de volver la cabeza, pero descubrió que no podía moverse. ¿Había sufrido un accidente? ¿Estaba paralizada?

—Por favor —suplicó de nuevo—. Ayúdeme.

Entonces comprendió que las palabras no emitían sonido alguno. Las palabras estaban solo en su cabeza. No podía hablar.

No podía hablar, no podía moverse. Pero podía ver, podía sentir. Y cuando una lágrima resbaló por su mejilla, el hombre la recogió con una torunda y la metió en un pequeño frasco que etiquetó.

—Brody, estimulación, al dos.

Janis sintió la rápida descarga eléctrica atravesar su cuerpo.

En el monitor, la mujer recitó del tirón los números. Frecuencia cardíaca, presión arterial, frecuencia respiratoria.

—Sube a cuatro —ordenó el hombre.

La descarga la asaeteó y gritó en su cabeza. El instinto de volar, de alejarse volando, desplegó sus alas.

—Manifestación en el nivel cuatro. Vamos a sujetárselas.

Le hicieron daño, le hicieron daño a ella y a sus alas.

Algo en su interior recordó en medio del estupor de las drogas que le habían hecho daño antes. Recordó que su madre no estaba allí. Se la habían llevado a otra parte.

El dolor se apoderó de ella, igual que había hecho antes, cuando emplearon el escalpelo para seccionar un trozo de su ala. Derramó más lágrimas y esa vez la mujer las recogió.

—Igual que antes, la sección de ala pierde su luminiscencia cuando se excita. —El hombre selló el ensangrentado trozo de ala en una bolsa. Lo selló y lo etiquetó—. Necesitamos cabello con la raíz, Brody. Diez muestras de la cabeza, diez del pubis. Otra muestra de orina. Hay que enviar todas las muestras al CCS por mensajero especial.

—¿Todas?

—Esta vez. Podemos sacar más cuando las necesitemos.

No sonrió, pero cierta satisfacción afloró a su rostro. Janis le maldijo con todo su corazón. No por el dolor, ya no, sino por esa expresión de satisfacción.

Entonces llegó el fuego, negro y brutal.

—No —murmuró Fallon—. No, no, no provenía de ella. Pero ¿de dónde, de qué, de quién? Muéstramelo.

Soldados ocupando sus puestos. Tres fuera de servicio comían en la cantina; sopa de alubias, puré de patatas hecho con copos deshidratados y panecillos duros con su ración de margarina. Otros dos fumando afuera. El tabaco valía cinco dólares cada cigarrillo en el mercado negro, pero el ejército lo proporcionaba.

Uno limpió la celda del detenido que estaba en el laboratorio. El comandante en jefe exigía que hasta el último centímetro del centro estuviera en orden en todo momento. Sin más detenidos previstos para realizar pruebas hasta la mañana siguiente, el soldado raso Coons planeaba relajarse un rato con un DVD antes de irse al catre.

El comandante en jefe estaba sentado en su despacho del nivel dos, leyendo informes con sumo interés. En su mesa tenía una fotografía de su familia; esposa, hija, hijo, sus respectivos cónyuges y sus dos nietos.

Su amargura por sus muertes a manos del virus le carcomía por dentro y no le daba tregua. Su convicción de que los que estaban en las celdas de abajo eran los responsables era absoluta.

Un brujo se había vuelto loco en una de esas celdas. Abraham Burnbaum fue en otro tiempo un prominente neurólogo y un hombre próspero dedicado a su trabajo y a su familia. Un hombre que contribuía a la sociedad, que utilizó todas sus habilidades para salvar vidas. Que le gustaba el golf y navegar. Al igual que el comandante en jefe, había visto morir a su familia, y ni sus conocimientos, ni sus habilidades ni sus contactos en la comunidad médica los habían salvado.

Solo habían sobrevivido su nieto, que llevaba su nombre, y él. El pequeño Abe, con su risa alegre siempre dispuesta, su pasión por los dinosaurios y su lealtad absoluta hacia Iron Man, había sobrevivido, y, lo mismo que su abuelo, había comenzado a mostrar habilidades que el científico Burnbaum habría considerado ridículas.

Durante más de un año mantuvo a salvo al crío. Incluso cuando tuvieron que dejar la casa en Alexandria, cuando la contienda se aproximó demasiado, lo mantuvo a salvo. Hizo que pareciera una aventura. Caminar, ocultarse, pescar, acampar en el bosque o en una casa ya abandonada.

Al sur; llevó al chico hacia el sur. Clima más cálido, época de cultivo más larga.

Entonces cometió un error. Estaba cansado, se volvió descuidado o simplemente ingenuo. Creyó que podría formar un hogar para el chico en una pequeña casa en ruinas justo en la frontera de Carolina del Norte. Durante un tiempo lo consiguió, ocultos de la carretera.

Pero los soldados llegaron tan rápido que supo que era imposible escapar. Podía luchar, pues tenía un arma y aquellos extraños poderes dentro de él. Pero temía por el chico.

—Abe. —Lo llevó a la cocina—. Rápido. Métete en el escondite.

—Pero abuelo...

—Recuerda lo que dijimos. —Abraham abrió la puerta del sótano—. Recuerda lo que me prometiste.

—No quiero...

—Lo prometiste. Ve abajo y no hagas ruido. Pase lo que pase. Pase lo que pase no salgas hasta que yo venga a sacarte. O hasta que estés seguro de que se han marchado. Y cuando estés seguro de que se han ido, ¿qué harás?

—Me quedaré quieto y contaré hasta cien diez veces.

—No empieces a contar hasta que no oigas ningún ruido. —Empujó con suavidad al chico para que bajara la escalera—. Date prisa. No hagas ruido. Te quiero, chaval.

—Te quiero, abuelo.

Cerró la puerta y, tal y como había practicado sin cesar, la ocultó. El pomo desapareció sin dejar el más mínimo rastro.

No llamaron o le pidieron que saliera. Irrumpieron por la puerta principal y por la de atrás, armados hasta los dientes. Uno le disparó antes de que pudiera levantar los brazos. No una bala, aunque le dolió. Se tambaleó bajo el efecto del tranquilizante.

Oyó sus botas resonando por toda la casa, escuchó las órdenes de que encontraran al chico.

Volvió en sí, con la mente confusa, en un pequeño cuarto. Atado a un catre, trató de pensar a pesar de las drogas.

El pequeño Abe. ¿Habían encontrado a su chico?

Podían hacerle a él lo que les viniera en gana siempre que Abe siguiera a salvo.

Lo torturaron, utilizando un paralizante mientras le realizaban aquellas espantosas pruebas. A veces oía gritos, pero nunca duraban demasiado. Nadie hablaba con él salvo para interrogarle, y al cabo de unos días, ni siquiera para eso.

Le consolaba haber mantenido a salvo a Abe. Se permitía soñar con su maravillosa risa, con sus ojos traviesos.

Pero los días, las semanas y los meses de cautiverio en soledad, las drogas y las brutales pruebas acabaron con toda esperanza.

¿Era a Abe a quien oía gritar? ¿Llamándole para que le ayudara?

Gritó, y cuando llegaron, intentó luchar, intentó recurrir a su magia a pesar de las drogas. Encendió un fuego, suficiente para chamuscar a algunos de sus captores, suficiente para ganarse una paliza, hasta que alguien impartió una orden.

Le ataron de nuevo al catre, le administraron más drogas, le hicieron más pruebas.

Le volvieron loco, y la locura le llevó a la oscuridad.

Y la oscuridad era astuta.

Se provocó un ataque, solo un pequeño ataque, lo bastante como para que redujeran la dosis de drogas. Les mostró sumisión incluso cuando le llevaron a las duchas y le limpiaron con manguera. Incluso cuando lo torturaron.

Mientras tanto, se envolvió en la oscuridad, le ofreció lo que él era y oyó su risa satisfecha dentro de su cabeza.

Arderían, todos arderían. Fuego negro, cuervos negros volando en círculo, humo negro elevándose para ocultar el sol.

Invocó la oscuridad, pronunció palabras en su cabeza que no conocía. La vio sonreírle, escuchó sus promesas.

Arderían, todos arderían, y él resurgiría de las llamas. Triunfante.

Así pues, cuando un hada agonizante maldijo a su torturador, Abraham desató todo su odio, toda su ira, toda su locura, y lo volcó por entero en el fuego negro. Ardieron, todos ardieron.

Pero la oscuridad es tan astuta como la locura y le arrastró con el resto.

Fallon se dejó caer por la pared, temblando, sudando.

—Lo he visto. Lo he visto. Tengo náuseas. Voy a vomitar.

—Tranquila. —Mallick la cogió en brazos—. Ahora duerme.

La dejó inconsciente y se la llevó.

Después de depositarla en su cama, encendió velas blancas, quemó salvia blanca y le lavó el rostro. Cuando se movió, la instó a tomar una poción para calmar las náuseas y la conmoción.

—He visto... —Todavía podía verlo. Siempre lo vería—. Tengo que contártelo.

—Lo has hecho. Me lo has contado mientras lo veías, mientras lo oías, mientras lo sentías. Me lo has contado todo. Necesitas descansar. Te has presionado más de lo que deberías. No estabas lista para tanto.

—Si no hubiera estado lista, no podría haberlo hecho.

—Si hubieras estado totalmente preparada, no tendrías náuseas. Eso se te pasará, y te prepararé una infusión que alivie el resto del malestar.

Fallon le agarró la mano.

—Era un buen hombre, Mallick. Era un buen hombre. Un médico, un sanador. Se sacrificó para salvar a su nieto. Ni siquiera le dijeron si habían encontrado al chico, si el niño estaba bien. No se lo dijeron. Igual que no le dijeron a la chica, a Janis, dónde estaba su madre. ¿Por qué fueron tan crueles?

—Para quebrar su espíritu. Un espíritu quebrado debilita más que un cuerpo magullado.

—En su lugar quebraron su mente, y eso es peligroso. Quebraron su mente, así que se abrió a la oscuridad y la oscuridad le escuchó. Algo oscuro le escuchó y...

—Se aprovechó de él.

—Sí, se aprovechó de él. Y le mintió, ya que está tan muerto como el resto. Janis jamás le hizo daño a nadie, pero creo que cuando maldijo al tío del laboratorio, el que le hizo daño, dio aún más poder a aquello que habitaba dentro de Abraham. Creo que... había tantas voces que al principio no podía oír, así que he tenido que apartarlas. Pero creo que tantos se habían quebrado, tantos deseaban contraatacar, que de algún modo todo se rebeló, y que cuando Abraham encendió la mecha, estalló por los aires.

—Es posible. Muy posible. Igual que es posible que, con tantos allí encerrados, ya hubiera oscuridad entre la luz. Y que eso también se sumó.

—Sí, tienes razón. —Cerró los ojos un instante—. Tenían encerradas a ciento cuarenta y seis personas. Había espacio para ciento cincuenta. Algunos murieron, a otros los enviaron a otro lugar. Pero esa noche había ciento cuarenta y seis. Ocurrió hace diez años, el 14 de marzo, a las 9.20 minutos. Tenemos que volver. —Le asió con más fuerza cuando él negó con la cabeza—. Tenemos que atender a los muertos. A todos ellos. Y hay que purificar la tierra.

—Sí, hay que atender a los muertos y liberar sus espíritus. Hay que destruir un lugar de crueldad y purificar la tierra. —Le enorgulleció que Fallon pensara en ello, que conociera su importancia—. Pero hoy no —le dijo—. Mañana. Han esperado mucho tiempo. Hablaré con Minh, querrá ir. También otros querrán.

—Mañana —aceptó Fallon—. Pero no destruiremos el edificio. Está bien construido y la ubicación es buena. Puede que algún día lo necesitemos.

Fue a prepararle la infusión; estaba más débil de lo que ella misma pensaba. La próxima vez no lo estaría, pensó. Ya había demostrado tener la cabeza más fría que él. Lo que había visto y oído a través de ella... Mallick deseó destruir todo lo que había en aquel lugar.

Pero el guerrero, el líder de guerreros, comprendía que una guerra entrañaba muerte. Y también entrañaba prisioneros.

—Jamás volverá a ser una niña —se dijo mientras añadía miel a la infusión para enmascarar el ligero sabor amargo del reconstituyente—. No después de hoy.

El día de su nacimiento, pensó. Muchas veces la luz podía ser tan astuta y cruel como la oscuridad.

La oyó moverse, aunque le habría gustado que se hubiera quedado en la cama algunas horas más. A continuación oyó la ducha. Las tuberías metían un poco de ruido, pero servían. Y Fallon se lo había ganado.

Imaginó que quería eliminar la peste a prisión, el hedor de la muerte. Y se dio cuenta de que él quería hacer lo mismo.

Salió a pasear hasta el riachuelo. Una vez que ambos estuvieran limpios de nuevo, Mallick le llevaría el pastel de especias que había pedido que prepararan para ella. Esperaba que eso le gustara.

Equilibrio, pensó mientras se desvestía. Un poco de pastel y de infusión, una noche tranquila, sin tareas para ella.

Un modo sencillo de equilibrar la fealdad de la jornada y el triste deber al que se enfrentarían al día siguiente.

15

El invierno siguió al otoño y trajo consigo un frío brutal, vientos huracanados y nieve incesante. A pesar de ello, Mallick endureció el entrenamiento físico. Le dijo a Fallon que las batallas no esperaban a la cálida primavera. Aprendió a luchar con una espada en una mano y un cuchillo en la otra. Y cuando Mallick se triplicó mediante una ilusión, aprendió a luchar contra múltiples enemigos.

Moría a menudo, pero aprendía.

Fallon cabalgaba a Grace por placer y a Laoch por la emoción y para practicar, pues amazona y montura debían ser uno solo en la batalla.

Luchó con Mallick a caballo, armada con una espada y un pequeño escudo. La nieve caía con fuerza, agitada por el ronco viento, y los aceros chocaban una y otra vez.

El curtido Gwydion embestía, retrocedía, giraba, admirado y respetado por una intrépida Fallon. Ella sabía que Laoch superaba incluso semejante destreza, igual que sabía que la desventaja de su montura era su amazona.

Mejoraría.

Las espadas chocaban, aunque su estruendo quedaba amortiguado por la cortina de nieve. Todas las horas que había blandido la espada, todos los cubos de agua que había levantado y cargado le habían dado fuerza y vigor. A pesar del frío, el esfuerzo calentó sus músculos. Y con una pericia y destreza de la que carecía meses atrás, se coló en la defensa de Mallick y le alcanzó en el corazón.

Él se limitó a asentir.

—Otra vez —ordenó, conjurando en esa ocasión la ilusión de una batalla que rugía a su alrededor. Guerreros a caballo, a pie, flechas volando y bolas de fuego que estallaban por todas partes.

Gwydion embistió y Mallick empuñó la espada. Pero ella estaba preparada. Le bloqueó con el escudo y le golpeó mientras Laoch hacía retroceder a Gwydion.

A pesar de los gritos de guerra y de los alaridos de los moribundos, oyó los resuellos de Mallick. Y con su fuerza, joven y afinada, asestó golpe tras golpe. Después hizo un movimiento de barrido con el brazo, valiéndose del escudo para derribarlo del caballo.

Mallick aterrizó sobre la dura nieve con un golpe seco.

Con una sonrisa de oreja a oreja, Fallon se inclinó hacia delante sobre Laoch.

—¿Vas a decir «me rindo» por fin? Es la tercera vez en una hora que... —Su sonrisa se esfumó al ver que él se quedaba ahí, con los ojos cerrados—. ¡Oh, mierda!

Se apeó de un salto de su caballo y se lanzó hacia él. Cuando empezó a pasarle las manos por encima, Mallick abrió los ojos y se las apartó.

—Solo me falta el aire.

—Lo siento. Lo siento. ¿Seguro que no estás herido? Déjame ver.

—Sé si estoy herido, y no lo estoy. —Se impulsó para incorporarse—. Me has derribado, pero al estar tan centrada en atacar a un único oponente, media docena podría haberte atacado por los flancos.

—No. Laoch me lo habría dicho.

Mallick desvió la mirada hacia el caballo, que ahora estaba tranquilo.

—¿Es así?

—Sí. Y puedo percibir..., no a todo el mundo, no siempre, pero puedo percibir si uno de tus fantasmas me va a atacar. Entre nosotros, lo sabemos. No siempre se puede saber. Pero hay que acabar con el enemigo principal. Tú me enseñaste eso. Acaba con el principal, luego con el siguiente.

Mallick se limitó a gruñir, pero Fallon oyó aprobación en ese sonido. Y agotamiento.

—Deberíamos cepillar a los caballos. Llevan más de una hora fuera con este tiempo —dijo.

—Son criaturas fuertes y sanas. Y yo también. Una vez más.

Pero cuando se levantó y se dispuso a montar de nuevo, oyeron los gritos.

Mick corría hacia ellos, volando sobre la nieve a una velocidad que apenas dejaba rastro. Su cabello cubierto de nieve se agitaba al viento.

—¡Tenéis que venir! —gritó—. Tenéis que venir.

Fallon asió al instante la empuñadura de su espada.

—¿De qué se trata? Un ataque.

—No, no. Enfermos. La gente está enferma. Mi padre... Tenéis que venir.

—Más despacio. —Mallick se acercó y apoyó las manos en los hombros de Mick—. ¿Qué enfermedad? ¿Cuántos?

—Muchos. Fiebre y escalofríos, y mi padre no puede respirar. Ataques de tos. Los tés y las pociones no funcionan. Tenéis que venir.

—Tú tampoco tienes buena cara —señaló Fallon.

—Estoy bien. Estoy... —El ataque de tos contradijo su aseveración—. Mi padre...

—Ven dentro.

—No, tengo que...

—Dentro —repitió Mallick—. Necesitamos medicinas. Tienes fiebre. Fallon, prepara té. Milenrama...

—Milenrama, bayas de saúco, menta. Lo sé. No pierdas el tiempo —le dijo a Mick, tirando de él hacia la casa. Indicó a los caballos que los siguieran—. Siéntate junto al fuego —le ordenó al joven, haciendo que ardiera.

Jengibre, tomillo y miel, pensó. Para la tos. Añadió regaliz y equinácea mientras reunía las hierbas para la fiebre.

Hizo hervir una jarra de agua y añadió las hierbas para preparar la infusión.

—¿Tienes suficientes mantas?

—Creo que sí. —Le lanzó una mirada de desesperación. Tiritaba un poco—. Tenemos que darnos prisa.

—¿Qué hay de los cambiantes y las hadas?

—Las hadas han intentado ayudar, pero algunas también están enfermas. La manada está bien. Al menos lo estaban.

—Bébete esto. Tengo que reunir más suministros. Tenemos medicinas en el taller. Mallick está recogiendo lo que necesitamos y yo puedo coger más de aquí y del invernadero. Nos iremos en cuanto tengamos todo lo preciso.

—Algunos de los ancianos temen que sea como el Juicio Final. Se acuerdan de aquello. Tienen miedo.

—No es el Juicio Final. —Le puso una mano en la frente y le miró—. Es un virus, pero es neumonía. La tienes en un pulmón.

—¿Qué es eso? ¿Qué es la neumonía?

—No es el Juicio Final —repitió con voz enérgica—. Bébete eso. Ahora vuelvo. —Fallon subió corriendo al taller—. Neumonía —dijo mientras Mallick llenaba dos mochilas—. Viral.

Él asintió.

—Ve al invernadero y recoge...

—Sé lo que hay que coger.

Se fue a toda prisa. Su madre había ayudado a curar a tres personas con neumonía en el pueblo, allá en su casa, y ella había observado. Y Mallick había repasado esa enfermedad en concreto en sus estudios de sanación.

Llenó otra mochila y corrió de nuevo a la casa justo cuando Mallick bajaba las escaleras.

—Prepararemos más cantidad de la que necesitemos en el campamento de los duendes. Lleva a Mick contigo a lomos de Laoch.

Fallon montó y le tendió una mano a Mick. La tenía fría y sudorosa y le temblaba.

—Tienes que agarrarte a mí. Iremos deprisa.

—Puedo agarrarme. Vamos. Vamos.

La nieve volaba mientras Laoch la atravesaba a toda velocidad. Cuando sintió que Mick la agarraba de la cintura con suficiente fuerza, hizo que Laoch se elevara sobre la nieve, ganando velocidad mientras sorteaban los árboles. Sabía que Mallick se quedaría rezagado, pero podía empezar a preparar las infusiones.

Mick se bajó de un salto en cuanto llegaron al campamento. Aunque trastabillaba y se tambaleaba, fue como pudo hasta la choza que compartía con su padre.

—Cualquiera que esté bien —gritó Fallon—. Tenemos que preparar infusiones.

Orelana, pálida por el agotamiento, echó leña al fuego.

—Los tés no han ayudado. Creíamos que lo hacían, que lo harían, o de lo contrario habríamos mandado antes a buscarte. Ha sido muy rápido.

—Estos tés ayudarán más, serán más efectivos. Tenemos que preparar cataplasmas y ollas con vapor.

Alrededor de la hoguera central, le indicó a Orelana y a otros tres cómo preparar la infusión y la mezcla, sin mirar apenas a su alrededor cuando llegó Mallick.

—¿Quién es el que está más enfermo? —preguntó Mallick.

—Mi hijo pequeño. Mi niño y el viejo Ned —respondió Orelana, señalando una cabaña—. Su nieta lo está cuidando. No está enferma. Minh está con el bebé.

Mallick le entregó a Fallon una de las mochilas.

—Sabes qué hacer. Yo empezaré con Ned.

Fallon cogió una de las ollas, se colgó la mochila al hombro y después cogió la otra que llevaba ella.

—Orelana, quédate y ayuda a preparar más. Sé cuál es tu cabaña.

—Es solo un bebé. Parecía estar mejor y entonces, esta mañana... Es solo un bebé.

—Ayuda a preparar más.

Fallon se fue corriendo. Podía sentir la enfermedad, sentir la fiebre tan caliente y alta que le parecía un milagro que no hubieran derretido la nieve.

Entró en la cabaña en la que estaba Minh, sentado en el borde de un catre mientras lavaba el rostro del bebé con un paño.

—No quiere mamar. Aún no tiene un año. Solo tiene diez meses.

Fallon se arrodilló y pasó las manos sobre el bebé. Había fluido en ambos pulmones y tenía mucha fiebre. Sus ojos estaban vidriosos a causa de la calentura y tenía la vista perdida. Parecía un muñeco.

—Tiene que beber este té y esta poción.

—Todavía toma el pecho. No...

—Tú me ayudarás —dijo con calma, sacando un cuentagotas de su equipo—. Es pequeño y no beberá mucho, pero dale tanto té como puedas conseguir que beba. Primero eso, Minh.

Mientras su padre le daba el té al bebé gota a gota, Fallon cogió una olla pequeña de la cocina, utilizó la jarra de agua para llenarla y añadió hierbas, cristales molidos y gotas de otra poción.

—Ahora, la poción que te he dado. Cuatro gotas para empezar.

Minh se esforzó mientras el bebé comenzaba a agitarse y a pelear.

—Sabe amargo, pero tiene que tragar cuatro gotas.

Minh cogió a su hijo, y aunque tenía los ojos empañados, le sujetó los brazos con uno y le dio cuatro gotas por la fuerza.

—Bien, bien. Calienta la olla —murmuró—. Que hierva la olla y el humo se eleve. —Cuando el agua burbujeó, cogió un trapo—. ¿Está limpio?

—Sí.

—No le va a gustar, pero voy a taparle la cabeza con el trapo. Tienes que sostenerle la cabeza encima del vapor. No pasa nada si llora. El vapor curativo llegará a sus pulmones. Toserá. Puede que sea fuerte. Pero sujétale.

—¿Le dolerá?

—La tos duele. —Cogió otro paño—. Pero expulsará el fluido y la enfermedad a través de la tos.

El pequeño tosió, berreó, y las lágrimas resbalaron por el rostro del soldado mientras Fallon atrapaba la enfermedad en el trapo.

—Ahora, túmbale.

—Respira mejor. ¿Eso es bueno?

—Ajá. —Una vez más, puso las manos sobre el bebé—. Hay menos fluido. Pero... —Extrajo más y lo acogió dentro. Luego volvió la cabeza y lo tosió en el trapo—. Todavía tiene fiebre, pero no tan alta. Sigue dándole el té y mantén la cataplasma en su pecho. Voy a ayudar a los demás, pero volveré. Tenemos que repetirlo todo otra vez.

—Otra vez —repitió Minh, cerrando los ojos.

—No será tan malo, no lo será, pero tenemos que hacerlo de nuevo. Y puede que una tercera vez. Es más duro para los jóvenes y las personas de edad más avanzada. Descansará, y cuando lo haga, lleva el paño con la enfermedad a la olla que tengo hirviendo afuera. Hay que esterilizarlo.

—Lo haré, lo haré. Bendita seas, Fallon. Dile a Orelana, dile a su madre que está mejor.

—Lo haré. Más infusión, Minh.

Al igual que Mallick, fue de cabaña en cabaña, tratando primero a los más mayores y a los más jóvenes. Aquellos que estaban lo bastante bien continuaron preparando té y mezclando pociones.

Cuando entró en la cabaña de Mick, encontró a Thomas tiritando en su cama. Intentó levantarse cuando ella entró, pero se desplomó presa de un violento ataque de tos.

—Tienes que ayudarle —le pidió Mick—. Ha tomado el té. Le traje el té.

—Bien. He traído más. Suficiente para los dos. Bébete el tuyo. —Después se acercó a Thomas y le pasó un brazo por debajo para ayudarle a incorporarse—. Bebe.

Cuando consiguió tomar unos sorbos, Fallon lo dejó a un lado y le impuso las manos. Al igual que el bebé y otros cuantos, tenía fluido en ambos pulmones.

—Dos tazas, Mick, dos ollas de agua y cuatro trapos.

—Vale.

Mientras él recogía los artículos, Fallon preparó la cataplasma.

—Mantendrás esto sobre el pecho. Te dejaré medicina para que lo renueves. Dos veces al día hasta que tus pulmones se despejen. —Vertió poción en las copas y le dio una a Mick—. Bebe. —Luego ayudó a Thomas a beber—. Todo. Hasta la última gota.

Manipuló el agua y la hizo hervir.

—Un trapo sobre la cabeza y la cabeza encima de la olla, sobre el vapor. Haz vahos. Utiliza el segundo trapo para coger lo que expectores.

—Eso es asqueroso.

—No es bonito.

Fallon continuó, paciente tras paciente, y después empezó de nuevo. Justo antes de que amaneciera, encontró a Mallick sentado junto al fuego, bebiendo una jarra de cerveza.

—Creí que íbamos a perder al viejo Ned —le contó—. Pero es duro y no está listo para morir.

—El bebé, el hijo de Minh y Orelana, está mamando.

—Les dejaremos más té y más poción y la mezcla para los vahos. Pero creo que lo peor ha pasado. Los visitaremos mañana para estar seguros.

—Tenemos que ir al claro de las hadas.

Mallick asintió y bebió un trago de cerveza.

—En cuanto me termine la cerveza. He enviado un mensajero. Allí la enfermedad no es tan grave ni se ha propagado tanto. El clan de los cambiantes está sano. Allí no hay rastro de esto, pero les dejaremos algunos remedios preventivos.

Contempló el fuego durante un momento.

—Lo has hecho bien hoy. Has ofrecido consuelo y paz, seguramente has salvado vidas. Y lo has hecho con cuidado y con la cabeza fría. Ni una sola vez he tenido que decirte qué hacer ni cómo hacerlo.

—Ya lo habías hecho. Y mi madre me enseñó.

—No todo lo que has hecho o sabías procede de mis enseñanzas o de las de tu madre. Selecciona lo que necesitan hasta mañana y después visitaremos la casa de las hadas para ayudar y pasaremos por la guarida de los cambiantes. Después, juro que quiero otra cerveza, mi cena y mi cama.

—Es contagioso. Tienes que tomarte una poción preventiva. Yo me tomaré una si dices que tengo que hacerlo, pero yo nunca enfermo.

—No eres inmortal ni invulnerable, pero es cierto, eres resistente a la enfermedad. —Exhaló un suspiro—. Yo, por desgracia, no lo soy, así que me lo tomaré. No he conseguido dar con la manera de que hacer que sepan mejor.

—Bueno, sugestiónate para pensar que sabe a cerveza, vino o lo que sea. No es así, pero crees que sí y es lo mismo, ¿no?

Mallick bajó la jarra y la miró.

—Eso es condenadamente brillante y me fastidia que no se me haya ocurrido en toda mi vida.

Tomó la poción preventiva; dos días seguidos por insistencia de Fallon. Hicieron rondas en todos los campamentos durante una semana.

Mick se presentó al amanecer, recuperado por completo, y le llevó sus pantalones nuevos, más largos, y botas nuevas de un número más.

—¿Cómo sabías que lo necesitaba?

—Tengo ojos. Los pantalones te quedan demasiado cortos y no dejas de menear los pies con las botas.

—Son muy bonitas. Blandas y resistentes. Gracias.

—Las he hecho yo.

—¿Tú? —Las estudió de nuevo, la blanda piel marrón, las recias suelas—. No sabía que supieras hacer botas.

—Soy un duende —respondió, mordaz—. En fin. Puede que te vea en el claro más tarde. El estanque está caliente.

—A lo mejor.

Mick apartó la mirada un segundo y la posó en el blanco manto de nieve.

—Estaba muy asustado por mi padre. Jamás había estado así de enfermo. Nunca he visto a tantos de los nuestros enfermos. Le has salvado, nos has salvado... Mallick y tú. Os estoy muy agradecido. Todos lo estamos. El viejo Ned está haciendo unas botas para Mallick. Casi ha acabado y se las traerá él mismo. Así que te veo más tarde.

Y con la enfermedad, su amistad con Mick sanó.

A lo largo del invierno, en medio de la nieve, en cielos a menudo más grises que azules, Fallon vio cuervos volando en dos ocasiones. No cerca, según sus cálculos. A ocho kilómetros de distancia, tal vez más.

Pero aquello le indicó que mientras ella entrenaba, mientras aprendía y estaba a salvo, otros luchaban y morían.

Dos veces le pidió a Mallick que le dejara acercarse con Laoch. Solo para observar. Solo para ver... y aprender. Dos veces se negó.

En marzo, cuando el viento soplaba y los brotes de la primavera permanecían tentadoramente fuera del alcance, los vio de nuevo y volvió a preguntar. Otra vez oyó una negativa.

La tercera vez encendió la mecha de su temperamento.

—¿Cómo voy a aprender si solo lucho contigo, con espadas encantadas para que no hagan daño? No puedes derrotarme a caballo y a duras penas de otras formas. Puedo disparar una flecha más lejos que tú, y ahora con más precisión. ¿Y qué me dices de esto? —Extendió las manos, hizo crepitar el fuego, que las velas llamearan y la poción del caldero volara en el aire y después se derramara de nuevo en él—. Soy tan buena como tú.

—Sigo siendo tu maestro y tú mi alumna.

—Entonces deja que descubra qué está ocurriendo en el mundo. Me han protegido toda mi vida. En la granja y ahora aquí.

—No estás lista.

—¿Cómo lo sabes? ¿Estaré lista de repente cuando tenga quince años? De todas formas, ya casi los tengo.

—No se trata de la edad.

—¿De qué? ¿De qué, entonces?

—Abre esa puerta. —Señaló la puerta de la alacena, cerrada con llave.

Fallon se acercó y tiró. Sostuvo la mano sobre la cerradura y volcó sobre ella su temperamento.

—La has cerrado para que no pueda abrirla.

—No. Vuelve a preguntármelo cuando puedas abrirla. Ahora quiero trabajar en paz. Vete a hacer otra cosa y hazlo en otra parte.

—Vale. Yo tampoco quiero estar cerca de ti.

Se marchó de la habitación con paso airado y fue a su cuarto. No quería salir con aquel tiempo tan malo. No quería cabalgar ni nadar en el estanque de las hadas. Ya no quería estar allí.

Se tiró sobre la cama.

—Solo quiero ver. Quiero ver algo más. A alguien más. Quiero ver —farfulló otra vez—. Quiero ver, quiero ser libre para comenzar con lo que se me exige. Necesito empezar a desempeñar mi papel, a dejar mi marca y frenar la oscuridad.

No tenía intención de lanzar el hechizo. Simplemente se abrió paso a través de ella. No fue consciente de que algo había cambiado ni siquiera cuando se levantó para pasearse de un lado a otro mientras meditaba un poco más.

Después reparó en la bola de cristal sobre su mesa. Y vio que se había despejado.

—Quiero ver —repitió—. Ahora en esta esfera mi vista se aclara. Veré lo que deba ver.

Lo vio todo, nítido y cristalino como la vida dentro del orbe. No lo que era o sería, sino lo que había sido.

Observó, mientras el corazón le latía con fuerza; mientras sentía la gélida caricia del miedo en su espalda, lo observó todo.

Se sujetó la espada, se colgó el arco al hombro, sabiendo lo que venía a continuación, lo que debía venir. Después puso las manos sobre el cristal y dejó que la llevara dentro.

Mallick desfogó su enfado y su considerable ofensa a base de duro trabajo. O lo intentó. Pero cuando Fallon regresó al taller casi dos horas después de lo que consideraba que había sido una pataleta, se dio cuenta de que no había servido de nada.

—No lo siento —comenzó ella.

—Entonces no hay razón para que interrumpas mi trabajo.

—El cristal se ha aclarado para mí.

Él levantó la vista y la miró. Notó que estaba un poco pálida y que en sus ojos perduraban aún las visiones.

—¿Y qué has visto?

—He visto Nueva Esperanza. He visto el ataque. He visto a mi tío y a su puta matar a mi padre biológico. Ahora conozco sus caras. Conozco sus caras. He visto a mi padre biológico protegernos a mi madre y a mí con su propio cuerpo, con su propia vida. He visto el dolor y la ira de mi madre. Y su letal furia. He estado ahí.

—¿Ahí?

—He entrado en el cristal.

Mallick tuvo que hacer un esfuerzo inhumano para contener su primera reacción, la cólera.

—¿Cómo?

—Se abrió para mí. Me abrí a él. Tenía que hacerlo. Tenía un deber allí. Mi madre huyó para salvarme a mí y a sus amigos. Huyó conmigo dentro, en un estado de gestación muy avanzado, sola, sufriendo y cubierta de sangre. Y huyó, se escondió, escapó, y en una ocasión la venció el agotamiento y estuvo cerca de rendirse. Me contó que entonces yo acudí a ella y lo que le dije, aunque no me reconoció. No sabía que yo era su hija. Y lo que le dije la ayudó a seguir adelante. Así que he entrado en el cristal, he ido a verla y le he dicho lo que tenía que decirle.

Mallick fue a servirse una copa de vino y después vertió un poco más en otra copa. Le añadió agua y se la ofreció a ella.

—Ahora has visto más de lo que yo te he enseñado. El cristal es tuyo. En él y con él verás más.

—La he seguido durante un rato para asegurarme. Estaba muy cansada, con el corazón destrozado, pero muy fuerte. Más fuerte de lo que nunca imaginé. He visto eso, y he visto los rostros de quienes mataron a mi padre biológico. No he visto si lo que mi madre les lanzó acabó con ellos. Sé que, si están vivos, yo los mataré. Yo soy su muerte. Lo juro.

Se encaminó hacia el aparador cerrado y probó de nuevo. No cedió.

—Lo abriré.

—Confío en que lo harás cuando sea el momento.

Fallon se bebió el vino y contempló la copa con el ceño fruncido.

—Está bien. Cuando entro en el cristal, ¿estoy protegida?

—Estás aquí y allí y en ambos sitios eres vulnerable.

—De acuerdo. Me voy a cabalgar. Necesito despejar la cabeza.

Cuando se marchó, Mallick se sentó; ya no se sentía furioso ni ofendido, y sí más asustado de lo que había esperado. Fallon había entrado en el cristal otra vez y ahora ya no estaba en su mano detenerla. Ese paso era suyo, y siempre lo había sido.

Con quince años, Duncan toleraba las clases en la academia. Más que hacer de alumno, enseñaba, pero su asistencia satisfacía a su madre y rebajaba la presión.

Trabajaba en rotación en envío de suministros, misiones de exploración y partidas de caza. Cuando no le quedaba más remedio, realizaba sus turnos en el huerto comunitario, el comité de basuras y residuos, energía y mantenimiento.

Sabía primeros auxilios y podía hacer labores de médico.

Disfrutaba con el entrenamiento con armas, el baloncesto y recorriendo la carretera a la granja con su moto. Le gustaba salir con sus amigos, hacer el tonto con Denzel, escucharle tocar la guitarra o machacar en el campo de béisbol.

Había hecho mucho más que poner las manos encima a algunos pechos, y eso también lo disfrutaba. Un montón.

Esa primavera comenzó a ayudar a hacer planes y organizar misiones de rescate, además de participar en ellas.

Había colaborado en el objetivo que preparaban para esa noche. Dado que Flynn y él habían capturado al guerrero de la pureza herido y lo llevaron para interrogarlo, se había ganado su puesto.

—Más de ciento treinta kilómetros de distancia. —Eddie miró de nuevo el mapa—. Más lejos de lo que jamás hemos llevado a cabo una misión de este tipo. Hay mucho trecho entre este lugar y aquel.

—Según nuestro invitado, retuvieron, torturaron y ejecutaron a más de treinta. —Will estudió otro mapa, que Arlys le había ayudado a crear—. Dice que hay unas cien personas, pero que solo la mitad son soldados. Construyeron muros aquí, alambradas aquí y aquí hay guardias. —Colocó las figuritas sobre el mapa—. Aquí está el centro de comunicaciones, en lo que era la biblioteca de la ciudad, y aquí la prisión, en lo que era la comisaría local.

—Esos son los objetivos principales, después de que neutralicemos a los guardias y atravesemos la puerta o la valla —agregó Duncan—. Si no volamos la puerta o derribamos un trozo del muro o de la cerca, podríamos acabar acorralados dentro.

—Exacto. Y antes de que lleguemos ahí, hay que atravesar o rodear los campamentos de saqueadores que los informes de exploración sitúan aquí, aquí y aquí. Así que vamos a repasar cada paso otra vez. Si alguien ve un agujero, tapémoslo.

Cuando Duncan salió a unirse a su equipo, Denzel, con el pelo recogido en docenas de trenzas sujetas con una goma, se acercó a grandes zancadas.

—¿Puedes convencer a Will para que me deje participar en esto? Vamos, tío.

—No puedo hacerlo, hermano. Has vuelto a fallar en entrenamiento con armas. Y en química.

Denzel, que superaba ya el metro ochenta de puro músculo, le dio una patada a una piedra.

—La química es un tostón.

Duncan se apoyó contra su moto.

—Tienes que estudiar más. —Eso no iba a pasar, pensó Duncan, pero detestaba ver la decepción de Denzel—. Tienes velocidad, agilidad. Solo tienes que estudiar más, elegir un arma y practicar.

—Kato es mi arma. —Con una sonrisa, Denzel rasgó el aire con una garra de pantera.

—Eso es cierto. Mira, a ti la química se te da de pena y a mí se me da de pena la guitarra. Te ayudaré si tú me ayudas. A lo mejor dejamos de ser tan malos.

Lo habían intentado antes con lamentables resultados por ambas partes, pero podían intentarlo de nuevo, decidió Duncan.

—Me apunto. —Pese a todo, lanzó una mirada de anhelo a los camiones, las motos y las armas.

—Tengo que irme.

—Aniquílalos, destrúyelos.

Chocaron los puños y Denzel retrocedió hasta la acera para ver marchar a los guerreros.

Duncan se subió a su moto, con Antonia de paquete. Seguía haciendo bastante frío los primeros días y noches de abril, pero prefería la manejabilidad y velocidad de su moto. Aunque no irían a toda velocidad los ciento treinta kilómetros, sobre todo porque algunas partes de la mejor ruta continuaban abarrotadas de viejos vehículos.

Eddie conducía el viejo Humvee de Chuck... Aunque era lento, en opinión de Duncan, resultaba útil para abrirse paso entre esas chatarras oxidadas. Además, lo habían blindado y era un arma cojonuda.

Salieron de noche, calculando la velocidad, los kilómetros, los posibles retrasos y desvíos, con la idea de llegar para la incursión una hora antes de que amaneciera.

Vio a su madre con Arlys y la saludó con una mano al estilo militar. Otros estaban afuera para ver marchar al grupo de rescate. Vio a los hermanos a los que había ayudado a rescatar y a Petra.

Le brindó una sonrisa rápida a la chica. Sabía que estaba colada por él, pero por muy guapa que fuera, le parecía que aún era demasiado joven.

Dentro de un año... quizá.

—Es embarazoso —le dijo Tonia al oído.

—¿El qué?

—La adoración al héroe. Es tan embarazoso que te vas a poner rojo.

—Oh, déjalo. —Impulsó la moto y abandonó Nueva Esperanza.

Llegaron al primer atasco a unos cincuenta kilómetros. Se detuvieron mientras Eddie atravesaba el embotellamiento. Maxie, una duende del grupo original de Flynn, paró junto a Duncan en su propia moto y señaló hacia el este.

En la oscuridad se veía el titilar del fuego, la humareda.

—Saqueadores —dijo Maxie—. Incendian por puro placer. Tendríamos que enviar a un equipo a espantarlos.

Por lo general habría estado de acuerdo con ella y se habría ofrecido voluntario para ir, pero todavía les quedaban más de ochenta kilómetros.

—Lo más seguro es que se hayan ido antes de que lleguemos. Los saqueadores suelen provocar incendios después de dejar limpio un lugar.

—Sí. —Miró al frente, acelerando la moto—. Aunque me encantaría dispararles.

Maxie tenía el pelo morado y llevaba plumas sujetas a un lado. Era unos tres años mayor que él y tenía unos pechos muy interesantes.

Cuando continuaron su camino, la posibilidad de que pudiera convencerla para que se desnudara junto con él ocupó sus pensamientos durante quince kilómetros... y otro atasco.

Parar y arrancar, pensó, arrancar y parar. Quería llegar y

ponerse manos a la obra. Ocho kilómetros después, cuando pararan, Antonia y él se dirigirían al noroeste, con Maxie y Solo, el cambiante. Otro equipo iría hacia el noreste. Duncan eliminaría a los guardias y, después, su misión principal era la puerta. Abrirla, lanzar unos rayos —se le daba muy bien— hasta el edificio que podía ver en el mapa que llevaba dentro de la cabeza. La armería.

Pin, pan, pun.

Entrarían. Tonia se dirigiría a la prisión con su equipo; el suyo iría a por el centro de comunicaciones. La mayoría de la gente estaría en la cama, buscando armas, a medio vestir.

Guardias, puerta, armería, comunicaciones, pensó. Estarían en medio de un universo de sufrimiento.

Faltaban poco más de veinticinco kilómetros cuando sus faros toparon con una chica montada en un caballo blanco en mitad de la carretera.

Podría haber sido una estatua, iluminada por el azulado resplandor de la luna creciente.

La conocía, pensó Duncan mientras el grupo se detenía. De sus sueños. La conocía de sus sueños y eso le dejó sobresaltado, furioso y entusiasmado.

—Es una trampa —gritó—. Saben que vais.

Duncan, emocionado, se bajó de la moto.

¿Sabía que la estaban apuntando una docena de armas? De ser así, no parecía importarle.

Will se bajó de su camión.

—Sería un error que intentaras sacar un arma.

—No soy vuestro enemigo.

Eddie se acercó a Will.

—Entonces ¿quién coño eres? ¿Y de dónde has sacado ese caballo?

—Nos encontramos el uno al otro. —Pasó una pierna por encima de la silla y desmontó de un salto, aterrizando con las manos extendidas y en alto—. Es una trampa —repitió.

—Eddie, ve a decirles a todos que esperen.

—¿Eddie? —repitió la chica. Duncan vio que una sonrisa se dibujaba en su rostro, tan serio—. Eddie Clawson. ¿Dónde está Joe?

—Está en... ¿Cómo es que conoces a Joe?

—Sé muchas cosas de ti. Que Lana y Max te encontraron, que les enseñaste a poner las cadenas para la nieve. Que tocas la armónica y eres de Kentucky. He visto en los mapas dónde está.

—Mira, niña, vas a tener que... —Eddie se acercó mientras hablaba y entonces le vio los ojos—. Ay, Dios mío. Ay, madre del amor hermoso. Tienes sus ojos.

—Lo sé.

—Tienes los ojos de tu padre. —Dio los últimos pasos y la rodeó con los brazos—. Es la cría de Max. Es la hija de Max y de Lana.

—Tú eras su amigo. Yo soy tu amiga. Soy Fallon.

LA ESPADA Y EL ESCUDO

Los hombres son dueños de su destino,
y no culpemos a la mala estrella de nuestras faltas,
cuando nosotros mismos nos dejamos someter.

Julio César,
WILLIAM SHAKESPEARE,
ACTO I, ESCENA II

16

Con las manos en los hombros de Fallon, Eddie se echó hacia atrás para estudiar su rostro con los ojos húmedos.

—Ella te puso su nombre. Te pareces a él, y también a ella. Has sacado lo mejor de ambos. ¿Tu madre está bien?

—Está muy bien.

—Yo... le prometí a Max que cuidaría de vosotras. No lo he hecho.

—Eso no es verdad. Arriesgaste la vida para intentar llegar hasta ellos durante el ataque. Pero Max estaba muerto y ella ya se había ido.

—¿Dónde está?

—No te lo puedo decir. No es el momento. Lo siento. Pero está a salvo.

—Vale. Vale. —Eddie se frotó la cara con la mano—. Ya hablaremos más adelante de todo eso. Pero ahora mismo, ¿cuántos años tienes? ¿Catorce? ¿Qué haces aquí tú sola? Montando en ese caballo tan enorme.

—Advertiros. Saben que vais. Os han tendido una trampa.

Will se acercó.

—Espera, Eddie. ¿Y tú cómo lo sabes? —le preguntó a Fallon.

—¿Eres tú el líder?

—Soy Will Anderson.

—Tu padre es Bill, él estaba con Eddie y con los que iban con él. Te dejaron carteles para que los siguieras hasta Nueva Esperanza. Y lo hiciste. Mi madre me habló de ti, de todos vosotros. Pero sé lo de la trampa porque... soy la hija de Max Fallon y de Lana Bingham. Soy hija de los Tuatha de Danann. El hombre que encontrasteis es un verdadero creyente. Dejó que le capturarais para poder daros información falsa, para conduciros a una trampa.

—Estaba medio muerto. —Duncan se aproximó.

Sintió una atracción, cálida, pausada, profunda. La conocía. La conocía de sus sueños. Pero él había estado en la captura, había visto las condiciones en las que se encontraba el prisionero.

—Un verdadero creyente —repitió Fallon. Clavó los ojos en los suyos—. Tú eres Duncan, y tu gemela, que está contigo, es Antonia. Tu don es como el mío y sabes..., sabes que digo la verdad. El prisionero se llama Patrick. Nigel Patrick, y se ofreció voluntario para que le dispararan, le dieran una paliza y lo dejaran donde sabían que iríais a explorar.

En su interior le parecía la verdad, y sin embargo...

—¿Cómo sabían dónde iríamos a explorar?

—No te lo puedo decir. No se me ha revelado. Pero os están esperando. A ocho kilómetros. Veinticinco soldados armados. Han fortificado los muros de su base con magia. Uno de los hombres al mando es Lou Mercer. Su hermano murió en el ataque a Nueva Esperanza, el ataque en que asesinaron a mi padre biológico. Mercer quiere vuestra sangre aún más que White y su círculo quiere la mía. Para Mercer es algo personal.

—Es la hija de Max —dijo Eddie—. No mentiría.

—Con trampa o sin ella, no podemos dejar ahí a esa gente —comenzó Duncan.

—He venido a ayudar. —Sacó un mapa y lo iluminó con un

roce de la mano—. Patrick os dijo que la prisión está aquí, pero no es así. Está aquí. La armería está aquí. Y tienen tanques de combustible. Aquí. Os habló de la verja principal, pero no de la que hay en el lado oeste. Está vigilada, pero esperan que vayáis ahí. Su primera línea, aquí, veinticinco hombres con armas automáticas, apostados a ambos lados de la carretera que lleva dentro. Os atraparán en un fuego cruzado mientras un equipo se coloca en vuestra retaguardia para cortaros la retirada. Llevan semanas almacenando munición, preparándose para esto. Los que sobrevivan a la primera oleada quedarán acorralados dentro. Los matarán o los capturarán. Quieren coger vivos a algunos, si es posible.

—Para torturarlos y ejecutarlos.

Fallon asintió, mirando a Will.

—Sobre todo quieren capturar a Duncan o a Antonia. A los dos, si es posible.

—¿De veras? —Duncan ladeó la cabeza—. ¿Cuánto valemos?

—Mercer odia a los sobrenaturales, pero sobre todo odia a los brujos. Espera utilizaros, probar a ver si puede utilizar a uno de vosotros para atormentar al otro, como medio de atravesar la seguridad y tomar Nueva Esperanza, ya que antes no lo consiguieron.

—Que tengan buena suerte.

—Ni os conocen ni os entienden —dijo Fallon, sin más—. Tenemos que actuar deprisa, porque de lo contrario mandarán exploradores. Enviaréis a algunos a pie desde aquí para posicionarse detrás de las primeras líneas y romperlas. Después, los recogéis cuando ataquéis las puertas; un equipo, la principal; otro, la puerta oeste.

—Tú no estás al mando —señaló Duncan.

La mirada que ella le lanzó era tan fría como la noche que hacía.

—Nací para esto o no estaría aquí. Tengo un profesor muy

estricto, y solo dispongo de este espacio de tiempo para ayudaros. Tenéis que prepararos para vuestro ataque y colocar a vuestros soldados a pie en posición. Yo volaré los tanques de combustible.

—¿Todo tú sola?

Fallon brindó una sonrisa a Duncan que rayaba en la arrogancia.

—Tengo a Laoch. —Y posó una mano en la mejilla del caballo—. Sabes lo que soy —le dijo a Eddie—. Sabes por qué mi madre huyó aquel día, con la sangre de mi padre sobre ella y el corazón roto.

—Sí, para protegerte a ti y a nosotros. Te querían muerta. Querían matar a la Elegida.

—Eres un amigo. Eres mi amigo.

—Es muy bonito —comentó Duncan—. Pero ¿cómo vas a pasar? ¿Vas a acercarte con tu caballo y a llamar a la puerta?

—No. Cuando vuele los tanques de combustible, cuando estén distraídos y corriendo para intentar ocuparse de las explosiones, ¿podéis hacer el resto? —le preguntó a Will.

—Sí. Claro. Nos coordinaremos. Flynn, los duendes y los cambiantes a pie, a flanquear la primera línea.

—Bien. —Fallon lo aprobó—. Más rápidos y silenciosos. Tú conoces a mi madre —le dijo a Flynn.

—Y a Max. Llevamos mucho tiempo esperándote.

—La espera casi ha terminado.

Escuchó mientras Flynn planeaba el nuevo ataque y formaba los equipos. Y trató de mantener el rostro impasible mientras el corazón le latía con fuerza y la sangre fluía bajo su piel, caliente y veloz.

—¿Estás segura de las ubicaciones? —insistió Will—. ¿Prisión, armería, cuarto de esclavos?

—Estoy segura. Confiad en mí.

—Parece que vamos a hacerlo.

—Vale, me apunto, pero esto sigue dependiendo de que una

sola chica y un caballo vuelen el combustible. ¿Cómo? —exigió Duncan.

Fallon se subió a lomos de Laoch a modo de respuesta y le acarició el cuello.

Su cuerno plateado emergió. Sus alas se desplegaron.

—¡Madre mía! —Eddie dio un paso atrás con precaución—. Un unicornio que vuela. ¡Que me aspen!

—Un alicornio. —Tonia, con los ojos brillantes, empujó con suavidad a su hermano para apartarlo y, mirando a Laoch a los ojos, le acarició—. Nunca he visto uno. No sabía si existían en realidad. Es muy guay.

—No mirarán hacia arriba —señaló Fallon—. Y yo... —Abrió una mano, en la que sostenía una bola de fuego— arrojaré un par de estas a los tanques de combustible. —Cerró la mano y la bola se apagó—. También podéis confiar en mi puntería.

—Chica, eres la hostia. —Eddie le brindó una amplia sonrisa—. Ya verás cuando se lo cuente a Fred.

—¡La reina Fred! Mi madre la llama así a veces. La quiere mucho.

—Yo también.

—Tenemos que movernos deprisa. Solo dispongo de una hora aquí.

—Espera. ¿Puedes volar lo bastante bajo como para dejarme junto a la prisión?

—Tonia.

La joven agitó la mano hacia Duncan.

—Los prisioneros son prioridad. Ella vuela los tanques, desciende y me deja. Todo el mundo corre de un lado a otro. Me encargo de los guardias que haya. Saco a los prisioneros por la puerta oriental y los llevo hacia la asistencia médica y los transportes. ¿Puedes bajar lo suficiente para hacerlo?

Fallon asintió.

—Te llevaremos allí.

—¿Will?

—¿Sabes cuántos guardias hay en la prisión?

Fallon cerró los ojos.

—Veo dos afuera, uno dentro. Un hombre y una mujer afuera y un hombre dentro.

—No la dejes caer a menos que el número se reduzca a dos. —Will le hizo un gesto a Tonia—. Puedes ocuparte de dos.

—Sí que puedo. Me voy con ella. —Agarró el antebrazo de Fallon con una mano para que la ayudara a subir.

Ambas sintieron la profunda y potente conexión instantánea en su sangre.

Tonia se montó detrás de ella.

—Encantada de conocerte y todo eso.

—Lo mismo digo.

—Hagámoslo. Primeros equipos, en marcha. —Will levantó la mirada hacia Tonia—. Si te caes, tu madre pedirá mi cabeza en bandeja de plata.

—Lo tengo controlado.

Después miró a Fallon.

—Buena suerte. Entraremos en acción cuando oigamos la explosión.

—Entonces, estad preparados. No tardará mucho.

Dicho eso, Laoch dobló las patas y se elevó en un despliegue de alas plateadas.

—Cuando crees que ya lo has visto todo, va y ves más cosas —murmuró Eddie.

—Estamos depositando una gran fe en esa chica —farfulló Will.

—Es la Elegida.

Will miró a Flynn y asintió.

—En posición.

Duncan se montó de nuevo en su moto, pero su mirada permaneció fija en el caballo y sus amazonas. Podía sentir el júbilo de su gemela; brillaba con tanta intensidad como aquellas alas. Y sintió algo más que procedía de Fallon, algo que no pudo identificar.

Ya pensaría en ello más tarde, se dijo. En esos instantes tenía trabajo que hacer.

—¡Es alucinante! —Tonia alzó el rostro al viento—. Estudiamos los alicornios en la academia, pero nadie había visto uno de verdad. Ahora soy la única.

—Laoch es maravilloso. Eres valiente por pensar primero en los prisioneros.

—¿Sabes lo que los guerreros de la pureza les hacen?

—Lo he oído. —Y visto en el cristal, pensó Fallon—. Conviene que te prepares. Ahora vamos a ir rápido.

—Me encanta la velocidad.

Tonia descubrió que rápido era quedarse corto. Tuvo que reprimir el grito de guerra que resonaba dentro de ella y mientras el viento la azotaba y la tierra pasaba volando bajo sus pies, se preguntó si se desdibujaban igual que un duende en plena carrera.

—Veo la emboscada. Los veo apostados justo donde has dicho. Nos habrían destrozado.

—¿Sabes conjurar bolas de fuego? —preguntó Fallon.

—Tardo más que tú en hacerlo y no he conseguido una tan grande como la tuya. Pero tengo una puntería increíble.

—Después de los tanques de combustible podríamos atacar la armería de camino a la prisión. No para destruirla, sino para impedir que cojan más armas. Así tu gente puede coger las que pueda y destruir el resto.

—Eso está bien. Hagámoslo.

—Primero el combustible.

Pasaron a ras del muro, por encima de las cabezas de los guardias y las tropas ya preparadas. Veía la prisión, la armería, las casas. El patíbulo.

Y tres camiones cisterna de combustible.

—Me repatea volarlos. Nos vendría bien el combustible.

—Es un despilfarro —convino Fallon—. Pero es la mejor manera. Quizá la única. Espera.

Aunque no se dejaba impresionar fácilmente por la magia, Tonia admiró la velocidad de Fallon; arrojó una, dos, tres bolas de fuego del tamaño de pelotas de baloncesto.

Estallaron como bombas de fuego y arrojaron metralla de los camiones destruidos. Aquello se convirtió en un infierno. Vio volar trozos de metal en llamas mientras el ardiente olor a combustible impregnaba el aire.

Fallon hizo que Laoch girara y después se lanzó a por la armería.

—La rodearemos con fuego —gritó mientras la gente corría en desbandada y se dispersaba presa del pánico—. La cercaremos por completo para que no puedan entrar. ¿Puedes abrir tu mente a la del duende, a la de Flynn?

—Sí.

—Avísale de lo que estamos haciendo para que pueda correr la voz. No se me ocurrió hasta que estábamos en el aire, de lo contrario se lo habría dicho a Will. Conjura el fuego, tanto como puedas.

Tonia ahondó, y con el cuerpo apretado contra el de Fallon, se sorprendió al ver la rapidez con la que conjuraba una bola de fuego. Calculó la distancia, eligió el punto y arrojó el fuego.

—Genial.

—Lanzo para el equipo de béisbol de Nueva Esperanza. Flynn está en ello —agregó mientras Laoch giraba para rodear el edificio y sus amazonas erigían un muro de fuego.

Por encima del rugido de las llamas se oyeron más explosiones y disparos.

—Prepárate para saltar —le dijo Fallon mientras surcaban el aire—. Nos volveremos a ver.

—En el puesto de control.

—No, no puedo quedarme. Os ayudaré hasta que me devuelvan, pero volveré a verte.

—Que te devuelvan ¿adónde?

—Prepárate. —Fallon hizo que Laoch descendiera de nuevo—. No hay guardias fuera. Los cobardes han huido. ¡Salta! Buena suerte.

Vio aterrizar a Tonia, colocar una flecha y después abrir la puerta de golpe con su poder.

Fallon hizo ascender a Laoch. Podía sentir los primeros tirones. Le quedaba muy poco tiempo, pensó, estudiando la batalla que se libraba abajo en busca de puntos débiles que aprovechar o para ayudar. Duncan, con otros dos, detuvo su moto justo al otro lado de la pared de fuego. Esperaba que pudiera extinguir el fuego de su hermana, pero no estaba segura de que pudiera con el suyo, así que les abrió la puerta a su equipo y a él, haciendo retroceder el fuego lo suficiente para proporcionarles un camino.

Él levantó la vista, sus ojos se encontraron y se sostuvieron la mirada durante un momento, justo un instante, que pareció alargarse y alargarse.

Después, Laoch y ella se encontraban en el claro delante de Mallick. Él sostenía el cristal en sus manos.

—¿Estás herida?

—No. —Se bajó de Laoch y le pasó las manos por encima. Tal y como había volado la metralla, la altura a la que había salido despedida... Pero no tenía ni un solo arañazo—. No estamos heridos.

—¿Habéis tenido éxito?

—Los he pillado a tiempo. Algunos conocían a mis padres, así que me han creído. El mapa que me ayudaste a dibujar, y que me enseñaste a iluminar en la oscuridad, fue de gran ayuda. Seguí el plan que aprobaste, salvo...

Mallick enarcó las cejas.

—Salvo ¿qué?

—Tonia me pidió que la dejara montar conmigo para llegar más rápido a la prisión. Y juntas... Se me ocurrió cuando ya estábamos en el aire. Cercamos la armería con fuego para que el enemigo no pudiera acceder a las armas. Para que los soldados de Nueva Esperanza pudieran coger lo que tuvieran tiempo de llevarse y luego destruirlas.

Mallick consideró aquello.

—Una corrección aceptable a nuestro acuerdo. —Reconoció que no se habría enterado. A él no se le permitía ver dentro del cristal.

—El resto depende de ellos, pero tenían ventaja. Si hubiera podido quedarme un poquito más...

—Una hora. Era lo acordado. Atiende a tu caballo y ven adentro.

—Quiero ver. El cristal me lo mostrará.

—Cuando entres. Laoch necesita que lo atiendas.

—Ha estado perfecto, Mallick. —Se volvió para acariciar a Laoch, que aún vibraba por el viaje, por la batalla, por la lucha—. Estábamos muy unidos. Él lo sabía, yo lo sabía, cada movimiento, cada giro. Tenías razón al decir que Grace no estaba hecha para la batalla. Laoch sí.

Fallon se llevó al caballo. Tú estás hecha para la batalla, pensó Mallick, y entró a esperarla.

La llamarían la batalla del fuego.

Más que un rescate, pensó Duncan mientras volvía a casa a toda velocidad, con Tonia de paquete. Habían puesto a salvo a todos los prisioneros, liberado a más de veinte esclavos e incorporado doce armas largas semiautomáticas, veintidós pistolas, cuatro cajas de granadas, un par de escopetas de cañones recortados y un montón de munición a sus propias existencias.

Los vehículos que no habían inutilizado o destruido se los llevaron a Nueva Esperanza.

Una derrota, pensó, una puñetera derrota. Lo que había estado a punto de ser una masacre se había convertido en una de las mayores victorias de la resistencia de Nueva Esperanza.

—Es imposible que se desvaneciera en el aire.

Duncan puso los ojos en blanco. Tonia le gritaba al oído alguna versión de esa misma pregunta cada pocos kilómetros.

—Es muy posible, porque es lo que ha hecho.

—Se marchó volando.

—Ya te he dicho que no. Estaba ahí y, de repente, ya no estaba. Se esfumó.

—No era una proyección astral. La he tocado. He estado montada en su maldito caballo. Estaba ahí.

—Estaba ahí. Después ya no. —¿Cómo narices lo había hecho? Se hacía la misma pregunta cada pocos kilómetros. Quería descubrir cómo y hacerlo él también.

—Tenía algo.

—Ya, ya. La Elegida. La salvadora. Le reconozco el caballo guay y el fuego, pero a mí me ha parecido una chica bruja normal y corriente.

—Tú no la has tocado. Cuando lo he hecho he sentido un zumbido en la sangre. No exactamente como entre tú y yo, pero sí algo. He estado dándole vueltas, ya que he tenido tiempo de pensar en vez de luchar. La estaba tocando, pegada a ella sobre el caballo, cuando he hecho fuego. Nunca lo había hecho tan rápido, ni tan grande. Simplemente surgió, Duncan. Creo que fue por el contacto. El contacto físico.

—Si se hubiera quedado podríamos haberla interrogado. ¿A qué venía tanta prisa?

—Se me había olvidado decírtelo. Dijo algo sobre que no tenía mucho tiempo antes de que la devolvieran. Y no, no dijo adónde, ni cómo ni por qué. Estábamos un poquito ocupadas en ese momento.

Un frío y severo viento los azotó, pero Duncan captó el olor de la llegada de la primavera en él.

En su mente surgió una imagen de Fallon, iluminada mientras danzaba alrededor de una hoguera. Con una corona de flores blancas en su negro cabello.

—Ella quería quedarse.

—¿Qué?

—Mierda —barbotó; no había sido su intención decirlo en voz alta—. Quería quedarse. Es algo que percibí de ella. Sí, existe una conexión. La sentí cuando la miré justo antes de que se desvaneciera. Quería quedarse y luchar, pero... no era el momento.

—Una cosa está clara: si no hubiera sido el momento de que apareciera esta noche, muchos de nosotros, puede que la mayoría, no estaríamos regresando a casa.

—¿Cómo coño lo sabía? Eso me pregunto yo.

—Nosotros hemos tenido visiones —le recordó Tonia.

—¿Alguna vez has tenido una tan clara y detallada que podrías dibujar un puñetero mapa? Un mapa muy preciso.

Duncan también deseaba esa habilidad. La codiciaba.

—Parece que hubiera estado dentro de esa base. Sabía cuántos guardias había apostados en la prisión, y lo de los tanques de combustible.

—Y los voló por los aires —agregó Tonia, llena de júbilo—. Nosotros no somos la Elegida, Duncan. Ella sabe más porque es más.

A su modo de ver, y por mucho éxito que hubieran tenido, él querría más de una hora para estar seguro de eso.

Cuando entraron en Nueva Esperanza, Tonia se fue con el equipo para interrogar, tratar y alojar a aquellos que habían sido prisioneros o esclavos. Suponía que Hannah pasaría la mayor parte de la noche en la clínica.

Muchos de los que habían traído estaban en muy malas condiciones.

Él se fue con otro equipo para transferir a la armería las armas confiscadas.

Will fue a interrogar a Patrick, por lo que Duncan no preveía verle de nuevo hasta el día siguiente, pero Will entró en la armería menos de una hora después.

—¿Ha confesado esa rata bastarda? —exigió Duncan—. ¿Y qué coño hacemos con él?

—No, y vamos a enterrarlo. —Will se paseó a lo largo de la estancia—. Qué hijo de puta. El muy hijo de puta se ha ahorcado en su celda.

Eddie exhaló un suspiro.

—Vaya, puede que sea lo mejor, Will. Ahora no tenemos que decidir qué hacer con él. Está hecho.

—Necesitaba hablar con él. —Will se golpeó la palma con el puño de la otra mano, presa de la frustración—. He de descubrir cómo sabían que exploraríamos justo donde lo encontramos. Cuánto más saben.

—Han colaborado antes con sobrenaturales oscuros —apuntó Eddie—. Los hijos de puta de Eric y Allegra. Creímos que los habíamos matado en Pensilvania, pero sobrevivieron. Tal vez sobrevivieran al ataque de Lana después de que mataran a Max. O tienen a otro. Algunos tienen visiones, igual que Lana solía tenerlas; algunos de los nuestros también las tienen.

—Es posible. —Will dio media vuelta, con los ojos fríos en un rostro cansado—. O puede que tengamos un espía.

—Por Dios, Will.

—Acogemos a personas en la comunidad. Cada vez más. Puede que algunos se queden, y otros seguirán su camino.

—Los revisamos muy bien, ya lo sabes.

—Otro par de horas ahí afuera y Patrick podría haber muerto el día que lo encontramos. —A Duncan le preocupaba el germen de una idea—. Me lo dijo Hannah, y ella no se equivoca. Rachel tuvo que operarle, tenía lesiones internas. Por eso me ha costado creer a la chica..., a Fallon..., al principio.

—Un verdadero creyente. —Will asintió—. Él no será el único. Ya hemos visto antes a gente así.

—Casi siempre están medio locos —señaló Eddie—. Nos fijaríamos en alguien medio chalado.

—Eso me gustaría pensar. —Will se frotó la cara con las manos—. No sé si abrigar esa esperanza. En cualquier caso, vamos a tener que tomar más precauciones.

—Ya hemos erigido escudos mágicos, pero podemos reforzarlos. —Se pondrían con eso, decidió Duncan—. Si alguien que colabora con los guerreros de la pureza está ya dentro del escudo, tenemos que averiguar cómo transmiten la información.

—Lo más seguro es que no sea un ser mágico. Sí, colaboran con ellos de vez en cuando, pero en su mayoría no —prosiguió Eddie—. Los odian a muerte. Lo siento, Duncan.

—Yo también los odio a muerte, así que estamos en paz. No es difícil sacar información, ¿verdad? Te ofreces voluntario para una partida de caza, un equipo de búsqueda o para explorar. O para ir a una de las granjas. Dejas un mensaje en un punto de control.

—También tienen equipos de comunicación. Podría haber alguien transmitiendo información por radio. Empecemos por ahí —decidió Will—. Reforzad los escudos, empezad a revisar las transmisiones y, detesto decirlo, pero vigilad de cerca a cualquiera que haya venido y se haya quedado en los últimos seis meses. A uno de los esclavos, o quizá a más de uno, podrían haberle lavado el cerebro y adoctrinado. —Fue hacia la ventana y miró fuera—. Si Fallon no nos hubiera avisado, os habría conducido a una masacre.

—Tú no eres responsable de eso —comenzó Eddie, convencido por completo de sus palabras.

—Yo acepté el trabajo, asumo la responsabilidad. Ahora voy a enterrar a ese hijo de puta. Creí que le habíamos quebrado lo suficiente como para que nos diera información sobre cómo liberar esclavos y prisioneros.

—Y nos la dio. Estoy de acuerdo con Eddie en esto, Will.

No engañó. Le creímos porque nos dijo la verdad. En su mayoría. Te ayudaré a enterrarle.

—No, gracias, Pinney y yo nos ocuparemos. A Pinney le vendrá bien. Estaba vigilando a Patrick. Solo por precaución hasta que regresáramos. Se quedó dormido; no había razones para no hacerlo. Nadie tomó al muy cabrón por un suicida. Se despertó y fue a echar un vistazo a la celda. Patrick se había colgado con la sábana. Pinney ha dicho que aún estaba caliente. Le bajó e intentó reanimarle. Todavía caliente, pero muerto.

—Pinney tampoco tiene la culpa de eso.

—No, Eddie, no es culpa suya ni de nadie. Patrick tomó una decisión y eligió bando. Guardad bajo llave todo este material. No es necesario que hagáis un inventario completo esta noche. Cerrad con llave e idos a casa. Nos vemos por la mañana.

—Will, sé que es un problema, pensar que casi nos tienden una emboscada y cómo ha pasado. Pero hemos vuelto a casa todos. Hemos hecho lo que nos proponíamos hacer y todos hemos vuelto a casa. No deberías olvidar eso.

—No lo haré.

Eddie suspiró de nuevo cuando Will salió.

—Me alegro un huevo de no estar en su puesto. Conlleva una gran responsabilidad. Tú eres soldado, que ya es bastante duro, pero lo es mucho más ser quien da todas las órdenes. Así que seamos buenos soldados y cumplamos órdenes. Cerraremos con llave y nos iremos a casa. Quiero hablarle a Fred de la hija de Lana.

Mientras almacenaban el resto para un futuro inventario, Eddie le dio un codazo a Duncan.

—Una chica muy guapa, ¿eh?

—Sí, no está mal.

—¿Que no está mal? ¡Anda ya! Esa chica está como un queso.

—Por Dios, Eddie, que tienes edad para ser su padre.

Tal vez le sorprendiera un poco darse cuenta de que era la pura verdad, pero Eddie lo dejó pasar.

—Eso no significa que no tenga ojos. Está como un queso —repitió—. Y tú no tienes edad para ser su papaíto y tienes ojos.

—Ya tengo chica, más o menos.

—Ya. —Eddie cerró, se guardó las llaves en el bolsillo y esperó a que Duncan añadiera una capa protectora—. ¿Quién es esta semana?

Duncan se encogió de hombros y dejó escapar una rápida carcajada. Había dejado atrás a Cassie, había pasado a Fawn y ahora...

—Demasiadas como para hablar en serio mientras no vaya en serio con una chica.

—Eso se dice a tu edad.

—Y, vale, estaba buena. No sé nada de quesos, pero sí que está buena.

—Tiene los ojos de su padre —añadió Eddie—. Ha significado mucho para mí verlos en la hija de Max. Duerme un poco, que te lo has ganado, tío.

—Tú también.

Cuando durmió, cuando por fin durmió de verdad horas más tarde, Duncan soñó con la chica de ojos grises, la chica a lomos de un caballo blanco con alas de plata. Una chica que caminaba por un lugar tan lleno de luz que dolían los ojos. Y que cogió una espada y un escudo del fuego que lo iluminaba todo como un millar de soles.

Cuando los cogió, ella fue el sol.

17

Fallon pensó en Mallick y en sus guerreros fantasmas. Encajó algunos golpes ilusorios pero que dolían. Cuando su tiempo de entrenamiento se redujo, Mallick decretó que lucharía sintiendo el dolor.

No sangraría, pero sí sentiría.

Por eso sintió la candente y súbita laceración del metal en su carne cuando la espada de uno de los espectros le abrió un corte superficial en el hombro izquierdo.

Continuó luchando.

Las primeras veces que había luchado con dolor, la conmoción de un golpe o un tajo habían sumido su mente en el pánico. Y la había matado. Así que no tardó en comprender por qué Mallick presionaba para conseguir que progresara.

Una herida no solo conmocionaba, sino que además debilitaba. Le insistió para que adiestrase su mente y su cuerpo a fin de que luchara con ambos.

El sudor resbalaba por su cara mientras trataba de encontrar el equilibrio con la pierna derecha para resistir el embate de la espada de Mallick. Pero derrotó a dos de los cuatro oponentes y luchó de manera encarnizada con Mallick y el espectro restante.

Notó que flaqueaba su resistencia; la adrenalina no le haría aguantar mucho más. Para ponerle fin, arrojó una bola de fuego al último espectro, hizo una voltereta y después atacó con la espada las piernas de Mallick.

Cuando él cayó, le empaló. Y a continuación se dejó caer a su lado.

—Todo duele.

Él asintió, resollando.

—Sí.

Le miró con el ceño fruncido. Su rostro, tan sudoroso como el suyo, estaba bastante pálido bajo aquella humedad.

—¿Tú también luchas sintiendo el dolor? ¿Por qué? La que entrena soy yo.

—Cuando tu espada golpea a un oponente, este siente. Así que con este progreso, yo siento.

Fallon se levantó, fue hasta el pozo y sacó agua en el cazo.

—Bebe. No es necesario que luches con dolor, ni que luches siquiera. Utilizaremos los espectros. Y así puedes observar y evaluar.

Mallick bebió mientras la miraba por encima del cazo.

—Soy capaz de luchar y aguantar el dolor.

Fallon sabía desde hacía mucho que su profesor tenía un orgullo considerable.

—Ser «capaz» es una cosa, y tú eres muy capaz. Lo que pasa es que no es necesario. De hecho, si observaras en vez de luchar, podrías evaluar mejor mis habilidades y mis puntos débiles.

Mallick bebió de nuevo.

—¿Estás protegiendo al anciano, niña?

—El anciano me ha hecho un agujero en el muslo derecho. —Para demostrarlo, se frotó la zona dolorida—. Solo soy práctica. Nos hemos enfrentado día tras día, de modo que conocemos las técnicas, el ritmo y los puntos débiles del otro. Claro que hay algunos cambios, pero, sobre todo, si fintas a la izquierda, sé que he de proteger mi derecha de un golpe desde atrás. Y levantas el hombro derecho un poquito cuando te dispones a asestar una estocada.

—¿De veras?

—Sí. —Fallon se sentó de nuevo para mitigar el dolor lacerante, y se tumbó para contemplar las esponjosas nubes blancas salpicadas sobre el azul del cielo—. No hay demasiadas probabilidades de que luche contra muchos enemigos a los que pueda leer tan bien como a ti.

—La próxima vez lucharemos con la izquierda.

Fallon se incorporó sobre un codo, picada por la curiosidad.

—Con la mano izquierda.

—Puede que llegue el momento, y eso, como tú dijiste, cambiará las cosas. Pero hoy no. Cuerpo a cuerpo, cuatro oponentes, sin armas.

—¿Ahora mismo?

Mallick le dio el cazo con el resto del agua.

—Bebe. Lucha. Acepto tu sugerencia y voy a observar.

—Estoy herida por...

—Otra magnífica sugerencia —dijo con soltura—. Has perdido la espada en una pugna anterior y ahora te enfrentas a nuevos enemigos en un combate cuerpo a cuerpo.

—Todavía tendría mi cuchillo.

—Para esta clase asume que no lo tienes.

—¿Y mi magia?

—Siempre está contigo.

Fallon bebió agua y le entregó el cazo mientras se ponía de pie. Le gustaba el combate cuerpo a cuerpo. Su padre le había enseñado los movimientos básicos del boxeo, la lucha callejera y kárate. Mallick le había explicado las distintas formas de kárate, kung fu y taekwondo.

Las katas que le había enseñado, e insistido en que practicara, le atraían. Le gustaba aquella danza fluida y letal.

Mallick conjuró cuatro espectros; dos hombres y dos mujeres. Fallon estimó que la mujer más baja era formidable. Parecía ágil y feroz al mismo tiempo.

Mientras se colocaban en posición, decidió probar primero con el hombre más alto. Parecía corpulento y brutal. Calculó que sería fuerte, pero que probablemente carecería de agilidad.

Antes de que pudieran arremeter contra ella, se abalanzó sobre ellos después de tomar impulso para lanzar una patada voladora con la que alcanzó al más alto en la garganta. Luego dio un salto mortal hacia atrás, rodó y esquivó por los pelos una patada dirigida a su cabeza. Creó un torbellino para dispersarlos y fue a por la segunda mujer.

Mallick se movió en círculo, observando. Todavía no, pensó, todavía no poseía un verdadero equilibrio con sus armas; cuerpo, mente y magia. Pero se dio cuenta de lo satisfecho que estaba con sus progresos.

Y del gran orgullo que le provocaba su valentía.

Fallon encajó algunos golpes; un puño que rebotó en su mejilla derecha, una fuerte patada a su cadera izquierda. Pero había aprendido a utilizar el dolor y la inercia.

Cuando la mujer más baja se deslizó con fuerza y velocidad y la golpeó en las piernas, Fallon lo aprovechó para impulsarse y lanzar una patada. Y demostró su buena puntería cuando sus botas golpearon en las pelotas al hombre que quedaba. Mientras él caía, le arrojó su poder y lo aniquiló.

Se giró en redondo hacia la mujer más baja, consiguió agarrarle la bota del pie con el que iba a golpearla y la lanzó con gran potencia contra la oponente restante.

La mujer baja resultó ser tan ágil como Fallon sospechaba y se apoyó en las manos para saltar y se puso de pie. Pero había derribado a la segunda mujer, lo que le daba un poco de tiempo. Recibió otra patada, vio las estrellas y las oyó zumbar dentro de su cabeza. Giró de nuevo con tanta velocidad que se convirtió en un borrón.

Puño atrás, patada atrás, patada lateral. Suficiente para derribar al espectro femenino. Después le aplastó la mano con el tacón de la bota.

Poco le duró la satisfacción, ya que salió despedida hacia atrás por culpa de una ráfaga de energía. Pillada desprevenida, aterrizó mal y reprimió un grito cuando se torció el tobillo. Levantó la mano de golpe y combatió los poderes con los suyos.

En medio de la confusión, pues se había golpeado la cabeza, vio a la mujer más baja abalanzarse hacia ella con un cuchillo en la mano ilesa.

El instinto de supervivencia entró en acción, sin necesidad de pensar. Lanzó su poder y tiró de él. El cuchillo voló de la mano de su enemiga a la suya, y de ahí fue directo al corazón de la mujer.

Se levantó, furiosa y dolorida.

—Zorra —masculló mientras el poder de ambas colisionaba—. Estás acabada.

Con una mano extendida, combatiendo la energía para hacerla retroceder, llevó la otra hacia atrás y lanzó un puñal de fuego que cortó el crepitante aire y dio en el blanco. Su última oponente estalló en llamas.

Fallon dio algunos pasos cojeando, se rindió y se sentó en el suelo.

—Ignoraba que pudiera hacer eso.

—Raras veces sabemos qué somos capaces de hacer cuando estamos acorralados.

—No me dijiste que uno de los espectros sería una bruja.

—¿Crees que solo lucharás con personas sin poderes mágicos?

—No, pero... ¿una advertencia justa?

—Las batallas y las guerras jamás son justas.

Se acercó a ella y se acuclilló para alzarle el rostro.

—Veo un poco raro.

—Mmm. Tienes una conmoción leve. Cierra los ojos y deja que yo me ocupe.

Fallon hizo lo que le pedía.

—El tobillo está mal. El tobillo izquierdo. No está roto, pero es un esguince grave.

—Yo me encargo. Respira despacio.

Pudo hacerlo cuando el pitido de sus oídos se calmó. Después, se le volvió a cortar la respiración cuando Mallick pasó a su tobillo. Dolor..., una bruma roja, pensó. Mira la luz a través de la bruma. Su estómago amenazaba con expulsar su contenido, de modo que se imaginó la dolencia como un estanque en calma, tranquilo, sereno.

Mallick pasó la mano sobre su dolorida cadera y a continuación, para su sorpresa, la pasó sobre su cara.

Abrió los ojos y los clavó en los de él.

—Siempre dices que el que se vean algunos rasguños sirve como recordatorio para ser más rápido, más fuerte y más listo la próxima vez.

—No creo que vayas a olvidarlo. ¿Cómo has conjurado el puñal de fuego?

—Ira. —Dado que el proceso de curación la estaba adormilando, dobló las rodillas y apoyó la mejilla en ellas—. La más baja tenía un cuchillo. Dijiste que nada de armas.

—Hizo trampa, como muchos con los que te enfrentarás. Levántate ya y descansa el tobillo.

La ayudó a ponerse en pie y la observó caminar.

—Está un poco dolorido, pero no demasiado —le aseguró—. Puede soportar todo mi peso.

—¿Visión borrosa, náuseas?

—No, han desaparecido.

Asintió, satisfecho.

—Tienes una hora libre, y después mezclarás seis pociones de memoria y otras dos creadas por ti. Si lo haces bien, el resto de la tarde es para ti.

—Después de las pociones quiero utilizar el cristal. Quiero ir a Nueva York.

—No puedo permitirlo.

No puedes, no lo harás, no lo hagas, pensó. Por cada sí que le sonsacaba, recibía veinte noes.

—Nueva York y Washington siguen en guerra dentro de la ciudad. Todavía albergan la población más numerosa de sobrenaturales oscuros. Tendremos que recuperarlas. ¿Cómo voy a saberlo a menos que lo vea? Tú siempre dices «mira y ve».

—Aún no es el momento.

—Otra cosa que siempre dices —arguyó.

—Porque ambas son verdad. Mirarás y verás cuando sea el momento.

Había previsto justo eso y tenía preparada una alternativa.

—Me llevará antes, igual que hizo para que pudiera ver el plan de los guerreros de la pureza de tender una emboscada a la gente de Nueva Esperanza. Déjame entrar y ver el Nueva York que mi madre conocía y amaba. Donde mi padre biológico y ella se conocieron y vivieron.

—Eso es estrategia. Pedir lo que sabes que van a negarte y después pedir menos con la esperanza de que no te lo nieguen.

—No, no exactamente. —En su mayoría sí, tuvo que admitir, pero no con exactitud—. Quiero ver el presente. Quiero ir a Nueva York, a Washington y a otros lugares y ver el presente. Pero he supuesto que tendría más posibilidades con el pasado. —Se encogió de hombros—. Imagino que es lo mismo.

—Es una estrategia bien ideada, porque suele funcionar.

Surgió un rayo de esperanza.

—¿Ha funcionado?

—Lo descubrirás después de que hayas hecho las pociones. Ve. Me gustaría trabajar en el huerto durante esta hora. En silencio.

—Voy a darme una ducha. Una larga ducha.

Le supo a gloria, a pesar de que las tuberías sonaran y el

agua saliera a trompicones. El débil golpeteo del agua alivió los dolores y pinchazos restantes y el jabón de hadas olía al claro, a hierba, a suavidad, a paz.

Planeó lo que quedaba del día mientras se vestía. Dedicaría el resto de la hora a leer y cumpliría con la tarea de realizar las pociones. Quería trabajar en una que creara una niebla que cegara al enemigo, impidiéndole ver un asalto.

A continuación entraría por fin en la bola de cristal y vería la gran ciudad de su madre, tal y como había sido. Vería juntos a sus padres; sin duda, Mallick sabía que ese era un auténtico objetivo. Quería ver juntas a las dos personas que la habían creado, ver el lugar en el que habían vivido.

Mucho para ver en una hora, pensó. Mallick jamás le concedería más de una hora. Conseguiría que fuera suficiente.

Después, a su tiempo, pediría otra hora en otro lugar. Hasta que le pidiera ir al primer escudo. El lugar con el que había soñado, con campos, bosques y montañas, y el círculo de piedras.

Dirigió la mirada hacia la bola. No traicionaría la confianza de Mallick. No entraría a sus espaldas. Pero él nunca le había prohibido que mirase.

Se encaminó hasta la bola y posó la mano en ella.

—Déjame ver y solo ver. Mi mente, mi cuerpo y mi espíritu se quedan aquí mientras tú guías mi camino con visiones.

El cristal se aclaró con un parpadeo y le mostró a la pálida luz del día lo que había visto a la luz de la luna.

Campos verdes y dorados, cubiertos ahora de vegetación y con espesas zarzas. Ciervos de piel oscura pastando. Así era ahora, pensó. Las montañas se elevaban hacia el cielo, la débil luz se filtraba entre los árboles, pero la tierra estaba desatendida.

Y las piedras, grises bajo la mortecina luz, dibujaban un círculo alrededor de la tierra ennegrecida.

Incluso a través del cristal sintió una batalla de poderes, un tira y afloja, la luz contra la oscuridad.

Oyó el trino de los pájaros, el susurro del viento entre la crecida hierba y el eco de los lugares vacíos.

Entonces la tierra calcinada se movió, palpitó, latió como si fuera un negro corazón. Y las aves guardaron silencio bajo el agudo graznido de los cuervos que volaban en círculo por encima de las piedras.

El bosque se sumió en la negrura con la oscuridad que descendió sobre él. Levantó una niebla que serpenteó por la tierra hasta enrocarse en torno a las piedras.

De la oscuridad, de la niebla, surgió una voz que murmuraba:

—Mía.

Tiró de ella como una garra. Una zarpa afilada.

—Ven —dijo la voz en el cristal, en su cabeza.

El miedo le heló la sangre. Unas uñas le perforaron la piel, con un dolor agudo, un placer oscuro. Se tambaleó durante un momento; algo palpitaba dentro de ella, ardiente, escurridizo. Se estremeció y lo combatió, confusa, asustada. Excitada.

Si entraba sabría más, sentiría más, vería más.

La tierra palpitaba más deprisa, igual que su propia sangre. Los graznidos de los cuervos fueron en aumento, hasta convertirse en gritos. Y la luz se fue atenuando cada vez más, hasta rayar la oscuridad.

Presa de la conmoción, tiró y sintió dolor cuando las garras le arañaron el dorso de la mano.

—No. —Contuvo la respiración—. No. No iré contigo. No te quedarás lo que te has llevado. Vuelve al infierno.

El instinto, el mismo que había arrojado un puñal de fuego, la llevó a derramar luz a través de la bola. Los cuervos cayeron al suelo sin vida; la oscuridad retrocedió, sibilante.

Fallon se apartó despacio y vio a Mallick, espada en mano, en la entrada de su cuarto.

—No pretendía...

—¿Qué has hecho? —exigió—. ¿Has entrado?

—¡No! No, te lo juro. Quería echar un vistazo y ver el lugar del primer escudo. He soñado con él y quería verlo. Está desierto, pero no muerto. He sentido la luz y la oscuridad pugnando entre sí; la oscuridad es ahora más fuerte allí. Y vino. Yo... —Se miró la mano, sin ninguna marca—. Habló. Tenía las garras en mi mano. Y he sentido... —Creía que lo sabía, y la vergüenza se apoderó de ella—. Ha hecho que sintiera...

—Sí, entiendo. —Envainó la espada—. La seducción puede ser otra arma. Te has negado, la has rechazado. Y has destruido a sus heraldos. ¿Estás segura de que no has entrado...? No a propósito, Fallon. ¿Te atrajo dentro, aunque solo haya sido un momento?

—No. Es fuerte, pero el cristal es mío. No puede llevarme adonde no deseo ir. Durante un momento he estado a punto, deseaba hacerlo. Pero no lo he hecho. ¿Cómo sabías que tenías que venir?

—Me has llamado con la mente. Siempre acudiré cuando me llames.

—¿Tú puedes llamarme a mí?

—Puedo.

—Siempre acudiré cuando lo hagas.

Mallick posó una mano en su hombro.

—Lo has hecho bien. Comeremos algo antes de trabajar.

—Me vendría bien comer. Y estoy lista para dedicar tiempo a las pociones en vez de... ¿Has oído eso?

—Es como... un canto. A lo mejor las hadas vienen a vernos, pero...

—No son las hadas.

—No, no es exactamente así. —Oía el canto a su alrededor, dentro de ella—. Es hermoso.

Fallon salió y Mallick la siguió por la pequeña casa hasta el taller, sin decir nada.

Parecía un millar de voces llamándola, pero quedas y encantadoras, más gratas que exigentes.

El armario cerrado estaba abierto de par en par y la luz palpitaba igual que lo había hecho la oscuridad en la contaminada tierra.

—¿Lo has abierto tú? —preguntó ella.

—No. Lo has abierto tú.

—¿Cómo?

—Rechazando la oscuridad, con honor y aceptación. Coge lo que es tuyo, muchacha.

Se acercó al armario con el corazón palpitante. En su interior, la luz se posaba sobre un grueso libro, en cuya portaba había grabados una profusión de símbolos mágicos. El libro cantaba, con música de arpa y campanillas, y voces que alegraban el alma.

—¿Es mío?

—Tuyo es el libro y cuanto contiene, si así lo decides. Otro giro en el camino, Fallon Swift. Sigue siendo decisión tuya.

La canción estaba dentro de ella, a su alrededor, en todo su ser.

Se acercó, bañada en luz, y cogió el libro.

—Debería ser pesado, pero no lo es.

Tiene su peso, pensó Mallick. Un gran peso.

—El oráculo dice que una niña abrirá el Libro de los Hechizos. Y todo lo que hay dentro estará dentro de la muchacha. Ella sabrá, y el conocimiento entrará en el Pozo de la Luz. Allí tomará su espada y su escudo, forjados en la luz, templados por el fuego. Y así se alzará la Elegida.

Fallon abrió el libro.

El cántico resonó como un coro atronador. Se levantó un cálido y fuerte viento, que sabía a tierra y a mar, a flores y a carne, mientras las llamas ardían en las páginas.

Y su nombre quedó escrito.

Aquel potente poder la dejó sin aliento. En su interior, a su alrededor, por todo su ser, parte de ella.

Su cabeza cayó hacia atrás y se le pusieron los ojos en blanco mientras la inundaba. Y, aun así, extendió los brazos para coger más.

Se mantuvo de pie, alta y delgada, con las piernas separadas, y absorbió lo que era suyo. Igual que la noche en que nació, un relámpago rasgó el cielo, el viento aulló y azotó los árboles.

El cántico cobró intensidad y se impuso en el cálido y agitado aire. Una explosión de luz rebosó en el cielo a través de la claraboya.

Cuando la tormenta pasó, cuando las voces se acallaron, cerró el libro.

—Es... demasiado.

—Cada hechizo jamás escrito, jamás conjurado, jamás lanzado, blanco o negro, para obrar el bien o el mal, está dentro de ti. Tuyo es este conocimiento y la responsabilidad que conlleva. Tuya es la confianza y la carga que supone. Otros pueden abrir el libro, pero no les hablará.

—Mi padre pagó el precio para que yo estuviera aquí. Siempre hay un precio, eso lo sé. Pero he visto el coste que entraña no pagar el precio y hasta qué punto es mucho peor. —Dejó el libro y posó la mano en él—. Antes fue tu libro.

—No, nunca fue mío. Yo ayudé a crearlo, y lo he mantenido sano y salvo desde hace mucho tiempo. Este ha sido mi deber, y un honor para mí. —Puso la mano sobre la de ella—. ¿Irás al Pozo de la Luz, Fallon Swift?

—Sí. —Exhaló una profunda bocanada mientras se volvía hacia el armario, hacia la luz—. Sí, pero me he dejado la espada abajo.

Mallick retrocedió y colocó una mano sobre la otra.

—No vas a necesitarla.

Se encaminó hacia el armario, confiando en él, confiando en sí misma. Tras lanzarle una última mirada a Mallick, entró.

Y saltó.

Cayó sin cesar en medio de una brillante luz blanca, dentro

de unas paredes de un blanco puro. El aire la envolvía sin emitir el más mínimo sonido.

Miró hacia arriba, donde la luz se arremolinaba por encima de ella, como si fuera agua, y hacia abajo, donde resplandecía.

Aterrizó de golpe, con las piernas extendidas y una mano apoyada en el brillante suelo del pozo. Lo sintió palpitar al ritmo de su pulso. Su sangre y la luz de vida.

Cuando se puso de pie, fluía a su alrededor como el agua, como el roce de unas manos, el aleteo de unas alas.

Pensó en la granja, en su familia, en recorrer los campos a lomos de Grace, en correr por el bosque. El zumbido de las abejas, el ruido de la colada tendida en la cuerda. Los años de luz la habían protegido a ella y a sus seres queridos.

Pensó en Max Fallon, que le había dado vida y había entregado la suya, y aferró con la mano los símbolos que llevaba y unieron a sus padres.

Pensó en Mick, en Twila, en Thomas y en todos a los que conocería y apreciaría.

Pensó en grandes ciudades y en campos desiertos. En la gente de Nueva Esperanza y en todas las personas que, igual que ellos, luchaban por sobrevivir y construir algo.

Y pensó en Mallick, que había entregado cientos de años de su existencia para conseguir que ella llegara a donde estaba.

Era su elección, pensó, pero ya le habían pavimentado el camino.

Bañada por la resplandeciente luz, contempló el largo canal de fuego.

—Otro salto. Es un salto de fe. Tiene fe en mí. Yo tengo fe en ellos y en la luz.

Se adentró en las llamas.

Su calor le cubrió la piel; su luz brilló en sus ojos.

Sintió su aliento.

—Hago mi elección, ahora escucha mi voz. En la luz y en el fuego este juramento hago, acepto lo que los dioses me han otorgado. Soy vuestra hija, hija del viento y del fuego, de la tierra y del agua. Con deslumbrante magia asumo la lucha. Con esta espada, con este escudo, lucharé en el campo de batalla. —Introdujo la mano en las llamas, agarró la empuñadura, la correa y cogió la espada y el escudo—. Míos son —dijo—. Como míos son el libro, el búho, el lobo y el caballo. Y yo soy de ellos.

Alzó el escudo, con su blasón de cinco símbolos que unían los cinco elementos con la magia. Levantó en alto la espada, en cuya empuñadura lucía el mismo símbolo.

Resplandecía, plateada como las alas de Laoch, y la llama que la recorría de la empuñadura a la punta era fuego blanco.

La Elegida emergió de la luz y del fuego.

Mallick la esperó. Supo el momento en que entró en las llamas gracias al restallar del relámpago, al titilar de las velas.

Y por el cambio que se obró en su interior. Su reloj se pondría en marcha de nuevo, el ciclo de la vida comenzaría otra vez. Envejecería. Y solo por eso, bendita fuera.

Fue a por la funda que había hecho para ella mucho antes de que naciera y la depositó junto al libro.

Cuando Fallon salió, la luz se atenuó a su espalda. Pero resplandecía en su rostro, en sus ojos, pensó.

Hincó una rodilla en el suelo.

—¿Qué? ¡No!

—He esperado este momento cientos de años. ¡Voy a honrarlo, así que guarda silencio! Juro poner mi magia, mi espada y mi vida a tu servicio, Fallon Swift. Te juro lealtad a ti, la Elegida.

—Vale, pero levántate. Me hace sentir rara.

—Hay cosas que no cambian. —Se puso de pie.

—No tienes que jurar lo que ya sé. —Miró de nuevo hacia el armario, hacia la tenue luz—. El pozo es alucinante. La luz brilla muchísimo, pero al mismo tiempo es suave como el agua.

Supongo que por eso es el Pozo de la Luz. Y el fuego..., podía ver la espada y el escudo en las llamas, cubiertos de su dorado resplandor. Pero cuando los saqué eran plateados. Y los siento como míos.

—Porque lo son.

—Lo que ocurre es que... ¿Has estado allí alguna vez? En el Pozo de la Luz.

—Una vez, hace mucho, para colocar la espada y el escudo para ti.

—Tú los pusiste allí —susurró.

—Guardé esta vaina para ti.

—Es preciosa.

—¿Quieres ponerle un nombre a la espada? Es una tradición que le aporta poder —dijo.

—*Solas*. Significa «luz».

—Un buen nombre. ¿Permites que lo inscriba en la hoja?

Fallon se la ofreció y, conmovido por su fe, puso un dedo en la hoja y grabó su nombre en ella.

—Siéntate.

—Tengo la sensación de que podría correr media maratón. —Se paseó por la habitación, girando la espada para que la luz del sol se reflejase en su hoja—. Y otra media después.

—Siéntate, por favor.

Fallon se sentó; parecía vibrar.

—No puedo enseñarte nada más.

Fallon dejó de admirar la espada para mirarle a él con la boca abierta.

—¿Qué?

—Ahora sabes más que yo. El conocimiento está en ti, y el poder que va más allá del mío.

—Pero... ¿Qué hacemos ahora?

—El último tramo de tu tiempo aquí te ayudaré a concentrarte y a pulir lo que ya tienes. Descubriremos todo lo que hoy se te ha dado.

—El libro, el pozo.

—Sí. Pero tú has abierto el libro, tú has cogido la espada y el escudo. No puedo obligarte a que te quedes. Te pido que confíes en que sé que necesitas el tiempo que nos queda.

Aquello fue como el impacto de la flecha de un arco.

—¿Me estás diciendo que podría irme a casa ahora?

—Sí. Has completado las misiones, has aceptado tus deberes. Posees el conocimiento. Posees la destreza.

—Pero también me dices que todavía tenemos trabajo por hacer.

—Sí.

Fallon se puso en pie de nuevo y comenzó a pasearse.

—Quiero ir a casa. A veces echo tanto de menos a mi familia que apenas puedo respirar. Evoco el olor del cabello de mi madre o el tacto de las manos de mi padre cuando toma las mías, las voces de mis hermanos. Solo para sobrellevarlo hasta que vuelvo a ser capaz de respirar. Deseo ir a casa con toda mi alma.

—La decisión es ahora tuya.

—Quiero ir a casa —repitió—. Pero sé que estos dos años..., ya casi son dos..., no se trataba solo de adiestrarme y enseñarme. Eso era una parte muy importante, pero la otra parte, la adicional, era que me acostumbrara a estar lejos de ellos, de mi hogar.

Mallick se recostó.

—Este conocimiento no proviene del libro, sino de un buen razonamiento.

—Eres un maestro del razonamiento. No voy a poder quedarme en la granja y estar con ellos. No sé dónde tendré que ir, a qué distancia ni cuánto tiempo. Pero voy a estar lejos del hogar y de ellos, y estos dos años harán que resulte más fácil. Los echaré de menos, pero no tanto como para que sea incapaz de respirar. Y lo mismo sucede con ellos, ¿verdad? Les resultará más fácil. —Fallon se sentó de nuevo—. Sé que aquí no he terminado. No he terminado, y necesito que me ayudes a terminar. Así que me quedaré y trabajaremos durante el resto del tiempo. Pero cuando vaya a casa, necesito un poco de tiempo para estar en mi hogar. Para estar con ellos. Y hay cosas que he de hacer allí, que he de empezar allí. Antes de que tenga que abandonar mi hogar y a mi familia de nuevo, necesito pasar tiempo con ellos.

—Ahora depende de ti, no de mí.

—Entonces, eso es lo que he decidido. Y hay algunas cosas que son necesarias hacer para protegerlos cuando tenga que volver a marcharme. Cuando disponga de ese tiempo, y haga lo que tenga que hacer, resultará más fácil irme otra vez.

—Muy bien. Por ahora, sal a cazar con Faol Ban y con Taibhse o ve a cabalgar con Laoch. Disfruta de la tarde.

—No he hecho las pociones.

—Has hecho otras cosas.

—Prepararé las pociones. —Se levantó y esbozó una amplia sonrisa—. No tardaré mucho.

—Qué arrogancia.

—Confianza —le corrigió, y se puso a trabajar.

18

El verano llegó y pasó en medio de calurosos días soleados, ocupados por el estudio y las prácticas. A medida que se aproximaba el otoño, los días cálidos pugnaban con las noches frías, hasta que el aire entró en liza. A lo lejos, los tornados se arremolinaban en el cielo, purpúreo igual que un moratón, y arrojaban granizo sobre las marchitas hojas.

Las hadas murmuraban que la guerra del viento, del hielo y del calor era una señal de que el tiempo de formación de la Elegida tocaba a su fin y comenzaba la verdadera batalla entre la luz y la oscuridad.

Fallon denominaba a aquello «ciencia».

Pese a todo, cuando las tormentas descargaron sobre la casa, lo hicieron con la furia de la lluvia torrencial y los atronadores relámpagos, el bramido del trueno retumbando en el bosque.

Fallon provocó una tormenta, con furia propia, cuando Mallick la presionó durante tres tandas de enfrentamiento y después criticó su técnica.

Con las botas cubiertas de barro sobre la tierra empantanada a causa de las últimas lluvias, se limpió de la cara la sangre imaginaria de los espectros a los que había vencido.

—Los he derrotado a todos. Todas las veces.

—Estás herida porque has sido lenta y descuidada —señaló Mallick.

Le ardían los pulmones, pero no era nada comparado con la ira que rugía en su interior.

—Estoy de pie. Ellos no.

Con tanta frialdad como acaloramiento mostraba ella —otro choque y otro desaire— Mallick rechazó los resultados e hizo hincapié en el proceso.

—Has perdido el equilibrio cinco veces. En dos ocasiones no has aprovechado la inercia y has desperdiciado la ventaja.

—Gilipolleces, gilipolleces, gilipolleces.

—Las palabrotas no te mantendrán con vida en el campo de batalla y solo acentúan tus debilidades.

—Qué os den a eso y a ti.

Ofendida y enfurecida, conjuró tres espectros y la emprendió a golpes con ellos. Ciega a todo salvo a la necesidad de contraatacar, asestó golpes a diestro y siniestro y arrojó su poder, que estalló en llamas mientras su temperamento bullía. Con la erupción llegó el viento, y después, el trueno.

Mata, pensó, llevada por su propia furia. Mátalos a todos.

Y entonces el rayo, rojo como la sangre que la salpicaba, rasgó el burbujeante cielo gris, arrojado como lanzas y horcas. Mientras decapitaba al último espectro, un rayo cayó en el árbol en el que solía posarse Taibhse.

El árbol explotó, arrojando afiladas astillas, trozos de madera y hojas destrozadas.

Corrió hacia las llamaradas, empapada, llena de barro y aturdida.

—¡Ay, Dios mío! ¡Taibhse!

—Ha sido lo bastante sensato como para mantenerse alejado de tu genio y tu estupidez.

Fallon escudriñó el cielo, buscando las alas blancas desplegadas mientras las nubes de tormenta se replegaban sobre sí mismas.

—¿Se encuentra bien? ¿Está bien?

—Lo sabrías si no lo estuviera.

Se apartó el empapado cabello de los ojos, temblando.

—Podría haberle... Estaba muy cabreada, pero no pretendía...

—Que no «pretendieras hacer algo» no significa nada. Has puesto en peligro a otros, has destruido a un ser vivo en un arrebato de cólera. Has abusado de tu don.

Mallick no levantó la voz; Fallon lo habría preferido. En vez de eso, destilaba una repulsa que la destrozó.

Las lágrimas le anegaron los ojos. Le dolía el estómago por contenerlas, pero lo hizo. No merecía el consuelo del llanto.

—Lo siento. No tengo excusa. Pero...

—El «pero» precede a una excusa.

Fallon se reprimió, aunque fue algo duro y amargo.

—Limpia tu desastre —le ordenó, y sus palabras fueron tan frías que la hicieron estremecer.

Mallick se alejó de ella y cerró la puerta de la casa con firmeza después de entrar.

Asqueada, hecha polvo, disipó la lluvia y se encaminó hacia los humeantes restos del árbol. Vio el humo elevarse hacia el estival cielo azul y enfrió los pedazos.

Recogió despacio y de forma laboriosa lo que podía utilizarse como leña o para encender el fuego y llevó una carga tras otra para almacenarla. Le dolía el cuerpo, ya que los espectros le habían propinado varios golpes muy duros, pero la culpa dolía más. Tardó horas, pues no utilizó la magia para ocuparse de aquello.

Cuando terminó, eligió una ramita, la sostuvo entre las manos y ofreció su penitencia. Dejó que las lágrimas manaran y que junto con su aliento bañaran la ramita para hacer que brotaran las raíces. Mientras lo plantaba, pronunció unas palabras con humildad. Con las manos sobre la tierra, invocó una fina lluvia para ayudar a que nacieran los primeros brotes.

—Nueva vida surge a partir de lo que fue arrebatado. Pido perdón por mis pecados.

Cogió un palo chamuscado, lo estudió y creó una advertencia y un recordatorio para sí misma.

Entró en casa, magullada, exhausta, con la garganta seca por la sed. Deseaba darse una ducha, un vaso tras otro de agua fría, pero subió la escalera hasta el taller con paso fatigado.

Mallick trabajaba sentado, con una copa de vino al lado. No le dirigió ni una mirada.

—No tengo excusa. He dejado que mi orgullo me dominara y he utilizado mi ira para destruir. He hecho daño a un ser vivo y podría haber hecho algo peor porque... le cedí el control a la furia. No tenía control. Solo quería matar, demostrar que te equivocabas. No te equivocabas. —Necesitaba que él supiera, que comprendiera, aunque no la perdonara—. Puedo utilizar la ira en el campo de batalla. Necesito sentir. Mallick, si no siento ira, júbilo, pena y todo lo demás, soy inferior. Sentir hace que sea más fuerte. Pero ahora, sobre todo ahora, sé que sin control, mi poder, mi fuerza, mis sentimientos son un punto débil.

Mallick tapó una botella de líquido ambarino y la etiquetó.

—Entonces has aprendido una valiosa lección. Quizá la más valiosa.

—No he empleado la magia para recoger, pero sí para hacer brotar la vida de una parte del árbol. Para plantar uno nuevo y pedir perdón.

Mallick se volvió hacia ella en ese momento, dispuesto para darle su perdón. Entonces vio el brazalete de madera en la muñeca de la mano con la que sujetaba la espada.

Sorprendido y horrorizado, se volvió hacia ella.

—¿Te has hecho un adorno? Has utilizado lo que has destruido para adornarte.

—No, no, no es un adorno. Es un recordatorio.

Fallon extendió el brazo.

Mallick se lo agarró, con otro sermón a punto. Entonces estudió el brazalete.

Tenía los cinco símbolos y las palabras: «*Solas don Saol*».

Luz para la vida.

—Derramaré sangre. Quitaré vidas. Enviaré a gente a la batalla o les encomendaré tareas que pueden suponer el fin de su vida. Si acepto eso, he de creer en esto. Luz para la vida. Librar una guerra para acabar con la guerra. Y nunca jamás atacar sin una causa, sin control, como he hecho hoy. Llevaré esto para recordarlo. —Bajó los ojos—. Lo siento. ¿No puedes perdonarme?

Mallick la miró. Con un ojo morado y una mejilla muy magullada en un rostro aún demasiado joven. La juventud no puede ser una excusa para ella, pero se había permitido olvidar que era una razón.

—Nos perdonaremos el uno al otro.

—Tú no has hecho nada.

—He dejado que mi propia ira te dejara desatendida. Sanar es un don, y yo he ignorado mi don para castigarte. Siéntate y deja que te atienda como debería haber hecho.

Por la mañana, después de pasarse la noche soñando, Fallon se levantó para recoger los tributos y dejar sus regalos. Se olía el otoño en el aire, sus notas especiadas y ahumadas. Y pensó en su hogar.

Mientras preparaba té decidió que durante su tiempo libre de ese día cruzaría el cristal y visitaría Nueva York otra vez. El Nueva York que había amado su madre.

Tantísimos olores, tantísimo color y movimiento, pensó. ¡Y ruido! Ya había caminado por las aceras bajo los imponentes edificios, maravillándose de las maravillas. Coches, tantísimos coches que generaban un constante y atronador estruendo. Gente, muchísima gente, con prisas y ataviados con indumentaria elegante. Escaparates llenos de ropa, de zapatos, de bolsos y piedras preciosas, oro y plata brillando tras el cristal.

Comida. Por doquier. En camiones, en escaparates, dentro de las tiendas e incluso en las aceras. El olor a carne, a flores, a gasolina y a todo. A humanidad.

Había visto a la joven Lana con su chaquetilla blanca y su gorro cocinando en una enorme cocina repleta de gente y más ruido, gritos, movimiento, vapor, calor. Era maravilloso.

Había visto a Max escribir en una habitación llena de libros y fotografías. Sus dedos pulsaban las teclas con rapidez; un teclado, sabía que era un teclado. Y las letras, las palabras aparecían por arte de magia en la pantalla.

Retrocedería, tal vez al día en que los había visto pasear por un gran espacio verde, cogidos de la mano y riendo, decidió.

Ese día no miraría el presente como lo había hecho junto a Mallick. No miraría en el cristal los edificios incendiados, ni los escombros, la inmundicia y la sangre. Ese día no consentiría que los gritos resonaran en su cabeza.

Dejó reposar el té mientras salía a coger huevos y a dar de comer a las gallinas.

Mallick ya estaba fuera, más allá de su pequeño huerto.

Delante de él, donde antes se encontraba el viejo árbol, donde ella había plantado el diminuto retoño, se alzaba otro árbol.

Ya adulto, con sus ramas extendidas, elevándose como si se alzaran hacia el cielo. Estaba cubierto de una profusión de verdes hojas con forma de corazón. Mientras se aproximaba, calculó que serían necesarios tres hombres con las manos entrelazadas para abarcar su enorme y terso tronco.

—Has lanzado un encantamiento al retoño. —Fallon lo contempló con atención—. Es precioso.

—No he hecho nada.

—Entonces ¿cómo...? Yo solo encanté una ramita del viejo árbol, utilicé mis lágrimas y mi aliento para hacer que salieran las raíces y un poco de agua para que brotaran las primeras hojas. No pedí que creciera ni que cambiara. Iba a cuidarlo y a pedirles a las hadas que lo atendieran cuando me marchara. Tal vez las hadas...

—No. Esto procede de ti y es para ti.

—Te juro que no...

Mallick le asió el brazo y dio un golpecito con el dedo al brazalete.

—*Solas don Saol*. Tu luz creó vida, y este es un árbol de vida.

—Un árbol de vida. ¿Hay más de uno?

—Sí. Son raros y especiales, pero hay más de uno. Con este, has dado y se te ha dado un regalo.

—Dará frutos para alimentar, sanar y proporcionar consuelo.

Mallick se volvió hacia ella y posó una mano sobre la otra mientras la visión se apoderaba de Fallon.

—Sus raíces acogerán a la diosa de la tierra. Sus ramas se alzarán al dios sol. Sus hojas sembrarán de vida el aire, atraparán la lluvia. Proporcionará un hogar a las aves y sus trinos endulzarán este lugar por siempre. Conecta todos los elementos; la tierra, el aire, el fuego, el agua y la magia. Todo lo que camina, vuela y se arrastra se une a la luz a través de él. —Fallon se volvió hacia él, le asió las manos y Mallick vio en sus ojos más que visiones. Vio a la mujer dentro de la niña—. No es para mí, Mallick, el hechicero, sino para ti. Tú hallarás reposo y consuelo aquí cuando tu trabajo haya terminado. Este es mi regalo, nuestro regalo por tu lealtad, por tus servicios y por tu sacrificio.

»Y aquí. —Levantó la mano. Las ramas rebosaban de frutos, como un intenso arcoíris, un surtido de gemas—. Los frutos de la vida, igual que los frutos de tu devoción, por fin han madurado. —Bajó la mano y exhaló—. Es tuyo. Es para ti. Ahora entiendo lo que pedí. Lo que pude pedir gracias a ti.

Mallick fue incapaz de articular palabra durante un momento y tuvo que esforzarse para poder hacerlo y que la voz no le temblara.

—Me siento honrado. Es un magnífico regalo. Supone una bendición para lo que se ha convertido en mi hogar.

—¿Lo es? ¿Es tu hogar?

—Aquí estoy contento, contento de vivir y trabajar cuando no soy necesario en otro lugar.

Y allí descansaría, en la tierra bajo el árbol, cuando su tiempo en ese reino llegar a su fin, pensó.

—Ahora hay que coger los huevos y ordeñar a la vaca. Cuando hayamos terminado las tareas de hoy, deberías empezar a despedirte.

—¿A despedirme? —La sorpresa hizo que levantara la cabeza con brusquedad—. ¿Nos vamos? Pero todavía quedan más de tres semanas.

—Marchar llevará tiempo. Los amigos que has hecho querrán agasajarte, hacerte regalos. Deberías hacer regalos para los amigos que vas a dejar aquí. Pero nuestro tiempo aquí se termina. Este árbol no solo es un magnífico regalo, sino además una señal. Estás preparada.

—Ayer mismo dijiste que mi técnica era descuidada y mi defensa, temeraria.

—Y lo eran. Y, sin embargo, estás preparada. Coge los huevos. —Agarró el cubo que había dejado a un lado y se fue a ordeñar la vaca.

—Me voy a casa —susurró Fallon. A continuación, con una carcajada, se puso a dar vueltas—. Me voy a casa.

Mick resultó ser el más difícil. Se enfurruñó, buscó pelea y se marchó hecho una furia.

—Ten paciencia —le aconsejó Mallick cuando ella se quejó, otra vez, de la actitud del chico—. Partir puede ser duro. También puede serlo quedarse.

Fallon no deseaba tener paciencia; quería darle un puñetazo. En vez de eso, le ignoró. Mallick tenía razón en que marcharse requería tiempo. Hubo fiestas, celebraciones y regalos. Los últimos chapuzones en el estanque, las últimas carreras con los duendes. Y nuevas revelaciones.

—Si Mick continúa evitándome nunca me verá correr hasta la copa del árbol más alto del bosque. Y no tendré que darle las gracias por enseñarme a trepar a un árbol.

—Le darás las gracias por su ayuda y por su amistad cuando le veas.

—Si es que le veo. —Se le encogía el corazón al pensar en no verle—. Supongo que le daré las gracias. Si él no me hubiera enseñado, no sería capaz de subir por un tronco, dar una voltereta y lanzarme desde las ramas.

Mallick exhaló un suspiro.

—Piensa, niña.

—¿En qué?

—¿Crees que semejante habilidad se puede enseñar a alguien que no la posee ya?

—Bueno, me enseñó a..., y puedo impulsarme con... Espera. ¿Me estás diciendo que tengo sangre élfica? Mi madre no la tiene. Y nunca me ha dicho que mi padre la tuviera.

—¿Eres la Elegida solo para los brujos y brujas?

—No, pero...

—Dentro de ti lo llevas todo, en tu sangre y en tu espíritu, y por ello lo tienes todo.

—¿Quieres decir que puedo correr casi tan rápido como algunos de los duendes porque tengo...? Pero ¿las hadas? No es que tenga alas, precisamente.

—Encontraste su claro, nadaste en su estanque. Ellas acudieron a ti. Oíste las voces de las más pequeñas.

—Sí, pero... No puedo transformarme. ¿O sí? ¿Puedo? Si puedo, ¿por qué no me lo has dicho, por qué no me has ayudado a encontrar mi espíritu animal?

—Piensa. —Suspiró de nuevo—. Los has encontrado.

—¿Las misiones? Pero no puedo... —Se interrumpió al comprender—. Puedo adoptar esas formas, o podré hacerlo si es necesario. Pero además puedo fundirme con ellos, con los tres, ver a través de ellos. Tú me has adiestrado en todo. Lo que pasa es que yo no lo sabía. Por eso vinimos aquí, para que viviera cerca de los demás, pasara este tiempo aprendiendo sus costumbres, conociendo a su gente, sus habilidades. Yo lo llamaba tiempo libre. —Puso los ojos en blanco—. Seguía entrenando.

—Eso no disminuye tu disfrute. Y ahora ve a buscar a Mick. Sabes muy bien que puedes encontrarlo. Despídete de él. Nos vamos mañana.

—¿Mañana? No me habías dicho...

—Acabo de hacerlo.

—Aún queda casi una semana. No esperarán mi regreso. ¡Oh! —Sonrió de oreja a oreja—. Oh, es todavía mejor. Les daré una sorpresa. Gracias.

Le rodeó con los brazos. Mallick se permitió amoldar una mano a su nuca mientras pensaba: «Sí, sí, cuesta quedarse».

No encontró a Mick, sino que más bien lo atrajo. Cabalgó a lomos de Laoch, con Taibhse en el brazo y Faol Ban caminando con ella, tomando una serpenteante ruta hasta el claro de las hadas.

Allí, conociendo sus puntos débiles, preparó un picnic a base de pastelitos, tarta de frutas y té dulce.

Con el búho en una rama y el caballo relajado, apoyó la cabeza en el lobo, que estaba acurrucado detrás de ella. Y abrió un libro.

No tardó mucho.

Cuando percibió su presencia, pasó la página y cogió un pastel para darle un bocado.

—Supongo que podría compartir, pero no si vas a ser malo.

—Me importan un pepino tus pasteles. He venido a nadar. —Salió de los árboles y bajo la verde luz se quitó las botas, se despojó de la camisa y se sumergió en el estanque con unos pantalones cortos holgados y desgastados—. Este lugar no es tuyo, ¿sabes? Yo ya nadaba aquí antes de que tú llegaras, y nadaré aquí después de que te vayas.

Fallon pasó otra página.

—Echaré de menos nadar aquí. Puede que hasta te echara de menos a ti, si no fueras tan imbécil.

—No vas a echar de menos nada ni a nadie. Eso son tonterías.

Se sumergió, y cuando emergió, Fallon había dejado el libro. Estaba sentada, con las piernas cruzadas, y clavó la mirada en sus ojos furiosos.

—Sabes que no, igual que sabes que tengo que irme. Siempre ha sido así. Mi familia me espera. Y el resto, todo lo demás, pero primero mi familia. Los echo muchísimo de menos, aunque ha sido más fácil estar lejos porque tú eras mi amigo. Sigues siendo mi amigo, aunque me digas maldades, cosas que sabes que no son ciertas. Aunque seas un idiota y hubiéramos podido aprovechar las dos últimas semanas para cazar, nadar y ser amigos, sin más. Ahora el tiempo se ha agotado. Mallick dice que nos marchamos mañana.

—Mañana. —Salió de golpe del estanque—. ¿Por qué?

—Dice que es el momento. Dice que estoy preparada. No te vayas —se apresuró a decir cuando se dio cuenta de que se disponía a echar a correr.

—Eres tú la que te vas. Te da igual lo que yo sienta al respecto. No te importa lo que siento por ti.

—Eso son tonterías, y lo sabes. Nunca había tenido un amigo de verdad antes de ti. Mis hermanos y algunas chicas de las otras granjas, del pueblo. Pero un amigo de verdad no, así que nunca he tenido que despedirme de uno antes. Quiero ir a casa, pero es duro decir adiós. Es más duro cuando mi amigo está cabreado conmigo por hacer lo que tengo que hacer.

—Solo porque tengas una espada mágica... —Su voz se fue apagando, harto y asqueado de su propia malicia—. A la mierda. —Después de farfullar su nueva frase favorita, se sentó a su lado—. Sé luchar. Lucharé.

—Lo sé.

—Mi padre dice que todavía no. Le dije que podría ir contigo y luchar, pero dice que todavía no. ¿Cuándo?

—No lo sé. Pero sé que te veré de nuevo. Lo sé.

Mick cogió un pastel y lo miró con el ceño fruncido.

—Nunca he sentido por nadie lo que siento por ti.

—Eres mi primer amigo de verdad y el primer chico al que he besado.

—Pero no quieres besarme otra vez.

Fallon ahuecó las manos sobre sus mejillas, actuando por instinto, y le rozó los labios con los suyos.

—Vas a besar a un montón de chicas después de que me haya ido.

—Es probable.

Le clavó un dedo en las costillas, riendo.

—Pero seguirás siendo mi amigo.

Se quedaron sentados en silencio durante un rato, hombro con hombro, de cara al estanque.

—Cuando sea el momento de luchar, cuando vuelva a verte, ¿me besarás? —comenzó.

—Es probable.

Ahora fue Mick quien rio y chocó su hombro con el de ella.

—He hecho una cosa para ti. —Metió la mano en su mochila y sacó el regalo. Había trenzado tiras de cuero para hacer una pulsera y le había añadido piedras protectoras.

—Es muy bonita.

—Mira, te la pones... —Se la puso ella misma—. Después solo tienes que abrochar esto. Así.

—Es muy bonita. —Suspiró y metió la mano en su bolsillo—. Yo he hecho esto para ti.

Había tallado su rostro en la piedra que ella había sacado del casco de Laoch.

—Mi padre tuvo que ayudarme un poco, pero...

—Es una maravilla. Es de Laoch, así que es especialmente maravilloso. Se parece de verdad a mí. Gracias. —Volvió la cabeza y le sonrió—. ¿Amigos?

Mick se encogió de hombros y cogió un pastel.

—Supongo que sí.

Fallon hizo el equipaje. Iba a llevarse a casa más de lo que había traído cuando se fue, pero ahora tenía dos caballos que la ayudarían a cargar con sus cosas.

En menos de dos días estaría en casa, pensó mientras envolvía con cuidado el cristal para el viaje. Había metido el escudo en la funda protectora que los cambiantes habían hecho para ella, pero se ciñó la espada.

En dos días de camino podían encontrarse con saqueadores, guerreros de la pureza o personas violentas.

Silbó a Laoch, que llevaría la mayor parte de sus cosas. Aseguró la primera carga a su espalda y volvió a por el resto. Al salir se encontró a Mallick, que la esperaba con las riendas de Grace en la mano.

—He tardado más de lo que pensaba. Es mucho. Yo me ocupo de esto si quieres coger tu maleta e ir a por Gwydion.

—No voy a necesitarlos.

—Son dos días, pero tal vez... ¿Qué? —Dio un paso atrás a causa de la sorpresa—. ¿No vienes conmigo?

—Pues claro que iré contigo. Yo te saqué de tu casa y me ocuparé de que vuelvas. Pero no voy a necesitar mi caballo ni una maleta. No tardaremos dos días.

El corazón le dio un vuelco.

—¿Ahora? ¿Así de simple? ¿Vamos a transportarnos? Nunca me he transportado a tanta distancia.

Fallon quiso discutir. La habilidad de moverse de un lugar a otro comenzó a manifestarse después de volver del Pozo de la Luz. Pero pensó en transportarse a la granja. En ver el rostro de su madre en cuestión de minutos en vez de días.

Eso la colmó de dicha y de nervios.

—¿Lo tienes todo? —preguntó Mallick.

—Sí, ya está. Lo que ocurre es que... ¡Vaya! —Miró a su alrededor, al claro, las gallinas, el huerto, el árbol, la casa, el bosque—. Los duendes te ayudarán a recolectar los frutos del huerto. —El estómago le dio un vuelco—. Y si necesitas ayuda con las abejas, las hadas...

—¿Me consideras un inútil? ¿Un enclenque? —la interrumpió.

—No, pero he estado aquí dos años. Ya no contarás con mi mano de obra de esclava. —Montó a Grace, levantó el brazo para que Taibhse se posara en él y esperó a que Faol Ban se colocara entre los dos caballos—. ¿Estás seguro de esto de transportarnos? No somos solo tú y yo, como hemos hecho antes.

Mallick introdujo una mano en la brida de Grace.

—Haz el trabajo, niña.

—Vale, vale. —Inspiró, exhaló y sintió que algo se removía dentro de ella. Un momento antes de liberar su poder, vio a Mick en el lindero del bosque.

Levantó una mano para despedirse y vio que él hacía lo mismo. Y se transportó.

Se encontraba en la loma que daba a la granja.

Asimiló todo aquello, el aire, la vista, los sonidos. Cuando bajó la mirada hacia Mallick, le brillaban los ojos a causa del poder y de la emoción.

—Cada vez se me da mejor.

—Necesitas más práctica, pero lo has hecho muy bien.

—Mi padre ya está en el campo con los chicos. Segando. Mi

madre debe de estar dentro. ¿Quieres montar a Laoch para bajar?

—No voy a bajar. Ve con tu familia.

—¿No vienes? Pero...

—Te he acompañado a casa y ahora regresaré a la mía. Ve con tu familia.

—Espera, es que... Mallick —se apresuró a decir, y se inclinó para agarrarle la mano antes de que pudiera marcharse—. Tú también eres mi familia. Eres familia. —Le dio un fuerte apretón y después le soltó—. Bendito seas.

—Y tú, Fallon Swift. —Posó una mano con suavidad en su rodilla y acto seguido retrocedió. Y desapareció.

—Nos vamos a casa. —Condujo a Grace por la loma hacia la carretera de la granja.

En el campo, Ethan echó un vistazo; por Dios, ¡cuánto había crecido! Gritó algo, agitó los brazos y echó a correr. Todos echaron a correr.

En la cocina, Lana sintió que algo se movía, caía y se abría. Y con un sollozo contenido, corrió afuera. Vio a su hija, su preciosa hija, bajar a galope la carretera, con un enorme búho blanco en el brazo, un lobo blanco corriendo a su lado y un inmenso caballo también blanco manteniendo el ritmo que ella marcaba.

Lana corrió, con el cabello escapándosele de las horquillas, el corazón henchido de felicidad y latiendo a toda prisa. Cuando Fallon saltó del caballo y se arrojó a sus brazos, el mundo que durante dos largos años había estado borroso cobró nitidez de nuevo.

—Oh, mi niña, mi niña. —La estrechó como si fuera a desaparecer y se meció con ella y lloró.

—Mamá. —Fallon se apretó contra ella, sepultando prácticamente el rostro en el cabello de su madre, hasta que Lana la apartó.

—¡Oh, oh, pero fíjate! Qué alta eres y qué preciosa. ¡Te has cortado el pelo! —Le pasó los dedos por la melena y después por el rostro—. Me encanta. Te quiero. Dios mío, cuánto te he echado de menos. Te he echado de menos todos los días.

Entonces Simon se acercó corriendo a toda velocidad, cogió a Fallon en volandas y se puso a dar vueltas con ella.

—Aquí está. Aquí está mi chica.

Fallon rio y le rodeó el cuello con los brazos.

—Papá. —Olía a granja. Olía al hogar.

—Por Dios, estás guapísima. ¿Qué le ha pasado a tu pelo? Te he echado muchísimo de menos. —Agarró a Lana para incorporarla al abrazo y las estrechó con fuerza—. Mis chicas —murmuró—. Mis preciosas chicas.

Los chicos llegaron corriendo entre vítores y silbidos. Simon soltó a Fallon de mala gana para que sus hermanos pudieran rodearla.

Abrumada, casi mareada por la emoción, Fallon los intentó abrazar a todos a la vez. La cosieron a preguntas; Colin con una voz que casi no reconoció. La voz de un hombre.

Aquello le recordó que no habían estado paralizados en su ausencia. Habían crecido. Colin era más corpulento, Travis de repente era desgarbado y Ethan ya no era un bebé.

Jem y Scout corrieron hasta ellos, los rodearon y se abrieron paso con el hocico.

—Aquí está toda la pandilla. —Fallon rio—. Casi. ¿Dónde están Harper y Lee?

Lo supo en la forma en que Ethan agachó la cabeza antes de que Lana hablara.

—Murieron este invierno. Lo siento, cielo. Se fueron juntos mientras dormían.

—Oh. —Le dolió no haberlos visto de nuevo, no haber podido despedirse.

—Los enterramos debajo del árbol —le contó Travis—. Con la abuela y el abuelo. Puedes visitarlos.

—Lo haré. —Miró a su alrededor, las montañas, el bosque,

el huerto, las abejas, los campos—. Todo parece igual. Me alegro mucho de que esté igual.

—Tú no lo estás.

Fallon le devolvió a Colin el examen visual.

—Tú tampoco.

—Por la presente declaro este el día de la familia Swift —anunció Simon. Los chicos prorrumpieron en vítores—. Chicos, vamos a llevar dentro las cosas de Fallon y a atender a los caballos. ¿De dónde has sacado ese magnífico semental? Menudo caballo.

—No es exactamente un caballo. —Ethan se acercó a Laoch—. Es algo más.

—Es algo más —convino Fallon—. ¿Quieres verlo?

Miró a Laoch a los ojos. El animal echó la cabeza hacia atrás. Reveló su cuerno y desplegó sus alas.

—¡Me cago en la puta! —acertó a exclamar Simon, sonriendo de oreja a oreja mientras los chicos se acercaban para tocarlo.

—No les hará daño. —Fallon asió la mano de Lana, adelantándose a su madre—. Jamás haría daño a nada que sea mío. Se llama Laoch —les dijo a sus hermanos.

—¿De dónde lo has sacado? —Ethan frotó la mejilla contra la de Laoch.

—Es una larga historia.

—¿Incluye cómo conseguiste ese lobo y ese búho blancos? —inquirió Simon.

—Sí.

—Pues yo quiero oírla.

—Debes de tener hambre. Puedes contarnos tus historias mientras comes. Tortitas.

No tuvo valor para decirle que no tenía hambre. Además, las tortitas de su madre podían abrirle el apetito a cualquiera.

—Los hombres se ocuparán de todo esto.

Lana rodeó la cintura de Fallon con el brazo. Colin comenzó a protestar mientras su madre la llevaba hacia la casa.

Simon le interrumpió con una mirada.

—Tu madre necesita estar un rato con tu hermana. Tú ya tendrás mucho tiempo para estar con ella. Además, no todos los días tiene uno la oportunidad de atender a un unicornio volador.

—Alicornio —puntualizó Ethan—. Es un alicornio.

—¿De veras? Bueno, vamos a liberar de su carga al alicornio de Fallon y a llevarlos a Grace y a él al establo, aunque una valla no parece muy útil. Después comeremos tortitas.

Dentro de la casa, Fallon se paseó por la cocina. Olió a la levadura de la masa que ya estaba fermentando en el gran cuenco banco de su madre y a las hierbas de las macetas del alféizar de la ventana.

—Iba a preparar un festín para tu regreso a casa e íbamos a decorar... —A Lana se le quebró la voz—. ¿Ha sido bueno contigo? ¿Mallick ha sido bueno contigo?

—Sí. Era estricto, y podía ser duro, pero también ha sido bueno. Me ha enseñado mucho. Una vez me dejó que te viera, que os viera a todos en el fuego. Se suponía que no debía hacerlo, pero os echaba muchísimo de menos.

—Te sentí, y eso me levantó el ánimo. La espada.

Fallon asintió, apoyando una mano en la empuñadura.

—Has abierto el Libro de los Hechizos, has entrado en el Pozo de la Luz. —Lana se dio la vuelta y empezó a reunir lo que necesitaba para las tortitas—. Hablaremos de eso, de todo eso, pero creo que por ahora hablaremos de otras cosas mientras comemos tortitas. De tu triada blanca y... —La voz se le quebró de nuevo cuando Fallon la rodeó con los brazos.

—No te preocupes. Ya estoy en casa.

¿Por cuánto tiempo?, se preguntó Lana, pero asió la mano de su hija.

—Sí, ya estás en casa.

19

Comió tortitas y se dio cuenta de cuánto había echado de menos la cocina de su madre. Divirtió a sus hermanos con historias de misiones y de los claros de las hadas. Les habló de Mick, y que aprendió a trepar a los árboles como un duende.

Esa vez, para esa reunión en torno a la mesa de la cocina, hizo que dos años de adiestramiento pareciera una aventura.

Y no engañó a nadie.

En medio del espíritu festivo, las tareas esperaron. Dejó que sus hermanos se turnaran para acariciar a Faol Ban, que soportó a la panda de chicos con actitud estoica. Cuando Fallon levantó el brazo, el búho abandonó la rama del manzano y fue con ella.

—Este es Taibhse.

—¿Por qué le has puesto un nombre tan raro? ¿Por qué les has puesto a todos unos nombres tan raros? —exigió Colin.

—Significa «espectro», igual que Faol Ban significa «lobo blanco» y Laoch significa «héroe». Es gaélico, y llegaron a mí con sus nombres.

—¿Por qué no les has puesto otros nombres en inglés? —la retó Colin—. La única persona que habla gaélico por aquí es la vieja dama de la granja de las Hermanas.

—Yo también —declaró como si nada. Colin no respondió.

Había echado de menos la cocina de su madre, y por extraño que fuera, había echado de menos esa expresión recelosa y desafiante en el rostro de Colin.

Travis tocó suavemente con los dedos el extremo del ala del búho.

—¿Vendría...? ¿Me dices otra vez cómo se llama? —preguntó.

—Taibhse.

—¿Vendría Taibhse conmigo?

—Puede que sí, pero necesitarías un guante de halconero. Por las garras.

—Fallon no necesita guante porque Taibhse es suyo. —Ethan miró a su hermana—. ¿Podemos montar a Laoch?

—¿Quieres volar?

Lana, que había estado bebiendo mientras observaba a sus hijos, se echó hacia atrás con brusquedad e intervino.

—Me parece que no.

—Los llevaría de uno en uno —dijo Fallon—. Subirían conmigo. Estarán a salvo. Lo prometo.

—Vamos, cielo. —Simon le guiñó un ojo a Lana—. Yo quiero una vueltecita. Seguro que tú también.

—¡Yo primero! Soy el mayor —declaró Colin.

—Primero Ethan —le corrigió Fallon—. Lo ha pedido primero. —Lanzó un silbido.

Laoch no necesitaba alas para sortear la valla del establo. Le bastó con un ágil salto.

Tal vez Lana contuviera el aliento cuando su hija se montó en la silla dorada y rezara una corta oración cuando Simon aupó a Ethan detrás de ella, pero sabía cuándo la habían superado en número.

—Agárrate a mí —le indicó Fallon a Ethan.

Desplegó las alas y alzó las patas delanteras. Lana vio a su hija y a su hijo menor elevarse en el aire mientras Ethan reía con ganas.

Magnífico, pensó. Cautivador. Una hermana dándole a su hermano el momento más emocionante de su vida, sí, pero más aún. Una guerrera a lomos de su caballo de batalla.

—Es la misma —le dijo a Simon—. Pero no es la misma.

—Sigue siendo nuestra hija. Eso jamás cambiará.

Dedicaron el día a divertirse, al amor. Fallon aceptó el reto de Colin y trepó a los árboles, se lanzó desde las ramas, hizo saltos mortales.

Fue con Travis al manzano a ver las tumbas de los perros.

—Papá fue el que peor lo pasó —le dijo—. Eran de su madre. Ethan le dijo a papá que tenían que irse la noche en que murieron. Ya sabes que entiende de animales y esas cosas.

—Sí.

—Papá se sentó con ellos incluso cuando se fueron a dormir y estuvo a su lado cuando se fueron, ya sabes. Fue el que más sufrió.

Le pasó un brazo por los hombros a su hermano.

—Eran de la familia, y primero fueron de la familia de papá.

—Necesitan saber las otras cosas. Las cosas que no cuentas. Yo no sé todo. Puedo ver más que antes de que te fueras, pero tú sabes bloquear mejor.

—Y sabes que intentar ver es de mala educación.

Él se limitó a encogerse de hombros.

—A veces hay que ser maleducado. Sé un poco sobre la espada. ¿Puedo verla?

Fallon la desenfundó y, tras dudar un instante, dejó que la cogiera.

—¿Qué lleva grabado? ¿Es como... el sol?

—Parecido. Luz. Se llama Luz. Y nadie que utilice la luz para servir a la oscuridad la empuñará. Del mismo modo que la saqué del fuego, la blandiré en la batalla, y la sangre que la manche será la sangre de la bestia y de quienes la siguen. Y aunque siembre la muerte, su hoja brilla y está limpia. Luz para la vida.

Travis le devolvió la espada mientras ella exhalaba de nuevo.

—Te has vuelto más rara.

—Sí. Lo sé.

—¿Tenemos que aprender a manejar espadas?

—Sí. Yo os enseñaré.

—Qué guay.

Había abrigado la esperanza de posponerlo al menos unos cuantos días. Dejar a un lado las cosas más duras y estar en casa, simplemente. Pero Travis tenía razón. Sus padres tenían que saberlo. Solo tenía que dar con la manera de contárselo.

Se quedó en la cocina con Lana cuando los chicos salieron con Simon para ir a dar de comer al ganado. Y con el olor a jamón cocinándose, su plato favorito, ayudó a preparar las patatas para asarlas.

A pesar del regreso sorpresa, Lana prepararía un festín.

—Yo me encargaba casi siempre de cocinar en la casa. Mallick es un cocinero penoso. Bastaron un par de comidas para darme cuenta de que me habías hecho un gran favor al enseñarme a cocinar. Me he vuelto una muy buena cocinera. No tanto como tú, pero muy buena.

—Siempre se te ha dado muy bien.

—Una de las hadas era pastelera. Me enseñó a preparar lo que llamaba «pastel arcoíris». Está riquísimo.

—¿Me enseñarás la receta?

—Necesitamos una pizca de polvo de hada, de las pequeñas. Es lo que aporta el arcoíris. He conocido a Max Fallon.

—No se me había ocurrido usar... ¿Qué? —Lana, que estaba picando hierbas, levantó la vista—. ¿A Max? ¿Tuviste una visión?

—No, mamá, no fue una visión. Le he conocido. He hablado con él igual que estoy hablando contigo.

—Max murió.

—Lo sé. Fue en el primer Samhain fuera de casa. Fue durante el ritual, el primer... aluvión de poder, de poder real en mí. Supongo que le invoqué. No me di cuenta, en realidad no me di cuenta. Y esa noche salí a escondidas para intentar localizar al lobo y le conocí a él. A mi progenitor.

—Max. —Lana dejó el cuchillo con cuidado y fue a sentarse—. En Samhain, cuando el velo se hace más fino.

Fallon no sabía cómo se sentía su madre. Pero tenía que decirlo.

—Vino a mí. Él te amaba, mamá, y también a mí. Está orgulloso de ti y de mí. Paseamos juntos por el bosque y le llevé al claro de las hadas. Tuvimos toda la noche para hablar y yo para conocerle de verdad. —Fallon se acercó a Lana, se arrodilló y le asió las manos—. Tienes que saber lo que me dijo. Tienes que saber que es feliz y que está agradecido de que encontraras a Simon.

—Oh, Fallon.

Cuando las lágrimas cayeron sobre sus manos unidas, Fallon las apretó con más fuerza.

—Está agradecido de que encontraras a alguien tan bueno, tan fuerte, a alguien a quien amas y que te ama a ti y a mí. Se alegra de que tú..., de que nosotras..., de que forjaras una vida y una familia.

—Tuviste ese tiempo con él y eso... Ni siquiera tengo palabras para decirte lo que eso significa para mí. Los dos recuperasteis algo que os fue arrebatado. Yo le amaba. Le veo cuando te miro y le amo. Pero...

Fallon sintió que algo dentro de ella se liberaba, porque ahora lo sabía. Sabía lo que su madre sentía.

—Tú le querías y yo le quiero, pero Simon Swift es el amor de tu vida. No es solo tu compañero, tu marido, no es solo el padre de tus hijos. Es el amor de tu vida. Lo sé, lo siento. Me alegro de ello. Me alegro mucho.

—Qué mayor estás. Me he perdido tantas cosas, tantos cambios, tantos comienzos.

—Besé a un chico.

—Oh. —Dividida entre la risa y el llanto, Lana enmarcó el rostro de su hija con las manos—. A Mick, ¿verdad?

—¿Cómo lo has sabido?

—Las madres lo saben. ¿Fue bonito?

—Fue... agradable. Es majo, cuando no se porta como un imbécil. Más o menos como Colin. Oye, acabo de darme cuenta de eso. Fue agradable —repitió—, pero no va a ser el amor de mi vida. De todas formas, no sé si tendré uno.

—No digas eso. Jamás le cierres la puerta al amor. Pero esa clase de amor puede esperar unos cuantos años.

—Creía que ya era mayor.

—No contradigas a tu madre cuando se muestra contradictoria.

Fallon apoyó la cabeza en el regazo de Lana.

—Tengo mucho más que contarte, que contaros a papá y a ti. —Se incorporó y se puso en pie—. Pero ya regresan.

—No los oigo.

—Seguramente es por la sangre élfica.

—¿Qué?

—Tengo mucho que contarte —repitió Fallon.

Nadie, ni brujo, ni hada ni duende, cocinaba un jamón como su madre. Nadie montaba una cena de celebración comparable a esa. Cenaron como reyes, con velas y un crepitante fuego.

Se fijó en que el orden jerárquico entre hermanos no había cambiado. Colin seguía imponiéndose a los demás con su estatus de primogénito. Cuando quería, Travis podía tumbar a Colin con ingenio y con las palabras. Ethan seguía conservando su naturaleza alegre.

Cuando se pilló preguntándose cómo podía ayudar a pulir sus puntos fuertes individuales, a reforzar sus puntos flacos para lo que estaba por llegar, apartó esos pensamientos.

Todavía no. Todavía no.

Esperó hasta después de la cena, cuando los chicos se quejaron por las tareas de la cocina.

—Quiero echar un vistazo a los caballos. Papá, a lo mejor te apetece acompañarme.

—Claro. Me gustaría echar otro vistazo a tu supercorcel.

La cogió de la mano mientras caminaban en la fresca noche desde la casa hasta los establos.

—¿Qué quieres contarme?

—Nunca he podido engañarte. Tengo muchas, muchísimas cosas que contaros a mamá y a ti juntos. Pero a ella ya le he contado esto y tengo que decírtelo a ti. He conocido a Max Fallon.

—¿Cómo lo has conseguido?

La naturalidad de la pregunta, su simpleza y su naturalidad, hizo que sus tensos músculos se relajaran.

—Ya sabes, magia, Samhain, ritual, esas cosas.

—Ajá.

—Tuvimos casi toda la noche para pasear y charlar.

—Bien. —Abrió la puerta del establo—. Eso está bien.

—¿No vas a preguntarme de qué hablamos ni qué me dijo?

—Cielo, es tu padre.

—También tú.

—Eso es cierto. —Le enmarcó el rostro y le dio un beso—. Tienes dos por el precio de uno.

Así de simple, pensó. Las cosas eran así de simples con él. Eso era fortaleza, pensó, sabiendo en ese momento que cada hombre que conociera, cada hombre en el que pensara, lo compararía con él.

Cualquier hombre, todos los hombres tendrían el listón muy alto.

Fue hasta la casilla a ver a Grace, acarició la cabeza de la yegua y le ofreció una de las zanahorias que llevaba en el bolsillo.

—Me dijiste que Max Fallon era un héroe.

—Lo era.

—Él me dijo lo mismo de ti. Dijo que eras un héroe.

—Soy un granjero.

En sus ojos brillaban las lágrimas, pero eran lágrimas buenas. Lágrimas fruto del amor.

—Eres mi héroe.

Simon la atrajo hacia sí.

—No puede haber nada que signifique más para un padre que el hecho de que su hija le diga eso. Nada lo supera. —Se aproximaron a Laoch—. Debe de medir más de dos metros. En mis tiempos habría sacado mi smartphone y grabado un vídeo contigo montada en él.

—Tú me enseñaste a montar, a construir con madera, a lanzar una bola, a esquivar un puñetazo, a amar y a respetar la tierra, a ser generosa y a no tolerar gilipolleces.

—No te enseñé ese lenguaje.

—Claro que sí.

Simon tuvo que reírse.

—Culpable.

Le ofreció la segunda zanahoria a su padre.

—Dásela tú.

—Aquí tienes, grandullón.

—Ahora conozco a Max Fallon. Ahora le quiero, no es solo una imagen en un libro ni las palabras que hay dentro. No solo por las historias que me han contado, sino por el mismo hombre. Te conozco a ti. Ahora sé que todo lo que me has enseñado importaba, y me ha ayudado a ser quien soy. Sé más de ti por el hombre que eres, por estar lejos. Max Fallon fue mi padre. Tú eres mi papá. Y te quiero.

Simon la acercó y la abrazó con fuerza.

—Has encontrado algo que lo supera.

Conocía a sus padres, sus costumbres, y dudaba que hubieran cambiado. Esperó a que sus hermanos estuvieran dormidos, a que sus padres dieran por hecho que ella lo estaba y después fue a la cocina.

Estaban sentados a la mesa, bebiendo vino y charlando, tal y como sabía que hacían después de un día memorable.

—¿No puedes dormir? Debes de estar rendida —dijo Lana, levantándose—. Con tanta emoción después de un viaje tan largo. Casi dos días a caballo, según dijiste. La casa donde vivías. Deja que traiga algo que te ayude a descansar.

—No estoy cansada. Fue algo más de un día de viaje para llegar hasta allí, pero no hemos vuelto a caballo.

—¿Has hecho todo el trayecto volando en ese semental?

Miró a Simon y meneó la cabeza.

—Es un buen punto de partida —decidió—. Aunque es el final en vez del principio. ¿Alguna vez te has transportado? —le preguntó a su madre.

—¿De qué forma?

—Bueno, así... —Giró las muñecas, desapareció y reapareció al otro lado de la habitación.

—Dios mío —acertó a decir Lana mientras Simon reía con placer.

—Hazlo otra vez.

—Simon.

—Vamos, en serio. Hazlo otra vez.

Lana se presionó los ojos con los dedos.

—Voy a necesitar más vino.

Fallon los obedeció a los dos, se transportó hasta la despensa y se transportó de regreso con la botella.

—Bebí un poco de vino.

—¿De veras? —preguntó Lana con bastante frialdad.

—Muy aguado, en realidad. Medicinal, más o menos. En fin, podría enseñarte a transportarte.

—He oído que hay quien puede hacerlo, pero nunca lo había visto con mis propios ojos, pensaba que no era más que una leyenda.

—No, y puedo enseñarte. Tienes más poder del que utilizas, y el que has utilizado desde..., durante mucho tiempo, siempre ha sido de uso doméstico o para sanar o hacer crecer las cosas. Tienes más del que Max tenía porque...

—Tú creciste dentro de mí.

—Sí. Así que puedo enseñarte eso y otras cosas. No todo —matizó Fallon—, pero sí más cosas.

—Antes has mencionado algo sobre la sangre élfica. ¿A qué te referías?

—Tengo un poco de todo. Mallick me dijo que es parte de la importancia de la Elegida. Un poco de todo en uno. Yo.

Simon decidió que más vino tampoco le vendría mal a él y se sirvió.

—¿Ahora van a salirte alas?

—Creo que no, aunque..., tal vez. Podría transformarme cuando eso se convierte en mí.

—¿En qué?

—En los tres que he traído conmigo. Todos ellos, dijo Mallick. Debería volver al principio. Nos atacaron de camino a la cabaña. Los saqueadores.

Los guio por los dos años lo mejor que pudo. Las cosas duras que había omitido. Vio a su padre cubrir la mano de su madre cuando les contó que había ido a la prisión, lo que allí encontraron y lo que hacían en ese lugar.

A medida que el tiempo pasaba, Lana se levantó y preparó té.

—Papá me enseñó lo básico de la lucha cuerpo a cuerpo. Sabes más de lo que nos enseñaste. No lo hiciste porque pensabas que éramos demasiado jóvenes. Tendré que seguir con mi adiestramiento. Puedo traer a los espectros, pero tú podrías ayudarme a enseñar a los chicos. Y ellos tendrán que aprender a manejar una espada.

—¿Por qué una espada? —preguntó Simon.

—Todavía hay muchas armas de fuego, pero no siempre es fácil encontrarlas y la munición es aún más difícil de encontrar. Podemos fabricarla. Pero los cuchillos, las flechas, los puños y los pies pueden ser y son igual de letales y son más fáciles de encontrar. Algunos ya los utilizan, e incluso prefieren la espada o el arco.

Les habló de lo que había visto en sueños. El hombre con la espada que le hablaba desde fuera del círculo de piedras, que había visto ese mismo lugar a través del cristal.

—Puedo entrar en el cristal e ir a lo que veo en él. Estoy aquí y estoy allí al tiempo. Es difícil de explicar.

—¿No es una proyección astral? —preguntó Lana.

—No, es diferente. Es como un desdoblamiento, pero estoy en ambos lugares. Así conocí al grupo de rescate. Y a la gente de Nueva Esperanza.

—¿Has...? ¿Nueva Esperanza?

—Eddie —le dijo a Lana—. Flynn. Otros.

—Has conocido a Eddie. —La preocupación se disipó durante un momento—. ¿Está vivo y bien?

—Las dos cosas. Me preguntó por ti. No pude decirle dónde estabas, todavía no, pero les aseguré que estabas bien. Conocí a Duncan y a Tonia.

—Los gemelos. —Con una carcajada de alegría, Lana se llevó la mano al corazón—. ¿Los gemelos de Katie? ¿Y a Hannah?

—Aún no.

—Ay, Dios mío, los bebés de Katie. Ya serán casi adultos.

—Son guerreros; creo que Hannah no lo es. Duncan lleva una moto y utiliza una espada. Tonia usa un arco. Conocen el manejo de otras armas, pero esas son las que prefieren.

—Katie debe de... ¿La has conocido?

—No estaba en el equipo de rescate.

—¿Y a Arlys, a Fred, a Rachel o a Jonah?

—A ellos no. A Will Anderson. Él los dirige ahora.

—Will. —Lana asintió—. Sí. Sí, puedo entenderlo.

—Era una emboscada.

—¿Qué? Ay, Dios mío. ¿Hirieron a alguien?

—Vi en el cristal lo que los guerreros de la pureza habían hecho, que planeaban atraer al equipo de rescate y tenderle una emboscada. Acudí a Mallick. Me dejó cruzar para avisarles y decirles cómo convertir la emboscada en una trampa para ellos.

—¿Lo resolviste tú? —inquirió Simon.

—He recibido adiestramiento, he estudiado y tenía la ventaja de ver dónde estaban las líneas enemigas, sus posiciones, así que pude trazar un plan y un mapa.

—Tendrás que explicarme eso en detalle en algún momento.

—Lo haré. Ninguno de tus amigos resultó herido, mamá. Y rescataron a gente que estaba siendo torturada, esclavizada, gente que iba a ser ejecutada.

—Estás pasando muy por encima. —Lana colocó una mano sobre la otra—. Luchaste. Luchaste con ellos. Puede que haya canalizado mi poder en cosas menos duras y que haya hecho todo lo posible para construir una vida segura para mis hijos, pero he estado en la guerra, Fallon. He visto la muerte y la he provocado. Ni se te ocurra esperar a tener a tu padre a solas para soltar el resto. —Lana se volvió hacia Simon—. Nos lo va a explicar a los dos.

—Tienes razón. —Simon asió la mano de Lana y la rozó con los labios—. Tu madre tiene razón. Cuéntanoslo ahora.

—De acuerdo. Tenían tanques de combustible —comenzó. Se lo contó todo.

—La gente de Nueva Esperanza son soldados fuertes. Te caerían bien, papá.

—Tu madre siempre me lo dice.

—Después de la batalla, después de entrenar más, después de que viera el primer escudo a través del cristal y de que la oscuridad de allí intentara atraerme, fue cuando el Libro de los Hechizos me llamó.

La luna salió antes de que terminara de contárselo todo.

—Es probable que me haya olvidado de algunas cosas, pero no a propósito. Necesito que lo sepáis todo, porque no es justo que no lo sepáis. Y no contároslo hace que parezca que creo que sois débiles, y no lo sois. Quiero disponer de tiempo para estar en casa, como hoy. Solo para estar en casa. Y para entrenar y practicar, para ayudaros a vosotros y a los chicos a entrenar y a practicar. Después... sabré cuándo haya llegado el momento de marcharme. Lo sabré.

—¿Adónde irás? —Lana intentó asirle la mano.

—A Nueva Esperanza —dijeron Fallon y Simon al unísono.

Fallon le sonrió y asintió.

—Sí, a Nueva Esperanza. Mucho es lo que allí comenzó y acabó. Mucho es lo que allí espera. Es donde tengo que ir. A Nueva Esperanza —dijo, y su mirada se tornó penetrante—. Donde la luz los llevó, donde las señales les condujeron, donde la sangre del padre manchó la tierra. Allí, para reunir un ejército, para forjar las armas contra la oscuridad. De allí a las grandes ciudades, a los escombros y las ruinas, a través de los mares, bajo la tierra. La traición, la sangre, las mentiras dan frutos amargos, y algunos caerán a lo largo del camino. Los mundos se estremecen con el surgimiento de la magia, con el enfrentamiento entre la luz y la oscuridad.

Lana se levantó y cogió una pequeña botella de un armario.

—Dos gotas —dijo.

—Las visiones ya no me dejan con el estómago revuelto.

—Puede que no, pero no sueles tener una visión después de haber pasado casi toda la noche en vela. Dos gotas. Saca la lengua.

Aunque puso los ojos en blanco para sus adentros, Fallon hizo lo que su madre le decía. Lana se inclinó y la besó en la parte superior de la cabeza.

—Sé lo que es que se presenten tan rápido y con tanta potencia. Es como si te llenaran y te vaciaran al mismo tiempo.

Fallon exhaló un suspiro y se apoyó contra Lana, sintiéndose reconfortada por alguien que lo sabía, que lo sabía de verdad.

—Lo que llevamos dentro nos da muchísimo. —Lana acarició el cabello de Fallon con suavidad—. Y exige muchísimo. No he olvidado lo que es sentir ese aluvión de poder dentro de mí ni cómo luchar. Ahora, gracias a que se me concedió tiempo y amor, tengo más por lo que luchar.

—No pretendía... Te vi en el cristal. En Nueva York, tu vida allí, cómo tuviste que marcharte. Y la fortaleza con la que seguiste adelante, siempre adelante. En las montañas, lo que hiciste allí, a lo que te enfrentaste. Te vi luchar por ti, por mí y por otras personas día tras día, mes tras mes. Te vi aquel día en Nueva Esperanza.

—Te habría evitado eso.

—¿Por qué? —Fallon se apartó, con una expresión feroz en los ojos—. Vi a personas que habían empezado a construir algo bueno, algo luminoso y real. Honrando a sus muertos, celebrando la vida. Vi los rostros de aquellos que fueron a matarme. Ahora conozco esas caras. Vi a mi padre biológico dar su vida por ti, por mí, y te vi contraatacar.

—Era la pena.

—Era el poder. Poder, tuyo y mío. ¿Cuántas vidas salvaste ese día? Y ¿cuántas más cuando huiste tú sola, conmigo dentro de ti y cubierta por su sangre? Dejaste otro lugar, otro hogar que amabas, amigos que se habían convertido en tu familia. Cogiste su alianza por amor. Cogiste su arma. Una mujer piensa en los anillos, pero una guerrera piensa en un arma, mamá, e incluso sumida en el dolor y en la conmoción, fuiste una guerrera.

—Tenía una hija a la que proteger.

—Y lo hiciste. Sola, hambrienta, asustada, seguiste en marcha.

—Estuve a punto de rendirme. Tú acudiste a mí.

—No te habrías rendido. Tú nunca te rindes. Yo solo te di un empujón cuando lo necesitaste. Te vi llegar a la colina que da a la granja, y vi algo en tu rostro que no había visto desde que huiste. Vi esperanza. Y... —Fallon extendió el brazo y asió la mano de Simon—. Y vi esa esperanza materializarse con bondad y la llegada de la confianza y del amor. Que la confianza puede surgir entre desconocidos es una lección, pero tienen que dar el primer paso, y eso es cuestión de fe.

—¿Cuándo te has vuelto tan lista? —preguntó Simon.

Fallon le apretó la mano y le miró fijamente a los ojos.

—Te vi matar a un hombre que no te dejó más alternativa, aunque tú le habías dado una. No fue el primero ni el último. Desciendo de guerreros; mi madre, mis padres. Y del poder y la fuerza. De la bondad. Cuando temo no ser lo bastante buena, lo bastante valiente, pienso en vosotros, en lo que me habéis enseñado y en lo que he visto en el cristal. —Se frotó los ojos. De repente parecía una cría que se había quedado levantada hasta muy tarde—. Ojalá nada de lo que hay fuera de la granja, de lo que se acerca, afectara a los chicos. Pero lo hará. Tú sabes más, el soldado sabe más de lo que nos has contado, o de lo que le has contado a mamá, o de lo que nos has enseñado. También vi al soldado del pasado en el cristal.

Le afligía profundamente saber que, cuando miraba a su hija a los ojos, era un soldado mirando a otro soldado.

—Vas a tomarte unos días —le pidió Simon—. Llámalo descanso y relajación. Después comenzaremos a adiestrarlos.

—Has tenido un día muy largo —añadió Lana—. Deberías dormir un poco.

—Estoy muy cansada.

—Sí, ya lo veo. Vete a la cama.

Fallon asintió, medio dormida ya, y abrazó a Lana y después a Simon.

—Me alegro de estar en casa.

Lana la vio marchar y escuchó sus pasos en las escaleras.

—Simon.

—Hablaremos. Pensaremos y hablaremos. Pero ahora mismo hay alguien más que necesita dormir. Estás agotada, cielo, y yo no ando lejos.

—Lo sabía. Lo sabía desde que estaba dentro de mí y sigo chocando con el muro del no. No, esta es mi pequeña.

—Ya somos dos.

Simon se puso en pie y le agarró la mano.

—Vamos a hacer lo que hacen los padres.

—¿El qué?

—Preocuparse sin descanso y hacer todo lo que podamos para ayudarla. —Comenzaron a subir las escaleras—. ¿Crees que puedes aprender eso de transportarte? Porque podrías traerme una cerveza fría así. —Chasqueó los dedos, haciéndola reír después de un día muy largo.

20

Se tomó una semana, ayudó con la cosecha, enseñó a su madre a preparar el pastel arcoíris. Fue a pescar con sus hermanos y a cazar con Taibhse y con Faol Ban.

Por la noche sobrevolaba los campos y las montañas con Laoch.

Y aunque se alegraba de estar en casa, echaba de menos a Mallick y la rutina del trabajo, entrenamiento, práctica y estudio. Echaba de menos a Mick y a todos los demás, y los momentos de paz a solas en el claro de las hadas.

Pero pasó su decimoquinto cumpleaños en casa, con su familia, y atesoró cada momento.

Cuando la semana finalizó, sus hermanos se tomaron el adiestramiento como un juego. Eso la sacaba de quicio, pero siguió el ejemplo de su padre. A fin de cuentas, había adiestrado a soldados con anterioridad y criado a sus hijos.

—Empieza como un juego —le dijo—. Son críos.

—Colin tiene la misma edad que tenía yo cuando me fui con Mallick. Te aseguro que no dejó que me lo tomara como un juego.

—Colin no eres tú. Aprenderán y, además, competirán. Entre sí y contigo. Entonces mejorarán y se lo tomarán en serio.

De modo que durante el otoño y hasta bien entrado el invierno siguió siendo un juego casi siempre. Dejó por el momento la formación mágica de Travis y de Ethan a su madre y aguantó las quejas y que fingieran estar enfermos cuando les ponía deberes.

Leer, matemáticas, cartografía.

Les gustaba idear estrategias de batalla, un campo en el que Travis destacaba especialmente.

Cuando se trataba de katas, gimnasia y resistencia pura y dura, Ethan superaba a sus hermanos mayores, como si hubiera nacido haciendo saltos mortales.

Pero cuando en los impredecibles y ventosos días de marzo incorporó las espadas, Colin demostró ser feroz, veloz y letal.

Le irritó bastante que en cuestión de días dominara el arte y las técnicas que a ella le había costado semanas aprender.

Empezó a trabajar con él en el uno contra uno, y si bien le mataba de forma habitual, la hacía sudar la gota gorda.

Su padre resultó ser otra historia. Entrenaba con ella bajo reglas estrictas. Nada de asestar golpes. Ahí estaba su límite, por mucho que ella discutiera.

No pensaba golpear a sus hijos.

Fallon se comprometió a que habría una pequeña descarga por cada golpe, puñetazo y patada. Incluso con reglas tan estrictas no era capaz de vencerle sin utilizar la magia y aprendió cada vez más.

La primera vez que lucharon con cuchillo, para gozo de sus hermanos, Simon hizo lo que hacía siempre que introducía un arma blanca.

Lo probó consigo mismo.

—No cortarán la ropa ni arañarán la piel y harán sangre —le dijo, tal y como hacía antes de cada sesión de esgrima.

—Más vale prevenir que tener que lamentarse. —Pasó su cuchillo y después el de ella por la cara interna de su brazo—. Vale. —Le entregó un cuchillo, sujetándolo por la hoja.

Mientras danzaban en círculo, los chicos se dedicaban a lanzarles pullas o palabras de ánimo. Lana se unió a ellos. Se sobresaltó, como siempre le pasaba, al ver a su marido y a su hija enfrentados. Con la mirada fría y el cuerpo en tensión.

Se le encogió el corazón, y así permaneció durante el primer ataque.

Simon arremetió, pivotando para apartarse mientras Fallon hacía lo mismo, de modo que su patada y el subsiguiente ataque con el cuchillo erró el blanco.

Una terrible danza que parecía no tener fin.

Fallon y Simon se irguieron, como en un acuerdo tácito, y retrocedieron.

—Parece que hay empate —voceó Lana mientras los chicos gruñían y abucheaban.

—Eres buena. —Simon se limpió el sudor de la cara.

—Tú también.

Simon sonrió de oreja a oreja.

—Me estaba conteniendo.

—¿De veras? Yo también.

—Muy bien. —Meneó los hombros y se colocó en posición de ataque—. No te contengas.

—Tú tampoco.

Se abalanzaron el uno contra el otro.

Espantoso, realmente espantoso, pensó Lana, los golpes, las puñaladas, el choque de las hojas. Los espasmos de sus cuerpos cuando las descargas los recorrían con cada golpe y corte ilusorios.

Entonces Simon giró con una velocidad que hizo que los chicos prorrumpieran en vítores, pilló a Fallon por detrás y le rebanó la garganta.

—Más que bien. —Fallon se inclinó entre resuellos para apoyar las manos en los muslos.

—Tú también.

—Enséñame ese movimiento.

—Claro, pero hay un problema. Si estos cuchillos cortaran, seguramente hubiera estado débil y atontado por la pérdida de sangre. Puede que la adrenalina me haya impulsado, pero te ha faltado muy poco para seccionarme un par de arterias. Ahí es donde deberías centrarte si puedes. Ve a por la braquial, la femoral, la yugular y acabará rápido.

—Lo sé, pero la única forma de llegar a ellas era... —Movió la mano, le lanzó una ráfaga de poder para que saliera despedido hacia atrás y después le hizo una larga línea en el antebrazo— hacer esto.

—¿Por qué no lo has hecho?

—En primer lugar, necesito entrenar. Y, además, podría estar luchando contra alguien con poderes, así que estaría atacando o esquivando sus ataques mientras intento asestar un golpe debilitador o letal. Si el contrincante no tuviera poderes, la magia debería utilizarse solo para salvar vidas. Si has de quitar una vida mediante la magia, no puedes hacerlo por comodidad. Tienes que..., tienes que saberlo.

Simon meneó la cabeza y la miró de guerrero a guerrera.

—Esto es lo que yo sé. Uno hace lo que sea necesario para seguir con vida. Utiliza lo que haya que utilizar. Porque si estás muerto, se acabó la lucha, y no solo para ti. También para otros a tus órdenes, a los que ya no podrás proteger. No se deberían perder vidas inocentes porque peleas de manera justa. Nada es justo en la guerra.

Enfundó su cuchillo y después le enmarcó el rostro con las manos y la besó.

—Me has agotado, cielo.

Mientras Simon hablaba, Lana apareció a su lado y le ofreció una cerveza fría.

—¡Eh! Qué bien, gracias.

—Estamos trabajando en ello. Creo que es hora de un descanso. Y, Fallon, me vendría bien tu ayuda para una cosa. —Su madre la apremió mientras la conducía hasta la casa y cerraba la puerta.

—Tu padre no lo entiende —comenzó Lana—. Sabe que usar magia para causar daño o algo peor va en contra de lo que somos, pero también sabe lo que es luchar por tu vida y por la de otros.

—Lo entiendo. De veras.

—A Max y a mí nos costó utilizar nuestros dones para hacer daño. Debería costar mucho. Pero tu padre tiene razón, Fallon. Tiene razón. Si tú o cualquiera de nosotros necesitamos utilizar nuestros dones como arma, lo hacemos. No a la ligera, no por conveniencia, como has dicho, pero los usamos. Sea o no poder contra poder.

—Yo ya lo he hecho. Desconozco cuántas vidas pude arrebatar cuando volé aquellos tanques de combustible, y utilicé la magia para hacerlo.

—¿Cuántas salvaste? ¿Buenos soldados e inocentes? Hiciste lo que había que hacer, y me temo que sé que tendrás que volver a hacerlo una y otra vez.

—Puedes sumirte en la oscuridad —protestó Fallon en voz queda.

—No lo harás. Tus padres no lo hicieron. Tú no lo has hecho. No lo harás.

—Cuanto más entreno, más estoy aquí... Pensaba, y así se lo dije a Mallick, que necesitaba tiempo para estar en casa. Pensaba que era por mí, solo para estar aquí después de dos años ausente. Pero es más que eso. Sigo aprendiendo. Se trata de que entrenemos todos nosotros y que aprendamos juntos. —Se alejó y se acercó de nuevo—. Sé que ahí afuera hay gente luchando, muriendo, sufriendo. Y yo estoy aquí, todavía aquí. Pensaba que cuando tuviera la espada y el escudo estaría preparada. Pero han pasado meses y sigo aquí.

—Para ti no se trataba solo de luchar.

—Lo sé, lo sé, igual que sé que no ha llegado el momento de

irme. —Fue de una ventana a otra, inquieta—. Pero hay gente de mi edad, más joven incluso, que ya lucha, y yo espero para... asumir el mando —comprendió—. Estoy esperando en vez de trabajando para ese fin, para alcanzar ese liderazgo. ¿Las granjas, el pueblo, este lugar? No dirijo nada. No estoy descubriendo quién va a luchar, quién posee las habilidades necesarias o conocimientos que se puedan utilizar. No estamos entrenando más allá de aquí. Soy idiota.

—No me insultes. Yo no he criado a ningún hijo idiota. Tienes tu tiempo aquí mismo y solo aquí, con tu familia. Entrenando, enseñando y practicando. Si ya es el momento de hacer más, de empezar con los vecinos, eso es lo que haremos.

—Si papá viene conmigo. Ellos le escucharán. A él le conocen bien, y en mí verán solo a una adolescente.

Lana asintió, satisfecha, orgullosa.

—Has de ganarte su confianza.

—Sí, y lo haré. Para eso estoy aquí.

—Por eso sigues aquí —la corrigió Lana—. Has iniciado lo que había que iniciar, y ahora es el momento de comenzar otra cosa. Eres una adolescente, Fallon. Y eres impaciente. Ganarte la confianza, formar un ejército, avanzar, requiere tiempo.

—Entonces más vale que me ponga en marcha. Mañana... ¿Has oído eso?

—¿Qué has oído?

—Voces. De...

Mientras Lana iba tras ella, la siguió hasta su cuarto. Hasta el cristal.

—¿Los oyes?

—Ahora oigo algo. No está claro.

—¿Puedes ver?

—Se ve borroso.

—Coge mi mano.

Todo se aclaró.

Hombres y mujeres en camiones, a caballo, en tanques, por

increíble que pareciera. Bien armados, se fijó Lana, todos de negro y con el rostro ennegrecido a la luz de la luna.

Un ataque nocturno.

—Guerreros de la pureza —le dijo Fallon—. Y algunos saqueadores. Seguro que participan por la recompensa tanto como por el placer de matar. Puede que los guerreros de la pureza les hayan pagado para que se unan a esto.

—Conozco esa carretera. —El miedo atenazó la garganta de Lana—. Conduce directamente a Nueva Esperanza. Dios mío, ese del camión que va en cabeza es uno de los Mercer. No ha envejecido bien y tiene una cicatriz espantosa en la cara, pero sé que es uno de ellos.

—Lou Mercer. Don ya está muerto. Y este se hizo esa cicatriz en la explosión de los tanques de combustible. Está muy cabreado. Tengo que ir. —Se volvió y cogió la espada que había dejado para el combate cuerpo a cuerpo—. Esto se acerca, aún no ha ocurrido, así que hay tiempo para avisarles. Hay tiempo para que se preparen.

—Te acompaño.

—Te necesito aquí. Aún no puedo cruzar sin escindirme. Necesito que te quedes con lo que queda aquí. Necesito ver a Will. Will Anderson.

Posó una mano en la bola y formó la imagen de Will en su cabeza. Y en la bola.

—¡Dios mío, es Will! —Lana agarró el brazo de Fallon y miró con más detenimiento—. Y Katie. Esa es Katie. Madre mía, míralos.

Vio a la mujer de pelo negro y rizado —y los ojos que había heredado su hijo— sentada en una mesa con Will.

—¿Dónde están? —exigió Fallon.

—No estoy segura, yo... En la cocina de la casa en la que viven Katie y Rachel. O vivían cuando yo estaba allí. Y Jonah. Se fue a vivir con Rachel. La han pintado, pero esa es la cocina. No puedo oír lo que dicen. No puedo oír bien.

—Tengo que cruzar. —Se volvió hacia su madre—. He de avisarle de lo que se avecina. Dos noches, será dentro de dos noches. Sé dónde está la casa. Tú me lo dijiste, y aunque no lo supiera, el cristal me llevaría. Pero tú tienes que quedarte aquí.

—Diles..., solo diles que los he visto.

—Lo haré. Quédate aquí. Quédate conmigo.

Una vez más puso las manos sobre la bola, y en esta ocasión formó la imagen de la casa, de la cocina, en su cabeza.

Y cruzó el cristal.

Olió algo que se quemaba justo antes de completar la escisión. Desenvainó la espada mientras Duncan se giraba con la suya.

Los aceros chocaron.

—Buena forma de que te destripen. —Duncan depuso su espada, pero no la enfundó.

—¿No te molestas en mirar antes de atacar?

—Defenderme —la corrigió—. Has aparecido en mi casa.

—Busco a Will Anderson.

—Él no vive aquí.

—Sé que no vive aquí, pero ha estado aquí. Algo se quema.

—Mierda. —Agarró la sartén y, con las manos ocupadas, apagó el fuego con un gesto de su cabeza.

—No me eches la culpa a mí. —Por la expresión de sus ojos estaba claro que sí se la echaba—. Ya se estaba quemando cuando he llegado.

—Me gusta el sándwich de queso fundido bien crujiente.

Le dio la vuelta y lo sacó en un plato; no cabía duda de que un lado estaba crujiente, pero el otro se había quemado.

—Solo dime dónde puedo encontrar a Will para que... Es de noche.

—Sí. Suele seguir al día.

Cuando le agarró del brazo, el apremio que transmitía le caló.

—¿Qué fecha es? ¿Qué día?

—29 de marzo. O 30, técnicamente, ya que acaban de dar las doce. ¿Qué quieres?

—A Will.

—Bueno, pues me tienes a mí. Desembucha —comenzó, y acto seguido le echó un buen vistazo a su espada. La agarró del brazo y se lo levantó—. Luz —dijo, leyendo el grabado.

—¿Cómo sabes lo que significa?

—Uno de mis instructores de la academia estaba visitando a unos parientes en Boston cuando comenzó el brote del Juicio Final. Acabó aquí. Enseña gaélico. —Su mirada, esos profundos ojos verdes, se desviaron de la espada a su rostro—. Así que la Elegida responde a la llamada, abre el Libro de los Hechizos, acepta cuanto da y entra en el Pozo de la Luz. Allí, del fuego eterno, toma la espada y el escudo. —La soltó—. ¿Es así?

—No tengo tiempo para esto. ¿Dónde vive Will? ¿Aquí, con tu madre?

—No. Por Dios. Colega, está casado desde hace un millón de años.

—¿Con quién? —Fallon podría haberse arrancado el pelo..., o arrancárselo a Duncan—. Mi madre querrá saberlo.

—Con Arlys.

—Se alegrará de ello, pero no puedo distraerme. ¿Están en la casa en la que vivía Arlys? La conozco.

—No, y no vas a molestar a Will a medianoche. Está agotado y medio enfermo.

—¿Está enfermo? Puedo ayudar.

—Es solo un puto resfriado y ya le han tratado. Necesita dormir, eso han dicho los sanadores, médicos y mágicos, así que no le vas a despertar. —Cogió su plato, lo dejó en la mesa y se sirvió un vaso de leche—. ¿Quieres?

—No. No puedo perder el tiempo.

—Pues siéntate y cuéntame qué coño ocurre. Yo se lo contaré a Will por la mañana.

Calculó que podría regresar a través del cristal, formar de nuevo la imagen de Will y volver a intentarlo. Pero no solo parecía poco práctico, sino que además tenía que aceptar que podía haber un motivo para que hubiera errado el blanco.

Así que se sentó.

—Atacarán pasado mañana por la noche. El grupo, o una facción de ellos, de la emboscada frustrada.

—¿Mercer?

—Está muy, pero que muy cabreado. No se trata de un ataque aprobado.

—¿Está fuera de control?

—Sufrió graves quemaduras en la explosión aquella noche. Lleva obsesionado con esto desde entonces. Ha perdido estatus con Jeremiah White; lo han degradado. No lo he captado todo, pero he visto eso porque su odio es muy profundo. No me entretuve a intentar captar más. Solo sé que tiene a más de un centenar de hombres con él y dos escuadrones de saqueadores.

Duncan asintió, calculando con frialdad.

—Tiene fama de asociarse. Dejaron que los saqueadores se llevaran a algunos de los seres mágicos como recompensa. Muertos o vivos.

—Asaltaron la armería, lo que quedó de ella. Mataron a algunos de los suyos para hacerlo. Y asaltaron otros asentamientos. Cuentan con una serie de armas militarizadas y dos tanques.

—¿Tanques? Nos vendrían bien un par de tanques. Espera, enseguida vuelvo. —Se dispuso a salir, pero se dio la vuelta—. No te comas mi sándwich.

—Está quemado.

—No te lo comas —repitió.

Fallon se levantó y empezó a pasearse de un lado a otro. Medianoche, pensó, varias horas más tarde de lo que pretendía. Y ahora estaba atrapada en una cocina que olía a pan quemado en vez de estar hablando con el líder.

Bueno, podría contarle a su madre que aquí tenían acceso a queso y que las paredes de la cocina de Katie tenían el mismo color que los narcisos que había en una delgada botella sobre la mesa.

Y que el hijo de Katie tenía muy buenos reflejos, aunque no supiera tostar un sándwich.

Duncan regresó, con sus vaqueros oscuros, que se habían vuelto grises en la zona de las rodillas a causa del uso, una camiseta negra y el cabello, ondulado como el de su madre, que le caía de forma descuidada sobre la parte posterior de la camisa.

Llevaba un rollo de papel, lápices y un par de mapas hechos a mano.

Se fijó en lo bien dibujados que estaban cuando los desplegó sobre la mesa. Uno era de Nueva Esperanza y el otro del área circundante.

—Vale. —Se sentó, cogió el sándwich con una mano y le dio un mordisco—. Enséñamelo. ¿Por qué carretera van a venir?

Fallon cogió uno de los lápices, se detuvo y le miró con los ojos entornados.

—¿Has averiguado quién le contó al grupo de Mercer dónde ibais a explorar el día en que encontrasteis al hombre herido?

—No. Tenemos vigiladas a un par de personas. Hay una mujer que formaba parte de la secta. Qué panda de pirados. Sigue aquí, tiene un bebé, pero se mantiene separada. No viste de forma normal. Podría colaborar con los guerreros de la pureza, aunque asaltaran su campamento y nosotros le salváramos el culo a ella y a muchos otros. Qué panda de pirados —repitió.

»Hay otro par. Un tío que se instaló a algo más de un kilómetro y medio de la ciudad. Es mogollón de reservado. Hace trueques, pero solo con los que no tienen magia. Y está Lenny, el pirado. No está bien. Will ha tenido que encerrarle unas cuantas veces desde que llegó aquí. Se le va la pinza. Por lo demás, es callado y un poco siniestro. En fin, estamos en ello. Si hay alguien que forma parte de la comunidad trabajando con los guerreros de la pureza, acabaremos descubriéndolo. O quizá ya se hayan marchado, que es lo que la mayoría cree que ha ocurrido. La gente sigue adelante.

—No quiero que hables con nadie en quien no confíes completamente. Con nadie que no forme parte de la estructura de mando. Ni con amigos, ni con nadie; ni con ninguna chica a la que quieras impresionar.

—Eres todo un personaje. —Mordió de nuevo el sándwich—. Entiendo que tarde o temprano vas a dirigir las fuerzas de la luz contra las fuerzas de la oscuridad y todo eso. Estaré a tu lado cuando eso ocurra, si es que ocurre, pero ¿ahora mismo? Entre Chuck, Arlys y el comité de comunicaciones tenemos los oídos bien abiertos. No hemos oído nada sobre este ataque del que hablas. Pero imagino que no has venido para soltar mentiras. Además, voy a apostar mi culo y la mitad del tuyo a que he pasado más tiempo que tú en el campo, ya que no se ha hablado mucho sobre una chica guerrera armando escándalo. Y aquí va otra: yo no necesito cotillear ni alardear para impresionar a las chicas. Así que muéstrame en el mapa dónde los has visto y cuéntame lo que sepas. Hasta puedes incluir lo que opinas.

Fallon le escuchó y comprendió la fría lógica de sus palabras. Sin embargo, vaciló un instante más.

—Hay algo o alguien encubierto en este lugar. Algo trabajando en las sombras. ¿No lo notas?

Duncan frunció el ceño y cogió su vaso de leche.

—Sí, lo noto. Y sí, me cabrea no poder descubrirlo. Lo he intentado, pero no logro encontrarlo. Así que no tienes que preocuparte de que hable de esto con nadie a quien no conozca bien.

Fallon hizo un rápido bosquejo en el rollo de papel para coordinar con los mapas.

—Esta carretera.

—¿Directa a la calle principal? Atrevido.

—Mercer está furioso y no es una persona demasiado lista. Nos culpa a nosotros, a los seres mágicos, de todo lo que no va como él desea. No es un verdadero creyente como el que se sacrificó. Es un fanático que solo ha ascendido gracias a los enchufes y a su propia crueldad. Le gusta vernos sufrir. Le gusta hacer sufrir a cualquiera que ayude o confraternice con las personas con poderes mágicos. Nueva Esperanza es su..., ya sabes, ¿su Santo Grial?

—Sí, sí. He leído libros y he ido al colegio. He visto a los Monty Python.

—¿A quiénes?

—Lamento que no los conozcas —dijo Duncan, dando un nuevo mordisco al sándwich—. ¿Cómo sabes tanto sobre Mercer?

—Le vi dentro de él. No tiene... ¿cómo se dice? Filtro. Simplemente no lo tiene. Lo piensa, lo siente, es su verdad. Matamos a su hermano, y años después le humillamos y le desfiguramos. —Frunció el ceño al ver lo que Duncan dibujó en la esquina del rollo—. ¿Cómo sabes tú qué aspecto tiene Mercer ahora?

Duncan también frunció el ceño al ver el dibujo. El rostro delgado, la barba a parches, la cicatriz reciente y rugosa que le encogía el lado izquierdo de la boca y el ojo.

—No lo sé. Lo percibo de ti. Ignoro cómo. ¿Es fidedigno?

—Sí, lo es. Dibujas muy bien.

—Me entretiene.

—¿También leer los pensamientos de la gente?

—No es lo mismo. —Levantó la mirada hacia ella—. Vibraciones, ya sabes.

—Uno de mis hermanos lee a la gente, pero él entiende y respeta la privacidad.

—¿Qué puedo decir? Lo emanabas mientras hablabas de él. Y he visto su cara. ¿Cuántos?

—Más de un centenar. Los tanques, unos veinte camiones... Algunos de ellos son camiones militares que a veces utilizan para transportar prisioneros. Diez a caballo, armados con espadas. Los saqueadores van en moto.

Duncan tomó nota mientras ella hablaba.

—A caballo, con espadas, es limpio. Entrarán primero con los tanques, después enviará a un escuadrón para eliminar a nuestros guardias. Es lo que yo haría.

—También es lo que yo haría —convino Fallon—. Así que querrías establecer aquí tus líneas, a algo más de un kilómetro y medio de la ciudad.

—A más de un kilómetro y medio. No dejaremos que entren en la ciudad. Primero eliminamos los tanques.

Durante casi una hora se dedicaron al papel, los mapas, los planes. Fallon imaginaba que Will y los demás los perfeccionarían después, pero les había dado todo lo que necesitaban.

—Mañana por la noche no, sino la noche siguiente. Vigilaré —le dijo—. Si me necesitáis, vendré. Pero no creo que me necesitéis. Los saqueadores no son leales a los guerreros de la pureza, y tanto estos como Mercer no son leales a nadie. Solo quieren sangre, venganza.

—Sí, nos ocuparemos de ello. Agradezco el aviso. Otra vez.

—Diles a Will y a tu madre que la mía los ha visto. Quiere que sepan que los ha visto.

—¿Cómo los ve? ¿Cómo observas?

Una sonrisa empezó a dibujarse en su rostro y cuando lo hizo, removió algo dentro de él. Entones la sonrisa desapareció y sus ojos se oscurecieron a causa de una visión.

—No confíes en el fruto, en las flores. La fruta es negra por dentro, las flores ocultan el mordisco de una serpiente.

—¿Qué fruto, qué flores?

—No lo sé. Lo siento. —Se pasó las manos por el pelo porque la visión, tan corta, tan llena de oscuridad, le produjo dolor de cabeza—. Tengo que irme. Volveré si me necesitáis.

—Te has puesto muy pálida. ¿Quieres...?

Fallon se desvaneció.

—Vale, da igual. Nos vemos.

Fallon cruzó de nuevo el cristal, volvió por completo a su ser y se desmayó.

Despertó en su cama, con su madre asiéndole la mano.

—Estoy bien. Solo un poco mareada.

—Voy a traerte un poco de agua y un reconstituyente.

—No te vayas. Dame un minuto. ¿Cuánto tiempo he estado ausente?

—Casi dos horas. Santo Dios, Fallon, casi dos horas y no te has escindido. Toda tú cruzaste. Solo podía ver pequeños trozos y únicamente de vez en cuando. No podía verte.

—Demasiado tiempo, es parte de ello. Nunca he estado más de una hora, más o menos, y yo..., me he pasado demasiado y no debería haberlo hecho. Hay que ir poco a poco. Lo siento, debes de haberte preocupado mucho.

Se llevó la mano de Lana a la mejilla y se tranquilizó.

—Justo antes de regresar tuve una visión breve, rápida y muy intensa. Me produjo un enorme dolor de cabeza.

—¿Náuseas?

—No, solo la jaqueca y algo de mareo.

—Déjame ver. —Lana le pasó con suavidad las manos por el rostro, la cabeza y le frotó las sienes—. ¿Te ayuda?

—Un poco. Parece muy profundo.

—Voy a por lo que necesitas. No intentes levantarte.

Lana se transportó. Todo el entrenamiento y la práctica con Fallon había merecido la pena. La enorme preocupación aumentó la potencia y la velocidad. Regresó con un vaso, agua, una ampolla y un paño blanco.

—Vas a beberte esto. —Vertió unas gotas de color azul claro en el agua—. Tres sorbos. Una pausa. Tres sorbos, pausa, y una tercera vez. Tres por tres —ordenó mientras sujetaba la cabeza de Fallon.

Fallon obedeció. Sintió que el dolor se aliviaba un poco durante la segunda dosis.

—Mejor.

—Una más. Tres por tres. ¿Dónde lo sientes?

—Aquí. —Se tocó la frente—. Pero ya no es para tanto.

—Túmbate y cierra los ojos. —Colocó el paño, con tres dobleces, sobre la frente de Fallon—. ¿Qué visión?

—Fruta envenenada, flores que no eran flores, sino una serpiente. No sé si iba dirigida a mí o a Duncan. He hablado con Duncan, no con Will.

—Lo he visto, cuando he conseguido atisbar algo. Pensé que debía de ser Duncan. Tiene los ojos de Katie. Es un chico muy guapo.

—Es inteligente. Además de arrogante. —Abrió los ojos—. Lo siento.

—Cierra los ojos.

—Es inteligente —repitió—. Hemos trazado un plan. Por la mañana irá a ver a Will para decirle lo que le he contado y lo que hemos ideado. Will tiene un buen resfriado y los sanadores le dijeron que tenía que dormir. O eso dijo Duncan. Observaré por si acaso, pero creo que no necesitarán que les ayude esta vez. Están preparados. Le pedí que les dijera a Will y a Katie que los has visto.

Fallon comenzó a arrastrar las palabras mientras Lana deslizaba los dedos sobre el paño.

—Las paredes de la cocina de Katie son del color de los narcisos. Había narcisos en la mesa. Muy bonitos. A Duncan se le quemó el sándwich, pero se lo comió de todas formas.

—Eso está muy bien, genial. Ahora duerme, pequeña mía. Duerme.

Lana se quedó para cerciorarse de que dormía y después fue a guardar la ampolla y el paño. E hizo lo único que quedaba por hacer.

Se puso a preparar la cena para su familia.

VIAJES

La esperanza es como el sol,
que mientras caminamos hacia ella
arroja todas las sombras detrás de nosotros.

SAMUEL SMILES

21

Fallon creía que conocía a su padre, que lo conocía al dedillo, sus más y sus menos. Pero durante las siguientes semanas descubrió que había aspectos de él que jamás había visto.

Por supuesto, sabía que a la gente del pueblo, a los vecinos de otras granjas, a los que llevaban el molino, tejían ropa, hacían música, armas, les agradaba y le respetaban.

El pueblo tenía su estructura y sus sistemas. Aunque su ubicación en las montañas, a una buena distancia de lo que una vez fueron ciudades y de la expansión urbana, hacía que no tuviera demasiado interés para los saqueadores, los cazarrecompensas, los guerreros de la pureza, incluso el fracturado gobierno en conflicto, habían tenido incidentes a lo largo de los años.

También sabía que su padre había ayudado a luchar contra aquellos que querían robar o imponerse, contra aquellos que simplemente querían destruir por el puro placer que el fuego y la sangre les proporcionaba. Pero, por lo general, los forasteros los dejaban tranquilos.

Los que conocía de sus viajes comerciales, del colegio, de ayudar con las heridas o enfermedades pasaban sus días ocupándose de sus asuntos. Había que poner comida en la mesa, vestirse, calzarse. Había que traer bebés al mundo y dar sepultura a los muertos.

Sabía que para la mayoría no era más que la hija de Simon y Lana. Una cría. Para empezar a reunir un ejército en su propia casa necesitaba que su padre le allanase el camino.

Simon empezó por las granjas, de pie en los campos o con las manos grasientas, ayudando a reparar la maquinaria.

La gente le escuchaba. Lo vio con sus propios ojos cuando él celebró la primera reunión en la granja, con una docena de vecinos.

—Crecí aquí —dijo—. Ahora mis hijos crecen aquí. Pero el mundo en el que crecí ha desaparecido. Y el que hay, el único que mis hijos, que vuestros hijos han conocido, no se parece en nada al de antes. Todos los aquí presentes perdimos a alguien por el Juicio Final o por la violencia que trajo consigo, por lo que vino después. Algunos de vosotros vinisteis aquí para escapar de eso, para empezar una nueva vida en el mundo que nos quedó.

»Hemos sido afortunados —prosiguió—. No tenemos muchos problemas. Eso se debe sobre todo al factor geográfico. Por lo que he oído por la radio y por la gente que viene de paso e incluso se asienta aquí, sabemos que hay lugares en los que otras personas están intentando empezar una nueva vida. Algunas tienen suerte; otras no.

Se oyeron algunos murmullos de aprobación, pero la mayor parte de la gente permaneció en silencio para oír lo que Simon Swift tenía que decir.

—Podemos seguir con la vida tal cual la vivimos, esperando lo mejor, esperando que la mala suerte pase de largo. Pero no somos tontos. Hemos perdido a gente cuando la mala suerte se abate sobre nosotros.

—Ahora estamos mejor preparados. —Darlie Wertz, una mujer escuálida con dos hijos adolescentes, se agarró las manos hasta que los nudillos se le pusieron blancos—. No queremos problemas. ¿Por qué vamos a buscarlos?

Fallon sabía que Darlie había perdido a toda su familia por culpa del Juicio Final y que se había llevado a los chicos y los había criado ella sola. Uno de ellos, Charlie, llevaba la marca del pentagrama grabada a fuego en la frente.

—Darlie, no hace ni cuatro meses que vinieron tres personas, una de ellas medio muerta. Los cogieron en una redada a menos de cien kilómetros de aquí.

—Cien son muchos kilómetros. Las cosas no son como antes.

—No, no son como antes. Tampoco veo que vayan a volver a ser como eran en el pasado.

«Tú sí.» Fallon prácticamente oyó los pensamientos de su padre y la compasión que transmitían.

—Hace algunos años estaba en mi porche y maté a un hombre. —Continuó hablando con voz firme a pesar de los murmullos—. No me dejó otra alternativa, ya que él y el otro hombre que lo acompañaba planeaban llevarse lo que era mío, y seguramente matarme por placer. Pero esos hombres eran guerreros de la pureza y vinieron aquí buscando a Lana. Buscando al bebé que llevaba dentro. —Más murmullos, movimientos y carraspeos—. Ella tuvo que huir de un lugar en el que la gente, gente de bien, intentaba empezar una nueva vida, una comunidad.

Simon miró a Lana, que asintió y tomó la palabra.

—Creíamos que estábamos preparados —dijo—. Pero no lo estábamos. No lo suficiente como para detenerles antes de que mataran a muchos de nosotros. Vine aquí desde otro lugar, igual que muchos de vosotros, pero este es mi hogar. Es mi hogar y deseo más que nada en el mundo que mis hijos estén a salvo y sean felices, vivir mi vida con Simon aquí mismo. Pero no nos van a dejar.

—Eso no lo sabes —comenzó Darlie.

—Dile eso a Macon Addams —la interrumpió Simon—. Le enterramos después del ataque de los saqueadores.

—Hace más de tres años.

—Saqueadores —prosiguió Simon—. Guerreros de la pureza, cazarrecompensas, militares insubordinados, soldados que siguen lo que pretenden ser órdenes del gobierno, reteniendo a la gente en campos y en laboratorios.

—No son más que rumores.

—Sabes que no. Todos hemos oído las historias de la gente que pasa por aquí. Algunos tenemos nuestras propias historias.

—Yo he visto el interior de esos rumores. —Maddie Bates, de la granja de las Hermanas, continuó haciendo calceta mientras hablaba—. Soldados, algunos tan asustados de mí como yo de ellos. A algunos, el miedo los lleva a odiar. Pasé seis meses bajo tierra, sometida a pruebas. Si intentabas luchar, utilizaban una pistola eléctrica y te hacían cosas peores. Por entonces no sabía lo que llevaba dentro, no todo. Pero lo descubrí y me marché. Jamás volverán a meterme bajo tierra ni en uno de sus laboratorios. —Miró a Darlie—. Sé que quieres a tus chicos. ¿Vas a decirme que no lucharías con todas tus fuerzas si los que le hicieron esa marca en la frente a Charlie volvieran a por él?

—No lo harán.

—Mamá. —Charlie posó una mano en su brazo—. Está asustada, es todo. Yo tenía nueve años cuando me grabaron esto a fuego, y eso fue un año antes de que los soldados, soldados estadounidenses, vinieran y se llevaran a mi madre. Ella me obligó a esconderme, así que no me encontraron cuando vinieron y se la llevaron por la fuerza. —No apartó su reconfortante mano del brazo de su madre—. Nosotros también creímos que estábamos a salvo. No le hacíamos daño a nadie y habíamos formado un hogar, una pequeña comunidad de gente que no hacía daño a nadie. Pero vinieron.

—Eso fue antes, Charlie —insistió Darlie—. Eso fue antes.

—Fue tres años después del Juicio Final. Mi padre era marine y murió a causa del virus. Él también estaba orgulloso de servir en el ejército, pero quienes se llevaron a mi madre tres años después de que falleciera mi padre eran soldados. No volví a verla. A mí me cogieron los guerreros de la pureza cuando hui de los soldados, me dieron una paliza y me marcaron. Y me habrían ahorcado, como hicieron con otros, si algunos de los que estaban encerrados como yo no hubieran peleado. Algunos murieron luchando para que otros pudiéramos ser libres.

»Mi padre era marine —repitió— y sé que usted estaba en el ejército, señor Swift. Igual que sé que si mi padre estuviera aquí, diría lo mismo que usted dice. Está diciendo que tenemos que aprender a luchar, que tenemos que formar un ejército. Mamá. —Le dio un apretón en el brazo cuando ella profirió un sollozo—. Tienes que comprenderlo; seguramente mi madre murió por protegerme, y vi a otros morir por hacer lo mismo. Y tú me has protegido desde hace ya diez años, y has protegido a Paul desde hace ocho.

Miró al joven que se había convertido en su hermano y este asintió.

—Es hora de que nos protejamos a nosotros mismos, y a ti, y que luchemos. —Charlie, un duende con el cabello de color pajizo y una pequeña cicatriz irregular bajo el ojo izquierdo, donde un puño con un anillo le había abierto la piel, miró a Fallon—. ¿Tienes la espada y el escudo?

Cuando Fallon asintió, a Darlie se le quebró la voz.

—Es una tontería. No me he cansado de deciros que...

—No lo es —replicó Paul, corpulento y callado, un chico serio de diecisiete años que siempre sopesaba sus palabras—. Charlie y yo te queremos mucho, pero es hora de que aceptes cómo son las cosas en vez de cómo quieres que sean.

—Es solo una niña.

—Es mi niña. —Simon mantuvo los ojos fijos en los de Darlie. Él sabía, igual que Fallon, que ya tenía convencidos a los demás—. Y desearía con todas mis fuerzas que fuera solo una niña, y que tus chicos fueran solo unos chicos. Pero no es así, y nunca lo va a ser. Podemos dejar todo eso a un lado por ahora. Es mucho que asimilar. Pero lo que no podemos es ignorar que necesitamos estar preparados, capacitados y dispuestos a luchar por nuestras familias, nuestros vecinos, nuestra tierra y el mundo que vamos a crear con lo que tenemos.

—Solían llamarlo campo de entrenamiento básico. —Maddie siguió haciendo punto—. Diría que serías un buen sargento, Simon. Mis hermanas y yo, y seguro que Lana, estaremos encantadas de ayudar con el entrenamiento mágico. ¿Por qué no nos cuentas cómo quieres prepararlo todo?

Tenía un plan. Fallon se dio cuenta de que siempre tenía un plan.

Simon habló con los ancianos de la ciudad, habló con otros exmilitares mientras tomaban cerveza o un trozo de tarta.

Limitó la comunicación de Fallon con la mayoría de las personas sin poderes mágicos a la mínima expresión. Primero tenían que poner las cosas en marcha paso a paso, le explicó.

Junto con otros instructores elegidos con sumo cuidado, promovió lo que consideraba un adiestramiento básico. De los dieciséis años en adelante. Siempre de forma voluntaria. Con los niños más pequeños comenzó de la misma forma en que lo había hecho con los suyos. Ejercicios de calistenia, deportes, defensa personal básica.

Hizo partícipe a Fallon, diciéndole que la táctica que debían seguir sería que ella mantuviera un equilibrio. Trabajando con él y trabajando con su madre.

Le horrorizó descubrir cuántos de los jóvenes con poderes carecían de adiestramiento con sus dones, y cuántos de los más mayores tampoco habían explorado los suyos o habían dejado que se oxidasen.

Comprendió que era porque deseaban creer lo mismo que

creía Darlie. Que estaban y que seguirían estando a salvo, que su mundo era una especie de burbuja que jamás atravesaría nada que viniera del exterior.

También comprendió que los dos años que había pasado con Mallick habían sido de gran utilidad. Sabía entrenar a otros, sabía distinguir las excusas baratas de las verdaderas preocupaciones.

El yunque del herrero no tuvo descanso a lo largo de la primavera. No convirtieron en espadas las rejas de los arados, ya que los necesitaban, pero disponían de abundante chatarra y una bruja y un alquimista trabajaron en el abrasador calor de la forja para fortalecer ese material.

Otros fundieron metal para hacer balas y enseñaron a otros a hacerlo.

Durante el verano, el otoño y hasta la primera helada después de su decimosexto cumpleaños, Fallon enseñó y entrenó, conjuró y preparó.

El soldado que había en su padre fue testigo de cómo se transformaba en un arma, igual que la herrería forjaba acero.

Unas veces con su padre, otras con su madre —pues ninguno la dejaba ir sola todavía— volaba a lomos de Laoch a buscar provisiones. Mágicas y militares.

Pero en plena noche entraba sola en el cristal —ojos que no ven, corazón que no siente— para estudiar tierras desconocidas y recorrer lugares que figuraban en sus mapas y consideraba estratégicos.

Una vez cruzó para detenerse cerca de los escombros del monumento de alguien que en otro tiempo fue un gran presidente. Envuelta en la oscuridad, oyó disparos, explosiones, y vio tres pequeños tornados recorriendo la ciudad y escupiendo negros rayos.

Y vio a los sobrenaturales oscuros pasar volando igual que murciélagos.

Se preguntó por qué aquellos que deseaban regir, que sin

duda deseaban reconstruir la ciudad que en otra época había albergado tantas tradiciones y buen gobierno, atacaban y temían a las criaturas mágicas que iban a ayudarlos. No tenía sentido y carecía por completo de estrategia.

¿A cuántos de los suyos habían encerrado? ¿A cuántos habían sometido a «pruebas», a cuántos habían torturado? Matado. Porque eran diferentes.

¿Cómo justificaban la caza de personas e incluso de niños?

Al hacerlo, libraban dos guerras —contra la oscuridad y contra la luz—, de modo que su ciudad, su capital seguía siendo un campo de batalla.

Mientras, los merodeadores deambulaban en libertad y los violentos seguidores de las sectas torturaban y mataban a inocentes.

—Esta ciudad está muerta —dijo en voz alta. Podía saborearlo en el humo—. Jamás volverá a ser lo que fue, lo que pudo haber sido. Y cuando nos alcemos y luchemos, cuánta sangre se derramará por gente como vosotros, gente que teme y que odia —se lamentó—. Pero lo haremos. —Pensó en su familia, en sus vecinos, en el sacrificio que estaba por venir. Pensó en Nueva Esperanza, en lo que el valor y la comunidad podían construir..., y perder—. Lo haremos —repitió.

Supuso que fue porque Nueva Esperanza tomó forma en su mente por lo que acudió de nuevo allí a través del cristal en vez de regresar a casa.

Por segunda vez, Duncan y ella cruzaron sus espadas. Y por segunda vez, mientras la oscuridad los cubría a ambos, sus aceros se encontraron.

Y la luz estalló ante aquel sonido, inundándolos a los dos durante dos segundos.

Duncan maldijo y retrocedió.

—Esto se está convirtiendo en una costumbre.

Desorientada y un tanto mareada, Fallon trató de conservar la dignidad.

—A lo mejor lo que ocurre es que te pones en medio. ¿Qué haces aquí afuera?

—Patrulla de seguridad. ¿Tú qué haces aquí afuera?

Fallon no estaba segura donde era «aquí», así que se fue por las ramas.

—Solo echaba un vistazo.

Podía oler el bosque, y cuando su vista se adaptó después del estallido de luz, alcanzó a verlo más allá de la fina nieve que caía.

La sombra de un edificio, otras estructuras; invernaderos. Y un huerto con... repollo de invierno y col rizada, según identificó por el olor.

Más allá había un campo de maíz que se agitaba con los primeros vientos del invierno.

Se percató de que era el huerto comunitario. El campo de maíz donde murió su padre. Asesinado.

Dio un paso hacia allí.

Duncan la agarró del brazo.

—Espera.

Cuando la mano de Duncan agarró la suya sintió un estallido de luz. Se zafó de él.

—Quiero verlo.

Caminó sobre la nieve en polvo.

Mientras lo hacía podía verlo, sentirlo. Pleno verano, un sol de justicia, música, color, parrillas humeantes, el huerto en todo su esplendor.

Disparos, gritos.

—Alguien murió aquí, justo aquí. —Bajó la mirada al suelo—. Una mujer, una bruja, protegiendo a un niño.

—Doce personas perdieron la vida —dijo Duncan—. Murieron doce de los nuestros en cuestión de minutos. Solo minutos. Veinticuatro heridos, algunos de ellos eran niños.

Fallon fue hacia el campo de maíz.

—Mi padre murió aquí. —Se acuclilló y apoyó la mano en

la tierra—. Su hermano y la zorra de su hermano. Se elevaron aquí —señaló—. Las puntas de las alas quemadas, pero los bordes eran como navajas. Un regalo de la oscuridad.

—Realizaron sacrificios de sangre en las montañas de Pensilvania, cosas realmente terribles. Eddie, Poe y Kim estaban ahí arriba con tu padre y tu madre y nos han contado lo que pasó. Mi padre pereció a causa del Juicio Final. Mi madre puso su nombre en el árbol conmemorativo. —Duncan señaló hacia allí.

Fallon dirigió la mirada hacia el árbol. Las estrellas brillaban en silencio bajo la fina nieve.

—¿Me lo enseñarás?

Duncan se acercó y cogió la estrella que llevaba el nombre de Max Fallon.

—No sé quién lo colgó. No se me ocurrió preguntar.

—Da igual quién fuera. Lo que importa es que honréis a los muertos.

—¿Por eso estás aquí? Querías ver esto.

—No. —Pero alargó la mano y acarició con las yemas de los dedos la estrella con el nombre de su padre—. No tenía intención de venir.

—¿Se cruzaron los cables?

Le miró a la luz de las estrellas. Era más alto que la última vez que le vio y una oscura barba incipiente le cubría la cara. No se había molestado en ponerse un gorro, de modo que la nieve le caía sobre el cabello, tan desgreñado y despeinado como antes.

No se estaba portando como un gilipollas, así que tampoco ella lo haría, pensó.

—Supongo que sí. He ido a Washington.

—¿Qué? ¿Cuándo? ¿Qué está pasando?

—Ahora mismo. Quiero decir que he ido allí y tenía intención de irme a casa, pero he pensado en Nueva Esperanza y..., he pensado en por qué. ¿Por qué, por qué, por qué? —Se alejó unos pasos—. ¿Por qué intentan matarnos o encerrarnos? Los guerreros de la pureza son fanáticos religiosos, o se esconden tras su versión de Dios.

—La versión de White.

—Y la suya, o no le seguirían. Los saqueadores son lo que son. Lo que sin duda eran antes del Juicio Final o querían ser. Los cazarrecompensas quieren dinero o simplemente les gusta la caza. Pero los demás... ¿Por qué? La mayor parte del mundo murió de manera espantosa y ellos malgastan el tiempo y la vida dándonos caza.

—Nos culpan a nosotros.

—Están ciegos y son imbéciles.

—No he dicho lo contrario —señaló—. ¿Qué has visto en Washington?

—Muerte. Muerte reclamando más muerte. Allí ya no late un corazón. ¿Sabes a qué me refiero?

—Sí.

—Al final habrá que reconquistarla, pero su simbolismo terminó. —Se volvió hacia él—. En mi casa nos estamos movilizando. Estamos entrenando.

—Ya era hora.

—Hay más lugares, no muy distintos de este, de mi casa. Los necesitaremos. ¿Habéis descubierto al traidor?

—No. No hemos vuelto a tener más problemas como aquel. Hemos de imaginar que quienquiera que fuera se marchó. Pero estamos alerta. Los guerreros de la pureza nos atacaron, tal como dijiste aquella noche en la cocina.

—Lo sé. Lo vi.

—¿Estuviste aquí?

—No. No me necesitabais.

—¿Cómo has ido a Washington y de allí, aquí? ¿Te has teletransportado?

Fallon frunció el ceño.

—¿Teletransportado?

—Sí, algo así. —Esta vez le agarró la mano. Fallon sintió una corriente y a continuación se encontraban en el límite del huerto.

Sentía un cosquilleo en la mano que Duncan le sujetaba.

—Nosotros lo llamamos transportarse.

—Teletransportarse, transportarse, es lo mismo. —A Duncan le había costado semanas de práctica y concentración aprender a hacerlo, y más semanas perfeccionarlo—. ¿Es así?

—No, es diferente. —Le miró a los ojos—. Te vi salir de los árboles en medio de la niebla y bajo la luz de la luna en dirección al círculo de piedras. Al primer escudo. Me dijiste que eligiera. En el sueño me miraste y me dijiste que tenía que elegir. Y elegí.

—Te vi de pie bajo la luz de la luna, en la niebla, junto al círculo de piedras. Llevabas tu espada. Esta espada. *Solas.* Y cuando la alzaste, los relámpagos rasgaron el cielo.

—¿Qué sucede después?

—Siempre me despierto. Me despierto o salgo del sueño. Y nunca lo veo. Te he visto en el campo de batalla y he luchado allí contigo. Y he visto... otras cosas.

—¿Qué otras cosas?

—Joder.

Tiró de su mano, y cuando el cuerpo de Fallon chocó con el suyo, la agarró el pelo con la otra mano y se apoderó de su boca.

No se parecía en nada a Mick, no fue nada suave, nada dulce, ni... bonito.

Fue apasionado y ardiente, e hizo que se estremeciera por dentro.

Podría haberle apartado de un golpe. Lo habría hecho si se le hubiera ocurrido. Pero todo ardía, se estremecía y se sacudía.

Le clavó los dedos de la mano en el hombro mientras esa conexión, ese conflicto, ese caos, que no era nada tan delicado, tan remotamente delicado como la palabra «beso», la arrasaba como si fuera una tormenta.

Entonces Duncan la apartó con la misma brusquedad con que la había atraído contra sí. Sus ojos se clavaron en los de ella. No parecía nada contento.

—Ya me lo imaginaba. Y me molesta un poco.

—Suéltame o haré que me sueltes.

—Podríamos ver quién gana esa batalla, pero... —Levantó las manos en alto, con las palmas hacia delante, y retrocedió—. Supongo que tú no has tenido aún ese sueño.

—Yo no sueño contigo. —Mentira, mentira, mentira.

—Acabas de decir que sí.

—Eso es diferente. —Todo parecía diferente y le molestaba mucho—. No tienes derecho a agarrarme así.

—No has dicho que no. Tampoco lo has pensado. Si una chica dice o piensa que no, es que no. —Puso una mano sobre la mano con la que Fallon manejaba la espada, solo por si acaso. Sonrió—. Di que no.

En vez de eso le empujó, con más fuerza de lo que pretendía, y se retiró a través del cristal.

—Esa vez tampoco dijiste que no —murmuró—. Ni lo pensaste.

Duncan levantó la vista mientras la ligera nieve se fundía en una leve llovizna.

—¡Ella no es mi tipo! —dijo a los cielos—. Así que dame un respiro.

A lo lejos oyó el retumbar de un trueno, que se parecía demasiado a una carcajada.

No tenía tiempo para pensar en chicos ni en besos. Una parte de ella sentía que Duncan besaba más como un hombre que como un chico, o al menos como alguien que tenía mucha práctica.

Carecía de importancia. Tenía trabajo, trabajo muy importante. No solo construir un ejército, ladrillo a ladrillo, sino también calcular qué hacer una vez que lo tuviera.

Pensaba en Washington a menudo, lo expulsaba de su cabeza y volvía de nuevo a ello. La ciudad estaba muerta, pero la gente vivía en sus cenizas, y algunos vivían encerrados.

Prisioneros, experimentos, armas.

Desde el Juicio Final, aquellos que se aferraban desesperadamente al poder o lo ansiaban habían utilizado armas. Rayos letales y vientos ardientes mágicos, y las bombas hechas por el hombre que reducían las ciudades a escombros.

El problema de las bombas era que podían volverse contra aquellos que las lanzaban. En sus viajes nocturnos, Fallon visitó los cráteres y ruinas de Texas, California, Florida y Nevada.

Tanto poder destructivo le partía el alma, pero más, mucho más lo hacía el saber que los humanos usarían semejante maldad para destruir a los suyos.

¿Cuántos más estaban listos para volar y caer?

Erradicar ese poder, esa maldad, tenía que ser una prioridad.

—Aunque supieras cómo desarmar o destruir cada bomba, cada dron, y/o la capacidad de utilizarlas a nivel global, construirían más —le dijo Simon durante una de sus sesiones nocturnas de estrategia.

—Pues las eliminamos. Matar es muy fácil cuando no miras a tu enemigo a los ojos. No ves al niño que se esconde debajo de la cama cuando las llamas lo envuelven. Cuando las criaturas del lado oscuro vuelan, buscan la destrucción. Eso no es muy distinto. Estamos pidiéndole a la gente que luche con espadas, con pequeñas armas, con los puños y con sus poderes cuando uno de sus enemigos tiene la capacidad de reducirlos a polvo con la... tecnología. Encontremos la forma de destruir esa tecnología. Si alguien en algún lugar puede matar a miles de personas con una máquina o con un código, ¿cómo prosperamos después de las batallas, después de toda la sangre, los sacrificios y los peligros? —Se levantó de la mesa y fue hasta la cocina, su lugar habitual de reunión—. Es la magia del hombre; el poder atómico, el poder nuclear, el poder de matar a distancia. Y es igual de oscuro que un rayo negro, unas afiladas alas o el ahorcamiento de niños.

—Desde un punto de vista logístico y realista, puede que lo que dices sea imposible.

—Desde un punto de vista logístico y realista, ¿creía alguien posible que miles de millones de personas murieran en cuestión de semanas en todo el planeta? ¿Que un escudo roto en un círculo de piedras en un campo escocés matara a tantos y, por culpa de esas muertes, cambiara el mundo?

—No. No estábamos preparados.

Ahora tenemos que estarlo, pensó. Tenemos que estar preparados.

—Mamá y tú insististeis en que estudiáramos historia y lo hicimos. Guerras, inútiles muchas de ellas, libradas por codicia o por la fe pervertida, y reconstruir de los escombros solo para volver a luchar. Pero se cambiaron las lanzas, las espadas y las flechas por armas de fuego, los explosivos por las bombas. Por armas capaces de aniquilarlo todo. Oppenheimer estaba en lo cierto: «Me he convertido en la muerte, el destructor de mundos». No sobrevivimos al Juicio Final para dejar que el resto cayera. Es más fácil destruir que construir. Encontraremos la manera de hacerlo más difícil, de acabar con la habilidad de matar en masa.

—Así que..., qué sé yo, si convertimos las bombas en flores, ¿salvamos al mundo con lanzas, flechas y espadas?

—Y táctica, coraje y luz. —Frotó distraídamente con la mano el brazalete que se había hecho con el árbol—. Piensas que, si hacemos eso, construirán bombas otra vez. Reconstruirán las ciudades, sembrarán y formarán comunidades. Y algunos construirán bombas y armas para volver a matar en masa, y lo harán creyendo que es para defenderse, para protegerse o como medida disuasoria.

—Sí. Aun así, llevará tiempo.

Fallon le dio vueltas a aquello, estudió y consideró los métodos desde todos los ángulos que se le ocurrieron. Ahora cruzaba el cristal todas las noches. Estuvo en la pista de lo que había sido el aeropuerto O'Hare de Chicago. La torre que había guiado a los aviones había desaparecido. Aviones en hangares, puertas y pistas, quemados hasta que solo quedaron los armazones. Y restos de cadáveres dentro de los armazones, dentro de las terminales, en hangares y despachos. Nadie los había sacado, enterrado ni incinerado.

Recorrió los pasillos de un pequeño hospital rural de Kansas y de un colegio vacío en Luisiana. Vio caballos y alces, búfalos y ciervos de cola roja correr por las llanuras de Montana.

También vio asentamientos y granjas; se fijó en que la mayoría se había reagrupado y reconstruido en lugares remotos.

Una vez estuvo en un búnker en las profundidades de una montaña. Todos los ordenadores, los monitores y controles estaban apagados y silenciosos. El instinto la urgió a cerciorarse de que seguían así, porque reconoció que el lugar no era solo para defenderse, sino también capaz de lanzar un ataque.

Pero de sus padres, de Mallick, de lo que vivía en su interior, había aprendido a sopesar el instinto con la fría lógica. No sabía suficiente, decidió mientras paseaba la mirada por las encimeras, los botones, los interruptores y los teclados. ¿Y si al intentar eliminar lo que hacía era despertarlo?

En vez de eso, rebuscó, impresionada de que los hombres pudieran construir tanto y a tanta profundidad.

Y al igual que hacía con cualquier otro lugar al que había viajado, marcó la ubicación en un mapa.

Esa noche soñó.

Estaba bajo la luz de la luna y entre la niebla junto al círculo de piedras, estudiaba la tierra quemada y agrietada dentro del mismo. Cargaba con un peso sobre ella, dentro de ella, como si fuera plomo.

—Tantas vidas perdidas, tantísimas muertes. —Su voz fluyó sobre los campos desiertos para ser arrastrada por el viento—. ¿El sacrificio se realizó para que yo pudiera existir? Es mi sangre la que abrió la puerta a la luz y a la oscuridad.

—Nuestra sangre. —Duncan estaba a su lado. Más mayor, igual que en aquel antiguo sueño—. A fin de cuentas somos primos, si te remontas siglos atrás. ¿Vas a quedarte aquí y a culpar a un chico o al anciano en el que se convirtió?

—Tu abuelo no tiene culpa alguna. El responsable es aquello que le utilizó. ¿Por qué se permitió que ocurriera? ¿Por qué no se impidió?

—¿Por qué crees que las preguntas tienen siempre una respuesta?

—Porque la tienen.

—Respóndeme a esto: ¿de verdad estamos aquí ahora o es otro sueño?

—Ambas cosas.

Duncan le sonrió y le asió la mano. Una parte de aquel peso, una grandísima parte, la abandonó.

—Preferiría estar en la cama contigo a estar de pie en el maldito campo, debatiendo acerca de los porqués y de filosofía.

—Me besaste bajo la nieve.

—No dijiste que no.

La besó de nuevo, bajo la luna, con igual pasión y brusquedad que lo hiciera bajo la fina nieve.

Blanca, pensó mientras se aferraba más a él. Blanca nieve, blanca luna.

Entonces los cuervos graznaron en un negro círculo en lo alto. Y algo oscuro y letal se agitó en los árboles, en la niebla.

—Es la hora —le dijo Duncan.

Fallon asintió, desenvainó su espada y, alzándola, redujo los cuervos a cenizas. Se giró con Duncan hacia los árboles y a lo que allí esperaba.

—Es la hora —convino, y cargaron juntos.

Despertó, y la vela que había encendido mientras dormía ardía, el cristal estaba despejado. Cogió el osito de peluche que Ethan le había guardado fielmente y lo acarició.

—Es la hora —susurró, y se levantó para decírselo a su familia.

22

Fallon esperó; había que dar de comer a los animales, recoger los huevos, ordeñar a las vacas y limpiar el estiércol de las casillas y esparcir paja limpia.

Ayudó con el desayuno y no dijo nada, pues comprendía que tenía que hablar primero con sus padres. A solas.

Conociendo a Travis, mantuvo su mente y sus sentimientos a buen recaudo mientras se tomaba algunos momentos para estudiar a cada uno de sus hermanos.

Colin, alto y fuerte, engullía la comida mientras hablaba de las clases de esgrima. Hacía no mucho —el día anterior, le parecía— había estado hablando de ir a pescar y lanzar unas canastas después de las clases y de terminar las tareas.

Travis, astuto y enjuto, se tomaba su tiempo con la comida, no planeando una broma como hubiera hecho antes, sino más bien pensando en disparar su arco o aprender un nuevo hechizo.

Y Ethan, bueno y sabio, se metía beicon a hurtadillas en el bolsillo para repartirlo por igual con los perros. Y le daba la tabarra a su padre para que le dejase montar un caballo más grande y veloz.

Ya no eran niños, pensó Fallon. Soldados en potencia, guerreros en ciernes. Gracias a ella.

Pero seguían siendo hermanos que discutirían, interrumpirían y se mostrarían dolidos cuando les dijera que tenía que irse.

Intercambió una mirada con su madre, después con su padre; una mirada que había perfeccionado y que decía que tenía que hablar sin sus hermanos presentes.

Esperó. Había que recoger la mesa y fregar los platos. Que los relevaran de las tareas levantaría sospechas, de modo que tenían que respetar la rutina habitual. La normalidad le producía dolor y la reconfortaba.

—He de hacer un par de cosas por aquí antes de irme al pueblo —anunció Simon—. Chicos, adelantaos, ensillad los caballos e id directos allí. Nada de atajos ni de dar tumbos —agregó con una mirada significativa a Colin—. Yo dejaré a Fallon y a mamá en la granja de las Hermanas e iré después.

—¿Puedo montar a Thunder?

—No —le dijo a Ethan con firmeza—. Tú montas a Pixie.

—¡Jolín! Thunder quiere que yo lo monte.

—Pues también se va a llevar una decepción. No vas a montar un semental. Aún no. Si protestas, puedo buscarte una tarea aquí sin ningún problema.

—¡Porras! —Pero como sus dos hermanos ya habían salido corriendo, cedió y corrió tras ellos.

—¿Podemos sentarnos?

Lana volvió a la mesa. Cuando Simon se sentó con ella, se agarraron las manos por debajo de la mesa.

—Tengo que irme —dijo con rapidez, soltando sin preámbulos las palabras que sabía que causarían un gran sufrimiento con la esperanza de aliviar el dolor.

—¿Estás segura? —preguntó Lana.

—Lo estoy. Estoy segura. Lo siento.

—¿Cuándo?

Miró a Simon.

—Necesito algunas cosas, he de hacer cosas antes de marcharme.

—¿Una semana? ¿Puedes esperar una semana, dos a lo sumo?

—Yo... Claro. —Esperaba más aflicción y cierta discusión en cuanto a esperar meses, no días—. Tengo que reunir algunas provisiones y quiero trazar una ruta, y pensé que vosotros podríais ayudarme con eso. Necesito reclutar más gente por el camino, poner en marcha más campos de adiestramiento. Conozco la ruta que tomé con Mallick; empezaré por allí. Pero tendré que desviarme para llegar a Nueva Esperanza. Y quiero ir a tantos sitios como pueda a lo largo del camino en los que encuentre a gente dispuesta a luchar.

—¿No vas a ir directa a Nueva Esperanza?

—No —le respondió a Lana meneando la cabeza—. Cuando llegue allí quiero poder decirles que tengo un millar de soldados, con poderes mágicos y sin ellos.

—Es una cifra grande, cielo —comentó Simon.

—Tenemos ciento sesenta y ocho aquí. Hay un centenar más en el bosque, cerca de la casa de Mallick. Conseguiré más. Puede que lleve algunos meses, pero el tiempo es bueno. Quiero un millar porque es una buena cifra, y menos no causará el mismo impacto. Los conseguiré y llegaré a Nueva Esperanza a finales de agosto.

—Y entonces... —Lana se interrumpió—. Me estoy adelantando demasiado. Una semana. —Miró a Simon y este asintió.

—Estaremos preparados —dijo.

—Os haré llegar noticias —prosiguió Fallon—. Me transportaré hasta vosotros o vendré a través del cristal. O del fuego.

—Me parece que no lo entiendes. —Con una mano asiendo aún la de Simon, Lana tomó la de Fallon para unirlos a todos—. Nosotros vamos contigo.

—¿Conmigo? —Fallon la miró boquiabierta, estupefacta de verdad—. No podéis.

—Vine desde Nueva Esperanza hasta aquí contigo —le recordó Lana—. Haré el viaje de vuelta contigo. Todos lo haremos.

—Escuchad, escuchadme bien. Podríamos pasar meses en la carretera.

—Formando un ejército —concluyó Simon—. Te vendrá bien un poco de ayuda. Resulta que nosotros tenemos cierta experiencia.

—Los chicos son demasiado pequeños.

—Ethan es el único más pequeño que tú cuando te marchaste hace dos años. —Lana le refrescó la memoria.

—Han estado entrenando, y lo han hecho con ahínco. Si no pensara que pueden con ello, no vendrían.

—Lo considerarán una aventura —agregó Lana—. Todos lo harán.

—Pero no lo será. Los saqueadores recorren las carreteras. Los guerreros de la pureza andan a la caza de sobrenaturales y de esclavos. Fuera de esto..., de esta burbuja, hay cazarrecompensas, militares y gente totalmente chiflada que te clavaría una navaja solo por lo que sea que lleves en la mochila. No es una puñetera aventura.

Lana se inclinó hacia delante, con la mirada encendida.

—Estaba embarazada de seis meses, sola, a menudo a pie, muerta de hambre casi siempre y me perseguían fuera de esta «burbuja», como tú lo llamas.

—Sí, pero...

—Tú no eres la única con poder y agallas, Fallon. ¿Este hombre de aquí? Este hombre —repitió con un tono tan apasionado como sus ojos mientras agarraba la mano de Simon— luchó en guerras antes de que tú nacieras. Nos ha protegido a nosotros y a nuestros vecinos desde que el viejo mundo acabó y comenzó este.

—No pretendo decir que... —En ese momento, con su madre en un plan tan feroz como para dirigir ella sola un ejército, Fallon no supo qué pretendía decir.

—¿Qué? ¿El qué? —exigió Lana—. ¿Que somos demasiado débiles, demasiado blandos, demasiado cándidos como para hacer frente a las realidades de lo que se avecina? No lo somos. Decimos que nuestros hijos están preparados. Decimos que nuestra hija no va a irse sola, esta vez no. Sola no. Y sanseacabó.

—No pretendía... La granja.

—No va a moverse de aquí. —Simon le dejó el acaloramiento a su mujer y habló con serenidad—. Hemos hablado detenidamente de esto y lo hemos discutido a fondo. Las hermanas y Jack Clanson y su gente van a ocuparse de las cosas aquí. Nos llevaremos los caballos porque vamos a necesitarlos, y a los perros porque no hacerlo le rompería el corazón a Ethan. Nos llevaremos lo que podamos cargar en los caballos y estaremos listos en una semana. Cuando tu madre dice que sanseacabó, pues sanseacabó.

Se preguntó por qué no había visto aquello. En sus ojos, en el cristal. Podía marcharse sin más, desaparecer de golpe y porrazo. Pero la seguirían. Y los enfurecería y les haría daño.

—No esperaba...

—Acostúmbrate —le sugirió Lana.

—Aquí sigue siendo necesario el entrenamiento.

—Hay personas preparadas para ocuparse de ello —sentenció Simon. Se levantó y la besó con fuerza—. Voy a salir a decirle a la gente que tiene que saberlo que nos marchamos dentro de una semana. Imagino que tu madre y tú tenéis cosas que hacer aquí. Lana, si quieres el camión para ir a la granja de las Hermanas más tarde, puedo dejártelo.

—Nos las apañaremos con los caballos. Esta noche se lo contaremos a los chicos.

—Trato hecho. —Besó a su mujer y acto seguido dejó a sus chicas a solas.

—Yo no creo que seas débil ni blanda.

Lana ladeó la cabeza, ya calmada.

—Solo cándida.

—No. No exactamente. Lo que ocurre es que ni tú ni ninguno os habéis alejado demasiado de la granja desde hace mucho tiempo. La situación ha empeorado muchísimo desde que viniste aquí desde Nueva Esperanza.

—Cuantos más seamos, mejor. Seis juntos en vez de uno solo. Somos una familia. Actuamos como una familia.

—No podría soportarlo si algo os pasara a cualquiera de vosotros —reconoció Fallon—. Temo que suceda algo.

—He visto a mis hijos hacerse hombres antes, mucho antes de lo que quisiera. Sabía lo que serías desde antes de que nacieras, y aun así ha sido y sigue siendo muy duro dejar que lo seas. —Acercó la mano y cubrió la de Fallon con la suya—. Pero lo he aceptado todo porque tenía que hacerlo. Y ahora tú, mi preciosa niña, tienes que dejar que el resto seamos lo que somos. Sé que antes de que esto acabe te irás sin nosotros. Sé que antes de que esto acabe veré a mis hijos irse sin mí. Pero no esta vez, Fallon. Nos vamos juntos. —Lana se puso en pie—. Deberíamos hacer inventario, elaborar una lista prioritaria de lo que queremos llevarnos. Empezaremos con eso antes de ir a la granja de las Hermanas.

Fallon asintió y se puso de pie porque, dejando a un lado el tema de la Salvadora, su padre tenía razón. Cuando su madre decía que sanseacabó, así era.

La semana se convirtió en dos debido al ingente esfuerzo que suponía a una familia entera emprender un largo y posiblemente peligroso viaje a caballo. Sin forma alguna de saber cuándo regresarían.

Sopesaron la idea de llevarse el camión, un remolque para caballos, incluso una camioneta, pero al final la desestimaron. Casi con toda seguridad tendrían que viajar por carretera tanto como campo a través. Además, la logística y el tiempo dedicado a conseguir combustible hacían que el uso del camión fuera demasiado complicado.

Tal vez los caballos fueran más lentos, pero Fallon no tenía prisa. Aunque abrigaba aún la esperanza de llegar a Nueva Esperanza a finales de agosto, unas semanas más no importarían.

Los números que anotó sí eran importantes.

Lana insistió en que había que fregar hasta el último centímetro, hasta el último rincón de la casa. Fallon veía aquello no solo como una cuestión de orgullo, sino también una necesidad de recordar a la casa, a sus espíritus, a sus recuerdos, que eran amados.

Simon recorrió los campos, revisó el equipo, los horarios para dar de comer al ganado, el granero, los silos, cada edificio anexo con las personas que se ocuparían de su cuidado. Su versión de fregar, pensó Fallon.

Por mucho que deseara irse, por mucho que los sueños la empujaran a comenzar, aprovechó que sus padres estaban ocupados para clasificar a sus hermanos uno por uno.

Con Colin apeló a su orgullo por ser el hijo mayor y a su instinto protector. Fallon y sus padres confiaban en él para que cuidase de sus hermanos menores y diera ejemplo de la necesidad de ser cautos y cuidadosos y de cumplir órdenes.

Apeló al intelecto de Travis, a su astucia y a su don. Sabía que sería listo, confiaba en ello, pues también sabía que sus hermanos podrían cometer alguna estupidez. De modo que si él sentía que podían cometerla, Fallon contaba con que los distrajera.

Sabía que con Ethan solo tenía que apelar a su corazón. Sus padres se preocuparían, así que sabía que podía confiar en él para que escuchara con atención y los ayudara a no preocuparse tanto. También sería el jefe de exploradores, ya que los animales solían percibir el peligro antes que las personas y nadie conocía a los animales mejor que él.

Suponía que eso los mantendría a raya al menos durante los

primeros kilómetros, pero imaginaba que con frecuencia tendría que repetir las charlas y dar con nuevos enfoques de camino a Nueva Esperanza.

A medida que pasaban los días empezó a darse cuenta de que sus padres tenían razón. Más aún, consideró que la decisión de ir como una familia era la acertada.

Y una templada mañana de mayo, con los árboles cubiertos de follaje y el sol extendiendo sus primeros rayos dorados sobre las montañas, pusieron rumbo al sur todos juntos.

Sus hermanos parloteaban igual que urracas, y los perros, casi tan jóvenes e igual de entusiasmados, brincaban alrededor. Pero Fallon vio lágrimas brillar en los ojos de su madre cuando Lana miró hacia atrás por última vez.

—No se moverá de donde la hemos dejado, cielo.

Lana miró a Simon, le brindó una sonrisa y fijó la vista al frente.

Cabalgaron el primer día con Taibhse sobrevolando el cielo. Sus hermanos eran infatigables, y también Faol Ban, y cuando los perros se cansaron, Ethan subió a Scout a su caballo y Simon hizo lo mismo con Jem.

Recorrieron los primeros kilómetros sin percances, de modo que Fallon casi se relajó lo suficiente para disfrutar del absoluto asombro de sus hermanos.

Jamás habían visto tantas carreteras ni tan amplias, tantísimas casas apiñadas en lo que consideraban una parcela de terreno.

Nunca habían oído el silbido del viento a través de las ventanas de los coches abandonados ni leído carteles que prometían comida y alojamiento más adelante.

A pesar de los escaparates rotos y de las pintadas de los saqueadores en un antiguo supermercado —otra vista nueva para sus hermanos—, Travis comenzó a tejer una historia sobre una heroica batalla.

Entonces vieron unos restos, que el tiempo y los carroñeros habían reducido a huesos, colgando de lo que fue el mástil de una bandera.

No puso objeciones cuando su padre se acercó y desmontó. La manivela chirrió cuando bajó la cuerda.

—Ethan, que no se acerquen los perros. Colin, tráeme la pala.

Fallon se preguntó si ella habría continuado su camino. ¿Habría mirado, se habría compadecido, pero habría pasado de largo, dejando atrás al muerto en vez de detenerse para hacer lo que era humano y compasivo?

Esa era otra lección que aprender, imaginó que le habría dicho Mallick.

Desmontó ella también y se dispuso a coger la segunda pala, pero vio que Colin ya lo había hecho. Su hermano cavó junto con su padre una tumba para un desconocido muerto en la franja de hierba cubierta de maleza junto al aparcamiento lleno de hoyos.

El viento agitó los jirones de la bandera del mástil e hizo que el toldo roto encima de la puerta del supermercado chirriara al rozar metal contra metal.

—Intentó huir.

Fallon miró fijamente a Travis y vio que no era una historia, sino que lo veía.

—No es necesario que mires —comenzó, pero él le lanzó una mirada lacrimosa.

—Alguien debería. Alguien debería saberlo. Intentó huir, pero no fue lo bastante rápido. Le quitaron las botas y la mochila y después lo colgaron porque era demasiado viejo para ser de utilidad.

Fallon le puso una mano en el brazo. Temblaba bajo su tacto, no de miedo, sino de rabia, comprendió.

—Vamos a detenerlos. —Él la miró durante otro momento—. Vamos a detenerlos —repitió, y acto seguido se volvió hacia su madre y sepultó el rostro en su hombro.

Después irguió los hombros y se acercó a echar una mano.

Vio a Ethan recoger hierbas en flor y colocarlas sobre la tumba. Lo que su padre dijo mientras posaba una mano en la cabeza de Ethan hizo que su hermano pequeño asintiera.

—Estaba equivocada —le dijo Fallon a su madre—. Estaba equivocada al decir que eran demasiado pequeños para el viaje. Les pido que entrenen para luchar, pero no estaba preparada para que vieran por qué. Estaba equivocada.

Para marcar ese giro en su camino, se volvió hacia el edificio, extendió las manos y dejó que el poder surgiera y saliera.

Las calaveras y las tibias, las feas palabras desaparecieron. En su lugar forjó los cinco símbolos en uno y las palabras que había grabado en su brazalete. En su recordatorio.

Solas don Saol

Al final de la tarde los condujo fuera de la carretera, en dirección a los árboles donde el mapa le decía que encontrarían un arroyo. Mientras descansaban y abrevaban a los caballos fue a ver a su padre.

—Hay un asentamiento a algo menos de cinco kilómetros en dirección sudoeste. Quiero echar un vistazo mientras esperáis aquí.

—Juntos, Fallon.

—No es más que una precaución. Sé que no son guerreros de la pureza, pero no sé si son cordiales.

—¿No lo has averiguado durante uno de tus paseos de medianoche? —Al ver que no decía nada, le tocó la barbilla con el dedo—. Sabemos dónde están nuestros hijos. Más o menos.

Fueron juntos.

En otra época, el asentamiento había sido una pequeña ciudad de montaña que se extendía un kilómetro y medio en cuesta de un extremo al otro. Antes del Juicio Final, las casas, las iglesias, un único bar y una minúscula tienda habían sido el hogar de algo menos de doscientos habitantes.

Ahora, unas ochenta personas ponían al mal tiempo buena cara. Fallon reparó en que no contaban con huerto ni con invernaderos comunitarios, sino individuales. Tampoco tenían seguridad organizada, ya que no vio ningún guardia apostado. Solo algunas personas que salieron de sus casas o cruzaron sus jardines en cuesta con armas largas en las manos.

Oyó llorar a un bebé, el apenado múgido de una vaca, vio a un chico joven perseguir a una gallina que cruzaba la carretera, aleteando con frenesí.

A lo lejos oyó el chasquido de una bala.

Miró a su padre, consciente de que los desconocidos esperarían que el hombre pillara la indirecta.

—No buscamos problemas —comenzó Simon.

Un hombre se adelantó, un tanto mugriento a pesar de no llevar barba y tener el pelo rapado.

—¿Qué buscan?

—Puede que una oportunidad de estirar las piernas un poco. Soy Simon Swift. Mi esposa, Lana, nuestra hija, Fallon y nuestros hijos, Colin, Travis y Ethan.

Inteligente, pensó Fallon. Los nombres los convertían en personas y en una familia.

—No nos sobran las provisiones.

—Tampoco buscamos provisiones. ¿Usted está al mando?

—No necesitamos a nadie al mando.

—Tim, no seas gilipollas. —Se acercó una mujer. Ancha de caderas, con el rostro huesudo y una masa de cabello canoso. Vestía unos pantalones vaqueros que llevaban tantos remiendos como lo hacían los originales cuando estuvieron de moda—. Soy Mae Pickett —se presentó, y apoyándose el rifle en el hombro, le ofreció la mano a Simon para que se la estrechara—. Este de aquí es Tim Shelby. ¿De dónde son?

—De unos kilómetros al sur de Cumberland.

—¿De veras? Tenía un primo que vivía allí. Bobby Morrison.

—Lo siento. Me parece que no le conozco.

—Bueno, seguramente ya esté muerto y siempre fue un imbécil. Menudos caballos tenéis. —Levantó una mano—. Aquí no robamos a desconocidos. Tampoco tenemos mucho que robar.

—Eso es bueno para ambas partes —dijo Simon, haciéndola reír.

—Tiene una erupción cutánea debida a la hiedra venenosa —comentó Lana. Mae bajó la mano para frotarse el feo sarpullido que le recorría de la muñeca a los codos de ambos brazos.

—Sí, me vuelve loca. No miré antes de acercar la mano.

—Tengo algo que le ayudará.

Pero cuando Lana se dispuso a desmontar, Fallon le indicó que se quedara atrás. Se bajó de Laoch, se acercó a uno de los caballos de carga y sacó el ungüento.

Vio que la mirada de Mae descendía hasta la espada, pero ascendió de nuevo cuando se aproximó con el pequeño tarro.

—Mitigará el picor —le aseguró Fallon mientras abría el tarro—, le aliviará y hará que empiece a sanar.

Extendió el ungüento por el brazo izquierdo de Mae.

—Jesús bendito, funciona más deprisa que corre un conejo. La primera vez que siento alivio desde hace una semana. —Se cambió el rifle y le ofreció el brazo con que disparaba—. Te lo agradezco.

Fallon le ofreció el tarro.

—Aplíquese otra capa esta noche. Con eso debería bastar.

—Agradezco tu bondad. ¿Qué te debo?

—Conversación.

Mae enarcó las cejas.

—Qué barato. ¿Eres médico, guapa? —Sus labios esbozaron una sonrisa mientras preguntaba, y después se puso seria cuando miró a Lana—. ¿Es usted médico?

—Sanadores.

—Hay un chico que vive ahí mismo. Diría que tiene más o menos la edad de tu hijo mediano. No se encuentra bien. A lo mejor podría echarle un vistazo, quizá tenga algo que le ayude.

—Estaré encantada de hacerlo.

—Tim, lleva a la señorita Lana a casa de Sarah para que pueda mirar a Pete. Vamos, antes de que vea si puede curar tu agrio carácter. Señor Swift, puede llevar sus caballos y a sus hijos por ahí, a la sombra. Hace unos años pusimos un viejo pozo en funcionamiento. El agua está limpia y fresca. Nadie va a molestar a sus mujeres. Se lo prometo. —Se volvió hacia Fallon—. Te debo una conversación. Ese de ahí es mi porche. Podemos sentarnos un rato.

—Supongo que el señor Shelby no sabe que usted está al mando.

Mae prorrumpió en una carcajada que terminó en un ataque de risa mientras acompañaba a Fallon a su porche, donde las esperaban dos altas mecedoras.

—No se equivoca del todo en cuanto a que no hay nadie al mando. Por aquí la mayoría se ocupa primero de lo suyo.

—Más manos trabajando juntas consiguen hacer más.

—Tampoco diré que te equivocas. Tim y yo vivíamos aquí, fuimos juntos al colegio. Somos los únicos que no enfermamos cuando se manifestó. Todo ocurrió tan rápido que no nos dimos cuenta de que nos estábamos muriendo hasta que estábamos muertos. Perdí a mi marido y a mis padres. No teníamos hijos, y ahora lo considero una bendición, a pesar de que cuando era joven me causó mucho dolor. No sé si podría haber sobrevivido a tener que enterrar a un hijo. Bueno, eso ya es pasado. Quieres conversación, así que ¿de qué te apetece hablar?

—¿No tienen a ningún sobrenatural en su comunidad?

—Llamarlo comunidad es una exageración. Han pasado algunos por aquí, y unos pocos se quedaron un tiempo. No tenemos problemas con ellos. Hay un asentamiento a poco más de ocho kilómetros.

—Lo sé. Nos dirigiremos allí después.

—Nosotros nos ocupamos de nuestros asuntos y ellos se ocupan de los suyos. —Mae encogió sus anchos hombros—. Comerciamos con ellos, y te confieso que estaba pensando en pedirles ayuda con lo de Pete. El chico tiene fiebre y lleva dos días que pierde y recupera la consciencia. ¿Tú eres uno de ellos?

—Sí.

—¿Y tu familia?

—Mi madre y dos de mis hermanos.

—Entonces, agradezco una vez más que Pete esté en buenas manos. Es un buen chico. Le gusta ayudar a la gente. No habéis venido a por provisiones y hay lugares de sobra donde estirar las piernas en los que nadie os va a apuntar con un arma. ¿Por qué estáis aquí?

La mujer tenía una mirada astuta. Fallon pensó que, por la forma en que Tim le obedecía y la gente con armas se había esfumado, estaba claro que la respetaban, aunque técnicamente no estuviera al mando.

—Señora Pickett...

—Mae.

—Mae, el Juicio Final terminó, pero los problemas no.

—Por aquí no tenemos muchos. No hay nada que merezca la pena robar y está demasiado lejos de la carretera como para que los saqueadores se tomen la molestia. Seguramente el gobierno ni sabe ni le importa que estamos aquí.

—Lo harán. ¿Tienen alguna forma de comunicación?

Como si no fuera más que otra lánguida tarde de primavera, Mae se meció en su ruidosa mecedora.

—No tenemos nada, a menos que cuente alguien que pasa por aquí con historias, pero eso no ocurre con frecuencia. Como he dicho, estamos alejados del camino principal y nos parece bien. Ni comunicación, ni electricidad, ni agua corriente. Nos las apañamos. La mayoría de los jóvenes se marchan cuando llegan a tu edad o un poco más. Los que se quedan suelen hacerlo porque tienen a alguien a quien cuidar. Es solo cuestión de tiempo que no quede nadie, salvo los fantasmas.

—No tiene por qué ser así. Tienen una buena ubicación.

—Estratégica, pensó Fallon. Un buen lugar para alojar tropas—. Hay un campo en barbecho por allí que podría sembrarse. Tienen casas que necesitan una reparación. Tendido eléctrico a la espera de que lo conecten.

—¿Cómo vamos a conseguir todo eso, guapa? Sin arado, sin tractor, sin aserradero, sin compañía eléctrica que conecte la luz...

—Yo puedo ayudaros con eso.

—Eso te convierte en alguien muy útil. —Con aquellos ojos astutos clavados en el rostro de Fallon, Mae tamborileó sus dedos índice y corazón en el brazo de la desvencijada mecedora—. ¿Cuál es el precio?

—Un trueque. El uso de algunas de las casas, una de las iglesias... o las dos, si no las utilizan. Parte de la tierra. Como base.

—¿Una base para qué?

—Soldados. Para adiestrarlos, alojarlos y desplegarlos.

—¿Soldados de quién?

—Míos.

Mae se recostó, haciendo que la mecedora crujiera con el cambio de peso.

—¿Tienes soldados?

—Algunos, y tendré más, porque los problemas no han terminado. ¿La fase siguiente? Es solo el principio. Se tragarán a chicos como Pete y el chaval que vi persiguiendo una gallina, que por cierto debería haber un gallinero para que no tengáis que ir detrás de los huevos ni perder a los animales por culpa de los zorros. ¿Ha visto el rayo negro, señora?

—A lo lejos.

—¿Cuervos volando en círculo, columnas de humo?

—A lo lejos.

—Se acercarán.

—Bueno, si quieres provocarme pesadillas... —Su voz se fue apagando, se levantó y fue hasta el extremo del porche.

El búho había descendido para posarse en una rama situada por encima de los hombres de su familia. El lobo se acercó corriendo y golpeó los flancos de los perros para hacerse un hueco y beber agua del cuenco que Ethan dejó en el suelo para él.

—¿Has visto ese gran búho blanco?

—Sí, es mío. Se llama Taibhse. El lobo es Faol Ban.

—¿Ese caballo tiene alas, chica? ¿El caballo blanco que montas?

—Cuando así lo desea.

Mae volvió a tomar asiento despacio.

—Me gustan las conversaciones. —Sin embargo, su voz surgió ronca antes de que se aclarara la garganta—. He tenido unas cuantas con algunos de los que viven a varios kilómetros de aquí. Menuda espada tienes. Una espada grande para una chica tan joven. ¿Cómo la has conseguido?

Fallon respondió sin vacilar.

—En el Pozo de la Luz, cuando la saqué del fuego eterno junto con el escudo.

Mae se presionó los ojos con los dedos.

—Por Dios bendito. He visto cosas durante, después y desde el Juicio Final; he visto cosas que el cerebro me decía que mis ojos estaban imaginando. Pero las he visto, y sé que el mundo entero se inclinó igual que una mesa con una pata rota. No volverá a su antiguo ser.

—No, no volverá. Pero puede avanzar, y lo hará. Avanzar es más difícil y más lento si no hay nadie al mando y si la gente se ocupa solo de sus cosas.

—Algunos se conforman con quedarse en el mismo lugar.

—Viniendo hacia aquí hemos enterrado a un hombre que encontramos colgado de un mástil. Puede que él quisiera permanecer en el mismo lugar.

Mae dejó escapar un suspiro.

—Adonde os dirigís hay una mujer. Se llama Troy. No sabría decir si es nombre o apellido, pero responde a ese nombre. Me dijo que venías. Habló con anterioridad sobre ti, te llamó la Elegida, y no le di mucha importancia. Eso es lo que ella cree, y hay que vivir y dejar vivir. Pero la última vez que hablé con ella, no hace ni una semana, me dijo que vendrías a hablar conmigo. Dijo que llevarías una espada. Que montarías un caballo blanco, un caballo alado. Que tendrías un búho blanco, un lobo del mismo color. Dijo que me darías algo que necesitaba. —Mae se miró los brazos y dejó escapar media carcajada—. El puñetero sarpullido ya se me está quitando. Dijo que me pedirías algo que tú necesitabas.

—Te lo estoy pidiendo. Si dices que sí...

—¿Y si digo que no?

—Seguimos adelante.

—¿Así de simple?

Fallon volvió la cabeza para mirarla a los ojos.

—Si estábamos destinados a ser libres, si creemos en eso con todo nuestro ser, ¿para qué reunir un ejército por la fuerza para luchar por la libertad?

—Muchos han intentado justo eso.

—Y aquí estamos —concluyó Fallon—. Tomarás la decisión. Si dices que sí, dentro de seis meses te enviaré más soldados. Para que ayuden a proteger tu comunidad, para que adiestren a cualquiera que desee aprender para luchar o colaborar. Podría hablar con tu gente.

—Yo hablaré con ellos. Con algunos va a ser necesario hablar mucho. Con otros no tanto. Tengo que pensar en ello, y tal vez tenga otra conversación con Troy.

—Confías en ella.

—Tanto como en cualquiera, más que en la mayoría. Tengo que pensar en ello —repitió Mae— y te avisaré.

—De acuerdo. —Fallon se levantó—. Pasaremos la noche con los sobrenaturales, si nos dan la bienvenida.

—Creo que lo harán.

—Si no has tomado una decisión cuando nos marchemos mañana, volveré cuando lo hayas hecho, en un sentido u otro.

—¿Cómo lo sabrás?

Cuando Fallon se limitó a sonreír, Mae meneó la cabeza.

El chico, Pete, tenía un virus estomacal y ya se estaba recuperando antes de que se marcharan. Salieron hacia la espesura del bosque y las cabañas dispersas donde aguardaba Troy.

Su rizada mata de pelo negro con mechones blancos le caía sobre los hombros, enmarcando un rostro del color de los granos de café. Tenía tierra en las rodilleras de sus finos pantalones de algodón y una pequeña pala en la mano.

Sus ojos, negros como el ébano, brillaron cuando se posaron en el rostro de Fallon.

—Bienvenida. Bienvenida al fin.

Tal y como Mallick había hecho cuando regresó del Pozo de la Luz, Troy hincó una rodilla en el suelo.

—Por favor, no.

—Permíteme. Hemos esperado mucho. Bienvenidos, madre, padre y hermanos. —Se levantó, se acercó a Fallon y posó una mano en la cabeza de Laoch—. Bienvenidos, mis bendiciones para todos.

Salieron más personas, hombres, mujeres y niños, e hincaron una rodilla en el suelo igual que había hecho Troy.

—¿Creen que es una reina? —susurró Ethan a su madre.

—Una reina no. —Troy le brindó una sonrisa—. Una bruja y una guerrera, una promesa. Por favor, venid. Comeremos y beberemos vino. Nosotros atenderemos a vuestros animales.

Troy abrazó a Fallon cuando desmontó.

—Somos tu ejército y te ayudaremos a reclutar a más.

No siempre fue tan fácil ni fueron tan bien recibidos como ese primer día. Algunos no estaban convencidos, otros lanzaban amenazas.

Algunos, como el alto y corpulento líder de una banda de doscientas personas que conoció un sofocante día de junio, se echaron a reír.

—Nos las arreglamos bien aquí. Cualquier cabronazo que viene a buscar problemas, los encuentra y no vuelve.

—Lo harán. En mayor número.

—Ahórratelo, hermana. Sabemos cuidarnos solos, y por aquí nadie va a obedecer órdenes de una bruja adolescente. Pero pagarás el precio por entrar sin invitación. Uno de los caballos y las provisiones que transporta.

Varias docenas de armas se alzaron y apuntaron a su familia.

—Eso os convertiría en ladrones —replicó Fallon con frialdad—. No aceptaré ladrones en mi ejército.

—Yo no veo ningún ejército.

—Pues entonces mira esto. —Agitó una mano en el aire. Pistolas, cuchillos y porras se tornaron de color rojo, quemando las manos que los sujetaba. Mientras la gente gritaba y las armas caían al suelo, Fallon mantuvo los ojos fijos en el hombre alto—. Nadie amenaza a los míos. —No tuvo que volverse para saber que cada miembro de su familia sujetaba ahora su propia arma. Levantó una mano—. Esperad. Estoy a punto de llegar a un acuerdo con... No me he quedado con tu nombre.

—Que le den a tu acuerdo, pequeña zorra.

—No tan pequeña. No tan grande como tú, pero no soy tan pequeña. Este es el trato: lucho contra ti, tú y yo. Si pierdo, te quedas con mi caballo y con su carga. Si pierdes, tú y el resto entrenaréis cuando yo diga que entrenéis y lucharéis cuando yo diga que luchéis. —Miró a su alrededor—. Alguno de vosotros sabe quién soy, qué soy. Habéis esperado mucho tiempo. Pero demostraré de lo que soy capaz.

—Yo no lucho con crías. No combato con puñeteras brujas que se sacan trucos de magia del culo. Y no lucho cuando el papaíto de la niña me apunta a la cabeza con una pistola.

—Una lucha justa. Nada de magia, te doy mi palabra, y si la incumplo, quedaré deshonrada delante de tu gente. Algunos de los tuyos son como yo. Mi padre no disparará a nadie, y nadie de mi familia utilizará un arma contra nadie que no utilice primero una contra nosotros.

Mientras hablaba se despojó de la espada y del cuchillo y se los entregó a su padre.

—Fallon.

—Confía en mí, o ellos no lo harán. Lucha justa, uno contra uno. —Se volvió hacia el líder y esbozó una sonrisa arrogante con el fin de irritarle—. ¿Aceptas mis términos?

—No me gusta pelear con crías.

—Cuando lo que se avecina caiga sobre ti y sobre los tuyos con toda su fuerza, no importará la forma que utilicen. Estabas dispuesto a robarle a una cría, a que tu gente apuntara a una cría con sus armas. —Convirtió esa sonrisa arrogante en una mueca de desprecio—. Sé lo bastante hombre como para luchar con una que está dispuesta a luchar contigo.

—Tú te lo has buscado.

Tenía el rostro enrojecido por la ofensa y una expresión en la boca que le recordaba a la de un toro furioso. Y la ira se combatía fácilmente con la fría estrategia.

El hombre arremetió. Fallon comprendió que pretendía tirarla al suelo. En el fondo no deseaba golpearla. Su ventaja era que ella no tenía los mismos miramientos con respecto a él.

Dio una voltereta hacia atrás y hacia a un lado, de modo que el impulso de la embestida le propulsó y le hizo tropezar.

Se ganó las carcajadas de algunos de los suyos.

Su rostro enrojeció más aún. Embistió de nuevo y ella lo

esquivó con un giro. Esta vez derrapó, se tambaleó y aterrizó de morros en el suelo.

—¡Sin magia!

—No es magia, es adiestramiento. Podría adiestrarte, aunque tienes más tamaño que músculos.

Cuando se abalanzó de nuevo sobre ella, Fallon sabía que esperaba que ella girara o lo esquivara. No hizo nada de eso, sino que le propinó una fuerte patada entre las piernas. El color desapareció por completo de la cara del hombre, y aunque detestaba golpear a alguien cuando caía, lo que tenía que demostrar era demasiado importante.

Le noqueó con un gancho que hizo que el puño y el brazo le temblaran.

—Has caído. —Se acercó a él, que resollaba—. No te levantes. Soy mejor que tú en esto. Podrías ser mejor. Serás mejor.

—Me has dado una patada en los huevos.

—El enemigo te los cortaría. Yo no soy el enemigo. —Fue hacia su padre, cogió su espada y, tras desenvainarla, la alzó para que sol la hiciera brillar con si fuera de fuego—. Soy la Elegida, designada para disipar la oscuridad. Y así lo haré. Si temes luchar, huye y escóndete. Pero aun así te encontrarán y te harán salir. Únete a mí. Enfréntate a ellos, lucha contra ellos, y cuando la luz reduzca a cenizas la oscuridad con su fulgor, serás libre.

Bajó la espada, miró al corpulento hombre, que ya se había incorporado y se masajeaba la dolorida mandíbula con la mano.

—No te obligaré a que cumplas el trato. Un guerrero no se gana en una apuesta.

Él la miró.

—Me has dado una patada en los huevos. Y casi me rompes la mandíbula.

—Casi me rompo la mano al hacerlo. —Le ofreció la otra—. Soy Fallon Swift.

Él se puso en pie e hizo una mueca de dolor.

—John Little.

—¿John Little? ¿De verdad? ¿Como en Robin Hood?

El hombre exhaló un suspiro.

—Sí. Ay que joderse. ¿Por qué no nos conviertes a todos en zombis y nos obligas a luchar por ti?

—Mi hechizo para convertir zombis es impredecible.

A los labios de John Little afloró una sonrisa.

—No tienes ninguno, ¿verdad?

—En realidad, tengo uno muy parecido, pero no quiero a nadie a que se vea obligado a luchar conmigo. Conmigo, señor Little. No para mí.

—Me llama «señor» después de pegarme una patada en los huevos y romperme la mandíbula. Supongo que tenemos que tomarnos una cerveza y hablar de esto.

—Todavía no se me permite beber cerveza.

John Little la miró.

—¿Me tomas el pelo? —Miró hacia sus padres—. Joder, ¿me estáis tomando el pelo? ¿Puede luchar con un hombre que le dobla en tamaño..., joder, que le triplica en tamaño, puede noquearle y no puede beberse una puñetera cerveza?

—No tiene edad suficiente —comenzó Lana, pero Simon la desautorizó.

—Media. Media cerveza. Le ha noqueado, Lana. Media cerveza.

Lana vio que Simon y Fallon se sonreían el uno al otro y sintió que el amor le encogía el corazón.

—Media.

Mientras agosto daba paso a septiembre con un calor implacable, Arlys Reid salió del sótano de la guarida de Chuck donde tenía lo que llamaba estudio. Él vivía allí —morador siempre del sótano— con el equipo que se había traído consigo desde

Hoboken y lo que había encontrado y construido a lo largo de los años.

Juntos, con algunos hackers y cerebritos de la informática que había formado durante esos años, dirigían su red de comunicación bajo tierra clandestina. Las Noticias de Nueva Esperanza —la NNE— había pasado de los guiones de televisión que Arlys había elaborado en una antigua máquina de escribir a un sistema de emisiones de radioaficionado y cobertura gráfica y transmisiones por internet.

Aquello estaba muy, muy lejos del puesto de presentadora en Nueva York que había heredado gracias al Juicio Final, pero en su opinión, era más vital.

Desenterraba lo que podía y continuaba haciendo lo que había hecho aquel último y fatídico día en la mesa del presentador.

Decir la verdad.

Atravesó la casa en la que Jonah y Rachel criaban a sus hijos y salió al bochornoso calor del verano. Soñaba con tener aire acondicionado, pero la alcaldesa y el concejo municipal habían estimado que ese uso de la energía era un derroche en cualquier lugar en que no fuera imprescindible. Y estaba de acuerdo.

Así que se iría a su horno de casa, encendería su mísero ventilador eléctrico y terminaría la edición final del semanario *Boletín de Nueva Esperanza*.

A lo mejor se pasaba antes por la clínica. Utilizaría como excusa la búsqueda de otra historia y pasar algunos minutos dentro de uno de esos lugares imprescindibles.

Unos adolescentes corrían por la acera; la pandilla de Garrett, según pudo ver. Algunos críos corrían tras ellos; Gabriel, el hijo pequeño de Rachel, y Angel, la hija de Fred. Los dos se habían hecho tan amigos que parecían unidos con pegamento.

Y no lejos de ellos, Petra supervisaba al pequeño de Fred,

Dillon, mientras empujaba el cochecito de la reciente incorporación a la prole de Fred y Eddie.

Petra había resultado ser una niñera capaz y voluntariosa.

Vestida con un pantalón corto y camiseta de tirantes y el cabello rubio oscuro recogido en una graciosa coleta, rio al ver a Dillon danzando a su lado con sus atareadas piernecitas.

Podría haber sido una escena típica de cualquier ciudad pequeña. La canguro adolescente, críos y jóvenes corriendo, seguramente en dirección al parque y al huerto para asistir a uno de los programas juveniles de verano. Gente trabajando en sus jardines, atareados con aquellos intensos colores y fragancias estivales. Otros sentados en sus porches con un vaso de té helado o de limonada.

Se podía pensar eso si no se tenían en cuenta los centinelas apostados, el grupo que había salido en otra misión de exploración, o la armería, con tantas armas a buen recaudo.

O el hecho de que la mayoría de los chicos de la edad de Petra dedicaban dos horas al día al entrenamiento de combate.

Pero ese era el mundo en que vivían, pensó Arlys. Y tenía buenas razones para saber que podría ser muchísimo peor.

Cedió al impulso y cruzó la calle para interceptar a Petra. Quería ver al bebé.

Dillon fue corriendo hacia ella, levantó esos regordetes brazos y esbozó su deslumbrante sonrisa.

—¡Arriba!

—Claro que sí. —Cogió al bebé, le achuchó y le olió. ¿Quién iba a imaginar que la ambiciosa periodista tendría semejante debilidad por los bebés?

—¡Fíjate en tu hermanita pequeña!

—Willow se hace popó en el pañal y llora. Yo no.

Sabía que todavía hacía ambas cosas, pero asintió prudente.

—Porque eres un chico muy grande. ¿Qué tal, Petra?

—Genial, gracias. Íbamos al parque. Hemos estado antes,

pero Dillon quería ir a ver al señor Anderson, así que hemos dado un paseo.

—Hace mucho calor para eso.

—No nos importa.

—Hemos comido un *poto*.

—Polo —le corrigió Petra—, y se suponía que era un secreto.

—¿Polos secretos? ¡Qué ricos! —Eso explicaba la lengua de color rojo intenso de Dillon.

—No había comido nunca un polo —dijo Petra—. Están muy ricos. El señor Anderson los hace con esos pequeños moldes y puedes comértelos en un palo.

El primer polo a los dieciséis años (no sabían su edad con seguridad). Ese era también el mundo en que vivían.

—Puede que yo también vaya a ver a Bill. Supongo que Mina no te habrá dejado que lleves a Elijah al parque, ¿verdad?

—No quiere ir, y se pone muy nerviosa si el niño está lejos de ella. Pero es muy buena madre.

—Ajá. —Arlys tenía otra opinión cuando a un niño de tres años no se le permitía jugar con los otros niños ni alejarse más de metro y medio de su madre.

Pero Mina, que solo era unos pocos años más mayor que Petra, había sido completamente adoctrinada por la secta.

—Nunca chilla. Lo que pasa es que... sigue teniendo miedo. Supongo que siempre tendrá miedo. Y... —La voz de Petra se fue apagando y apretó los labios.

—Adelante.

—Aún piensa que el maestro..., todavía llama así a Javier..., va a volver a por ella y a por Elijah. Todas las noches reza para que eso ocurra. Le da miedo irse de aquí, pero eso es por Elijah. Sabe que aquí está a salvo. Lo quiere de veras.

—¿Sigues estando a gusto viviendo con ella?

—Oh, claro. Sé que no tengo por qué, pero Mina es maja y me gusta mucho estar con Elijah. Y, en fin, ella me necesita y yo...

—Es agradable que la necesiten a una.

—Sí. No se me permite usar la magia mientras viva con ella, pero de todas formas no me apetece aún. Es que me pone nerviosa, así que todo va bien.

—Siempre que estés contenta aquí. Ojalá saliera más del apartamento y dejara que Elijah correteara en la calle.

—Va a pasear por la noche. —Petra se detuvo, sofocada—. Ahora me siento como si estuviera contado secretos sobre ella.

—No tiene nada de malo dar un paseo. ¿Solo por la noche?

—Cuando Elijah duerme y cree que yo también. A veces se lo lleva, pero casi siempre sale sola. No mucho rato, como una hora, o incluso menos.

Dillon se retorció en sus brazos hasta que Arlys lo dejó en el suelo.

—Quiero ir al parque. Ver a mamá.

—Vale, nos vamos. Debería llevarle otra vez. Me ha encantado verte.

Arlys les dijo adiós con la mano, se volvió y estudió el edificio donde Petra vivía con Mina y con Elijah, en un apartamento encima de Trastos Viejos, la tienda de Bill Anderson.

¿Qué hacía una mujer atrapada aún en las fauces de una secta cuando paseaba sola por la noche?

Era hora de averiguarlo.

Fue andando hasta Trastos Viejos.

Lo que en otro tiempo fue una tienda de segunda mano, con pseudoantigüedades y cosas desechadas, era ahora, gracias a Bill, un establecimiento organizado (aunque no había intercambio de dinero) abastecido de artículos útiles y algunas extravagancias.

Utensilios de cocina y artilugios variados en una sección, juguetes que habían limpiado y reparado con esmero en otra. Herramientas, lámparas, mobiliario e incluso algunas obras de arte locales, velas, lámparas de aceite, escobas, fregonas y otra variedad de objetos.

Mucho de lo que traían las partidas de búsqueda pasaba por las manos de Bill para su limpieza, reparación e inventariado.

Al menos, uno o dos voluntarios —por lo general niños— trabajaban como ayudantes.

Lo encontró cableando de nuevo una lámpara increíblemente horrorosa. Las gafas se le resbalaban por la nariz.

Arlys se acercó para estudiar el objeto.

—¿Para qué molestarse?

—La basura de un hombre... —Se subió las gafas y le sonrió—. Hoy estás guapa.

—Lo que estoy es sudada. He pasado diez minutos fuera, en el baño turco que llamamos aire libre. Seguro que me refrescaría si me comiera un polo.

Bill se echó a reír; sus casi ochenta años habían dejado huella en su rostro.

—Se desveló el secreto.

—¿Cómo se te ocurrió hacer polos?

—Me llegaron unos moldes. La idea fue más de Cybil que mía.

—¿De Cybil?

—Me preguntó para qué eran, así que se lo conté, y ella no paró hasta no probé a hacer algunos. Los dos nos comimos los primeros polos ayer.

—Y no le ha dicho una sola palabra a su sudorosa madre.

—Mi nieta sabe guardar un secreto. Íbamos a hacer un montón más y a llevárselos a los niños del programa de verano. Tengo otra tanda congelándose, pero tenemos algunas muestras. ¿Lo quieres de cereza, de uva o de limón?

Tuvo un fugaz recuerdo de ella misma comiéndose una tarrina de helado de limón en una feria callejera en Nueva York.

—¿Tienes helados de limón?

Bill le guiñó un ojo, se levantó y fue a la trastienda. Su suegro no se movía tan rápido como antes, y Arlys imaginaba que tenía algunos dolores y achaques. Pero nunca se quejaba.

Volvió con un pequeño helado con un palo. Un palo de verdad, al que le había quitado la corteza, según vio.

—Hay que devolver los palos —le advirtió a Arlys al tiempo que se lo daba—. Hemos dedicado mucho tiempo a hacerlos.

—Muy ingenioso. —Lo probó—. ¡Qué bueno!

—Zumo de limón, un poco de edulcorante y agua.

—Estas son esas pequeñas cosas —suspiró.

—La expresión de tus ojos me dice que no has venido solo para verme o para conseguir un polo.

—Tienes razón, como de costumbre. Me he encontrado con Petra y con los dos hijos pequeños de Fred. Dios mío, ese bebé es una preciosidad. Con esa mata de pelo rizado rojo. En fin, le he sonsacado a Petra algunas cosillas sobre Mina.

—Se te da bien sonsacar a la gente.

—Soy una profesional.

—Sí que lo eres. Mi hijo se llevó a la más inteligente. —Le dio una palmada antes de sentarse de nuevo—. La chica, Mina, habla un poco conmigo. De vez en cuando le doy algún juguete que llega. Los acepta para el chico y me da las gracias, pero no es de las que te invita a pasar y a sentarte un rato. Tiene la casa limpia como una patena —agregó mientras volvía a trabajar en la lámpara—. También al pequeño. ¿Qué te ha contado Petra?

—Entre otras cosas, me ha dicho que Mina sale por la noche. ¿Sabes tú algo de eso?

—He oído a alguien de arriba salir por detrás. Pensaba que era Petra. Una adolescente que quizá sale a encontrarse con un chico o con otras chicas, o que sale, sin más. —Dejó sus herramientas—. La casa está limpia, como he dicho, pero también vacía. No hay casi nada dentro, y aunque acepta cosas para el niño, no quiere ningún cachivache para el apartamento. Algo que colgar en la pared, alfombras, ese tipo de cosas.

—Mentalidad sectaria —meditó Arlys.

—No cabe duda de eso. Así que imaginaba que era Petra quien se escabullía para divertirse un poco. Denzel está coladito por ella.

—¿Y cómo es que yo no sé nada de eso?

—No eres la única sonsacadora y fisgona profesional que hay por aquí. Suponía que era Petra. Jamás se me ocurrió pensar que Mina saldría de noche.

—Petra dice que a veces se lleva al bebé, pero que suele dejarlo durmiendo y que sale ella sola. Aún se mantiene separada de todos nosotros. No vino al homenaje del 4 de Julio ni a la fiesta de Navidad. Sé que permitió que Rachel examinara al bebé, pero Rachel tuvo que ir a su casa. No quiere ir a la clínica ni a la cocina comunitaria, y no trabaja en el huerto. Es Petra quien consigue comida y provisiones y quien se encarga del trueque. No sé cómo se las apañaría si Petra no le hiciera los recados ni le ayudara con el bebé.

—No está bien del todo —dijo Bill sin más—. Puede que no lo estuviera antes de enredarse con la secta. Y tal y como son las cosas, es probable que nunca vuelva a estar completamente bien.

—Es lo mismo que opino yo.

—No es la única. Un día Lenny se pone a bailar en pelotas por la calle y al siguiente Fran Whiker empieza a excavar en su patio trasero en busca de un tesoro enterrado.

—No te equivocas.

—¿Qué dijo Rachel sobre el niño?

—Que está sano, limpio y es feliz. Es la vida que conoce.

Pero los niños pequeños crecen, pensó Arlys, igual que su Theo, que se había decantado por el arco como Robin Hood.

O Denzel, que estaba coladito por Petra.

—No incumple ninguna ley ni ninguna ordenanza y cose para hacer trueques..., o para que los haga Petra —prosiguió Arlys.

—Pero no confías en ella.

—No confío, no. Y sé que Will no confía en ella. No hemos tenido más problemas desde aquella emboscada frustrada, y es probable que quienquiera que colaborara con el plan de los guerreros de la pureza se marchara hace mucho.

—Pero aun así... —concluyó Bill.

—Pero aun así. Lenny y Fran tienen problemas, pero son parte de la comunidad. Mina no lo es. Se niega a serlo.

—Podría escabullirme y seguirla alguna noche. Ver qué trama.

—Deja que hable con Will. Le contaré lo que me ha dicho Petra y veré qué piensa él. —Le devolvió el palo y le dio un beso en la mejilla—. Ven a cenar esta noche.

—Ahí estaré.

La radio que tenía encendida emitió un ruido.

—Está llegando un grupo —anunció el centinela—. Puesto uno.

—¿Qué? Hace tiempo que no teníamos visitantes.

Bill cogió la radio, fue a la puerta de la tienda junto con Arlys y salieron a la acera.

Arlys se protegió del sol con la mano mientras miraba calle arriba hacia el puesto uno.

Oyó los caballos antes de verlos.

—Sin vehículos a motor. A caballo.

Entonces vio a la chica que montaba el caballo blanco, con el pelo corto y negro bajo una descolorida gorra de béisbol; un hombre bronceado y delgado a lomos de un alazán y un trío de chicos. Un par de perros y... Reconocía un lobo cuando lo veía, pero jamás había visto uno tan blanco como el caballo. Eso le distrajo antes de que escudriñara el grupo y descubriera a la mujer.

Una masa de pelo rubio bajo un sombrero de ala ancha.

Tardó solo un momento, un único instante, en contener la respiración, tomar aire y soltarlo.

—Ay, Dios mío. Dios mío, ¡es Lana!

Las lágrimas le anegaron los ojos mientras echaba a correr.

Lana se bajó del caballo también con lágrimas en los ojos mientras corría al encuentro de Arlys.

Lana soltó una carcajada llorosa cuando se fundieron en un abrazo.

—Arlys.

—Eres tú de verdad. —Arlys se retiró un poco, rio y volvió a abrazar a Lana—. Eres tú de verdad.

—Me alegro muchísimo de verte. Me alegro mucho de estar aquí. Te he echado de menos. Os he echado mucho de menos a todos.

—Estás genial. Oh, de veras que lo estás. Debería odiarte por ello.

—Es Bill. Es Bill. —Lana le hizo señas con el brazo para que se acercara a toda prisa.

—Qué buen día. Qué gran día. He contactado por radio. Vais a tener una fiesta de bienvenida por todo lo alto.

—¿Estos son tus hijos? —Arlys se enjugó las lágrimas.

—Mis chicos, Colin, Travis y Ethan. Mi marido, Simon. Simon Swift.

Simon desmontó.

—Arlys Reid. Conozco tu voz. Es un placer conocerte.

—Es más que un placer conoceros. —Le ofreció la mano y rio de nuevo—. ¡A la mierda! —Y le rodeó con los brazos—. La has traído de vuelta.

—No sé si puedo atribuirme el mérito. —Levantó la vista hacia Fallon.

—Mi hija —presentó Lana—. Fallon. Fallon Swift.

—Fallon. —Abrumada, Arlys apretó la mano de Lana.

—Tenéis un lugar estupendo —empezó Fallon mientras estudiaba la calle y las casas a lomos de Laoch—. Buena seguridad. Los puestos de vigilancia me han reconocido de la noche de la emboscada y uno de ellos conocía a mi madre.

—Fallon, saluda primero.

Al oír el suspiro de su madre, la joven desmontó.

—Lo siento. Hola. Yo también conozco tu voz. Estás haciendo mucho por ayudar.

—Hacemos lo que podemos.

—Todos haremos más.

Simon rodeó los hombros de Fallon con el brazo.

—Todavía no. ¿Hay algún sitio donde podamos descansar y dar de beber...?

Se interrumpió al ver a los que venían.

En motos, en camiones, a caballo, a pie, volando.

Un puñetero desfile, pensó. Hacía mucho desde la última vez que vio uno.

Una de las personas aladas —una masa de pelo rojo rizado con un bebé en brazos— descendió delante de Lana.

—Reina Fred.

La pelirroja sujetó al bebé —otra masa de pelo rizado y rojo— en un brazo mientras reía y rodeó a Lana con el otro.

—Tienes un bebé.

—Tengo cinco. Esta es Willow, la pequeña. Eddie y yo tenemos cinco hijos. El mayor se llama Max.

—Oh. Oh. —Lana apoyó la frente en la de Fred—. Eddie y tú. Eddie y tú —repitió.

—Se lo tomó con mucha calma, pero esperé. Te esperaba a ti. —Se volvió hacia Fallon y le hizo una reverencia—. Te esperaba a ti.

Se oyó el chirriar de unos frenos y un hombre larguirucho de cabello pajizo y despeinado se bajó de un salto. La gorra voló de su cabeza cuando echó a correr.

Levantó a Lana del suelo, giró con ella, la besó en la boca y giró de nuevo.

—Eddie. Eddie y Fred. Oh, Eddie. ¡Y Joe! —El anciano perro saltó de la parte de atrás del camión y se apresuró a acercarse para que lo acariciaran.

—Te buscamos. Lana, nosotros..., Starr dijo que..., pero nosotros te buscamos.

—Tenía que irme. —Frotó la mejilla mojada de Eddie con la mano—. Y llegué adonde tenía que llegar. Eddie, te presento a Simon. Este es mi marido.

No habría tenido que preocuparse, pues Eddie le tendió la mano, agarró la de Simon y se la estrechó sin parar.

—Me alegro mucho de conocerte. Y de verte de nuevo —le dijo a Fallon—. Y, oye, si tienes otros tres chicarrones. Y... Mierda, alguien más tiene un lobo.

—Comparte. —Will se acercó y abrazó a Lana—. Bienvenida de nuevo. Soy Will Anderson —se presentó mientras le estrechaba la mano a Simon.

—Simon Swift.

—Tu chica nos salvó el pellejo no una, sino dos veces. Vamos a poner a esta gente a cubierto del sol. Habrá voluntarios de sobra para instalar a vuestros caballos, si os parece bien.

Pero Lana se abrió paso entre la multitud. Había divisado a Rachel y a Jonah. Y a Katie.

—Eh, ¿tenéis hambre, chicos? —preguntó Eddie alzando la voz. Recibió un «sí» unánime de los tres chicos.

—¿Y si me llevo a los chicos a la cocina comunitaria y les doy algo de comer? Podemos llevar los caballos al establo que está al otro lado de la ciudad, si os parece bien.

—Me parece estupendo. —Simon posó una mano en el brazo de Fallon—. Dale un poco de tiempo a tu madre.

Su padre tenía razón, pensó Fallon. Su madre necesitaba pasar tiempo con la gente que había sido y era tan importante en su vida.

Y las cosas tenían que seguir su rumbo.

Ayudó a su padre a atender a los caballos, junto con el chico que llevaba el nombre de su padre biológico. El muchacho

431

los llevó luego a la cocina comunitaria, donde sus hermanos ya habían dado buena cuenta de unas hamburguesas de carne de venado y boniato frito y ahora estaban devorando grandes porciones de tarta de cerezas.

Eddie estaba sentado frente a ellos, con una sonrisa de oreja a oreja.

—Tienen buen apetito. Oye, colega, vuelve y dile a Sal que tenemos dos más que necesitan papeo, y come algo tú también.

—Vale. —Max apartó de un manotazo la mano de su padre y se alejó con paso tranquilo.

—Precisamente estaba hablando con Will hace un rato. —Eddie se levantó para servirles un vaso de té helado—. El caso es que la casa donde Lana solía vivir ahora la ocupan Arlys y Will. Y no sería lo bastante grande para todos vosotros, menos aún con los perros y los caballos. Hay un lugar cerca de donde vivimos Fred y yo. Lo que pasa es que está un poco alejado. Nosotros cultivamos nuestra tierra. Nunca imaginé que sería granjero, pero ahí me tienes.

—Yo lo soy. Soy granjero —agregó Simon.

—Podrías sembrar en este lugar, si quisieras. La casa tiene un poco de terreno, y nosotros tampoco utilizamos todo el nuestro. Pero la casa tiene un buen tamaño. Os la limpiaremos y la aprovisionaremos. Si os encaja.

—Estaríamos muy agradecidos.

—No hay nada que agradecer. Lana es de la familia, y tú también. Y Will no miente en cuanto a que nos salvó el pellejo. No pretendía ser irrespetuoso cuando he hablado del padre de Fallon. Apreciaba mucho a Max.

—Nosotros también le apreciamos mucho —dijo Simon—. De no ser por él, no la tendríamos a ella.

—Eso es muy cierto. —Eddie tuvo que secarse los ojos, que se empeñaban en humedecerse, igual que su sonrisa se empeñaba en dibujarse en su cara.

—Después de que comáis algo podemos cabalgar hasta allí a ver si os parece bien. Imagino que Katie ya ha enviado un comité a limpiar el polvo y todo eso. Katie no se para a ver crecer la hierba.

—Los duendes pueden hacer crecer la hierba. —Ethan se metió en la boca el último trozo de tarta—. Supongo que no es un duende.

—No, pero tenemos muchos aquí.

—Tu mujer es un hada. Tiene el pelo rojo y unas alas muy bonitas. ¿Tú qué eres?

—Solo un tío normal.

La casa en sí le daba igual, pero Fallon deseaba ver el terreno y la ubicación. La casa resultó ser tan grande como decía Eddie, aunque su padre la definió como espaciosa. Escuchó mientras los dos hombres especulaban sobre la gran construcción de ladrillo marrón con porches (terrazas lo llamaban ellos) y más vidrio del que le habría gustado, que sin duda construyó poco antes del Juicio Final alguien con mucho dinero y ganas de tener una agradable vivienda en el campo.

Los chicos, impacientes por reclamar sus habitaciones, entraron corriendo, y su madre, pensando sin duda en la cocina y en el espacio práctico, entró después de ellos.

Fallon caminó por el lugar. Una bonita parcela que se ondulaba con suavidad hacia las colinas más altas y las montañas difuminadas por la distancia. Un serpenteante arroyo la atravesaba, como una especie de frontera natural entre aquella tierra y la granja, con su casa de piedra gris y marcos blancos en la que Eddie vivía con su familia.

Su madre y ella podrían añadir seguridad y hechizos de alerta, cosa que harían. Pero consideraba una enorme ventaja la extensión de césped y la pequeña arboleda. Podían instalar un campo de entrenamiento ahí mismo. Dio una vuelta mientras los hombres hablaban de convertir un par de elegantes cobertizos en establos para los caballos.

Se quedó desconcertada al ver la superficie de piedras planas y el techado de madera y retorcidas enredaderas encima de una cocina que había en la parte de atrás. ¿Por qué la gente construía una casa tan grande e instalaba la cocina afuera?

Sabía lo que había sido el gran agujero que había en la tierra más allá. Una piscina, ahora llena en parte por agua de lluvia. Alguien se había ocupado del mantenimiento de los jardines. Imaginaba que los responsables eran Fred y algún hada amiga.

—¡Una cocina al aire libre! Como si la de dentro no fuera lo bastante genial.

—¿Para qué necesitaban dos?

—Espacio de ocio —le explicó Lana, que resplandecía cuando salió por las puertas de cristal—. Aquí celebrarían fiestas o comidas familiares cuando hacía buen tiempo. Hay siete habitaciones, incluyendo un segundo dormitorio principal en el piso bajo que cuenta con su propia entrada. Deberías quedarte con ese, cielo. Ya le he dicho a Colin que es para la hija mayor. Cinco cuartos de baño y un aseo, una cocina que hace que me entren ganas de llorar. Despensa, invernadero. Oh, y fijaos en ese precioso cenador. Tendremos que ocuparnos de la piscina, y quiero plantar hierbas y plantas medicinales. No quedan demasiados muebles, pero conseguiremos más. Voy a ir a ayudar al equipo de limpieza; ya han empezado.

—Te encanta.

—Me encanta estar aquí de nuevo, ver a la gente que tanto me importa. Me encanta disponer de espacio suficiente mientras estemos aquí. Y no te voy a mentir —añadió—. Esa cocina hace que me entren ganas de ponerme a cantar y a bailar. —Salió para rodear la cintura de Fallon con un brazo—. Pero no he olvidado por qué estamos aquí.

—Tengo que regresar y hablar con Will.

—Lo sé. He hablado con Katie y hemos quedado en su casa

a las siete. Así tendremos tiempo de organizar algunas cosas aquí y limpiar un poco, tanto la casa como a nosotros mismos.

—De acuerdo. Esta noche me parece bien. Es un buen momento.

—Este es un buen lugar, Fallon, ¿lo notas? No solo Nueva Esperanza, este lugar.

No se permitió sentir aún, pero asintió.

—Será bueno para papá y para los chicos mientras estemos lejos de casa. Vivir en la ciudad el tiempo que estemos aquí, sea el que sea, haría que se sintieran enclaustrados. Y creo que tú también.

—Hay otra casa vacía. —Fallon señaló hacia el otro extremo del jardín, más allá de la pequeña arboleda, donde había una edificación de dos pisos y tejas de madera de cedro que con el paso del tiempo había adquirido un aspecto triste y gris—. Podrían ser barracones.

Lana habría dejado escapar un suspiro, pero se limitó a asentir.

—Quieres tener cerca a los soldados. Imagino que habrá más casas en esta zona.

—Necesitaremos algunas. Y la tierra entre esta casa y esa. Sé que papá y tú podéis ver cultivos cuando la miráis, pero necesitamos campos de entrenamiento, espacio para entrenar, un circuito de obstáculos y un campo de tiro con arco.

Juntas, vieron una manada de diez ciervos salir de los árboles para pastar en el césped.

—Puedo poner un huerto. Eddie y Fred tienen su granja, nosotros tendremos el huerto. Tenemos los caballos —prosiguió Lana—. Podemos hacer un trueque y conseguir unas gallinas. Bastará para contentar a tu padre. En cualquier caso, creo que durante algún tiempo estará más contigo que con la tierra.

Eso le afectó.

—Lo siento.

—No, no. No hay nada que sentir.

—Es un buen lugar —dijo Fallon—, pero estamos fuera del perímetro de seguridad de Nueva Esperanza. Tendremos que añadir seguridad.

—Lo haremos. Por ahora, llevemos adentro nuestras cosas, y tú deberías ver tu cuarto. Dispones de tu propio baño y de sala de estar.

—Tengo que ir a un sitio. A través del cristal. No tardaré.

Le gustó su habitación, el tamaño, la intimidad. La enorme y pesada cama curvada, que su madre llamó «de estilo trineo». No había colchón ni ropa de cama, pero usaría el saco de dormir hasta que encontraran el resto. Le gustaba tener su propio cuarto de baño, con bañera, ducha y mamparas de cristal, cinco veces más grande que la que había ayudado a construir en la cabaña de Mallick.

Iba a necesitar un escritorio o una mesa de trabajo para poder desplegar sus mapas, planos e informes.

La sala de estar tenía unas amplias puertas de cristal —¿acaso a esa gente no le preocupaba la seguridad?— que daban a otra zona embaldosada en piedra.

El resto del piso contaba con una sala de estar, un *home cinema* —términos que su madre empleaba y que le recordaban a Fallon lo diferentes que eran los mundos de los que procedían— y una barra, no para comer, sino para beber.

En cuanto pudo escabullirse, se encerró en su nuevo cuarto, que todavía olía a cerrado a pesar de la brisa que entraba por las ventanas que había abierto, y sacó su orbe.

Entró en él, olió la hierba, la tierra, el floreciente huerto.

Mallick llevaba puesto su sombrero grande con red mientras trabajaba con las abejas.

Se dio cuenta de que había estado lejos de él y de allí casi tanto como había estado con él. Pero reconoció la música del burbujeante riachuelo, las sombras de la tarde, el olor a romero que crecía en un rincón soleado.

Él se dio la vuelta, con el cubo de la miel en una mano, y la vio.

—Bendiciones, Mallick el hechicero.

—Bendiciones, Fallon Swift. —Se retiró la red mientras se acercaba a ella—. Has crecido.

—Sí, un poco, pero creo que ya no creceré más.

—Hay té recién hecho. Me encantaría tomar una taza fría cuando haya terminado con esto.

Fallon entró, y dado que él iba a tardar más que ella, subió al taller. El olor a hierbas secas, cristales machacados, aceites y el matiz imperante de la magia le resultaron familiares. Aunque se preguntó qué iba a hacer con las finas alas de murciélago que tenía sujetas con alfileres sobre un tablero.

Bajó y buscó queso, pan y bayas.

Cuando Mallick entró, tenía preparado el té y un plato de comida para él.

—¿No vas a tomar pan ni queso?

—Ya he comido. En Nueva Esperanza.

Mallick se sentó y asintió.

—Anoche vi una estrella fugaz en el cielo y la estela de luz que desprendía. Debería haber previsto tu visita.

—Y yo debería preguntarte qué tal estás, cómo están nuestros vecinos.

—Bien. Están todos bien. ¿Y tu familia?

—Lo mismo.

—No somos de charlas triviales, así que, ya que todos están bien, dime por qué has venido.

—Te necesito, Mallick. A ti, a Thomas y a su gente, a las hadas y a los cambiantes, a los duendes, a las ninfas y a todos los demás. El tiempo de espera ha terminado. Es tiempo de prepararse. Necesito tu ayuda.

Mallick comió en silencio durante un momento. Se preguntó si estaría pensando en su tranquila vida allí. Las abejas, su huerto, las alas de murciélago sujetas con alfileres.

—He estado, estoy y siempre estaré a tu servicio. ¿Qué necesitas de mí?

—Tus habilidades, tu liderazgo, tus dones. —Sacó un mapa y lo extendió—. Te necesito aquí.

—¿Qué encontraré ahí?

—Reclutas. Muy verdes, pero dispuestos. Primero hablarás con un hombre llamado John Little.

23

Aunque Lana lo llamó reunión, a Fallon le pareció que se trataba más bien de una fiesta. La gente abarrotaba la casa, llenando el ambiente de voces y risas. Las copas estaban colmadas de vino; los platos, de comida.

La impaciencia trepaba por su espalda, como si fuera una araña.

Pero ese era el núcleo se recordó. El principio de la estructura de la ciudad; el ayuntamiento, las leyes y las comunicaciones. Los necesitaba a todos, así como a aquellos que descendían de ellos.

Rachel y Jonah, médicos, y su hijo mayor, que tenía los ojos de su madre y la constitución de su padre, le parecían excelentes para ser adiestrados.

Poe y Kim —exploradores y buscadores— y su hija mayor parecían sensatos y decentes.

Por supuesto, Eddie, Fred y algunos de sus hijos tenían poderes mágicos.

Flynn, un duende sin pareja ni hijos, al menos todavía. Explorador, buscador y labores de seguridad.

Bill Anderson, provisiones y sabiduría.

Arlys y Will, comunicación y seguridad. Tenían un hijo y una hija, pero aún no los conocía e ignoraba su potencial.

Chuck, sin hijos y sin pareja. Comunicación y tecnología.

Katie, organizadora y alcaldesa de la ciudad. Su hija Hannah era otra persona con conocimientos médicos que desprendía un aire de calma, serenidad y bondad que le recordaba a Ethan.

Antonia, bruja, arquera, soldado. Ya estaba impartiendo clases de adiestramiento, así que le sería útil.

Y luego estaba Duncan. Contempló la posibilidad de ignorarle, ya que la ponía nerviosa, pero así otorgaría demasiada importancia a su reacción ante él.

En vez de eso, le saludó con una especie de inclinación de cabeza, se encogió de hombros y se dirigió a su hermana.

—Eres Hannah, eres sanadora.

—Lo intento. Soy aprendiz de Rachel en la clínica.

—El edificio al otro lado de la calle. Tengo que verlo.

—Cuando quieras. Te lo enseñaré. Es un verdadero placer conocerte. Mi madre se alegra mucho de que la tuya esté aquí. Todos nos alegramos. ¿Te gusta la casa? Es muy bonita, y Fred, Eddie y sus hijos son unos vecinos geniales.

—Es una buena ubicación y la tierra será útil.

—Tiene *home cinema*, ¿verdad? —Duncan gesticuló con una cerveza en la mano—. Y sistema de entretenimiento en casa, y sistema de seguridad. Es una lástima que Chuck la despojara de todo lo bueno.

—Hará buen uso de ello. Y mi madre y yo ya hemos añadido seguridad. ¿Cuántos sanadores tenéis? —le preguntó Fallon a Hannah.

—Rachel acreditó a veintitrés. Es personal de la clínica, el rotatorio, y médicos de campo.

—Es un buen número. —Por el momento—. ¿A cuántos adiestráis en tiro con arco? —le preguntó a Tonia.

—Varía. Realizamos cursos de práctica e instrucción. Adultos y niños menores de dieciséis años. —Le hincó el diente a una rebanada de pan con una fina capa de carne y señaló con el resto mientras hablaba—. La instrucción normalmente es para niños, a menos que tengamos un recién llegado, y están limitados a grupos de doce. Durante el curso escolar dirijo dos clases, tres veces por semana. En verano es menos, pero tenemos programas estivales.

—¿Por qué menos en verano?

—Dos meses sin colegio —intervino Duncan—. En primer lugar, hace demasiado calor dentro de la academia, en el colegio o en la escuela civil como para dar clase.

—Podríais enfriar el aire.

Duncan se encogió de hombros.

—Los niños necesitan un descanso.

—Pero dos meses sin entrenamiento ni orden...

Él se encogió de hombros una vez más.

—Así funcionamos.

Pues tendrían que funcionar de forma diferente.

—Deberíamos enseñarte esto —sugirió Tonia—. La ciudad, la academia, la armería, la clínica...

—Sí, me gustaría ver cómo está organizado. Pero necesito hablar con Will.

—¿De qué?

Miró a Duncan.

—De lo que está por venir.

—¿Crees que no lo sabemos?

Él lo sabía; Fallon podía verlo en él, dentro de él, pero se apartó con suavidad de eso. De él.

—No sé qué sabéis. Solo estoy segura de lo que sé yo.

Se dio la vuelta y se encaminó hacia Will.

—Es... ¿Cuál es la palabra? —preguntó Hannah—. Formidable.

—Más le vale serlo —farfulló Duncan.

—Tiene que serlo —corrigió Tonia.

Will levantó la vista cuando ella se detuvo delante de él y algo en sus ojos hizo que se levantara.

—Lo siento. Sé que es una especie de celebración, pero necesito decirte cosas, planes que hay que poner en práctica.

—De acuerdo. ¿Qué dices, alcaldesa?

—Digo que declaro abierta la sesión y Fallon tiene la palabra.

Había previsto hablar con Will, no dirigirse a todo el grupo a la vez.

—Yo..., sé que todos vosotros sois la razón de que Nueva Esperanza exista. Ha crecido y tiene un orden. Sé que sois el motivo de que muchos se hayan salvado de ser capturados, de la muerte. Por todo lo que mi madre me ha contado, y por lo que he visto aquí, sé que todos vosotros lucháis no solo por sobrevivir, sino también para construir algo fuerte y seguro, un lugar en el que las personas con poderes mágicos y sin ellos vivan y trabajen juntos. Creo que esto es el centro por esa razón.

»Hay otros lugares como este, aunque muchos carecen de liderazgo y de un orden. Existe una razón para que todos vinierais aquí, para que mi madre y mi padre biológico vinieran aquí, para que él muriera aquí. Una razón por la que sabía que cuando llegara el momento, vendría aquí con todos los que me importan.

—¿El centro de qué?

Se volvió hacia Jonah.

—De la guerra y la paz, la luz y la oscuridad. Cada decisión que habéis tomado os trajo aquí. Si hubieras cogido la pistola que llevabas en el bolsillo en vez de encontrar la entereza y el valor para ayudar a una mujer que te necesitaba, no estarías aquí. Y tampoco la mujer que amas, vuestros hijos, Katie, y los de ella. Así pues, esa decisión, luz en vez de oscuridad. Lo mismo puede decirse de todos los aquí presentes. Este es el centro y otro escudo.

Hubo un tiempo en que su padre biológico había mirado aquellos rostros, a aquella gente, y había confiado en ellos, pensó Fallon.

—Todos vosotros sois fuertes. Tendréis que serlo. Vuestros hijos tendrán que serlo.

—No voy a discutir que posees algo... extraordinario —comenzó Will—. Ese algo extraordinario salvó vidas aquí mismo en dos ocasiones. Yo estuve una vez con tu madre cuando tuvo una visión y eso me impactó, así que no voy a discutir que ves cosas que algunos no vemos. Hemos trabajado duro para hacer que Nueva Esperanza sea sólida y segura. Estamos dispuestos a arriesgar nuestras vidas para salvar otras, y a luchar contra quienes por la razón que sea quieren vernos bajo tierra, en prisiones o esclavizados. Pero el hecho es que somos los que somos y nuestros recursos son limitados. No podemos acabar con todo el lado oscuro de lo que queda del mundo.

—Y son muchos. —Chuck se mesó la corta y puntiaguda barba—. Cada vez que me doy la vuelta descubro un poco más. He descubierto algunos de esos otros lugares de los que estabas hablando. Gente intentando organizarse. Pero algunos están a cientos de kilómetros, incluso a miles. No tenemos forma de ir allí para ayudar o luchar.

—Entonces, las personas con poderes que tienes aquí no han sondeado lo suficiente, y tampoco tus técnicos ni tus mecánicos. Tus líderes no han tenido en cuenta que la oscuridad puede tragarse Nueva Esperanza.

—Acabas de llegar. —Duncan se adelantó—. No sabes qué hemos sondeado, qué hemos hecho ni pensado.

—Has aprendido a transportarte —replicó—. ¿Has aprendido a llevar a alguien contigo? ¿A llevarte la moto o un caballo? ¿A transportar a un ejército? —Se volvió hacia su madre—. Tú dejaste a tus amigos, renunciaste a tu seguridad porque sabías que los que os atacaron, regresarían. A por ti, a por mí. No tuviste en cuenta que volverían de todas formas. Pero lo harán.

—¿Eric y Allegra?

—Ellos u otros como ellos. Están a la espera. Nuestra llegada aquí pone de nuevo en marcha el reloj. Pero... Desde dentro y desde fuera —empezó cuando se apoderó de ella—, el ataque llegará. Aquellos que ardieron en la oscuridad atacarán. La fruta y la flor —le dijo a Duncan—. El veneno y la serpiente. Tú eres como yo y la oscuridad quiere tu sangre, mi sangre, la sangre de tu hermana. ¡No lo consentiré! No he venido para ver derramada la sangre de los Tuatha de Danann y roto otro escudo.

»Soy un ejército. —Dejó estupefacto a Duncan al agarrarle la mano, haciendo que le recorrieran una descarga tras otra—. Eres una reluciente espada. Tú, una flecha en vuelo —siguió mientras agarraba la de Tonia—. Somos la sangre y el hueso. Estamos juntos por todos los que vinieron antes que nosotros, por todos los que vendrán después. Elige, me dijiste, Duncan de los MacLeod, y lo hice. Ahora yo te digo a ti: elige. —Los soltó, dio un paso atrás, aunque las visiones continuaban presentes en sus ojos—. Nos levantamos y caemos por tu decisión.

—¿Qué decisión? —exigió.

—Lo sabrás cuando lo sepas. —Se frotó la sien para aliviar la jaqueca, pero meneó la cabeza cuando Lana se dispuso a levantarse—. No, no pasa nada. El caso es que nadie está a salvo; eso es algo que ya sabemos todos. Lo que se ha construido puede ser destruido. Has dicho que no somos suficientes aquí y no te equivocas. Necesitamos más guerreros, más líderes, más sanadores y más técnicos. He empezado con eso. Tengo mil seiscientos cuarenta y tres reclutas.

—Perdona, ¿cómo dices? —Todavía algo aturdido, Will levantó una mano.

—Los ha reclutado de camino —le dijo Simon—. Asentamiento tras asentamiento.

—Mil seiscientos —murmuró Will.

—Y cuarenta y tres. Llevo la cuenta, separando los seres mágicos con poderes de las personas que no tienen. Tengo mapas. Puedo enseñaros dónde entrenarán algunos, pero necesitan provisiones y equipo.

—¿Y quién los adiestrará?

Se volvió hacia Duncan de nuevo.

—Mallick, que me adiestró a mí, Thomas y un duende que lidera un grupo cercano a donde yo misma entrené. Troy, una bruja que dirige a un grupo de personas con poderes. Un hombre llamado Boris, que fue soldado, igual que mi padre. Los demás vendrán aquí cuando envíe a buscarlos. Podemos adiestrarlos en los campos junto a la casa donde viviremos por ahora.

—¿Cuántos vendrán aquí? —preguntó Katie.

—Por el momento ochocientos veinte.

—Ocho... No tenemos instalaciones; es el doble de la población a la que alimentamos, vestimos, alojamos y escolarizamos.

—Más manos para sembrar y cazar —adujo Fallon—. Para construir.

—Podemos expandir la granja —comenzó Eddie, y Fred asintió.

—Con algo de ayuda podríamos añadir otro invernadero, incluso duplicar las cosechas. Y Lana me ha dicho hoy que sabe cómo producir el clima tropical que llevamos años intentando recrear. Tendremos azúcar y café, cacao, aceitunas. Simon hizo una almazara. Aceite de oliva.

—Poe y yo hemos recorrido algo más de trecientos kilómetros.

—Trescientos siete —confirmó Poe, dando una palmada a Kim en la rodilla.

—El combustible es un gran problema —explicó Kim—. Pero hay lugares que no han sido saqueados en los que podemos conseguirlo. Si eliminas al ochenta o noventa por ciento de la población mundial, los que quedan tardan muchísimo en consumir los recursos. Lo complicado es llegar hasta ellos.

—No tiene por qué serlo. —Flynn, que no había dicho nada, asimiló todo y habló por fin—. Si transportarse es lo que creo que es.

—Viajar físicamente de un lugar a otro en un abrir y cerrar de ojos —le explicó Fallon.

—¿Y tú puedes llevar contigo a alguien, a más de uno?

—En teoría sí.

Flynn se levantó, y le ofreció una mano.

—Enséñaselo.

—En realidad no...

—Enséñaselo —repitió, asiendo la mano de Fallon.

Sintió lo que emanaba de él. Fe ciega. La clase de fe que solo había sentido en su familia, en Mallick, en Thomas y en otros pocos.

Le llevó consigo al huerto, un lugar que conocía.

—¿Te sientes bien?

—Estupendamente. Los duendes estamos acostumbrados a movernos rápido. No tanto, pero sí rápido. Un segundo antes de que volvamos. Necesitarán hablar.

—Sí, pero...

—Necesitan hacerlo —repitió—. Es el peso de la responsabilidad, y los que no son como nosotros necesitarán más tiempo. Algunos de ellos. Yo estoy contigo. Estaba contigo antes de que nacieras. Te apoyarán.

—Mi padre me contó cuándo te conoció. En el mercado. El supermercado.

—¿Max? Pero...

—Hablé con él en Samhain.

—Oh. —Flynn sonrió, sin dudar—. Me alegro por los dos. Será mejor que volvamos. Fliparán.

Cuando se transportó de nuevo, Lupa estaba de pie. Se sentó de nuevo cuando Flynn le puso una mano en la cabeza.

—Ha ido como la seda. —Fue cuanto dijo.

—¿A cuántos puedes llevar y a qué distancia? —preguntó Will.

—No estoy segura. Requiere práctica. Mi madre tiene la habilidad, y también Duncan.

Tonia levantó una mano.

—Sé hacerlo, aunque no he probado con un pasajero. Y tienes razón. ¿Por qué no lo he hecho? ¿Por qué no lo hemos hecho?

—No sabemos si alguien sin poderes puede soportarlo —señaló Duncan.

—Si necesitáis un conejillo de Indias... —Poe se dispuso a levantarse.

—Antes preferiría probar con algo no humano. —Se apresuró a decir Fallon—. Un ciervo. Pero el caso es que deberíamos poder viajar más rápido y más lejos, buscar provisiones y más reclutas. Necesitamos más, muchos más, y bien adiestrados, bien armados, antes de intentar reconquistar Washington.

—¿Washington? —Arlys dejó su cuaderno de notas—. ¿Quieres llevar la lucha a Washington?

—Con el tiempo. Pero es necesario, no un deseo.

—Espera. Dijiste que era una ciudad muerta.

—Lo es. —Fallon se volvió hacia Duncan, esforzándose para no enfurecerse ante una nueva interrupción—. Pero se aferran a ella, el gobierno, los sobrenaturales oscuros. Su simbolismo, su historia, la estructura de poder rota. Aunque lucha entre sí, nos quieren muertos o presos. Quieren gobernar al resto. Es uno de los centros que tenemos que arrebatarles y purificar. Nueva York es otro, pero no estamos preparados. —Levantó las manos mientras se volvía hacia el grupo principal—. No estamos listos. No sé cuándo lo estaremos. Y hay otros lugares, más remotos. Bajo tierra, algunos desiertos, centros donde retienen sobrenaturales. O donde las bombas esperan a que las detonen.

—Hemos hablado infinidad de veces sobre eso último. —Katie cogió una botella de vino de hadas y se llenó la copa; aquello hacía que se le encogiera el estómago—. Lanzaron una bomba sobre Chicago hace tres años, otra sobre Dallas dos años antes. Provocaron grandes catástrofes. Pero eso no impedirá que algún maníaco vuelva a utilizarlas. O a soltar las armas nucleares.

—Las eliminaremos. Tiene que ser una prioridad. Llevará tiempo, e incluso con adiestramiento, es un riesgo. Pero hay que hacerlo antes de que irrumpamos en Washington.

—¿Cómo se eliminan las bombas? —exigió Katie—. Para empezar, ¿cómo las encuentras, no solo aquí, sino en el mundo entero?

Duncan se sentó en el brazo de su sillón y acarició el brazo de su madre para tranquilizarla.

—Con magia. Hechizos de localización. Se transporta un equipo a las ubicaciones. Se desarman.

—Desarmarlas no —le corrigió Fallon—. Lo que se desarma se puede volver a armar. Las eliminamos. Pensé en transformarlas, pero hasta un hechizo potente se puede romper.

—Sí, ese es el problema. ¿Hacerlas desaparecer? Es complicado.

—Estoy en ello.

—Te vendría bien algo de ayuda —señaló Tonia—. Duncan y yo te ayudaremos con eso.

—Discúlpame, pero intento que no me dé un ataque solo de imaginarme a unos adolescentes trabajando en «hacer desaparecer» armas nucleares —dijo Katie.

Tonia fue a sentarse en el otro brazo del sillón de su madre y Hannah se colocó detrás.

—Bueno, lo primero es buscar provisiones, alojamiento y el resto de las cosas que necesitarán ochocientas personas. —Hannah le puso una mano en el hombro a Katie—. Quizá sea mejor que empecemos por ahí.

Fallon decidió que la reunión/fiesta/debate había ido tan bien como cabría esperar. Llevaba cuatro meses practicando el arte de convencer a personas para que hicieran lo que necesitaba que hiciesen. No solo requería tiempo, sino también proyectar seguridad y la voluntad de comprometerse con los pequeños detalles.

Descubrió que alguien le había llevado un colchón y unas sábanas, una almohada y una manta. Tendría que averiguar quién para darle las gracias.

Aún no tenía escritorio ni mesa de trabajo, así que se preparó para sentarse en el suelo y desplegar sus mapas. Entonces oyó que alguien se movía por la sala de estar.

Salió y se encontró a Colin, que se paseaba de un lado para otro, como si buscara algo.

—¿Qué haces?

—Solo miro. Es una casa muy guay. A lo mejor puedes averiguar cómo poner en marcha eso del *home cinema*.

—No está lo que sea que lo hace funcionar.

—Estáis mamá y tú.

—Tal vez. Tal vez —repitió, pensando—. Quizá pueda idear algo..., por un precio.

—¿Qué quieres?

Después de su último estirón tenía la misma altura que ella. Se le ocurrió, no sin cierta irritación, que en breve sería más alto que ella.

—Quiero que ayudes a adiestrar a personas sin poderes de dieciséis años y menos.

—¿Críos? —se burló, a su avanzada edad de quince años.

—Te admirarán y querrán impresionarte. Eres bueno con la espada y también con los puños. Eres experto en intimidar y engatusar a dos hermanos menores.

—Quiero luchar, no hacer de niñera.

—No es hacer de niñera. Si a un chico o a una chica de doce años no se le adiestra, no se le enseña a defenderse, a luchar, cuándo correr, cuándo atacar, morirán pronto. Algunos morirán de todas formas. Ayúdame para que no mueran más.

—Bueno...

—Estarías al mando —le aseguró, conociéndole. Y sonrió—. Serías presidente.

Colin soltó un bufido.

—A lo mejor. Claro. Pero ¿qué pasa con el *home cinema*?

—Me ocuparé de ello.

—Trato hecho. Voy a comer algo. Mamá está loca con la cocina de esta casa. Seguro que cuando volvamos a la granja convence a papá para que haga algunos arreglos en la nuestra.

Fallon se fue a su cuarto y cerró la puerta. Sentada en el suelo, desplegó los mapas y comenzó a trazar las mejores rutas que partían de Nueva Esperanza.

Sintió un crepitar en el aire y se levantó de golpe. Su espada estaba al otro lado de la habitación, así que levantó los puños. Duncan se materializó delante de ella.

—No puedes entrar en mi habitación sin que te invite.

—No sabía que era tu habitación. —Miró a su alrededor—. Mucho espacio, cama grande y poco más. Vaya.

—Estoy ocupada. Lárgate.

—Tenemos que hablar. Tonia, tú y yo tenemos que hablar, pero empezaremos aquí. Esa visión que tuviste en mi casa. Otra vez fruta y flores, joder.

Reprimió un poco su mal genio; aquello le preocupaba.

—No sé qué significa. Si lo supiera te lo diría, porque es importante.

—Eso lo pillo. —Se paseó por la estancia hasta el espacio en forma de ele que formaba la sala de estar, y volvió de nuevo—. He elegido, ¿no es así? He elegido luchar. ¿Qué más hay?

—Eso tampoco lo sé.

—Las visiones son un coñazo. La mitad de las veces solo te

cuentan la mitad de la historia, así que eso es solo un cuarto de las cosas. Las tuyas te producen dolor de cabeza.

—Me pasa a veces, cuando son muy potentes. No dura mucho.

—Las mías solían dejarme mareado. He tenido algunas sobre ti. —Se volvió para mirarla, después dejó de pasearse y se giró, con los mapas entre ellos—. No eran simples sueños. Mi madre dice que cuando yo era un bebé, a veces también Tonia, me ponía muy contento y entusiasmado si venía tu madre. Porque tú venías dentro de ella, ya sabes. Te conocía antes de que nacieras. Y la putada es que lo recuerdo en parte. No solo porque me lo haya dicho. Los tres, dijiste —continuó—. Tonia y yo, la sangre de los MacLeod.

Fallon no tuvo que atemperar su mal genio. Se esfumó sin más.

—Tu abuelo no tuvo la culpa.

—Eso lo sé. La sangre MacLeod, que se remonta a los Tuatha de Danann. Lo acepto, ¿vale? Lucharé contigo. Descubriremos cómo dar con las armas nucleares y las cosas que explotan y deshacernos de ellas. Descubriremos cómo tomar Washington. Te ayudaré a buscar más reclutas, te ayudaré a adiestrarlos. Ayudaré a explorar, a buscar, a idear y trazar planes y a lo que sea necesario.

—¿Pero?

—Pero aumentaremos los rescates. Si hay gente bajo tierra, en jaulas o en laboratorios, los sacaremos. No dijiste nada de eso.

—Porque creía que se daba por hecho. Es necesario adiestramiento específico para las operaciones de rescate. Tengo unas notas al respecto. —Se peinó con los dedos y miró a su alrededor, tratando de recordar dónde las había dejado.

—No importa. Pueden esperar. Solo quería asegurarme de que estamos de acuerdo.

—Si no luchamos por la gente, ¿para qué luchar?

—Algunas personas luchan por el poder.

—Yo no lo hago por eso.

—Bueno, tú ya tienes más que muchos. —Levantó una mano cuando vio el fuego iluminar sus ojos—. Solo te estaba pinchando. ¿No acabo de decir que te conocía?

—Entonces deberías saber que no me gusta que me pinchen.

—¿Quién dice que no lo sé? —Bajó la mirada a los mapas—. ¿En qué trabajas?

—Quería trazar algunas rutas para suministros y para reclutas. He visto algunos asentamientos. Tengo un orbe.

Duncan dirigió la mirada hacia donde lo había dejado, encima de una pequeña mesa.

—Muy útil.

—Y rescates —agregó—. Sé de lugares donde retienen a gente. Algunos tendrán que esperar hasta que tengamos más soldados y armas, pero otros podemos tomarlos.

—Te ayudaré. —Se sentó en el suelo.

Fallon se sentó con él al cabo de un momento.

—Podrías enseñarme dónde habéis estado tu gente y tú, dónde habéis explorado, qué lugares podemos eliminar. Me interesa mucho el sur y el oeste. Nosotros hemos venido del norte. De aquí. —Señaló en el mapa la marca que era su granja—. Viajamos por aquí, fuimos en círculo y luego aquí. Pero he estado al sur o al oeste de estos puntos. Salvo aquí.

Señaló el cabo Hatteras en el mapa.

—¿Qué hay ahí?

—Una prisión para los que son como nosotros. Ahora está vacía. La utilizaremos cuando la necesitemos. Pero por ahora necesito ver los lugares que tú conoces y yo no.

—Sí, te los puedo enseñar. Sabía que estabas aquí.

Fallon levantó la vista y se encontró con su mirada.

—Lo supe antes de verte. Te sentí. Es como una agitación en la sangre. ¿Qué opinas de eso?

—Tenemos los mismos antepasados.

—Tengo antepasados más cercanos con mi madre, y no siempre sé cuándo viene —insistió él—. Y con Tonia tampoco, ni una sola vez, y vivimos muy cerca durante nueve meses. Pero contigo existe esa agitación.

Sus ojos eran de un intenso color verde, como sombras en la tierra de las hadas. Quería apartar la vista de ellos, pero no deseaba mostrar debilidad.

—No sé cómo te sientes ni por qué —respondió Fallon.

—Entonces ¿qué me dices de esto? ¿Cómo sé que te pirras por el pastel arcoíris cuando ni siquiera sé qué coño es? ¿O que te gusta leer al amor de la lumbre o debajo de un árbol? ¿Que te gusta construir cosas con las manos? ¿Cómo es que sé eso?

Ella sabía que a él le gustaba escuchar música. Que tenía un amigo, un cambiante llamado Denzel, al que consideraba un hermano. Sabía que su regalo favorito era un estuche lleno de lapiceros y pinturas que le había dado un hombre llamado Austin.

Austin..., no su padre, sino alguien que durante un breve período de tiempo fue un padre para él.

No quería conocer aquellas pequeñas intimidades sobre él ni que él conociera las suyas.

—Esas cosas no son importantes.

—Creo que sí lo son. Creo que hay una razón para que yo sepa esas cosas. No sé si me va a gustar la razón ni si te va a gustar a ti.

Justo cuando su corazón comenzaba a retumbar, Duncan miró el mapa.

—Vale, así que aquí no queda nada.

Durante los días siguientes construyó cosas con las manos. Su padre y ella trabajaron con varios equipos para reparar y ampliar con suministros rescatados y salvados dos casas que podrían servir de barracones. Otros equipos se dedicaron a preparar más para alojar a familias y niños. Algunos acamparían, así que caravanas, tiendas y autocaravanas formarían grupos fuera de lo que se convertiría en el área de entrenamiento.

Con Simon, cortó y soldó escuadras de hierro para crear estructuras para paneles solares. Hacía años hicieron lo mismo en la granja y para varios vecinos, pero Nueva Esperanza había encontrado un tesoro oculto de paneles solares, los había sacado, los había utilizado y almacenado.

Había descubierto que en Nueva Esperanza había voluntarios para todo, un sistema que habían puesto en práctica desde el principio. Los equipos rotatorios exploraban las casas de la periferia y se llevaban todo aquello que fuera de utilidad de las que estaban abandonadas, en mal estado o que no resultaba práctico reparar.

Madera, clavos, tuberías, bisagras, baldosas, tejas, ventanas, paneles de cristal, puertas, cables. Otro equipo clasificaba, inventariaba y almacenaba todo en un granero junto al almacén de piensos y cereales.

Comprobó el calafateado de otra estructura y miró a su alrededor. La actividad era frenética. Algunos construían el circuito de cuerdas o arrastraban neumáticos viejos para el de obstáculos, o construían el muro de escalada mientras otros enmarcaban lo que sería una amplia cocina y la cantina.

Un ejército tenía que comer.

Sabía que su madre estaba fuera con Fred y otras personas, trabajando en las primeras fases del complicado hechizo para crear una zona de clima tropical. Sus hermanos permanecían en la ciudad, en el programa de verano con Colin, que estaba disfrutando de su papel de instructor, por mucho que intentara mostrarse flemático al respecto.

Miró en dirección a las risas que se oían por encima del ruido de martillos y sierras y frunció el ceño mientras Duncan bajaba del tejado haciendo un lento salto mortal y se elevaba de nuevo con una pila de paneles terminados.

Simon suspiró para sus adentros. Reconocía cuándo un tío fardaba delante de una chica, y estaba bastante seguro de haber visto algo más que un ligero interés bajo el ceño fruncido de Fallon.

Por si fuera poco tener que preocuparse de la guerra y la supervivencia, ahora había un chico rondando a su niña.

Terminaron la siguiente serie de paneles y, para no quedarse atrás, Fallon los hizo flotar hasta Duncan y su cuadrilla. Simon se quitó la gorra, se limpió el sudor de la cara y después saludó con la cabeza a una camioneta que llegaba.

Bill Anderson se bajó del lado del pasajero y una guapa chica de pelo rubio oscuro salió por la otra puerta.

—Un día caluroso para esto —afirmó Bill, que puso los brazos en jarra para estudiar los progresos—. No cabe duda de que los estás llevando a la práctica. Hemos traído carne de jabalí a la barbacoa, ensalada de col y otras cosas de la cocina comunitaria. Tengo un par de cubas de té helado y más agua.

—Eres el mejor —declaró Simon.

—¿Hay algún lugar donde podamos poner esto?

—Os haremos sitio.

Un par de puertas rescatadas colocadas sobre caballetes sirvieron mientras los peones se arremolinaban. Fallon se dirigió al arroyo para lavarse y casi se choca con la chica que llevaba una caja de panecillos, sin duda horneados esa mañana.

—Lo siento, eh... No me acuerdo de tu nombre.

—En realidad no nos conocemos. Soy Petra.

—Yo Fallon.

—Lo sé. Todo el mundo lo sabe.

—Yo lo llevo, cielo. —Bill le cogió la caja.

—Estáis haciendo esto para los soldados. —El rubor teñía las mejillas de Petra mientras hablaba—. Vas a liderarlos.

—¿Tienes algún problema con eso?

—No, pero... No. Yo no quiero luchar —añadió a toda pri-

455

sa, agarrándose las manos—. No quiero ser soldado. Cuido niños. Puedo ayudar a preparar comida. No quiero luchar.

«No lo harás. Cobarde.»

Fallon oyó las palabras en su cabeza y miró hacia una mujer de cabello castaño y corto. Starr, una duende que no hablaba mucho, recordó.

Starr se limitó a encogerse de hombros y le lanzó a Petra una mirada desdeñosa. Luego se retiró con un plato de comida a un lugar solitario, lejos del resto.

—No voy a obligar a luchar a nadie.

—Creía que... No estaba segura...

—¿Qué harías si uno de los niños que cuidas fuera atacado?

—Yo..., intentaría protegerlos, alejarlos. Son solo niños.

—Hola, Petra.

—Tonia. —Petra se relajó y sonrió al instante—. No sabía que estabas aquí.

—Ayudo a construir un circuito de obstáculos para el adiestramiento. Estoy deseando probarlo. Sabes, Fallon, tengo algunas ideas para otro circuito para quienes tienen poderes. Salto Sobrenatural. —Se echó a reír—. Se añaden algunas trampas y enigmas mágicos.

—Me gusta.

—Lo abordáis como un juego —comentó Petra con voz queda y se ruborizó todavía más—. Lo siento. Lo siento. Tengo que... —Se alejó a toda prisa.

—Quiero lavarme antes de comer —se disculpó Fallon, lanzándole una mirada directa y prolongada.

—Oh. Sí, buena idea.

Se fueron juntas al tranquilo arroyo.

—¿Qué ocurre? —preguntó Tonia.

—No conozco a Petra ni por qué a Starr no le cae bien. Saberlo sería de gran ayuda.

—No sé si a Starr le cae bien alguien. Y no es justo. Simplemente no es sociable. Lucha, trabaja tan duro como cualquiera. Casi siempre está con Flynn; ahí no hay chispa.

—¿Chispa?

—Romántica, sexual. Son como hermanos. En fin, lo que sé de ella es casi todo de segunda y tercera mano. Era una cría de unos doce años cuando los guerreros de la pureza las cogieron a su madre y a ella. Las violaron y torturaron a las dos. La madre vio una oportunidad de alejar a Starr y habló con ella como los duendes pueden hacer. —Tonia se dio con el dedo en la sien—. Hizo que le prometiera que huiría y se escondería y después provocó un alboroto para que Starr pudiera hacerlo. Colgaron a su madre mientras ella estaba escondida y no pudo hacer nada por impedirlo. Así que lucha, trabaja, pero nunca ha formado realmente parte de la comunidad. Es reservada.

—¿Y Petra?

—Un rescate hace algunos años. A su padre y a ella los atrapó un grupo. Una secta depravada de personas con poderes en contra de la magia, dirigida por un chiflado. Todas las mujeres tenían que someterse a…, ya sabes, tener sexo, tener hijos.

—¿Las forzaban?

—Les lavaban el cerebro, que es casi lo mismo. Algunas eran solo unas niñas, como Petra.

—¿La forzaron?

—Sí. Se ha estabilizado bastante bien teniendo en cuenta las circunstancias. Vive con otra mujer y su hijo a los que rescatamos de la secta. La acción fue complicada —agregó Tonia—. Los guerreros de la pureza atacaron y nosotros los atacamos a ellos. Murió mucha gente. Su padre fue uno de ellos. Lo quemaron delante de ella.

—Eso debería hacer que tuviera ganas de luchar.

—Bueno, supongo que puedes decir que Starr y Petra tienen cicatrices distintas de una experiencia similar.

—¿Qué es? No percibo nada.

—Lo bloquea. Es bruja. Tampoco utiliza la magia. Le hicieron temerla. Creo que en el fondo sabe que se equivoca, pero hicieron que lo viera como algo malvado, oscuro, así que le da miedo su propio don.

Fallon asintió.

—Hay otras personas así.

—Duncan y yo hicimos un pequeño progreso durante un tiempo, pero como le asustaba tanto explorar sus poderes, no la presionamos. Y, bueno, empezó a colarse por Duncan y mi hermano tomó distancia, mucha distancia. Es demasiado joven, ya sabes. No por su edad, sino por cómo es. Duncan nunca le pondría la mano encima.

—¿Todavía está...?

Tonia se encogió de hombros.

—Puede que un poco, pero ahora está colada por Denzel. Le conoces, ¿no?

—El amigo de Duncan, el cambiante. Está ayudando con los paneles solares.

—Son amigos desde que eran bebés —agregó Tonia—. Estoy segurísima de que Duncan le dio un pequeño empujón hacia Petra.

—¿Con magia? —preguntó Fallon, dispuesta a condenar esa clase de intromisión o influencia.

—No, por Dios, no. Esto va en contra de las reglas. Solo convenció a Denzel para que le tirara los tejos, cosa que ya quería hacer. Dio resultado. Así que eso lo resume todo; ahora volvamos a por qué a Starr no le agrada demasiado Petra. No la respeta porque ella no quiere entrenar, ni siquiera dar clases de defensa personal ni salir a buscar o explorar. Esto es lo máximo que se aleja de la ciudad, y solo porque Fred, Eddie y sus hijos están aquí y le chiflan sus críos. Los niños en general.

Ahora conocía las historias, pensó Fallon. Y entendió cómo Petra, que no quería luchar, podría ser útil.

—Los más pequeños necesitan a gente dispuesta a cuidar de ellos, a mantenerlos a salvo mientras el resto luchamos.

—Se le dan bien y es paciente, ya sabes, responsable, sin ser severa. Me sorprende que hoy no llevara a ningún crío colgando de sus faldas, pero seguro que quería salir y verte. Formarse una opinión sobre ti.

—Ya lo ha hecho. Gracias, Tonia. Ayuda saber.

El conocimiento siempre era valioso, pensó Fallon mientras se lavaba las manos y se refrescaba la cara con el agua del arroyo.

Tal vez pensara que las particularidades sexuales, románticas y de personalidad solo sirvieran para embrollar las cosas y aportar melodrama a lo que había que hacer, pero saberlas la ayudaría a ser una líder.

24

Los atareados equipos rotatorios terminaron el trabajo en la base y los barracones en cuestión de dos semanas. Entonces, Fallon convocó otra reunión. Esa vez pidió a los líderes de Nueva Esperanza que fueran a la casa que su madre había convertido ya en un hogar, con su cocina al aire libre, sus macetas de hierbas y botellas con flores, con el olor a pan recién hecho, a miel y a pasteles.

Pidió en concreto que se incluyera a Duncan, Tonia, Starr y Colin, aunque sabía que afligiría un poco a su madre.

Estaba en lo que su madre llamaba el gran salón, con la comida y la bebida dispuestas ya en la espaciosa encimera de la cocina y los muebles que los voluntarios habían llevado.

—Primero quiero dar las gracias a todos por todo lo que habéis hecho para terminar tan rápido los barracones. La mayoría de la gente que ha trabajado allí y en los circuitos no me conoce, pero dedicaron su tiempo y aportaron suministros porque la gente aquí reunida así se lo pidió. Ahora voy a pediros que todo lo que hablemos aquí esta noche se mantenga en secreto. Esto...

Cuando miró a Arlys, que tomaba notas sin parar, esta levantó la mirada.

—¿Confidencial?

—Sí. Al menos hasta que las cosas estén en marcha.

—¿Confidencial hasta que las cosas estén en marcha?

Dale una oportunidad, pensó Fallon. Su madre confiaba ciegamente en Arlys.

—Enviaré a buscar a los reclutas. Cuantas más personas sepan que vienen y de dónde vienen, menos seguros estarán.

—Los equipos de exploradores y suministros se lo olerán —señaló Jonah.

—No hasta que se aproximen. En ese momento podemos enviar gente para que ayude a garantizar una llegada segura. Tengo algunos nombres para esa tarea. Poe y Kim, Flynn, Starr y Maggie Rydell. Si tenéis más sugerencias u otras distintas, os agradecería la colaboración. Algunos reclutas están muy verdes y no estarán bien adiestrados. Algunos vienen en familia, con hijos pequeños.

—De acuerdo. Será confidencial —convino Arlys—. Por ahora.

—Muy bien. Me gustaría que Colin continúe trabajando con los reclutas más jóvenes, pero cuando lleguen aquí los nuevos, serán demasiados para él, así que necesito sugerencias al respecto.

—Denzel —intervino Duncan de inmediato—. Tiene mano con los críos y se le da mejor la teoría que la práctica.

—Estoy de acuerdo con eso —intervino Will—. Bryar y Aaron tienen amplia experiencia con la instrucción. ¿Qué hay de las otras bases?

—Esperaré a que Mallick, Thomas, Troy y Boris me digan si necesitan más instructores. En ese caso, ¿hay alguien en Nueva Esperanza que esté cualificado y dispuesto a viajar, a pasar meses fuera? ¿Tal vez más tiempo?

—Puedo darte una lista con nombres. —Katie miró a Arlys y esta asintió—. Aquellos que no tienen familia o que estarían dispuestos a llevarse a su familia fuera de Nueva Esperanza.

Voy a ser clara contigo, Fallon. Existe cierta preocupación en la comunidad de que vayas a ordenar a la gente que entrene, luche o se desplace a los otros lugares.

Había visto las miradas, oído algunos rumores. Había percibido algo de miedo.

—Y Hannah no lucha.

—Yo..., recibo clases de lucha en combate —comenzó Hannah.

—Eres sanadora, no soldado. Posees una habilidad, una vocación. ¿Por qué debería ponerte una espada en la mano?

—Es bastante buena con el arco —medió Tonia—. Aunque se te da mejor hacer un torniquete —le dijo a Hannah.

—Y a otros se les da mejor proporcionar comida, construir, cuidar de los niños, fabricar armas en vez de usarlas. O... —Fallon agitó una mano en dirección a Chuck— la tecnología.

Chuck se señaló el pecho con los pulgares.

—Ese soy yo.

—¿Por qué voy a exigir a nadie que luche? Con eso solo sembraría resentimiento. ¿Por qué voy a exigir a nadie que cambie su vida o la de su familia? —Presa de la frustración, hizo una pausa y se centró en sí misma—. Todavía no he demostrado de qué soy capaz.

—Los cambios son duros —señaló Arlys—. Lo descubrimos cuando implantamos normas, leyes y el consejo municipal. Ahora somos más grandes que antes, así que tendrás cierta resistencia, demuestres o no de qué eres capaz. Eres muy joven —añadió—. Para algunos, ese es en realidad el problema. Entre los sobrenaturales existe más unión. Pero incluso ahí encontrarás resistencia.

—La gente se vuelve complaciente. —Bill se palmeó las rodillas—. Aquí tenemos una especie de rutina, y cualquier cosa que la altere pone nerviosos a algunos. Joder, unos cuantos años después de asentarnos aquí se instauró por votación el reciclaje y compostaje obligatorio. Pues hubo quien consideró que prácticamente habíamos instaurado la esclavitud. Pero lo superamos, y ahora las cosas son así. Ahora mismo, no a todo el mundo le hace gracia que traigas a tanta gente.

—Hay muchas quejas —confirmó Katie—. Y un montón de rumores. Puedes dejar que yo me ocupe de eso y del ayuntamiento por ahora.

—Si disponemos de más soldados, Hannah puede centrarse en sanar y alguien como Petra puede concentrarse en cuidar de los niños. Una cocinera como... —Trató de dar con el nombre.

—Sal —le facilitó Eddie.

—Sí, ella. Puede cocinar, y así sucesivamente. Pero, además, aquellos que se quejan y se resisten al cambio ignoran lo que le ocurrió al mundo de antes y no aprenden nada de ello. Olvidan, optan por olvidar lo que ocurrió aquí el 4 de Julio y a aquellos que murieron ese día, dan por sentado a quienes arriesgan la vida para rescatar a otros, para luchar contra la destrucción de todo cuanto habéis construido.

Katie asintió.

—No te equivocas, pero algunos no querrán oírlo de forma tan cruda. Y para un padre es duro, es brutal, aceptar que sus hijos, biológicos o no, se entrenen para ir a la guerra. Para algunos es difícil aceptar que un hijo los va a dirigir. —Levantó una mano—. No digas que no eres una cría. Soy consciente, igual que todos los presentes en esta habitación. Pero eres joven y vas a encontrarte con mucha gente que te verá como a una cría.

—No lo hará después de que demuestre de qué soy capaz.

—Antes has dicho eso —metió baza Lana—. ¿A qué te refieres con demostrar de qué eres capaz?

—Comienza esta noche. Lo siento. Lo siento. Soy tu hija y soy consciente de los sacrificios que ya habéis hecho los dos.

Simon asió la mano de Lana y entrelazó los dedos con los suyos.

—¿Qué vas a hacer esta noche?

—Voy a eliminar unas cuantas armas nucleares.

—Por Dios bendito, Fallon.

—Sé dónde y cómo. Mamá, el Libro de los Hechizos está en mí. Sé cómo hacerlo. Es necesario, y será una demostración de poder, de fuerza, de compromiso con la luz. Empezaremos con cinco localizaciones esta noche.

—¿Empezaréis?

Miró a Duncan y a Tonia y acto seguido de nuevo a Katie.

—Lo siento. Los necesito.

—A pesar de tus poderes, sois tres adolescentes contra armas nucleares. Tenemos que buscar a un experto, alguien con experiencia, que sepa desarmarlas...

—Ya lo he dicho antes, no vamos a desarmarlas, sino a eliminarlas. Dejarán de existir.

—El envenenamiento por radiación...

—Mamá —la interrumpió Duncan antes de dirigirse a Fallon—. La magia sigue siendo una ciencia. No puedes eliminar materia sin sustituirla. Es de primero de magia.

—Pero se puede alterar la materia.

—¿Un hechizo alquímico? —Intrigado, Duncan enganchó los pulgares en los bolsillos delanteros y reflexionó—. Eso son palabras mayores.

—Dejarán de existir y se convertirán en otra cosa, algo inofensivo, y destruiremos lo que es inofensivo. También eliminaremos los medios para lanzarlas o dispararlas.

—Espera, espera. —Chuck agitó una mano—. Ordenadores, dispositivos electrónicos, componentes. Ay, cielo, y los datos que contienen. Eso podemos utilizarlo. No puedes transformarlos sin más en margaritas o en cachorrillos. Llévame, yo puedo desactivarlos, y después hay que traerlos. Santo Dios, lo que podría hacer con... Lo siento, señoras, pero me pone cachondo.

—Podrías decirnos qué es lo más útil, qué traer, y nosotros transportaríamos una parte a las otras bases. ¿Nos ayudarías a montar centros de comunicación fuera de Nueva Esperanza?

—Soy tu hombre. Hay un par de personas con las que querría contar en cuanto tengamos los artículos. De hecho, ahorrarías tiempo si nos repartieras. No son tan buenos como yo, pero, claro, ¿quién lo es?

—Estás dentro —dijo Fallon—. Mamá, necesitará un tónico energético. Poe y yo hemos descubierto...

—Jo, vaya si lo hemos hecho —confirmó Poe.

—Teletransportarse resulta agotador y desorienta a quienes no poseen poderes mágicos —concluyó Fallon.

—Tele... ¡Me cago en la puta! —Con una sonrisa de oreja a oreja, Chuck se meneó y bailó sin despegar el culo de la silla—. Es un alucine.

—Prepárate para marearte —le advirtió Poe.

—A mí también me necesitas.

Will se quedó boquiabierto mientras se volvía hacia Arlys.

—¿Por qué? Venga ya.

—Informaré sobre el terreno. Con mis propios ojos. La gente confía en mí para que cuente la verdad. La gente de aquí y de dondequiera que consigamos transmitir. Fallon tiene razón, se trata de una gran demostración de poder y una declaración de intenciones. Will, esto es lo que hago, del mismo modo que tú sales y liquidas saqueadores y guerreros de la pureza. Tienes que hacer esto, pero además, la gente tiene que saberlo y creer que lo has hecho, Fallon.

—Sí, tienes razón. Pero parte de lo que hagamos tiene que ser secreto. Como los detalles del hechizo.

—Confidencial. Estoy totalmente de acuerdo. Prepara doble cantidad de ese tónico, Lana. Chuck y yo nos lo repartiremos.

—Otra vez en acción. —Le guiñó un ojo.

—Iré a por el tónico. —Lana se levantó, pálida—. ¿Has calculado los riesgos?

—Te prometo que sí.

—¿Has calculado los riesgos —repitió Lana—, teniendo en cuenta que sin ti la oscuridad gana?

—Te lo prometo.

—Tengo que ir al despacho a por un par de cosas. La cámara de vídeo, que estará apagada durante tu hechizo y cuando tú lo digas —aseguró Arlys a Fallon.

—Yo también necesito algunas cosas. ¿Me llevas? —preguntó Chuck.

—Te acompaño. —Will se levantó. Tenía unas cuantas cosas que decirle a su esposa.

—Yo tengo que hablar con Duncan y con Tonia un momento. —Fallon señaló hacia el fondo y a continuación fue hasta allí y salió al patio.

—Podrías habernos comentado que esta noche iríamos de misión —comenzó Duncan.

—No quería que se supiera.

—¿Crees que iríamos por ahí cotorreando algo así? —espetó Tonia.

—No, pero cuanto antes podamos partir después de hablarlo, cuantos menos sepan lo que se ha dicho, mejor que mejor. Llevo en la mochila lo que vamos a necesitar, pero no tenía previsto llevar a un par de civiles ni traer nada, excepto algunos suministros y armas. El equipo informático... Entiendo lo valioso que será, pero es un reto. Requerirá más tiempo, más poder.

—¿Otro par de brujos? ¿Tu madre?

—No. —Fallon meneó la cabeza—. Tenemos que ser nosotros tres. Eso es algo que sé. La logística es ahora más complicada, pero es factible. En cuanto al hechizo, tengo que transmitíroslo para que funcione. Tenemos que conocerlo los tres, y vosotros tenéis que entender que el conocimiento no solo está en vosotros esta noche, sino siempre.

—¿Cómo se hace eso? —preguntó Duncan—. Porque eso de «transmitir» no suena a comunicarlo de palabra.

—A través de la sangre. Aquí y ahora. —Sacó su cuchillo—. De sangre a sangre, de poder a poder, de luz a luz. Tenéis que estar seguros, porque...

—Bla, bla, bla, la magia de sangre es algo muy serio, bla, bla, bla. Hagámoslo. —Duncan le ofreció una mano—. Y que empiece la fiesta.

Tonia imitó su gesto.

—Lo mismo digo.

—Es algo muy serio —replicó Fallon—. Las dos manos, todos. —Hizo un corte primero en sus palmas, después en las de Duncan y a continuación en las de Tonia—. Agarraos las manos. —Asió la de Duncan y la de Tonia y susurró—: Un círculo de tres, un círculo de confianza, otorga el conocimiento encerrado en mí para hacer lo que debemos. Somos tus hijos —recitó mientras su sangre se mezclaba, se calentaba y resplandecía—. Somos lo que estaba escrito. Uno, dos, tres, tres, dos, uno, con el conocimiento compartido la oscuridad destruimos. A través de la sangre, este don de mí procede. Hágase mi voluntad.

Llegó con una sacudida, a través de las entrañas, del corazón, de la mente. Durante un momento Duncan habría jurado que la luz ardía en su sangre. Entonces se asentó, sereno y silencioso. Y lo supo.

—Es realmente sencillo. Cuando lo sabes, es muy sencillo.

—Lógico —convino Tonia—. Por otro lado, me siento como si hubiera metido el dedo en un enchufe—. ¿Tengo el pelo como Einstein?

—La mitad de las veces ya lo tienes así —se burló Duncan.

—Lo tienes bien. Deberíamos entrar. Cuanto antes empecemos, mejor.

—Espera. —Duncan todavía asía la mano de Fallon y, sí, sentía un cosquilleo. En todo el cuerpo—. ¿Nos vas a decir adónde vamos? ¿Se lo vas a decir a ellos?

—Solo el primer lugar. Está muy lejos como para que importe. Nevada.

Llevó tiempo. Tuvo que enseñarle a Will en el mapa adónde pretendía ir exactamente, pensar dónde transportar el equipo informático, las armas y el resto de los suministros. Y confiar en que el tónico de su madre evitara que los civiles tuvieran una reacción demasiado extrema.

—¿Seguro que está vacío? —insistió Simon—. ¿Seguro que no hay vestigios dentro? ¿Militares? ¿Trampas explosivas?

—He estado allí a través de la bola de cristal y de otra forma. Lleva años vacío. Algo queda —añadió, mirando a los civiles—. Debería habéroslo dicho.

—Hemos visto restos antes. No te preocupes. —Arlys le dio a Will un beso rápido y apasionado—. Volveré con la mayor exclusiva de todos los tiempos.

—Cogeos de las manos —ordenó Fallon—. Respirad. Será rápido —dijo, y tras mirar a Duncan y a Tonia, se transportaron.

—No les pasará nada. —Hannah rodeó a su madre con un brazo y a Lana con el otro—. Nada de nada.

—Teletranspórtame, Scotty. —Mientras se tambaleaba un poco, Chuck intentó recobrar el aliento que el viaje le había robado. Habría jurado que sus ojos se sacudían dentro de sus órbitas—. Vale, ¿guapetona?

—¿Estoy entera? —preguntó Arlys mientras el suelo se meneaba bajo sus pies como un barco en alta mar—. Noto que estoy entera.

—Hasta el último átomo. Menudo viajecito, chicos. Menudo viaje. Y ¡oh, oh, ven con papá!

Se dirigió con paso rápido hacia los monitores y el equipo.

—He pensado en este lugar primero para que pueda decirnos qué deberíamos llevarnos —dijo Fallon.

—¿Puedo quedármelo todo? ¿Puedo, puedo?

—Solo lo esencial esta vez.

—Deja que grabe esto. —Arlys encendió la cámara—. ¿Qué más hay aquí?

—Es una especie de planta —explicó Fallon—. Para almacenar armas, hacer pruebas y mantenimiento. Hay suministros, comida preparada, uniformes y medicamentos, aunque lo más seguro es que la mayoría estén caducados. Pero creo que la clínica se alegraría de contar con los suministros médicos y el equipo. Las cabezas nucleares son lo primero. ¿Puedes trabajar aquí? —le preguntó a Chuck.

—Yo me ocupo de esto.

—Las cabezas están varios niveles más abajo. Hay un ascensor. No podéis transportaros de nuevo tan pronto, así que bajaremos en él.

—¿Hay electricidad? —preguntó Arlys—. Tú aportas la luz. Sé diferenciar la luz mágica.

—No hay electricidad. Se fue hace años. Pero puedo hacer funcionar el ascensor.

Bajaron varios niveles en lo que Arlys procuró no pensar que era una gran caja de acero accionada por magia.

Siguió a Fallon, que al parecer sabía adónde iba, por otro laberinto, grabando y comentando a la vez que avanzaban.

Se frenó en seco al ver las cabezas nucleares a través del grueso cristal.

—Ay, Dios mío.

—Puedes grabarlas, pero tienes que quedarte aquí. Y cuando entremos, apagas la cámara.

—Sí.

—Te diré cuándo puedes volver a encenderla.

—Vale.

—Tienes que apagarla ya.

Fallon se transportó con Duncan y con Tonia. Y con el corazón en un puño, Arlys observó mientras los tres se enfrentaban a la destrucción.

No grabó nada. Pero no lo olvidó.

No era la primera vez que veía trazar un círculo, y había visto y sentido el poder que podía surgir de ellos, dentro y a su alrededor. Pero ese era más, era más porque podía sentirlo vibrar incluso a través del grueso cristal, ver el aire agitarse.

Encendieron velas y pronunciaron palabras que no pudo oír.

Los tres levitaron, como si fueran un solo ente. Era de una belleza extraordinaria, pensó Arlys.

Líquido, de un clarísimo tono azul, se vertió de una copa que de algún modo se derramó en el aire en movimiento y después se desvaneció. Tierra, ligera como la arena tropical, surgió de una mano, se esparció y desapareció. Viento girando en un remolino que hizo que los tres que lo agitaban se elevaran más y más. Luz, resplandeciendo, más y más intensa.

Hubo una blanca y brillante explosión. La deslumbró como un láser y esperó la aniquilación.

Pero se suavizó, hasta adquirir una palidísima tonalidad azul.

Que quedó sin aliento cuando cada uno sacó un cuchillo, se hicieron un corte en las palmas y dejaron que la sangre cayera. Se agarraron de la mano y bajaron de nuevo al suelo, levantando las manos unidas...

Las ojivas brillaron con un aura tornasolada y se convirtieron en relucientes cristales transparentes. En su interior vio que lo que había habido dentro de ellas, la muerte que alojaban, estaba ahora extinta.

Conocía la cita de Oppenheimer y en ese momento pensó en su titular: «Me he convertido en la muerte de la muerte, salvadora de mundos».

Bajaron las manos, con un poder que hizo que el suelo se sacudiera bajo sus pies.

El cristal se fracturó en infinitos e inofensivos añicos.

Fallon, arrebatada por el poder que daba vida a sus ojos, se volvió y asintió mientras miraba a Arlys.

La periodista grabó mientras un ligero temblor agitaba su mano.

El día posterior a una larga noche, Arlys estaba sentada con Lana en el porche delantero de su casa, la misma que Lana había compartido con Max hacía años.

—Ha pasado mucho tiempo desde la última vez que hicimos esto. —Bebió el primer sorbo de vino mientras el largo día tras la larga noche se adentraba en el crepúsculo—. Sé que debe resultarte raro.

—No es así. En realidad, no. Siempre abrigué la esperanza de que Will y tú acabarais juntos. Y aquí estáis, criando una familia. Muchas cosas han cambiado, y otras no. Y sé que una de las que no lo han hecho es tu instinto y tu sensibilidad como periodista. Para ti es duro no informar de esta historia.

—«Tres adolescentes destruyen las armas nucleares.» Nada de lo que he visto hasta ahora, Lana, nada de lo que he visto desde aquellos primeros días en Nueva York puede compararse a esto. Y es duro no informar de ello. Pero entiendo que hay que anteponer el bien mayor al derecho a saber del público. Fallon quiere que los reclutas estén aquí, y que los que están en las otras bases permanezcan a salvo antes de que saque la historia a la luz. Puedo esperar unos días. —Tomó otro trago de vino—. Y aunque me sentó a cuerno quemado que se deshiciera de nosotros después del primer golpe, también lo entiendo. Chuck y yo éramos un peso adicional, y eso sin tener en cuenta todo el equipo que trajeron consigo.

—A mí no me dejaron ir ni me permitieron ayudar. Ni siquiera después de que os trajeran. Hasta cierto punto, incluso entendiendo el empeño absoluto de Fallon en que fueran solo ellos tres, pero me sentí realmente impotente.

—Dijiste que no volvieron hasta después del amanecer. Ha sido una noche terrible para ti y para Katie.

—Simon y yo fingimos que no estábamos preocupados, pero después nos rendimos. Nos paseamos de un lado al otro, rezamos. Tengo que reconocer que Hannah es una roca.

—Sí que lo es —convino Arlys—. Siempre lo ha sido.

—Me veo apoyándome en esa roca, y supongo que Simon y yo vamos a tener que acostumbrarnos a pasear de un lado a otro y a rezar.

—Es un cambio. Ahora somos madres que hemos de enfrentarnos al hecho de tener que enviar a nuestros hijos a la guerra. Will y yo hablamos muy en serio de no tener hijos. Somos realistas. Nueva Esperanza es una buena comunidad, pero no es el mundo, y éramos conscientes de que tendríamos que luchar para conservar la comunidad y, a la larga, el mundo. ¿Queríamos meter a los niños en eso? Y además... Bueno, si no se puede tener esperanza en una ciudad que lleva ese nombre, ¿dónde se puede?

—Tienes unos hijos preciosos.

—Así es. —Asió la mano de Lana—. Tú también. Simon es genial, Lana. Quería decírtelo aquí, en el porche que fue tuyo y de Max. Entiendo por qué le amas, y además veo cuánto te ama él a ti, a los chicos y a Fallon.

—Esta mañana me ha acompañado a primera hora al árbol conmemorativo, a la estrella de Max. Es un muy buen hombre, Arlys.

—Lo sé. Así que espero estar haciendo lo correcto. —Metió la mano en el bolsillo y sacó una memoria USB—. Llevo las dos últimas semanas dándole vueltas a si debo darte esto. Es de Max.

—El libro en el que estaba trabajando.

—Sí, y una especie de diario, pensamientos y observaciones sueltas. Esperábamos encontrarte, y cuando no lo hicimos, confiamos en que encontraras el camino de vuelta a pesar de que Starr le contó a Flynn lo que habías dicho. Will y yo decidimos que ocuparíamos esta casa, y entonces encontré esto. Lo guardé, por si tenía la ocasión de dártelo.

—Esto significa muchísimo. —Lana cogió la memoria y cerró la mano—. Muchísimo, Arlys. Se lo daré a Fallon. Debería ser suyo.

—Temía que te entristeciera.

—No. Me recuerda que él también tenía esperanzas. Estaba escribiendo otra vez. Me recuerda lo que hizo, lo que hice yo para proteger a la hija que engendramos juntos. Y lo que Simon hizo para protegerla desde el principio. Me recuerda que rendirse jamás es una opción.

Cada noche, Fallon viajaba con Duncan y con Antonia para repetir el hechizo. La tercera noche llegaron a Rusia; la quinta, a Asia.

No se lo dijeron a nadie.

Fallon actualizaba los mapas, trazaba localizaciones. Creía que cuando eliminaran las peores armas de destrucción hechas por el hombre, podrían seguir adelante.

Por el día se dedicaba a organizar y alojar a los reclutas que iban llegando. Consideraba a Katie una valiosa ayuda por su capacidad de elaborar listas, hojas de cálculo, organizar datos y su habilidad innata para dar una calurosa bienvenida a los desconocidos.

—Tienen que empezar con el adiestramiento.

Katie estaba sentada a una mesa de picnic fuera de los barracones, trabajando con un ordenador portátil. Había gente pululando por todas partes y niños jugando con perros. Dos de esos animales eran Jem y Scout.

—Tienen que empezar con el adiestramiento —repitió Fallon—. Necesitan orden, disciplina.

—Sí, lo sé. —Katie continuó trabajando sin levantar la vista—. Pero ahora mismo no son soldados, o muchos de ellos no lo son. Se están adaptando a un lugar nuevo. Y nos estamos esforzando para garantizar que dispongan de una vivienda adecuada y de provisiones. Rachel y su equipo aún están con las evaluaciones médicas. Tenemos a más de cuatrocientos de los ochocientos y pico que esperas.

—Sé todo lo que habéis hecho, todo lo que estáis haciendo. —Pero se acerca una tormenta, pensó Fallon. Algo grande y oscuro, y llegará pronto. Sin embargo, el cristal no se despejaba, no se lo mostraba.

Se sentó y esperó a que Katie levantara la vista.

—Con la información que has recabado sé a cuántos tenemos que poseen formación médica, con habilidades especiales, con experiencia en combate, con familia.

Katie cruzó los brazos para demostrar que la escuchaba.

—Tú ya habías recabado casi todo eso.

—Pero no todo, no con tanto detalle. La gente habla contigo. No se limitan a decirte que antes eran cirujanos. También te cuentan que les gustaba la jardinería, o pintar, o que tienen hijos con dotes para la construcción. Te cuentan sus esperanzas, sus temores. De ti estoy aprendiendo a ver el conjunto, no solo las piezas que necesito para componer el todo.

Katie se echó hacia atrás.

—Pero tienen que recibir adiestramiento.

—Hay que empezar con ello. Le he pedido a mi padre que se haga cargo de esta base. Tiene experiencia. Necesitará ayuda, otras personas que sepan impartir formación, tomar decisiones, mandar.

—Poe —dijo Katie de inmediato.

Fallon sonrió.

—Estoy de acuerdo.

—Sé que tú nombraste a Maggie, y es una buena elección. También está Deborah Harniss. Cuerpo de Marines de los Estados Unidos. Era abogada del JAG. Es cambiante, y creo que estaría dispuesta a trabajar en una de las otras bases.

—No la conozco, pero si tú la recomiendas, me gustaría preguntarle, o que le preguntes tú.

—Lo haré, y me ocuparé de que venga a hablar contigo.

—Necesitamos dos cocineros, un oficial de suministros y otro de comunicación. De tu lista y de la mía, porque ya los tenemos entre los reclutas.

—Y emplear gente de dentro y de fuera les ayuda a mezclarse, a asumir cierta responsabilidad.

Trabajar con alguien que sabía dirigir las cosas ayudaba a allanar el camino, pensó Fallon.

—En cuanto a la integración, me gustaría que algunos reclutas, con o sin experiencia, se unieran a tus misiones de búsqueda de provisiones y de exploración. A las partidas de caza.

—Dame los hombres y dime dónde los quieres. Los meteremos en las rotaciones.

—Gracias.

Katie meneó la cabeza.

—Quisiera que nada de esto fuera necesario, porque puedo recordar una época en la que no lo era. Tú no. Mis hijos tampoco. Así que voy a hacer todo cuanto pueda para que vayamos hacia una época en que vuelva a no ser necesario. ¿No es eso lo que Duncan, Tonia y tú hacéis todas las noches? No, ellos no me lo han contado —dijo cuanto la expresión de Fallon se tornó hermética—. Sé que han estado ausentándose, igual que sé que están agotados y hambrientos todas las mañanas. Igual que sé que tus padres lo saben. Y seguramente ellos, lo mismo que yo, se sienten frustrados porque ninguno confiáis en nosotros lo suficiente como para hablarlo.

—No es eso. ¡Esto se me da fatal! No se trata de confianza. Sabíamos que os preocuparíais.

—Y ¿de verdad pensáis que teniéndonos en la inopia no nos preocupamos o no nos preocuparemos?

—Esto se me da fatal —repitió Fallon—. Lo siento. Sí, hemos continuado lo que empezamos la noche en que nos llevamos a Arlys y a Chuck. Hemos estado almacenando suministros y equipos. Habremos terminado dentro de una semana, tal vez diez días. No se requiere tanto poder para eliminar los MBI, pero...

—MBI. —Katie suspiró.

—Misiles balísticos intercontinentales.

—¿Sabes qué? No creo que hubiera averiguado jamás a qué correspondían esas siglas. Voy a hacer lo que hacen las madres y a darte un consejo. Habla con tus padres.

—Lo haré. Y lo siento.

—Acepto tus disculpas con una condición. Tomaos la noche libre. Los tres necesitáis recargar las pilas, por decirlo de algún modo. Conozco a mis hijos, cielo, y puedo verlo también en ti. Os estáis quedando sin energía. Necesitáis tomaros un descanso.

Fallon tenía ganas de avanzar, avanzar y avanzar hasta haber terminado. Todo parecía muy urgente. Pero le veía el sentido a lo de recargar las pilas y descansar.

—Nos tomaremos la noche libre.

—Bien. Estás perdonada.

No fue tan rápido ni tan fácil con sus padres. Quería hablar con los dos a la vez y sin la presencia de los chicos. Aunque ahora que lo pensaba, imaginaba que Travis había sentido lo que habían estado haciendo.

Tuvo que esperar hasta que terminaron de cenar y de hacer las tareas, hasta que Ethan se marchó, muy ilusionado, a pasar la noche a casa de Max, su nuevo mejor amigo.

Abordó el tema poco a poco, y empezó hablando primero de la gente elegida para trabajar con Simon, de las sugerencias para otras bases, y continuó pidiéndole a su madre que supervisara inicialmente a los cocineros y las comidas en los barracones.

Reconoció que se estaba yendo por las ramas y que se sentía avergonzada por no haberse permitido ver la preocupación en los ojos de sus padres.

—Quiero empezar diciendo que lo siento. Siento no haberos contado lo que Duncan, Tonia y yo hemos estado haciendo. Es culpa mía, todo es culpa mía, porque ordené que mantuviéramos la misión en secreto.

—Haces que tu madre soporte una preocupación enorme, Fallon.

—Lo sé. Aún mayor ha sido mi empeño en convencerme de que estaba haciendo lo contrario. Pero...

Lana meneó la cabeza.

—No lo matices. No lo hagas. Desde antes de que nacieras he sabido lo que eres para el mundo, parte de aquello a lo que te enfrentarías. Tu padre también. Por duro que fuera para nosotros, te hemos criado para que fueras fuerte y capaz de coger esa espada y ese escudo. Engañarnos, ocultarnos lo que haces supone un menosprecio a todo eso. Nos menosprecias a nosotros.

Se le daba de pena, realmente de pena, pensó Fallon una vez más. Mejoraría.

—Mamá. No hay nadie en el mundo a quien necesite más que a vosotros dos, nadie en quien confíe más, nadie a quien ame más. Voy a cometer errores, y sé que cuando lo haga, pueden tener graves consecuencias. Eso me asusta más que cualquier otra cosa. Debería habéroslo dicho, es una señal de respeto. No volveré a cometer ese error.

Un escalofrío ascendió por su espalda e hizo que se estremeciera.

—¿Qué ocurre? —preguntó Lana.

—No lo sé. Algo..., seguramente la culpa, pero... —Levantó la vista y solo vio estrellas y la blanca luna.

—Podría ser que estás agotada —sugirió Simon—. Mantener esto en secreto, teletransportarte y saltar por todo el país convirtiendo bombas en cristales rotos. —Contempló su rostro con los ojos entornados—. ¿En qué me he equivocado?

—Es que hemos estado alternando emplazamientos en Estados Unidos con otros fuera del país. Como..., eh..., Rusia, Asia, Europa.

—¿Has estado en Rusia? —En el rostro de Simon se dibujó una sonrisa.

—¿Te has transportado a Rusia? —La reacción de Lana no fue esbozar una sonrisa—. Por Dios bendito, Fallon. ¿Y si perdieras la conexión en el trayecto y cayeras al puñetero océano? ¿Y si...? Y esta es justo la razón de que no nos lo contaras. Justo esta. —Cerró los ojos y tomó aire—. Error mío, y procuraré no volver a cometerlo.

Pero Fallon sintió el mismo escalofrío por segunda vez y algo que presionaba para entrar, para abrirse paso.

—¿Sientes eso? —Le encogía el corazón, se retorcía en su estómago—. ¿Sientes eso?

—¿El qué? —Se levantó de golpe de donde estaba sentada en el porche mientras Lana intentaba asirla.

—Algo viene.

Oyó el motor y vio la luz. Se llevó una mano a la empuñadura de la espada. Después se relajó de nuevo.

—Es la moto de Duncan. Es Tonia con la moto de Duncan.

Aguardó.

Algo ha ocurrido. Algo está ocurriendo. Algo viene. Algo está ya aquí.

Tonia frenó y apagó el motor.

—Hola. Yo... —Se bajó y fue hasta el porche—. Bueno, Duncan me ha dicho que ya había hablado con los dos.

—¿Duncan? —repitió Fallon.

—Sí, a mí me ha localizado en los barracones.

—Y vino a hablar conmigo a la cocina comunitaria. Me trajo flores —agregó Lana—. Ven a sentarte.

—Es un adulador. —Tonia esbozó una débil sonrisa—. Yo

no traigo flores, pero lo siento tanto como él. Os pido disculpas de corazón.

—La culpa es mía. Yo puse esa condición.

—Eso es una tontería. —Tonia se encogió de hombros mientras subía los escalones del porche—. Estuvimos de acuerdo contigo. Nosotros lo sabemos y tú lo sabes. Estábamos todos equivocados. Y no intentes poner trabas a mis disculpas.

—Hagamos borrón y cuenta nueva. —Simon miró a Fallon y su sonrisa se esfumó—. ¿Estás bien, cielo?

—¿Puedes sentirlo? ¿Puedes oírlo? Cuervos volando, alas cortando. La fruta y las flores. La oscuridad enmascarada por la inocencia. Sangre de la sangre, huesos de los huesos. ¿Puedes sentirlo?

—Ahora sí. —Tonia, con una mano en el brazo de Fallon, se puso pálida como la luna—. Ahora sí. Ay, Dios, ay, Dios. Duncan.

Se teletransportaron juntas.

—¡La madre que me parió!

—Algo viene.

Simon se giró hacia Lana y le agarró la mano.

—Ni se te ocurra ir sin mí. Deja que coja el rifle y una pistola.

—Date prisa. —Corrió adentro con él y llamó a gritos a Colin. Subió las escaleras para ir a por el cuchillo que se había llevado de Nueva Esperanza.

Colin salió a toda prisa de su cuarto, espada en mano.

—Ve a por Travis.

—Estoy aquí. ¿Qué pasa?

—No lo sé con seguridad. Ve a buscar a Fred y dile que algo se acerca. Algo se acerca a Nueva Esperanza. Dile a Eddie que venga y que traiga a todos los que pueda. —Lana se volvió hacia Colin y le agarró los hombros—. Quédate con los niños.

—Mamá...

—Quédate con los niños, hazme caso. Escucha. Si esto llega... Mantén a los niños a salvo, Colin.

—Lo haré. —Miró a Travis—. Lo haremos.

—Os quiero. —Corrió escaleras abajo y agarró a Simon de la mano—. Te quiero —dijo de nuevo y se transportó.

25

Dado que iban a tomarse la noche libre para cargar las pilas antes de atacar las siguientes ubicaciones de la lista de Fallon, Duncan se encaminó sin prisas hacia el huerto comunitario y el parque. Algunos de sus amigos hablaron de salir y tocar música.

No había tenido ocasión de hacer ninguna de esas dos cosas, ni siquiera de pensar en ponerle las manos encima a su chica actual, Carlee Jentz. El problema, tenía que reconocer, era que no había echado demasiado de menos ponerle las manos encima a Carlee. Habían salido durante casi todo agosto y septiembre, pero ahora que octubre estaba a la vuelta de la esquina...

La chica le gustaba, y mucho, en realidad. Era justo el tipo de chica a la que le encantaba ponerle las manos encima.

Con curvas, divertida y sin complicaciones.

Solo tenía que relajarse, decidió. Fallon le tenía alterado, en todos los aspectos.

También le gustaba, y vaya si trabajaban bien juntos. Respetaba su forma de hacer las cosas. Su forma de ocuparse de las bombas, de reunir un ejército. Admiraba su destreza con la espada. Una noche, antes de que se encontraran para la misión, la había observado. Se había sentado en el tejado de los barracones para relajarse y ella había salido con la espada en la mano.

Había conjurado tres oponentes y se había enfrentado a ellos a la vez. Había acabado con los tres.

Estaba deseando medir sus habilidades con las suyas uno de estos días.

Pero el hecho era que ni por asomo era una chica con curvas, no era nada divertida y sí muy complicada.

No sabía por qué deseaba ponerle las manos encima, por qué deseaba ponérselas más a ella que a Carlee. O a cualquier otra.

Quizá fuera la conexión del poder o la de la sangre. Quizá se debiera a que era diferente de todas las que había conocido. Fuera cual fuese la razón, sabía que pensar en ella de ese modo le ponía nervioso.

Así que dejaría de pensar en ella de ese modo; de hecho, esa noche dejaría de pensar en ella y punto. Pasaría un rato en el parque, escucharía música y vería a Denzel tocar su guitarra a toda pastilla.

Denzel tocaba una guitarra, un banjo e incluso un violín, como si hubiera nacido con el instrumento en la mano, y lo mismo le pasaba con cualquier tipo de balón. Bien sabía Dios que los manejaba mucho mejor que cualquier tipo de arma.

Necesitaba pasar más tiempo con Denzel para que mejorara sus habilidades y reforzara su forma. Y convenciendo a su amigo para que enfocara sus dotes en algún otro campo. Jamás sería un guerrero.

Tal vez enrolara a Petra en esa misión, ya que a Denzel le gustaba muchísimo y Petra parecía buena y estaba colada por él.

Como si la hubiera conjurado al pensar en ella, oyó que Petra le llamaba. Se dio la vuelta. Ella se acercó con una caja y una sonrisa.

—¿Vas al parque? —preguntó.

—Sí. He quedado con Denzel. ¿Tonia viene?

—Se pasará. Primero tenía que hacer una cosa.

—Hace tiempo que apenas la veo.

—Ahora mismo están pasando muchas cosas.

—Lo sé. Toda esa gente nueva. —Se le ensombrecieron los ojos—. En fin. Espero que Hannah venga también.

Desde el principio se había pegado a sus hermanos como una lapa, pensó Duncan.

—Me parece que ya está allí. Stalwick iba a llevarse su teclado y últimamente pasan mucho tiempo juntos.

—¡Oh, es muy bueno! Me gusta la música. Me gusta muchísimo. Y es la noche perfecta, ¿no? Fresca, pero no fría, con estrellas y con la luna. Es perfecta.

—Sí. —Pero sintió algo, un escalofrío, un estremecimiento. Al levantar la vista casi esperaba ver las nubes arremolinarse sobre la luna y las estrellas—. No hay nada como la música al aire libre, y no podremos disfrutar de eso mucho más tiempo.

—Puedo oírlos. Ya están tocando. ¿Estoy bien? —Se paró y se pasó una mano por el pelo, como hacían las chicas—. A Mina no le gusta nada tener espejos en el apartamento, así que solo tengo uno pequeño en mi cuarto.

—Sí, estás bien.

Sonrió y casi se le vuelca la caja.

—¿Qué tienes ahí? Huele a dulce.

—Debería. Son cupcakes. Hoy he trabajado en la cocina comunitaria y me han dado permiso para preparar cupcakes para esta noche.

—Yo también he estado allí hoy. No te he visto.

—Has debido de llegar durante uno de mis descansos. Toma, prueba uno. Espero haberlos hecho bien.

—Tienen buena pinta. —Echó un vistazo dentro de la caja a los picos en espiral del glaseado blanco salpicado de color y textura—. Muy elaborados. ¿De qué son?

—Creo que son una de las recetas de la señora Swift. Bizco-
cho de vainilla con relleno de frambuesa y nata montada adornada con violetas silvestres.

Duncan levantó los ojos hacia los de ella, grandes, inocentes y azules. Una sonrisa tímida y esperanzada.

—Fruta y flores —dijo.

—Así es. Espero que sepan tan bien como parecen.

Le ofreció la caja, sonriendo como las luces de las hadas del
parque y del huerto a su espalda, con la música flotando en
el aire. Con la blanca luna llena derramándose sobre ella.

Cogió la caja y por un instante, lo que dura un simple chasquido de dedos, vio el oscuro brillo en sus ojos.

Sin apartar la vista de la suya, Duncan volcó el recipiente.
Los preciosos cupcakes cayeron al suelo y de ellos rezumó una
sustancia negra y oleosa mientras los trozos de violeta se convertían en diminutas y sinuosas serpientes.

Petra se echó a reír.

—Mira lo que has hecho.

—¡Eh, Dunc! ¿Intentas ligar con mi chica?

El sonido de la voz de Denzel le heló la sangre.

—¡No te acerques! Saca a todo el mundo de aquí.

—¿Qué coño pasa, tío?

Duncan atacó mientras Petra reía de nuevo.

Ella se movió deprisa, más rápido de lo que había previsto,
y colocó a Denzel como escudo, con un delgado cuchillo de
hoja negra contra su corazón.

—No puedo moverme. —Denzel barbotó las palabras—.
Dunc, no puedo moverme. ¿Petra?

—Suéltale. Él no te interesa.

—Pero tú sí, y basta con eso. Bueno, si te hubieras enamo-
rado de mí, como estaba planeado, no habría tenido que so-
portarle a él. ¿Es que no era lo bastante guapa para ti, Dunc?
¿No era lo bastante dulce? ¿Lo bastante desvalida?

—¿Esto es porque no me colé por ti?

—Oh, venga ya. Tú solo eres un medio para alcanzar un fin. Tú y las imbéciles de tus hermanas.

La música de violines continuaba sonando. ¿Había erigido algún tipo de barrera o simplemente estaban lejos?

¿Cómo podía utilizarlo?

—Vale, desde el principio. Pero esto no es por la mierda esa de la secta. Has hecho magia negra; apesta. —Con la esperanza de que su atención siguiera fija solo en él, Duncan agitó los dedos y lanzó un haz de luz que quemó las sinuosas serpientes y redujo a cenizas el purulento veneno—. Sí, menuda peste. Así que no es por la secta.

—Otro medio para alcanzar un fin. Estuve casi dos semanas en esa pocilga.

—¿Semanas?

—¿Tan ridículos y débiles son tus poderes que no sabes realizar una sencilla ilusión? Cualquiera que sobreviviera al ataque juraría que estuve allí casi dos años. Incluso dos semanas fue repugnante. Por supuesto, me tomé mis descansos, disfruté de cierta diversión. El hombre al que viste arder..., ¿no te pareció precioso...? Creía que era mi padre solo porque yo así se lo hice creer. De mismo modo que organicé que tu patético grupo de rescate y los guerreros de la pureza atacaran esa noche.

—Me he emborrachado. —A Denzel le colgaba la cabeza—. ¿Cuántas birras nos hemos bebido, tío?

Alguien voceó en el parque, alguien gritó. Y la música se apagó. Petra lanzó una mano hacia atrás e hizo volar a la gente, que cayó en medio de una huracanada ráfaga de viento.

—Duncan. —Denzel tenía los ojos vidriosos—. Demasiada cerveza. Tengo que irme a casa, tío.

—No soporto que me interrumpan. —Petra tocó los labios de Denzel con un dedo y los selló—. ¿Tú sí? Y ya he retrasado esto demasiado.

Podía arreglarlo, pensó Duncan, podía despegarle los labios

a Denzel en cuanto le liberara. Pero todo lo que había intentado no había afectado a ese delgado cuchillo negro.

—El rescate era una trampa para introducirte en Nueva Esperanza. La emboscada también la tendiste tú.

—No eres un completo idiota.

—No funcionó.

La sonrisa de Petra se ensanchó.

—¿De veras?

Sí, había funcionado, comprendió Duncan. Por supuesto que había funcionado.

—Fallon. Querías hacer salir a la Elegida.

—No eres un completo idiota —repitió—. Ha tardado mucho en venir aquí. He tenido que vivir con esa zorra santurrona todo este tiempo, ir de un lado a otro detrás de un puñado de mocosos. Eso se acabó, y también la zorra santurrona. No he tenido tiempo de acabar con el mocoso. Tenía que entregar unos cupcakes. Oh, y he hecho un alto en el camino. Carlee no se unirá a la diversión esta noche. Ni nunca.

Fue como un puñetazo en el estómago.

—¿Por qué?

—Te gustaba más que yo.

Petra levantó una mano. Las nubes que había imaginado cubrieron las estrellas y taparon la luna.

Los cuervos llegaron volando, graznando.

Denzel gimió.

—Dios, qué aburrida estoy de él.

Le rompió el cuello con un gesto de la mano y Denzel cayó sin vida al suelo.

Duncan arremetió con la espada, profiriendo un grito de rabia y de dolor.

Petra levantó los brazos y se elevó con sus alas. Una blanca, una negra, del mismo modo que un lado de su cabello se oscureció, tornándose negro como la noche, y el otro pálido como la luna.

—¿Lo sientes venir? —gritó mientras atacaba a Duncan con fuego y con su poder—. ¿Sientes acercarse la tormenta?

Duncan esquivó el ataque con su espada y Fallon y Tonia se materializaron a su lado.

—¡Yo soy la tormenta! —Fallon le arrojó su propio fuego.

Petra plegó sus alas, se sumergió bajo las llamas y después atacó de nuevo.

—Por fin. Hola, prima.

Un negro y centelleante rayo rasgó el cielo y golpeó la tierra. La verde hierba de verano ardió y el remolino de viento arrastró el fuego hacia el parque infantil, el huerto y el árbol conmemorativo.

Mientras la glorieta explotaba, arrojando trozos y astillas de madera, Fallon trajo la lluvia. El humo que emanaba del fuego nubló el aire.

—Me has estropeado la diversión. —Petra rechazó un trío de flechas lanzado por Tonia—. ¡Mamá! Son muy malos conmigo.

Allegra apareció de repente, con su cascada de cabello claro y sus alas blancas desplegadas.

—Vamos, tranquila, preciosa. —Con una carcajada, acarició la mejilla de su hija con un dedo.

—¿Ya podemos matarlos? ¿Podemos?

—Por supuesto, tesoro mío. Pero primero queremos que sufran, ¿no es así? Debe haber sufrimiento y sangre. Nosotros nos alimentamos de su sufrimiento, de sus gritos.

Allegra enganchó al vuelo la flecha dirigida a su corazón y la lanzó de nuevo. Tonia la esquivó, pero no la cruel ráfaga de poder que la hizo salir despedida.

Con una risita de placer, Petra arrojaba bolas de fuego mientras Tonia yacía en el suelo, aturdida. Duncan se apresuró a escudar a su hermana, desviando las bolas con la espada y haciendo caso omiso del fuerte ardor que sintió cuando una pasó de largo y le rozó un costado.

—Estoy bien, estoy bien. —Tonia se puso en pie; la sangre goteaba de su labio y su nariz—. Ya me ha espabilado. Soy una distracción. Fallon.

Ahora estaba sola, con el rostro alzado y la espada envainada.

—¿Sientes su dolor, cachorra?

—Sí. Y veo bajo tu máscara. Tu belleza es falsa. —Miró a Allegra a los ojos, con la vista rebosante de poder.

Y vio su ondeante cabellera convertirse en una maraña, la vio ralear y retroceder hasta dejar expuesto parte de su cuero cabelludo quemado mientras uno de sus cristalinos ojos azules se descolgaba y la carne de la mejilla encogía por las cicatrices. Las níveas alas blancas ennegrecieron y adquirieron un aspecto raído.

Allegra montó en cólera y arrojó rayos, llamas y viento. Fallon vio lágrimas de humillación derramándose de sus destrozados ojos.

—Mi padre te hizo eso —vociferó Fallon—. Y mi madre. De modo que ahora tu rostro revela tu corazón. Feo y retorcido. Pero yo acabaré contigo.

—¡A tus seis! —gritó Duncan, al tiempo que prendía su espada en llamas y esquivaba el ataque.

—Lo sé —murmuró Fallon, y se giró cuando Eric llegó volando hasta situarse a su espalda.

Le había estado esperando. Sabía que le esperaba desde antes de tomar su primer aliento.

Fallon desenvainó su espada, atacó y atravesó el borde de su ala izquierda. La sorpresa hizo que Eric se precipitara al suelo con la fuerza del trueno que estalló en lo alto.

—No dejéis que se acerquen a mí.

Deseaba ver su rostro, su verdadero rostro. Y en su sangre ardía una efervescente sed de venganza.

—Le arrebataste la vida a tu hermano, por codicia y por poder. Yo te arrebataré la tuya.

Eric rodó para esquivar el embate de su espada, se elevó y fue dando bandazos hasta Allegra, que lo envolvió con un ala.

Su verdadero rostro, pensó Fallon. Lo tenía en carne viva, le faltaba un ojo y tenía los labios abrasados y retraídos por las cicatrices.

Oyó que varias personas se acercaban a toda velocidad. Escuchó los gritos mientras Petra, siseando como una serpiente, lanzaba fuego y dardos negros y dentados. A Fallon le dio un vuelco el corazón cuando sus padres se materializaron a unos centímetros de ella.

—¡Atrás! Alejaos de esto.

Se giró hacia sus padres en medio del caos del humo y las llamas, del enfrentamiento de poderes mágicos, disparos y gritos de auxilio.

—¡Tú me hiciste esto! —gritó Allegra a Lana.

—Así es, y puedo hacerlo de nuevo.

—Todavía no, todavía no. —Fallon lo vio, vio esa feroz y roja bruma de poder, la vio en el cabello de su madre, agitándose a su espalda en medio de su propia tormenta—. Todavía no.

»¡Taibhse! ¡*Ionsaí*! —El búho surgió en el cielo, como una estela blanca a través de la oscuridad. Se abrió paso entre los cuervos con sus garras y su pico, haciendo caer los cuerpos mutilados—. ¡Faol Ban! ¡*Garda*! —El lobo arremetió en medio del humo, enseñando las fauces, y se colocó delante de Lana y de Simon—. ¡Laoch! —El animal galopó hasta ella entre la bruma y Fallon levantó la espada hacia el tormentoso cielo—. ¡*Eitilt*! —Cuando se elevó, desplegando las alas, se subió a su grupa de un salto.

—Solos no. —Lana enfocó esa furia, apenas contenida, hacia Allegra—. Duncan, solos no. Yo puedo ayudar desde aquí. Por favor.

—¿Tonia?

—Estoy bien. —Levantó su arco—. Tengo esto. ¡Flechas! —gritó—. ¡Necesito más flechas!

Duncan se teletransportó, confiando en su hermana y esperando con toda su alma poder alcanzar un objetivo en movimiento.

Casi erró el blanco cuando Fallon dirigió el caballo hacia la izquierda y se estampó contra su espalda.

—¡Joder!

—Lo siento. Échale la culpa a tu madre. Más tarde. Quieres a tu tío, pues ve a por ese cabrón. Pero Petra es mía. ¿Me oyes? Es mía.

Venganza. La oyó bullir dentro de él, igual que hervía en su interior. ¿Eso les hacía más fuertes o los debilitaba?

Cabalgaron a través de una lluvia de fuego, cercenando lanzas de rayos, hacia el calor que abrasaba el aire. Fallon rechazó los ataques con su escudo, los desvió con la espada. Y habría recibido un fuerte golpe si Duncan no hubiera esquivado un rayo.

Alcanzaron el límite de la furia de su madre y Duncan exhaló con los dientes apretados, sin aliento, ante la dentada y roja avalancha.

—Mierda. ¡Atraviésala! Atraviésala.

Pero se fue alejando.

—Es el poder de mi madre.

—Pues aun así muerde. Entra.

—Sé lo que hago.

Rodearon a los tres, luchando de poder a poder. Torbellinos de viento, de fuego, a los que se enfrentó con puños de hielo, con cortinas de lluvia torrencial. Y su propia furia se despejó de su mente lo suficiente para que Fallon pudiera ver.

Eric y Allegra flanqueaban a su hija. La protegían. Encajaban golpes por ella.

La querían.

—¿Puedes hablar con Tonia? ¿Mentalmente?

—Un poco, a veces. No como los duendes. Tenemos que alejarlos del parque, de la ciudad.

—No. Llama a Tonia ahora. Hazlo conmigo; yo tengo sangre élfica. Dile que se lo lance todo a Petra. Todo lo que tiene. A Petra.

Duncan se esforzó por abrirse, sintió un ardiente rayo negro pasar a poco más de dos centímetros de su cara. El sudor se le metía en los ojos, el costado le palpitaba de dolor, pero sintió que establecía conexión.

Al mirar hacia abajo vio que Tonia alzaba la vista y colocaba otra flecha en el arco. Y, para horror de Duncan, vio a Hannah sobre la hierba quemada, escudando con su cuerpo a uno de los heridos.

—En Petra —le dijo Fallon—. Concéntrate en Petra. ¡Todo el mundo! ¡Con todo!

El bombardeo fue brutal. Flechas llameantes, espadas lanzando fuego al golpear, balas volando. Y los embates de la luz contra la oscuridad, que sacudían el cielo y la tierra.

Allegra y Eric la protegieron, perdiendo fuerza de ataque al hacerlo. Rechazaron balas y magia, presas del pánico, mientras Petra reía, pensó Fallon, ahora con la cabeza fría.

No solo tenía un corazón perverso, no solo su don era perverso. También tenía una mente perversa.

—¡Eh, prima! —gritó Fallon en tono burlón—. Supongo que no quieres jugar, ya que te escondes detrás de mami y de papi.

Allegra lanzó un rayo que golpeó en el escudo de Fallon con poder suficiente como para que su fuerza reverberara en su hombro.

—A lo mejor es que eres tímida. —Fallon se acercó y golpeó con el escudo para devolver el rayo.

Duncan comprendió las intenciones de Fallon e impregnó sus palabras de desprecio.

—No merece la pena. Es una putilla cobarde. Y, además, tiene una pinta rara. Acabemos con esto y vayámonos a por una birra.

—¡Os mataré a los dos!

Petra, con el rostro demudado por la furia, abandonó las alas de su madre. Arrojó fuego, rayos y poder con sus ojos —uno azul y otro negro—, enloquecida por la ira.

Fallon rechazó un ataque tras otro.

—Espera —le ordenó a Duncan—. Espera.

Eric gritó cuando Fallon levantó la espada y proyectó a través de ella una luz tan deslumbrante como el caballo que montaba.

Alzó el vuelo en medio de un vendaval de viento, apartó a su hija de un empellón y encajó el golpe de la espada.

La abrasadora estocada de Fallon le atravesó el ala y el pecho, hasta llegar al vientre.

Mientras caía, y con el alarido de Allegra rasgando el aire, hizo que Laoch se lanzara en picado.

—Ahora. ¡Mamá! ¡Ahora!

Vio todo el poder de su madre —sufrimiento antiguo y nuevo entrelazados—, amor unido a amor de manera inquebrantable. La roja neblina se agitó y avanzó. Allegra envolvió a Petra y se elevó como un rayo mientras la letal bruma trataba de alcanzarla.

La madre de la oscuridad, pensó Fallon. Y la madre de la luz.

—Déjalo. Mamá, déjalo. Ayúdame a limpiar el aire. ¡Duncan! Tengo que ver.

—Se han ido.

Pese a todo, espoleó a Laoch para que alzara el vuelo, para buscar.

—¿Estás herido? —le preguntó a Duncan mientras escudriñaba el cielo y veía las primeras estrellas brillar de nuevo entre la neblina, que se iba disipando.

—No demasiado. No tanto como ellas. Tenemos que descender.

Cuando Eric cayó en la linde del sembrado de maíz, Simon se apartó del lado de Lana. Conocía los sonidos del campo de batalla; los gritos de los heridos, las llamadas pidiendo un médico. Conocía su hedor; humo, sangre y muerte.

Igual que conocía la muerte cuando la miraba a los ojos.

Eric, lo que quedaba de él, respiraba aún, pero eran resuellos entre la ensangrentada y burbujeante espuma de su boca. Ningún médico ni ninguna magia le salvarían.

—Estás acabado. A lo mejor vives lo suficiente para que mis mujeres, mis increíbles mujeres, te digan lo que tienen que decirte.

—¿Quién...? —Eric resolló y tosió sangre—. ¿Quién eres?

—Soy el hombre que trajo al mundo a la Elegida. Ella vino a mis manos. —Con el arma apuntándole con firmeza, Simon lanzó una mirada breve mientras Fallon conducía a tierra al caballo, se apeaba de un salto y corría hacia él.

Entonces vio el sudor mezclado con sangre en el rostro de Eric, vio su mano temblorosa formando una daga negra. Cuando Eric se incorporó para arrojarla, Simon le metió una bala.

—Esto es por Max Fallon, hijo de puta.

Sin aliento, Fallon bajó la mirada, vio la daga disolverse en ceniza terrosa y el único ojo vidrioso alzado hacia ella.

—Quería ser yo quien acabara con él.

—Y lo has hecho.

Fallon meneó la cabeza, envainó su espada y asió las manos de Simon.

—No, has sido tú. —A continuación, asió las de su madre cuando Lana corrió hacia ella—. Has sido tú. Siempre ha sido ese tu destino. No suplantar a mi padre, porque tú eres mi padre. Defender al hombre al que traicionó, al hermano al que mató.

—Estás herida.

Fallon se miró. Tenía algunos cortes y quemaduras.

—En realidad no, pero otros sí lo están. —Se volvió hacia su madre—. Te he subestimado.

—No eres la única —convino Simon.

—No volveré a hacerlo.

—Estoy contigo.

—Ayudarás con los heridos.

—Sí. Primero tú. Soy tu madre —dijo Lana cuando Fallon empezó a protestar—. Primero tú.

Mientras su madre la atendía, contempló a Eric con atención y descubrió que la ira que la había impulsado disminuía, igual que la quemazón ante el tacto de su madre.

—Le incineraremos con un hechizo de fuego y se esparcirá sal en sus cenizas. Luego serán llevadas a una tierra yerma para ser enterrado con la cabeza de una serpiente, el colmillo de un chacal y la cabeza de un cuervo.

Miró a Lana.

—Has vuelto a hacerle daño a Allegra.

—No lo suficiente. Volverán.

—Volverán, pero esta vez no huiremos.

—No, eso se acabó. Vamos. —Acarició la mejilla de Fallon—. La gente necesita verte. Yo ayudaré a los médicos y tu padre se ocupará de eso. —Miró a Eric.

—Lo haré.

Cuando Fallon se puso en marcha, Lana se volvió hacia Simon.

—Max murió aquí, justo aquí, donde ha caído Eric. La espada de Fallon le ha enviado aquí y tú lo has rematado. Aquí mismo, Simon. Max intentó detenerle. Yo lo intenté. Fallon y tú lo habéis conseguido. Creo que el que hayáis sido vosotros dos es importante.

—Se ha acabado. —La besó—. Ve a ayudar a curar a la gente. Yo voy a por un par de tíos para que me ayuden a llevarlo a campo abierto y montaremos guardia hasta que podamos hacer lo que Fallon desee que hagamos con él.

Fue un alivio para Fallon encontrarse con rostros familiares mientras cruzaba lo que se había convertido en un campo de batalla por segunda vez. Vio el sentido común de Fred y otras hadas, que estaban recargando de energía la tierra que había sido golpeada y quemada, y de la gente que recogía los restos destrozados de la glorieta.

Algunos lloraban, era bueno que hubiera lágrimas por la sangre derramada, pero la mayoría hacía lo que había que hacer con férrea determinación.

Detuvo a Hannah.

—¿Puedes decirme cuál es la situación? ¿Muertos?, ¿heridos?

—Muchos cortes, quemaduras y conmoción. Algunos heridos graves. —Se presionó los ojos con los dedos—. Starr es una. Recibió un buen golpe, pero rechaza el tratamiento. Entra en pánico si la tocan. Sé que Flynn lo está intentando, pero él también está herido. Y..., y Tonia.

Fallon agarró a Hannah del brazo con fuerza.

—¿Es grave?

—Rachel dice que tiene quemaduras de segundo y tercer grado, probablemente conmoción cerebral y traumatismo cervical. No estoy segura. Mi madre la ha obligado a ir a la clínica. No ha podido obligar a Duncan, aunque él también está herido.

Fallon dirigió la vista hacia donde estaba sentado. Rodeaba con el brazo a una mujer que abrazaba a su amigo muerto. Una mujer que se mecía entre lamentos.

—Denzel..., su hijo..., le quería. Todos le queríamos. Y he oído a Duncan decirle a Will que fuera a buscar a Carlee y a Mina y a su hijo. Que Petra..., Ay, Dios mío..., que dijo que las había matado. Tengo que irme; me necesitan.

—Voy a la clínica. Puedo ayudar. Ahí estaré.

Primero fue a ver a Duncan. Él no la miró, se limitó a abrazar a la afligida madre, con la vista fija en el rostro de su amigo. Pero se echó hacia atrás cuando Fallon le puso una mano en el costado herido.

—Déjalo. No me toques ahí.

—Eres más útil si no estás herido.

A pesar de las palabras de Duncan, colocó su mano encima y le infundió su poder. La herida era más dolorosa y profunda de lo que había imaginado. Tuvo que apretar los dientes por el impacto de la quemadura, y los mantuvo apretados hasta que remitió y pudo volver a respirar bien.

—Rachel querrá echarte un vistazo —dijo. Luego se levantó y emprendió el camino hacia la clínica.

Vio decenas de heridos. Algunos encorvados en sillas, otros tendidos en camillas. Algunos lloraban, otros gemían, y varios permanecían sentados, con la vista perdida por el shock.

Su madre, con el cabello recogido, trabajaba con otros sanadores. Se detuvo junto a una chica a la que reconoció como una de las amigas de Tonia. April, un hada, que temblaba por la conmoción, arropada con una manta.

—No es grave. Han dicho que no es grave. ¿Sabes dónde está Barkly? Estaba con Barkly.

—Lo averiguaré. Mírame, April, fija la vista en mí.

—No es grave.

—Te sentirás mejor. —Cortes, quemaduras, conmoción, el susto de que un rayo cayera a solo unos metros. Alivió la conmoción, cerró los pequeños cortes y curó las quemaduras.

—Seguro que mi madre me está buscando, preocupada. Y Barkly.

—Tu madre te encontrará. Ahora duerme.

Fallon le indujo un sueño ligero y reparador y continuó adelante.

Encontró a Flynn en una de las salas de reconocimiento, con Lupa a sus pies. Flynn tenía sangre en la cara, en la camisa, y quemaduras en ambas manos. Y aun así le imploraba a Starr.

—Tienes que dejar que te ayuden. No pueden hacerlo si no dejas que te toquen. Conoces a estas personas, Starr.

—Conocía a Petra.

Fallon era consciente de que la desesperación que transmitía era fruto del dolor y del delirio. Su cuerpo temblaba por las quemaduras que le cubrían los brazos y las piernas, y rezumaba un olor que Fallon sabía que era el de la infección que empezaba a extenderse.

El rasguño de su rostro supuraba sangre.

—Me conoces. —Fallon cerró la puerta y se aproximó a la camilla—. He venido a pedirte perdón. Pensé que podrías haber sido tú quien nos traicionó.

—Lo sé. No me toques.

—Estaba equivocada. Hice que asistieras a la reunión para ver si lo que hablábamos, lo que hacíamos, salía de allí. Te tendí una trampa y me equivoqué.

—Yo jamás te traicionaría.

—Lo sé. Perdóname. Concédeme el perdón dejando que te ayude. Necesito a quienes sois valientes y leales. Tú eres ambas cosas. Sin ayuda morirás, y perderé a una guerrera y una luz. Flynn perderá una amiga y una hermana. Mírame, Starr.

—Se resistirá al trance —le dijo Flynn.

—No se resistirá a mí. ¿Me ves? —le preguntó a Starr—. Yo te veo. Ves la luz en mí. Veo la luz en ti. Confía en aquello por lo que luchas. Confía en mí, como yo confío en ti. —Inspiró hondo—. Ve a por mi madre o a por otro sanador poderoso. Dile que las quemaduras están infectadas. Sabrá qué traer. ¿Dónde está Rachel?

—Operando.

—Trae a mi madre si puedes y haz que alguien te atienda.

—Después de Starr. Iré a por tu madre.

Fallon comenzó a trabajar y el dolor hizo que las piernas le flaquearan. Tuvo que parar y empezar de nuevo, parar y empezar. Tenía el poder, pensó Fallon, pero su experiencia seguía siendo limitada.

Pálida, empapada en sudor, miró por encima del hombro cuando su madre entró con una bandeja llena de artículos mágicos.

—Te estás excediendo —dijo Lana con severidad—. Relájate ahora mismo.

—Creo que se está muriendo.

—No servirá de nada que tú mueras con ella. Despacio, Fallon. Capa a capa. —Lana dejó la bandeja y pasó las manos sobre Starr con suma delicadeza—. Tenemos que dejar que el veneno salga. Necesitamos el athame, el cáliz y el polvo sanador. Observa.

Pasó el puñal que Fallon le entregó por encima de una quemadura supurante y recogió lo que drenaba con el cáliz. Después hizo lo mismo con otra y luego con otra más.

—Echa sal, viértelo y lava y purifica el cáliz. Ahora sanaremos despacio, capa a capa, usaremos el polvo curativo y lo repetiremos una y otra vez, hasta que esté libre de infección.

Trabajaron durante más de dos horas, la mayor parte del tiempo bajo la atenta mirada de Flynn.

Por fin Lana le limpió la cara y posó una mano en la frente de Starr.

—Vuelve a estar fresca.

—¿No va a morir?

Lana se volvió hacia Flynn.

—Debería haber muerto. Cualquiera sin su férrea voluntad habría muerto. Le quedarán cicatrices por dentro y por fuera. Nuestro poder para curar tiene un límite. Pero vivirá, y necesitará que alguien en quien confíe aplique en las quemaduras que hemos podido curar el ungüento que te daremos. Dos veces al día. ¿Podrás hacerlo?

—Sí, a mí me dejará. Puede que también le deje a Fred. Ya os lo dirá —le dijo a Fallon—. Corrió derecha hacia una bola de fuego. Habría acabado con al menos seis personas, pero ella corrió directamente hacia ella.

—¿Sabes cuántos muertos y heridos hay? —preguntó Fallon.

—Nueve muertos en el campo, otros dos en estado grave.

¿Heridos? Cincuenta, sesenta. Habría sido peor de no ser por Duncan, por Tonia y por ti. Por ti y por tu marido —le dijo a Lana—. Habría sido peor si los reclutas que trajiste no hubieran acudido en tropel a luchar. —Flynn miró a Lana y esbozó una pequeña sonrisa—. Tu hijo los reunió. Colin. Al menos eso es lo que se dice. Me quedaré con ella hasta que despierte.

—No despertará hasta mañana —le informó Lana.

Él se encogió de hombros.

—No tengo otra cosa que hacer.

Fallon abandonó la clínica y regresó al campo. Las hadas habían cumplido con su trabajo, reverdeciendo el césped, sanando los árboles. Imaginó que las personas no mágicas también cumplirían con el suyo, reconstruyendo la glorieta y el parque infantil.

Símbolos, pensó. No dejarían de construir, de sobrevivir, de luchar, de vivir.

Se encaminó hacia el cuerpo de Eric, custodiado por dos guardias.

—Yo me ocupo de esto ahora.

—Tu padre y Will han dicho que debíamos ayudarte con él.

—Necesito hacerlo sola.

Esperó hasta que se marcharon.

—Las decisiones que tomaste te trajeron hasta aquí. Ante tu cadáver, juro por mi vida que tu mujer y lo que engendrasteis juntos acabarán igual que tú. No por venganza. Por justicia.

Desde donde estaba sentado, a solas con su dolor, Duncan la vio invocar el fuego y propagarlo sobre el cuerpo que yacía a sus pies. Oyó las palabras que pronunciaba, pero solo entendió algunas en gaélico.

Fuego de luz. Cuerpo y alma.

Cogió un puñado de sal de una bolsa, lo esparció sobre las cenizas, las roció con un líquido que hizo que se retorcieran y después quedaran en calma. Con los dedos flexionados en el aire, elevó los restos de Eric y los metió en una caja. Luego la selló con el dedo, produciendo una línea de luz.

Tras guardar la caja en la bolsa, llamó a su caballo, a su lobo y a su búho. Después alzó la espada hacia la luna y se desvaneció.

Ahí, sentado en las sombras, creyó vez que la luz atravesaba el cielo y generaba una lluvia de estrellas.

La Elegida cabalga para honrar su sangre, para proteger la luz, pensó mientras se ponía de pie.

Y él haría lo mismo hasta el final.

EPÍLOGO

Exhausta por la batalla, por haber ayudado con la sanación, por el viaje y por el ritual, Fallon atendió a su caballo y liberó a su búho y a su lobo para que pudieran ir a cazar.

Deseaba su cama y nada más. Sin preguntas, sin palabras de consuelo. Sin sueños.

Mañana hablaría con Colin y le diría lo orgullosa que estaba de su agilidad mental, de que hubiera estado dispuesto a quedarse con Travis y con Ethan y a proteger a los niños.

Mañana les hablaría a los reclutas, visitaría a los heridos, hablaría con los seres queridos de los fallecidos.

Mañana trazaría planes, pero esa noche solo quería dormir.

Entró por la puerta lateral, se obligó a meterse en la ducha para limpiarse la sangre, la suciedad, la peste a la batalla y el humo de los hechizos.

Salió del cuarto de baño con la intención de meterse en la cama. Duncan estaba repantigado en la única silla que había colocado en su sala de estar. Se sobresaltó, pero un segundo después recordó que no llevaba nada encima más que la piel.

Soltó un taco y se avergonzó más aún al seguir su instinto y cubrirse con los brazos y las manos.

—Largo.

—No he venido para pillarte desnuda. Es un buen extra, pero yo no tengo la culpa de que no lleves nada encima. Necesito hablar contigo.

—No quiero hablar contigo ni con nadie esta noche. Estoy cansada. Y desnuda. Lárgate. Si mi padre te pilla aquí, te dará una paliza que te dejará inconsciente.

—Correré el riesgo. —Duncan agitó una mano en dirección a la cómoda y abrió los cajones—. Ponte algo, si tanto te molesta. No es la primera vez que veo una chica desnuda. Tú apenas cumples los requisitos. —Cerró los ojos y alzó una mano cuando una expresión dolida apareció en el rostro de Fallon—. Lo siento. No venía a cuento. Vístete, ¿quieres? Esperaré afuera.

Salió y empezó a deambular de un lado a otro. Se preguntó si habrían llenado la piscina. Se preguntó por qué la gente quería una cocina al aire libre. Se preguntó por qué no podía haberse mantenido alejado hasta que tuviera mayor control sobre sí mismo.

La oyó salir y continuó mirando al cielo.

—Todavía estaba en el parque cuando te has encargado del cadáver de tu tío.

—No le llames así.

—Tienes razón. ¿Adónde has llevado las cenizas?

—Lejos. Donde su zorra y su zorrita no las encuentren y no hallen consuelo llorándole.

—Muy bien. —Se volvió y vio que se había puesto una camiseta, unos pantalones de algodón y que estaba descalza—. Yo la traje aquí. Lo organizó para que Tonia y yo fuéramos quienes la trajéramos a Nueva Esperanza. Se jactó de ello después... Tenía cupcakes.

—¿Cupcakes?

—De frambuesa y violetas silvestres. Fruta y flores. Me ofreció uno, y entonces lo supe. Durante todo el tiempo que estuvo aquí no vi la oscuridad en ella.

—¿Miraste?

—En realidad no, no especialmente. La traje aquí. Ayudé a salvar a una cría traumatizada. Soy un héroe.

—Yo miré. En ella, y en Starr.

—¿Starr?

—No veía casi nada en ellas. Ambas bloqueaban el acceso. Esta noche he podido ver en Starr, ver que bloquea la ira, la pena y el miedo. Hasta esta noche no he visto lo que había dentro de Petra.

—Has tenido días. Yo he tenido años.

—¿Solo tú? —Enarcó las cejas—. ¿Es porque eres un héroe?

—Soy la hostia. Si no me hubieras advertido sobre los puñeteros cupcakes, la fruta y las flores, me habría comido uno. Veneno y serpientes negras. Estaría muerto solo porque una chica guapa me preparó un jodido cupcake.

Se fijó en que parecía más mayor. Más próximo al hombre del círculo de piedras que al chico que montaba en moto.

—No lo creo. Estoy segura de que lo habrías visto antes de aceptarlo.

—Bueno, nunca lo sabremos, ¿verdad? No me la cargué en el acto. Resultó que era peor de lo que esperaba y cometí una estupidez. Una estupidez.

—Quizá, pero ella estaba preparada y tú no. Era alguien a quien ayudaste, alguien que creías que necesitaba ayuda.

—No actué lo bastante rápido, con la suficiente fuerza, y por eso cogió a Denzel. Entonces solo podía pensar en conseguir que le soltara, que se quedara entre nosotros. Ella le partió el cuello mientras yo estaba ahí, de pie. Le partió el cuello como quien parte en dos un palo. —La pena impregnaba sus palabras—. Él no significaba nada. Era inofensivo.

—Le mató para hacerte daño, para herirte.

La furia se apoderó de él.

—¿Crees que no lo sé?

Su dolor casi la derrotó y abrió algo dentro de ella que la llevó a acercarse a él, que hizo que le rodeara con los brazos.

—Lo siento. Siento mucho lo de tu amigo.

Duncan se puso rígido para resistirse al consuelo que le ofrecía, pero después sucumbió.

—Jamás hizo daño a nadie. Hablaba mucho de ser un guerrero, pero nunca le hizo daño a nadie. No estaba en su naturaleza. Y ella le ha matado como si no fuera nada. Ha matado a Carlee. Su padre la ha encontrado en su habitación, degollada. Ha matado a Carlee porque... Mierda.

—La querías. Lo siento mucho.

—No, no, yo no... Solo quedamos un par de veces. Era tan inofensiva como Denzel. No suponía una amenaza. Ha matado a Mina y habría matado a Bill Anderson, pero estaba en casa de Will. No estaba cuando ella entró en su casa y la destrozó. ¿Por qué ha hecho todo eso? Ellos no le importaban. Yo le importaba, tú le importabas. Tonia le importaba.

Fallon se dispuso a apartarse, pero Duncan se aferraba a ella, así que le concedió otro minuto.

—Tú no la has mirado directamente.

Duncan se apartó.

—A la mierda. ¿Qué significa eso?

—Has visto la maldad. Has visto la oscuridad y la crueldad. No has visto el producto de los dos que la engendraron.

—Un ala negra, una blanca, el pelo y los ojos raros. Entiendo.

—No has visto eso como símbolos. No has visto que la oscuridad que hay en ella, una mezcla de la de ellos, es perversa. Es... defectuosa.

—Dices que está loca.

—Digo que está loca.

Duncan se alejó de ella.

—Bueno, eso... tiene todo el sentido.

—Eso la hace astuta, una zorra rabiosa. Y ellos son pacientes, Duncan, muy pacientes. Han esperado todos estos años, haciendo planes y maquinando. Han enviado a su hija para que se... infiltrase.

—Podría haber causado mucho más daño en cuanto estuvo dentro. Podría haber hecho algo más que planear una emboscada.

—Seguramente lo hizo. Cosas pequeñas. Una enfermedad, un accidente. Cuando busquemos, encontraremos el lugar donde realizaba sus rituales. Lo purificaremos. Les hemos hecho daño, igual que hizo mi padre en las montañas, igual que hizo mi madre en ese mismo campo. Volverán a tomarse su tiempo. Y también lo haremos nosotros. El padre de Petra ha muerto por ella. No lo olvidará. Lo sé. Se querían.

—Eso no es amor.

—Lo es. Tan auténtico como cualquiera. De un padre por un hijo, de un hijo por su padre, de pareja a pareja. Se querían. Ahora están de luto, sufren.

—También nosotros. —Metió las manos en los bolsillos y miró las estrellas—. Le gustó matar. Lo vi cuando mató a Denzel.

—Causar la muerte y provocar dolor le produce placer. Yo..., ahora entiendo mejor eso. Por un momento sentí placer cuando atravesé a Eric con mi espada. No quiero volver a sentir eso jamás.

—Lo vi —murmuró—. Lo entiendo.

—Queríamos venganza, ambos la queríamos, así que se produjo el caos. La gente luchaba, pero había caos. La próxima vez no será así. Conseguiremos más soldados, formaremos a más, y tendremos liderazgo en vez de caos. —Exhaló un suspiro—. He fracasado.

—Gilipolleces.

—He fracasado porque actué por impulso y por ira. —Mientras recordaba, se frotó la muñeca de la mano con que blandía la espada—. Quería la sangre de Eric en mis manos y la conseguí, pero me olvidé de la estrategia, de la táctica.

—No del todo.

—Pues en su mayoría. Tú me cubriste la espalda. Así que gracias.

—Supongo que estamos en paz.

—¿Qué tal el costado? —Al ver que él se encogía de hombros, hizo un gesto de impaciencia—. Súbete la camisa.

—Está bien, pero a lo mejor quieres ver un poco de carne, ya que yo he visto tanta de la tuya.

—No seas gilipollas. —Le puso una mano en el costado y posó la palma sobre su piel—. Todavía está un poco caliente. —Lo enfrió, recordando el consejo de su madre. Despacio. Capa a capa.

—Ya está. ¿Tonia...?

Duncan la agarró como había hecho antes y la atrajo contra sí.

—Necesito esto —dijo antes de apoderarse de su boca.

Fallon reconoció la necesidad y eso la confundió. Quería, no quería. Su sangre corría muy deprisa, demasiado deprisa; resonaba en su cabeza como si fueran tambores tribales.

Su mente le ordenaba que se apartase, pero le agarró el cabello y dejó escapar un gemido de sorpresa y placer cuando su ardiente lengua acarició la suya.

Duncan tuvo visiones; un acantilado con vistas a un mar embravecido..., y ella. Un bosque tan verde que el aire sabía a hierba, y ella, siempre ella. Un círculo de piedras bajo un cielo rojo como la sangre y ella invocando el relámpago.

Una cama bajo la luna, bañada por su luz, y ella debajo de él, moviéndose, moviéndose, moviéndose, con sus ojos grises, como nubes de tormenta.

Las visiones giraban y se arremolinaban por todo su ser, hasta que se apartó, mareado.

—¿Has visto eso? ¿Lo sientes?

—No lo sé. No lo sé. No puedo pensar. Tengo que pensar. No puedo hacer esto. —Sus ojos turbulentos se clavaron en los suyos—. No sé cómo hacerlo.

—Yo podría guiarte, pero... —Duncan se volvió, se alejó y decidió que el mejor lugar posible para sus manos eran sus bolsillos—. Creo que necesito un poco de espacio. Necesito algo de espacio, algo de tiempo. Y necesito distanciarme un poco de ti. Supongo que tú necesitas distanciarte de mí.

—No puedo distraerme con...

—Calla. —Se acercó de nuevo a ella y el aire pareció estremecerse y crepitar a su alrededor—. No me gusta nada que me tachen de ser una distracción, así que calla un minuto. ¿A cuál de las bases podrían venirle bien mis servicios como instructor? Soy bueno en eso. Será duro para mi madre, pero lo sobrellevará. Puedo ayudar a reclutar desde dondequiera que esté. Puedo explorar, informar y ayudar a adiestrar.

—Y tener ese espacio y esa distancia. —Le sorprendió y le preocupó lo mucho que deseaba insistir en que era necesario allí. Lo mucho que deseaba que no se fuera—. Donde más útil serías es con Mallick. Allí están muy verdes. —Y podría adiestrar y ser adiestrado.

—De acuerdo, allí iré. Dentro de un par de días. En este momento, ¿cuánto tiempo calculas que pasará hasta que intentemos reconquistar Washington?

—Dos años como mínimo. Tendremos que...

—Dos años —la interrumpió—. Puedo hacerlo. Ese es tu veredicto, ¿verdad? Dos años. Pero puedo teletransportarme, informar. Así le será más fácil a mi madre acostumbrarse. —Se encontraba a unos pasos de ella, bajo la luz de la luna—. Regresaré y volveré a por ti. Tienes un par de años para pensar en ello.

—Tenemos una guerra que librar y ganar, Duncan. Todo, absolutamente todo, depende de ello.

—Tenemos una vida que vivir, o de lo contrario ¿de qué sirve? Te ayudaré a reunir y adiestrar a tu ejército, Fallon. Lucharé contigo y por ti. Y volveré a por ti. —Esbozó una sonrisa—. Aún no has dicho que no —añadió antes de esfumarse.

Ya a solas, Fallon se quedó donde estaba. Dos años, pensó. Podían pasar muchas cosas. Vidas perdidas, vidas salvadas. Cuando pensara en esos dos años, tenía que hacerlo de manera estratégica, no emocional.

Duncan le removía demasiadas emociones.

Espacio y distancia, eso sería bueno para todos.

Tenía un ejército que liderar, batallas que planear, magia que hacer.

Dos años, ¿un instante o una eternidad? Comoquiera que fuese, empezaba al día siguiente.

Entró en la casa y se tumbó en la cama sin molestarse en desvestirse. Por el bien de todos, lo mandaría lejos. ¿Serían los mismos cuando él volviera?

Medio dormida, levantó una mano para encender su vela.

En sueños, la vio guiando a Duncan, y a ella, mientras recorrían sus propios caminos.

¿Era amor? ¿Era necesidad? ¿Era el deber?

¿Podían los tres encontrar un modo de ser uno solo?

Afuera, la luna surcaba el cielo cuajado de estrellas. Aquella tormenta había pasado. La siguiente había comenzado ya a formarse.

«Para viajar lejos no hay mejor nave que un libro».

Gracias por tu lectura de este libro.

En **penguinlibros.club** encontrarás las mejores
recomendaciones de lectura.

Únete a nuestra comunidad y viaja con nosotros.

penguinlibros.club